KB093334

환대예찬

환대예찬

타자 윤리의 서사

왕은철 지음

나의 아버지(王耕秋, 1931-2013)를
추억하며

차례

책머리에

삶의 바다는 언제나 환대의 물결로 넘실댄다. 타인을 환대하고 타인으로부터 환대를 받아야 살고 살아지는 게 삶이니 어쩌면 당연한 일이다. 인간이 환대의 유일한 대상은 아니니 '타인'보다는 '타자'라고 하는 편이 나을 수도 있겠다. 타자라는 말이 가진 포괄적이고 확장적인 속성에 기댈 수 있을 테니까. 그렇게 되면 인간만이 아니라 인간 외의 존재인 동물, 새, 나무, 초원, 심지어 하늘도 환대의 대상이 된다. 하기야 누가 누구를 환대하는지, 누가 어떤 환대의 대상인지는 깊이 들여다보아야 알 일이지만, 분명한 것은 그게 누구이든 무엇이든 이 세상에 존재할 수 있기 위해서는 환대를 필요로 한다는 사실이다. 그래서 환대는 어떤 것이 존재하기 위한 기본 조건이다. 다만 우리가 그것을 의식하거나 알지 못해 고 마음을 모를 뿐이다. 적어도 도스토옙스키의 『카라마조프가의 형제들』은 환대를 그렇게 정의한다. 이렇게 보면 세상은 환대의 물결이 넘실대는 눈부시게 아름답고 따뜻한 바다인지 모른다.

그러나 시각을 조금만 달리해서 보면, 삶의 바다는 환대와 정반대되는 적대와 무관심의 물결로 넘실댄다. 어쩌면 환대보다 환대 아닌 것이, 사랑보다 사랑 아닌 것이 더 많은 게 현실인지 모른다. 비록 보이는 건 아니지만 나와 타자 사이에는 견고한 벽이 이미 있거나, 없다면 그 벽을 어떻게든 세우려고 하는 게 우리 인간의 본성처럼 보인다. "담을 잘 쌓아야 좋은 이웃이 된다"는 로버트 프로스트의 시구처럼 서로를 서로로부터 가르는 담은 반드시 있어야 하는 것일까, 우리가 그 담 안에 가두는 것은 무엇이고 그 담 밖으로 내몰고 내치는 것은 무엇일까. 타자와의 사이에 존재하는 벽을 생각하면 삶은 환대가 아니라 적대와 무관심의 물결이 넘실대는 위험하고 폭력적인 바다인지 모른다.

환대가 우리의 본성인 것만큼이나 타자를 두려워하고 배격하는 것도 우리의 본성이다. 나는 이 글을 쓰면서 두 개의 상반된 본성이 빚어내는 현상과 그것의 윤리성에 주목하고자 했다. 사실 나는 오랫동안 이 주제와 관련된 글을 써보고 싶었다. 글이 허용하는 한도 내에서 세상을 향해 따뜻한 목소리를 내고 싶어서다. 내가 『애도예찬—문학에 나타난 그리움의 방식들』과 『트라우마와 문학, 그 침묵의 소리들』에서 애도와 상처를 논의의 대상으로 삼은 것도, 그리고 '스토리와 치유'에 관한 글들을 계속 쓰고 있는 것도 같은 이유에서다.

그렇다고 처음부터 이 문제가 나의 관심사였던 것은 아니다. 굳이 돌아보자면 내가 이 문제에 관심을 갖기 시작한 것은 자크 데리다의 강연을 들으면서부터가 아니었나 싶다. 1998년 8월이었다. 남아프리카공화국 케이프타운대학 객원교수로 있던 나는 우연히 데리다의 강연을 듣게 되었다. 2003년에 〈노벨문학상〉을 수상하게 될 소설가 J. M. 쿳시 교수도 그 강연에 참석했다. 내가 강연 다음 날, 학교에서 마주친 쿳시 교수에게 강연을 들은 소감을 묻자 "심오했다"고 했다. 더 이상 토를 달 필요가 없었다. 나도 같은 생각이었다. 그 강연은 케이프타운대학에서 조금 떨어진 웨스턴케이프대학에서 있었다. 지금은 세상을 떠나고 없지만 데리다가 두 시간 반 동안 열정적으로 얘기하던 모습이 아직도 눈에 선하다. 일흔에 가까운 그가 그렇게 긴 시간에 걸쳐 자신의 생각을 쉼 없이 얘기하는 것 자체가 감동이었다. '용서하는 것, 용서할 수 없는 것과 시효의 대상이 되지 않는 것'이라는 제목의 강연이었는데, 서로에 대한 사랑보다 증오가 훨씬 더 많았던 남아프리카공화국의 역사와 아파르트헤이트를 생각하면 시의적절한 주제였다. 비록 그 강연이 남아프리카공화국과 직접적인 관련이 있는 내용은 아니었지만 그가 얘기한 나치 독일과 홀로코스트의 문제는 남아프리카 백인과 흑인의 문제이기도 했다. 역사의 청산과 용서의 문제는 새로 들어선 남아프리카 흑인 정권에게는 절박한 문제였다. 하기야 그 문제가 절박하지 않은 곳이 이 세상 어디에 있을까.

나는 두 시간 이상 이어지는 그의 얘기를 들으며 용서와 환대는 그의 철학 안에서 하나의 뿌리라는 생각을 하게 되었다. 그는 용서할 수 없는 것을 용서하는 것이 진짜 용서고, 환대할 수 없는 것을 환대하는 것이 진짜 환대라고 생각한다. 그렇다면 용서와 환대는 불가능한 것이라는 말이다. 용서할 수 없는데 어떻게 용서하고, 환대할 수 없는데 어떻게 환대하는가. 그래서 그가 제기하는 용서와 환대의 개념은 모순 그 자체였다. 그러나 그의 말이 태생적으로 갖고 있는 모순과 아포리아는 나에게 매혹적으로 다가왔다.

그렇다고 내가 곧바로 그의 철학과 윤리학에 빠졌다는 말은 아니다. 나는 당시에는 남아프리카 문학을 읽고 이해하는 데 더 관심이 많았다. 다만 지금 돌아보니, 그의 강연이 나의 마음에 한 톨의 씨앗을 뿌린 건 분명해 보인다. 나는 그때로부터 6년이 지난 2004년, 데리다가 세상을 떠난 후부터 그가 삶의 후반기에 쓴 글들을 조금씩 읽기 시작했다. 그것의 첫 결실이 '애도예찬'이라는 제목으로 묶여 나온 에세이였다. 나는 그 에세이에서 애도에 관한 데리다의 생각을 문학작품에 적용하여 애도의 의미와 실제를 사유하고자 했다. 그 후로도 데리다에 대한 나의 관심은 계속되었다. 그리고 그것은 에마뉘엘 레비나스의 이론에 대한 관심으로 이어졌다. 데리다의 사유가 레비나스의 사유에 많은 것을 빚지고 있기에 불가피한 일이었다. 이 책에 수록된 스무 편의 글들에서 내가 데리다와 레비나스를 반복적으로 인용하는 것은 그래서다.

그런데 나는 레비나스에 대해서는 양가적인 감정을 갖고 있다. 한편에는 타자에 대한 환대를 철학적 사유의 정점에 놓은 "타자의 철학자" 레비나스에 대한 존경과 찬사가 있고, 다른 한편에는 자기가 속한 유대인 집단이 인권의 사각지대로 몰아넣고 억압하는 팔레스타인인들을 타자로 규정하지 못하는 자가당착적인 유대인 학자 레비나스에 대한 불편함과 아쉬움이 있다. 나는 레비나스의 심오한 타자이론이 팔레스타인인에 대한 편향된 견해로 인해 훼손되고 있으며 이것이 이후로도 그의 철학에 어두운 그림자를 드리울 것이라고 생각한다. 어려우면서도 심오하고 때로는 아름답게까지 느껴지는 그의 철학이 스스로가 구축한 토대를 허약하게 만드는 것은 몹시 안타까운 일이다. 그렇다고 그러한 이유만으로 그를 인용하지 않을 수는 없었다. 환대에 관한 그의 글들이 너무 심오하기 때문이었다. 이후로도 나의 줄다리기는 계속될 것만 같다. 내가 레비나스를 반복하여 인용하면서도 같은 유대인이지만 자민족중심주의에서 벗어나 있는 데리다의 따뜻한 사유에 더 기대는 이유가 여기에 있다. 데리다는 이스라엘에 의해 막다른 구석으로 내몰리는 팔레스타인인들을 몹시 안타까워했고, 레비나스와 달리 팔레스타인 문제와 관련된 일들에 자신의 이름을 빌려주는 일을 서슴지 않았다. 레비나스와 달리 그에게 팔레스타인인은 명명백백하게 타자였다. 세상이 버리고 역사가 버려서 오갈 데가 없게 된 타자, 그래서 마음이 더 가는 타자.

그렇다고 내가 데리다와 관련해서는 편한 감정만을 갖고 있다는 말은 아니다. 그러나 불편함이 있다면 그것은 데리다 개인을 향한 불편함이라기보다 서양철학자들을 향한 불편함이라고 해야 맞다. 서양철학자들이 동양 사상을 도외시하는 데서 오는 불편함이니까. 레비나스는 서구 철학, 『구약성서』『탈무드』를 기본으로 사유를 펼친 철학자였다. 그러니 거기에 동양 사상이 들어갈 여지는 없었다. 『구약성서』만을 '성서'로 받아들이는 유대인이어서 『신약성서』마저도 들어갈 여지가 없었다. 데리다도 마찬가지였다. 그처럼 틀에 매이지 않는 자유분방하고 해체적이며 때로는 급진적인(특히 말년에) 철학자가 동양 사상에 거의 관심을 갖지 않았거나 무지하다는 것이 내게는 놀라울 따름이다. 특히 그가 무조건적 환대라는 이상적 개념을 담론화한 사람이어서 더욱 그렇다. 하기야 이것은 서양의 모든 철학자들이 공유하는 특성이니 레비나스나 데리다만을 탓할 일은 아니다. 하기야 나 스스로도 문제다. 동양에 살면서도 동양 사상에 무지한 걸 생각하면 할 말이 없다. 나는 불경을 찾아 읽으면서 나의 무지를 많이 반성하게 되었다. 내가 읽은 불경들은 환대의 사례들로 가득한 보물 창고였다. 이것이 내가 이 책에서 애초의 계획에 전혀 없던 석가모니 이야기에 두 번째 장을 할애하게 된 이유다. 그러나 집필 순서로 따지자면, 석가모니 이야기는 지금까지 쓴 환대에 관한 글들을 돌아보고 반성하며 가장 나중에 쓴 글이다. 제일 나중에 쓴 글이 앞쪽에 놓인 셈이다.

불경에 관한 글과 더불어 계획하지 않았으면서도 쓰게 된 또 하나의 글은 한강의 자전소설 혹은 에세이 『흰』에 관한 글이다. 이 글을 쓰게 된 것은 내가 이전에 『애도예찬』에서 집중적으로 논의했던 애도가 사실은 환대의 한 형식이라는 점을 부각시키고 싶은 의도에서였다. 나는 작가의 사적인 경험을 다룬 『흰』과 80년 5월의 아픔을 다룬 『소년이 온다』가 교차하는 지점에 주목하면서 애도는 환대의 한 형식이며, 애도에 실패하는 것은 환대에 실패하는 것이라는 점을 지적하고 싶었다. 이 글도 석가모니에 관한 글과 마찬가지로 환대에 관한 글들을 쓰는 과정에서 산출된 일종의 부산물이다. 나는 두 개의 글 중 하나는 성경에 대한 글과 더불어 초반에, 다른 하나는 맨 끝에 배치하여 다른 글들을 앞과 뒤에서 감싸 안게 함으로써 이 책에 일종의 형식 내지 틀을 부여하려 했다. 그래서 나의 책은 성경과 불경에 대한 논의에서 시작하여 국내외 작가들에 대한 논의로 넘어가 환대의 주제를 때로는 반복하고 때로는 변주하다가 결국에는 애도에 관한 논의로 마무리된다.

이 책의 두 번째와 맨 끝에 실린 두 편의 글을 제외한 모든 글들은 2017년 가을 초입부터 은은한 산수유가 피는 2019년 봄까지 '환대의 서사'라는 제목으로 『현대문학』에 연재한 것들이다. 소중한 지면을 할애해준 양숙진 회장님과 김영정 대표님, 편집부의 윤희영 팀장님, 이윤정 과장님, 주진형 차장님의 도움에 감사드린다. 나의 글을 세심하게 읽고 귀중한 조언을 해준 사람들과 나의 글이 연재되는 동안 열심히 읽고 응원해준 독자들에게도 고마움을 전한다. 글은 혼자 쓰는 것 같지만 사실은 일종의 협업이라는 것을 새삼 깨닫게 된다. 나는 글을 쓰는 과정에서 겸손함을 배우고 겸손해질 필요성을 느낀다. 늘 그렇긴 하지만 나는 환대에 관한 글을 쓰면서, 글을 쓰는 건 그것에 대해 알고 있는 지식을 밖으로 풀어내는 것이라기보다 그것을 사유하면서 그것에 대해 배우고 알아가는 과정이라는 것을 다시 한 번 깨닫게 되었다. 이 책에 수록된 글들은 그 배움과 깨달음의 흔적이다.

바라건대 그 작은 흔적들이 조금은 읽을 만한 것이었으면 좋겠다. 그리고 그것이 따뜻한 것으로 독자들에게 다가갔으면 좋겠다. 내가 군더더기처럼 보이는 말을 굳이 하는 것은 그만큼 우리 사회가 따뜻함을 잃어가는 것 같아서다. 사회문제로 확산될 만큼 많은 사람들이 스스로 목숨을 버리는 사건이 빈번히 일어나 우리의 가슴을 아프게 한다. 그런데 역설적이게도, 우리는 어떤 일이 일어나면 한동안 떠들썩하다가 잊고, 그러다가 다른 일이 일어나면 또 떠들썩하다가 잊는 데 익숙해 있는 것처럼 보인다. 어떤 것이 익숙한 것이 되면 우리는 자기도 모르게 그것에 무심해지게 된다. 폭력마저도 그렇다. 그러면서 그것이 폭력인지도 모르고 스스로도 타자에게 폭력을 행사하게 된다. 이제는 우리가 타자에 대한 폭력에 무심해진 삶을 살아가고 있는 것은 아닌지 스스로를 돌아볼 때가 되었다. 그리고 우리 사회에 만연한 과도한 적대와 증오, 폭력의 감정이 누군가를 죽음의 벼랑으로 밀치고 또 그렇게 하도록 조장하고 있는 것은 아닌지, 또한 환대의 부재가 문화의 일부가 된 것은 아닌지 돌아볼 때가 되었다.

환대가 문화인 것처럼 환대의 부재도 문화다. 환대가 부재한 사회를 환대가 넘실대는 사회로 바꾸려고 노력하는 것도 문화다. 그리고 도스토옙스키의 소설에 나오는 조시마 장로의 말처럼 "나는 존재한다 따라서 사랑한다"라고 생각하며 사랑과 그것의 동의어인 환대를 여타의 것들에 앞세우는 것도 문화다.

2020년 1월

왕은철

“내 딸을 내줄 테니
손님에게는 아무 짓도 하지 마시오”

—환대의 두 얼굴

환대라는 말이 지나치다 싶을 정도로 많이 거론되고 환대에 관한 담론들이 난무하는 것은 결코 좋은 현상은 아니다. 그것이 역설적으로, 우리가 살아가는 현실이 환대의 시대도 환대의 공간도 아니라는 사실을 확인해주기 때문이다. 환대라는 말을 많이 사용한다는 것은 환대가 있어야 할 자리에 '환대 아닌 것'이 자리를 잡고 있다는 말에 다름 아니다. 환대의 부재가 그것을 향한 강박관념이 생기게 한다고나 할까. 그것으로 넘칠 때는 별로 생각하지 않다가 그것이 없어지면 더 집착하게 되는 것이 삶의 이치일지도 모른다. 하기야 우리의 삶이 환대로 넘친 적이 있기나 했던가.

멀리 갈 것도 없이 지난 20여 년을 돌아보면 환대가, 아니 환대의 부재가 얼마나 심각한 문제인지 어렵지 않게 알 수 있다. 세계는 난빈이나 이민자 문제로 몸살을 앓았고 지금 이 순간도 그러하다. 많은 나라들은 그들이 자신들의 나라로 들어오지 못하도록 막으려고 안간힘을 쓰고 있다. 자기들이 조금만 잘살면 못사는 나라의 사람들을 업신여기고 차단하는 게 세상이다. 멕시코와의 국경에 "크고 아름다운 벽"을 쌓아서 불법 이민자들의 입국을 막겠다는 트럼프 미국 대통령의 발상은 너무 극단적이어서 예외적일 것 같지만, 아쉽게도 이 세상에는 그러한 트럼프들이 얼마든지 있다. 이기적인 속성은 정도의 차이만 있을 뿐, 많은 나라들의 지도자들과 시민들이 공유하는 속성이다. 그들은 늘 벽을 쌓고 싶어 하지만, 그 벽이 아름다울 수는 없다. 환대와는 거리가 먼 분리와 적대의 벽이기 때문이다. 트럼프처럼 그 벽을 '아름답다'고 생각하면 미의 기준이 무엇인지 습득하지 못했거나 아예 모르는 것이다. 메르켈 독일 총리가 칭송을 받은 것은 자꾸만 벽을 쌓으려 드는 시대의 흐름에 역행하여 "독일 헌법 제1조가 인권 보호"라고 선언하며 100만 명 이상의 난민들을 받아들이는 위대한 결단을 내렸기 때문이다. 지금까지 누구도 못한 일이었다. 메르켈은 타자에 대한 적대가 기승을 부리는 이 지독한 냉소와 무관심의 시대에도 환대가 존재할 수 있음을 감동적으로 보여줬다. 그러나 우리가 사는 세계에는 아쉽게도 메르켈보다는 트럼프가 더 많다. 현대사회를 특징짓는 것은 환대가 아니라 그것의 부재이다.

당연한 얘기지만, 환대를 얘기할 때 우리가 전제로 하는 것은 그것과 반대되는 적대 내지 냉대의 개념이다. 우리는 누군가가 집에 찾아왔을 때 그를 맞아들여 극진하게 환대할 수도 있지만, 그가 아예 들어오지 못하도록 문전박대를 할 수도 있고, 마지못해 안으로 들이더라도 얼음처럼 냉랭하게 대할 수도 있다. 그래서 우리 집 문턱은 손님에게는 환대가 시작되는 지점일 수도 있고 적대와 냉대가 시작되는 지점일 수 있다. 여기에서 손님을 외국인, 이민자, 난민 등으로 확장하여 생각하면, 양자의 관계를 보다 거시적으로 이해할 수 있게 된다. 그럴 경우 그들을 맞는 것은 집단이나 국가가 된다. 그들은 환영의 대상이기도 하지만 대부분은 두려움과 배척과 혐오의 대상이다. 이처럼 환대에 관한 모든 생각들은 주인과 손님의 개념을 상정한다. 작게는 개인에서부터 크게는 이 나라를 찾는 외국인에 이르기까지, 모든 관계가 주인과 손님의 개념을 상정한다. 개인도 그렇고 공동체도 그렇고 국가도 그렇다. 심지어 문화도 그렇고 언어도 그렇고 종교도 그렇다. 이렇게 보면 삶은 타인과 타자를 대하는 방식, 즉 환대의 문제가 된다. 이것은 과거에도 그랬고 지금도 그렇고, 인류가 존속하는 한 앞으로도 그러할 것이다.

구약성서의 『창세기』와 『판관기』는 몇천 년 전에도 지금과 다름없이 환대의 윤리가 인간관계에 작동하고 있었다는 사실을 구체적으로 증언한다. 데리다가 환대에 관한 강연(「파 도스피탈리테Pas d'hospitalité」)을 마무리하며 언급한 바 있는 두 텍스트는 환대의 윤리가 침해당한 사례를 통해 몇천 년 전의 환대가 어떠한 것이었는지, 사람들은 환대를 어떻게 실천했으며 또 환대의 법과 윤리를 위반했을 경우 어떤 일이 벌어졌는지 소상히 증언한다. 묘하게도 두 개의 스토리는 약속이라도 한 것처럼 『창세기』와 『판관기』의 19장에 각각 배치되어, 마치 그러한 사건들이 수없이 반복되면서 인간의 역사가 진행되었노라고 증언이라도 하는 것만 같다.

『창세기』에 나오는 롯의 이야기는 너무나 잘 알려진 이야기다. 장소는 소돔 입구, 때는 저녁, 롯이 소돔 입구의 문 앞에 앉아 있다. 두 명의 나그네가 등장한다. 그는 그들을 보자 벌떡 일어나 이렇게 말한다. "손님네들, 누추하지만 제 집에 들러 발을 씻으시고 하룻밤 편히 쉬신 다음 아침 일찍이 길을 떠나시는 것이 어떻겠습니까?"* 놀랍다. 누구인지 이름도 묻지 않고 다짜고짜 자기 집으로 가자고 하다니. 나그네들은 밖에서 자겠다며 사양하지만, 그가 한사코 우기며 "간절히 권하자" 그를 따라 집으로 간다.

그런데 그들이 잠자리에 들기 직전 문제가 생긴다. "소돔의 사내들이 젊은이부터 늙은이까지 온통 사방에서 몰려와 그 집을 에워"싼다. "오늘 밤 당신 집에 온 사람들 어디 있소? 우리가 그자들과 재미 좀 보게 끌어내시오." 손님들은 남자들인데, 재미를 보다니 무슨 의미인지 고개가 갸웃거려진다. 우리말로 "재미를 보다"라고 번역되어 있는 말은 영어로 know에 해당하는 히브리어 תעַדְל를 번역한 것인데, 거기에는 '알다'는 뜻 외에도 '성행위를 하다'는 의미가 내포되어 있다. 그러니까 이 부분은 그 집에 들어간 손님들의 정체를 따져보겠다는 의미일 수도 있고 그들과 성행위를 하겠다는 의미일 수도 있는데, 우리말 성경은 후자를 택함으로써 동성 간의 성폭행을 암시하고 있다.••

• 이 글에서의 성경 인용은 2005년에 '한국천주교주교회의'가 편찬한 『성경』과 '국제가톨릭성서공회'가 1995년에 편찬하고 1998년에 개정한 『해설판 공동번역 성서』에 의한 것이다. 두 개의 번역판을 교차하여 인용하였고 필요할 경우, 필자가 문체를 수정하였다. 영어판은 2004년에 옥스퍼드대학출판부에서 펴낸 『성서The Holy Bible : Revised Standard Version Catholic Edition』와 1966년 DLT출판사에서 펴낸 『예루살렘 성경The Jerusalem Bible』 그리고 1611년에 영어로 번역된 『킹 제임스 성경King James Bible』을 참조했다. 데리다의 저서 영어 번역본에서 인용한 판본은 DLT출판사의 것이다.

•• 이러한 번역은 상식적으로 생각하면 결코 현명한 선택은 아닌 듯하다. 불필요하게 의미를 한쪽으로 축소해 전달하기 때문이다. 오히려 이 부분을 know로 번역함으로써 원어가 가진 양가적인 의미를 그대로 보존하고 있는 영어 성경의 번역이 훨씬 낫다.

그런 상황이 되자 롯이 밖으로 나와 말한다. "형제들, 제발 나쁜 짓 하지들 마시오. 자, 나에게 남자를 알지 못하는 딸이 둘 있소. 그 아이들을 당신들에게 내줄 터이니, 당신들 좋을 대로 하시오. 다만 내 지붕 밑으로 들어온 사람들에게는 아무 짓도 말아주시오." 소돔의 사내들은 롯의 제안을 거절하고 문을 부수려 한다. 그러자 두 손님이 롯을 안으로 잡아들이고 "문 앞에 있는 사내들을 아이부터 어른까지 모두 눈이 멀게 하여 문을 찾지 못하게" 만든다. 두 나그네는 천사였던 것이다.

『판관기』는 이 스토리를 더욱 확장한다. 북쪽의 에브라임에 사는 레위인에 관한 이야기다. 레위인의 아내가 부부싸움을 한 후 친정으로 가서 돌아오지 않는다. 그런 지가 벌써 넉 달째다. 그러자 그는 그녀를 달래서 데려오기로 마음먹고 처가가 있는 남쪽 베들레헴으로 향한다. 먼 길이다. 그는 처가에 도착해 며칠 동안 극진한 환대를 받는다. 그러나 닷새째가 되자 더 이상 지체할 수 없다고 생각하고 날이 저물기 시작하는데도 아내를 데리고 길을 나선다. 베들레헴에서 에브라임으로 가려면 예루살렘과 기브아를 거쳐야 하는데, 그들이 여부스, 즉 예루살렘 맞은편에 이르자 하인이 그에게 날이 저물었으니 여부스족의 성읍에서 묵고 가자고 말한다. 그러자 그는 "이스라엘 자손들에게 속하지 않은 이방인들의 성읍에는 들어갈 수 없다. 기브아까지 가야 한다"고 말하며 길을 재촉한다. 마침내 베냐민 지파가 살고 있는 기브아가 나오자, 그는 안심하고 그곳에서 하룻밤을 묵기로 한다. 그런데 그들이 성읍에 들어가 광장에 앉아 있어도 "하룻밤 묵으라고 집으로 맞아들이는 사람이 하나도 없"다. 나그네를 위한 여관이 없을 때이니 누군가가 초대해주지 않으면 꼼짝없이 광장에서 밤이슬을 맞으며 자야 할 상황이다. 다행히, 들일을 마치고 돌아오던 어느 노인이 그들 일행을 가엾이 여기고 집으로 초대해 후하게 대접한다.

그런데 여기에서도 『창세기』에서 있었던 사건과 흡사한 일이 벌어진다. 불량배들이 몰려와서 노인의 집을 에워싸고 문을 두드리며 요구한다. "당신 집에 든 남자를 내보내시오. 우리가 그자와 재미 좀 봐야겠소." 여기에서 '재미를 보다'는 의미로 옮겨진 단어는 『창세기』에 나오는 것과 정확히 똑같은 것이다.* 노인은 가만 놔두면 손님들에게 큰일이 나겠다 싶어서 밖으로 나가 애원

* 흥미로운 것은 대부분의 우리말 성경이 그 단어를 '재미를 보다'는 의미로 옮긴 데 반해, 국제가톨릭성서공회에서 편찬한 우리말 성경은 "따질 일이 있다"로 옮기고 있다. 그 단어에서 성적인 의미를 제거하고 손님이 누구인지 '따져야겠다'는 의미로 옮긴 것인데, 이는 역으로 생각하면 『창세기』에서도 같은 번역이 가능하다는 의미일 것이다. 소돔과 고모라의 타락상을 부각시키기 위해서 '재미를 보다'라는 말로 번역되어 있지만, 전후 맥락으로 보아 '따지다'라는 의미로 옮기는 게 훨씬 더 합당해 보인다.

한다. "이 사람들, 그게 어디 될 말인가! 이런 나쁜 짓을 하다니! 이분은 이미 내 집에 들어왔는데, 이런 고약한 짓을 하지 말게나. 나에게 처녀 딸 하나가 있는데 내줄 터이니 욕을 보이든 말든 좋을 대로들 하게. 그러나 이 사람에게만은 그런 고약한 짓을 해서는 안 되네."

여기까지는 『창세기』에 나오는 스토리와 거의 똑같다. 『창세기』의 롯과 『판관기』의 노인은 자신의 딸을 내주면서까지 손님을 보호하려 한다. 그런데 두 스토리는 딸을 내주려고 하는 데까지는 비슷하나, 『판관기』는 앞의 이야기를 조금 더 밀고 나간다. 집을 둘러싼 남자들이 노인의 말을 수용하지 않자, 손님인 레위인이 자신의 아내를 내준 것이다.• 『창세기』에서는 천사들이 개입하여 여성에 대한 폭력 행위가 일어나지 않지만, 『판관기』에서는 남자들이 레위인의 아내를 밤새도록 욕보인다. 그녀는 날이 밝아서야 그들의 손에서 풀려나 집으로 돌아오지만, 남자들의 성폭력에 밤새 시달린 탓에 죽고 만

• 여기에서 '아내'라고 한 것은 우리말 성경에서는 예외 없이 '첩'으로 번역되어 있고 영어 성경에서도 첩에 해당하는 'concubine'으로 적고 있지만, 이 글에서는 이후로도 '아내'라는 말로 통일한다. '첩'이라는 말이 우리 문화권에서 갖고 있는 비하적인 의미를 없애, 레위인의 아내가 '버려도 좋은' 존재로 생각되는 것을 차단하기 위해서다. 문맥을 살피면 『판관기』에 나오는 여성은 버려도 무방한 첩이 아니라 존중받아야 하는 아내이다. 이것은 레위인이 친정으로 간 그녀를 데려오려고 먼 길을 가는 일화에서도 알 수 있다.

다. 그녀의 남편은 "아침에 일어나 대문을 열고 다시 길을 떠나려고 하다가" 그녀가 "손으로 문지방을 붙잡은 채 쓰러져 있는 것"을 본다. 그는 그녀의 시신을 나귀에 싣고 고향으로 돌아간다. 그리고 도착하자마자 아내의 시신을 열두 토막 내어 메시지와 함께 이스라엘 지파들에게 보낸다. 그가 보낸 메시지의 내용은 이렇다. "이렇게 끔찍한 일은 이스라엘 백성이 이집트에서 나온 날부터 이날까지 일찍이 없었고 또 본 적도 없는 일입니다." 존중받아야 할 환대의 윤리가 침해되었으니 그에 상응하는 조처를 취해야 한다는 말이다.

토막 난 시신과 메시지를 받은 이스라엘 사람들은 포악한 짓을 저지른 자들을 내놓으라고 베냐민 지파에게 요구한다. 그 무뢰배들을 사형에 처해 본때를 보여주려는 것이다. 그러나 베냐민 사람들은 그들을 내주지 않고 맞선다. 결국 전쟁이 벌어지고 베냐민 지파는 멸족의 위기에 처한다. 사람들만이 아니라 그들이 키우던 짐승들까지 죽고, 그들이 살던 집과 성읍도 불길에 휩싸인다.

환대의 윤리를 저버린 자들의 결말은 이처럼 참혹하다. 『창세기』에서는 소돔과 고모라 사람들 모두가 불에 타 죽고(물론 그들이 죽는 건 그것 말고도 다른 타락상과 관련이 있다), 『판관기』에서는 베냐민 지파가 멸족의 위기에 이른다. 모든 것이 환대의 윤리를 어겼기 때문에 벌어진 일이다. 여기에서 의문이 생긴다. 손님이 도대체 어떤 존재이기에 이런 재앙이 생기는가. 손님은 누구인가. 왜 손님은 반드시 환대의 대상이어야 하는가.

우리는 『창세기』에서 롯의 손님이 "하느님의 천사"라는 사실에 주목할 필요가 있다. 손님이 천사로 설정되어 있는 것은 말 그대로 '손님은 천사'라는 환대의 기본 윤리를 암시한다. 내 집 문턱을 넘어 들어온 손님은 천사나 다름없으니 무슨 일이 있더라도, 어떠한 희생을 치르고라도 보호해야 한다는 기본 윤리. 손님이 하느님이 보낸 천사라면 거룩한 경배의 대상일 터이다. 이런 맥락에서 롯이 손님에게 "누룩을 넣지 않은 빵"을 대접한다는 사실은 의미심장하다. 그것은 유대인들이 누룩을 준비할 수 없을 만큼 절박한 상태에서 이집트를 빠져나왔던 역사를 환기하는 것으로, 누룩 없는 빵을 구워 손님을 접대한다는 것은 어려운 상황에 놓인 손님에 대한 환대가 선택이 아니라 의무임을 암시한다. 이렇듯 손님은 받들어야 하는 성스러운 존재이다. 롯이 딸을 내주겠다고 한 것은 이런 맥락에서다. 물론 그는 그들이 실제로 천사라는 것을 알지 못했지만, 그의 눈에는 '이미' 천사였다. 손님은 천사가 아니더라도 천사여야 했다. 그것이 환대의 지엄한 윤리였다.

데리다는 환대를 "조건적인 환대"와 "무조건적인 환

대"로 나누는데, 자신의 딸을 내줄지언정 손님에게 해가 가게 놔둘 수 없다는 롯의 마음은 인간이 쉽게 구현할 수 없는 "무조건적인 환대"에 해당한다. 이것이 바로 데리다가 말한 "환대의 법"이다. 데리다가 말하는 법이란 세속적인 법들 위에 군림하는 "법의 법"이다. 영어를 예로 들어 말하자면, 소문자로 시작하는 law가 아니라 대문자로 시작하는 Law, 즉 상위법이다. 『창세기』와 『판관기』가 환기하는 법은 바로 이 법이다. 롯과 노인은 그 법을 침해하지 않기 위해서 자신의 딸을 모리배들에게 내주려 한다. 환대의 법은 침해할 수도 없고, 침해해서도 안 되는 절대적인 법의 법, 법 위의 법이기 때문이다.

손님을 위해 딸을 내주겠다니! 마치 주인과 손님의 관계가 역전되어 손님이 주인을 인질로 잡고 그러한 요구를 하기라도 한 것만 같다. 이것 말고는 주인의 제안을 달리 설명할 길이 없다. 레비나스의 말을 인용해 말하자면, 주인은 손님이 집에 들어오는 순간, 그의 인질이 되어 그에 대한 "무한 책임"을 지게 된다. 이보다 더 이타적이고 절대적인 환대가 있을 수 있을까.

그런데 손님을 지키기 위해서 자신의 딸을 희생시키는 "무조건적인 환대"가 그렇게 고귀하고 아름답고 이상적이기만 한 것일까. 그것이 옳을까. 손님을 환대하기 위해서라면 가족의 일부는 희생되어도 무방한 것일까.

상식적으로 생각해서, 손님을 보호하기 위해 자신의 딸을 남자들에게 내주는 것은 있을 수 없는 일이다. 이는 그들이 딸을 성적으로 유린하는 걸 감수하겠다는 것인데, 손님의 입장에서 보면 환대일지 모르지만 가족의 입장에서 보면 가족의 윤리를 저버리는 행위가 된다. 더욱이 롯은 두 딸의 의향을 묻지도 않는다. 소돔의 사내들이 집을 포위하고 있는 상황에서 그럴 여유도 없었을 것이다. 설령 그럴 여유가 있다 하더라도 딸들의 의사를 물었을 리가 없다. 가부장은 명령하는 존재이지 의견을 구하는 자가 아니기 때문이다. 딸은 아버지가 결정을 내리면 거기에 따르는 존재이지 이의를 제기하거나 가타부타 뭐라고 말할 수 있는 주체가 아니기 때문이다. 그래서 한편으로는 무조건적인 환대의 윤리를 구현하는 행위가 다른 한편으로는 비정하고 비인간적인 폭력이 된다. 엄밀히 말해서 자기 자식도 타자다. 그렇다면 자식도 존중받아야 하는 타자일 것이다. 환대는 근본적으로 가정에서부터 시작되어야 하지 않는가. 손님을 위해서 자식을 남자들의 집단적 성폭력에 내주려 하다니 어찌 그럴 수 있는가.

그래서 『창세기』와 『판관기』에 나오는 롯과 노인의 이야기는 환대의 이야기이면서 동시에 폭력의 이야기이다. 가부장적 폭력이 암시되고 개입된 탓이다. 롯이 그러한 것처럼, 노인도 여성을 환대에 필요한 도구 정도로밖에 인식하지 않는데, 이는 노인이 폭도들에게 하는 말에서 잘 드러난다. 이것을 부각시키기 위해서 두 개의 서로 다른 번역을 비교할 필요가 있을 것 같다. 데리다가 환대와 관련해 언급한 성서 구절은 1966년 런던에서 출간된 『예루살렘 성경』에 의한 것인데• 이렇게 되어 있다. "나에게 처녀 딸 하나가 있는데 내줄 터이니 욕을 보이든 말든 좋을 대로들 하게. 그러나 이 사람에게만은 그런 고약한 짓을 해서는 안 되네." 그런데 1611년 영어로 번역된 『킹 제임스 성경』과 옥스퍼드대학출판부에서 나온 2004년 개정판 가톨릭 『성서』에는 이렇게 되어 있다. "나의 처녀 딸과 저 사람의 아내를 내줄 터이니 욕을 보이든 말든 좋을 대로들 하게. 그러나 이 사람에게만은 그런 고약한 짓을 해서는 안 되네."••

이것은 아주 사소한 차이로 보일지 모르지만, 그것이 암시하는 바를 고려하면 결코 그렇지 않다. 노인은 한쪽에서는 자신의 딸을 내주겠다고 하고, 다른 쪽에서는

• 더 정확히 말하면, 데리다의 저서를 영어로 번역한 판본에서 인용된 성서이다.

•• 우리말 성경도 일부는 앞의 번역을 따르고, 일부는 뒤의 번역을 따른다. 『해설판 공동번역 성서』(1977)는 앞의 것을, 『성경』(2005)과 대한성서공회에서 2004년 편찬한 『성경전서 새 번역』은 뒤의 것을 따르고 있다.

자신의 딸은 물론이고 손님의 아내까지 내주겠다고 한다. 전자는 여성에 대한 가부장적 폭력을 암시하긴 하지만, 손님을 환대하기 위해 자신의 가족을 희생시키는 것이어서 이타적인 면이 없지 않다. 자신의 딸을 희생시켜 손님들, 즉 레위인과 그의 아내와 하인들을 보호하려고 하는 환대의 몸짓이기 때문이다. 그러나 후자는 레위인 남자를 지키기 위해 자신의 딸과 손님의 아내까지 내주겠다는 제안이라 그것이 과연 환대의 몸짓인지 의심스럽다. 물론 히브리어 성경이 가진 모호성에서 비롯된 것이지만, 노인이 자신의 딸만이 아니라 손님의 아내까지 협상 조건으로 내걸고 있다는 것은 환대의 남성중심주의적인 속성을 적나라하게 말해준다. 그리고 어느 쪽 해석을 따르든, 주인의 딸이 아니라 레위인의 아내가 남자들한테 능욕을 당하고 죽었다는 사실은 변하지 않는다. 이것은 환대의 법이나 윤리가 남성중심적인 논리에 기반하고 있다는 사실을 『창세기』에 이어 다시 한 번 확인시켜준다.

환대의 윤리를 지키려는 쪽이나 그것을 침해하는 쪽이나, 여성을 인간 이하의 존재로 보기는 매한가지다. 여성은 필요에 따라 언제든지 소모될 수 있는 몸, 즉 물질에 지나지 않는다. 이것은 베냐민 지파와 나머지 지파 연합군 사이에 벌어지는 전쟁에서 다시 한 번 확인된다. 주목할 점은 환대 윤리를 저버리고 손님의 아내를 능욕한 사건 때문에 시작된 전쟁이 베냐민 지파의 여성들을 향한 무자비한 폭력으로 이어진다는 것이다. 이스라엘 지파 연합군은 베냐민 지파의 성읍을 파괴하고 베냐민 지파에 속한 민간인들을 무차별적으로 죽인다. 하물며 짐승들까지 죽인다. 여자들은 단 한 사람도 살려두지 않는다. 베냐민 지파에 속한 소수의 불한당들이 레위인의 아내를 능욕한 일이 그렇게 종족 전체를 파멸시키는 전쟁으로 이어진 것이다. 결국 600명의 남자들만 살아남는다. 이제 베냐민 지파가 이 세상에서 영원히 사라지는 것은 시간문제다. 그러자 이스라엘 사람들은 베냐민 지파가 사라질 것을 염려하여 대책을 강구하기 시작한다. 그러다가 동족 살상에 반대하며 전쟁에 참여하지 않은 야베스 길르앗 사람들을 도륙하기로 의견을 모으고, 400명의 처녀들만 남기고 남녀노소를 몰살한다. 처녀들이 죽음을 면한 것은 가엾어서가 아니라 베냐민 남자들에게 짝을 찾아주기 위해서다. 여자들은 400명의 베냐민 남자들에게 '배분'된다. 이제 남은 건 아직 짝을 찾지 못한 200명의 남자들이다. 이스라엘 사람들은 베냐민 남자들에게 야훼의 축제 때, 포도밭에 숨어 있다가 "처녀들이 춤추러 나오는 것이 보이거든 그중에서 아내를 골라잡아 베냐민 땅으로 돌아가라"고 한다. 결국, 전쟁에서 살아남은 600명의 베나민 남자들 모두가 짝을 찾아 지파의 명맥을 이어가게 된다.

이렇듯 여자들은 필요에 따라 누군가에게 바쳐지기도 하고 죽임을 당하기도 한다. 환대의 윤리에 희생당하는 건 여성들이다. 이렇게 되면 환대는 여성들에게는 폭력이 된다. 놀라운 일이다. 환대와 폭력이 손에 손을 잡고 있으니 그렇다. 환대가 두 얼굴을 하고 있으니 그렇다. 환대의 이상은 그렇게 쉽게 구현되는 것이 아닌 모양이다. 지금도 마찬가지다. 바로 이것이 몇천 년 전에 있었던 롯과 노인의 이야기에 우리가 주목해야 하는 이유다. 두 이야기에 나오는 환대는 처음에는 우리가 추구해야 하는 무조건적인 환대로 보이지만, 속내를 들여다보면 그렇지 않다는 게 드러난다. 두 텍스트에 나타난 환대를 환대의 이상으로 받아들이기 힘든 이유가 바로 여기에 있다.

데리다는 『창세기』와 『판관기』를 인용하면서 환대에 관한 강의를 이렇게 마무리한다. "우리는 이러한 환대의 전통을 물려받은 사람들일까요? 어느 정도까지일까요?" 그렇다. 롯과 노인의 이야기는 몇천 년 전의 이야기임에도 불구하고 아직도 그 힘을 잃지 않고, 인간의 역사가 환대의 역사였음을 증언하고 타인과 타자를 대하는 방식이 어떤 것이어야 하는지 끊임없이 성찰할 것을 우리에게 요구한다. 그 요구는 우리가 불신의 벽을 없애기보다는 더 많은 벽들을 쌓으려 하는, 환대의 부재가 일상화된 시대에 살고 있기에 더욱 절박한 것이 된다.

그래서인지 롯과 노인이 공통적으로 한 말이 큰 울림으로 다가온다. "내 딸을 내줄 테니 손님에게는 아무 짓도 하지 마시오." 데리다의 말대로 우리는 "어느 정도까지" 그러한 환대의 전통과 윤리를 물려받았으며, 또 "어느 정도까지" 그것을 실천하며 살아가는 것일까?

"제가 보시를 이전보다 더하게 해주십시오"

—수대나태자의 무조건적 환대

환대는 누군가에게 선물을 주는 행위다. 선물을 일반적으로 통용되는 개념보다 좀 더 확장적이고 탄력적인 개념으로 생각하면 그렇다. 이렇게 되면 우리가 목마른 사람에게 주는 물이나 배고픈 사람에게 주는 밥이나 빵을 포함한 많은 것들이 선물의 범주에 들어가고, 결국 환대와 선물은 등가어가 된다.

그런데 우리는 얼마나 순수한 마음으로 선물을 건네는 걸까. 데리다에 따르면 선물이 진짜로 순수하고 무조건적인 것이 되려면 "빚이나 교환의 개념"이 끼어들지 않아야 한다. 선물을 받는 사람이 언젠가 그 빚을 갚아야 한다고 느끼게 되면 그 선물은 순수성을 잃게 된다. 그러니까 선물을 주면서 그것에 상응하는 무엇을 기대한다면, 선물의 순수성이 침해되고 훼손당하는 결과로 이어진다. 순수한 선물은 주고받는 것이 아니라 아무 조건 없이, 그냥 주는 것이다. 빚이나 교환 등의 경제적 개념이 들어서는 순간, 순수성은 어디론가 사라지고 만다. 대가를 바라게 되면 사랑의 순수성이 훼손되는 것처럼.

그렇다면 절대적이고 무조건적인 환대가 가능할까. '절대적'이고 '무조건적'이라는 말은 논리적으로만 따지면 어떤—심지어 자신이나 가족의 생명이 위태로운—상황에서도, 타자를 조건 없이 환대해야 한다는 의미다. 이것이 가능할까. 가능하다면 과연 어떻게 가능할까. 이런 질문을 자꾸 하게 되는 이유는 우리가 타자에게 행하는 환대가 완벽한 것과는 거리가 멀게 느껴지기 때문이다. 자신이 굶으면서까지 남에게 음식을 주거나, 자기 집을 다른 이에게 내주고 밖에 나앉는 사람은 거의 없다. 줄 수 있으니까 주고 할 수 있으니까 하는 것이지, 줄 수 없음에도 할 수 없음에도 그러는 것이 아니다. 그렇다면 절대적이고 무조건적인 환대와 선물은 마치 플라톤의 이데아처럼 이상적인 개념으로서만 존재하는 것일까.

환대의 철학자, 타자의 철학자라 불리는 레비나스와 데리다는 절대적 환대, 무조건적 환대의 본보기를 제시하는 데 어려움을 겪는다. 현실에서는 좀처럼 구현하기 힘들고 거의 불가능하다고 판단해서다. 물론 데리다는 구약성서의 『창세기』와 『판관기』를 인용하여 그러한 환대의 예를 제시하려고 시도한다. 『창세기』에서는 롯이 두 나그네를, 『판관기』에서는 어떤 노인이 이방인(레위인)을 자신의 집에 들였다가 사람들이 몰려와 손님에게 폭력을 행사하려고 하자, 자신의 딸을 대신 내주겠으니 손님들을 해치지 말라고 애원한다. 롯과 노인의 행동은 절대적, 무조건적 환대에 근접한 듯하나 그 본보기가 되기에는 어딘지 부족해 보인다. 이후의 이야기가 환대 윤리를 침해한 자들에 대한 무자비한 복수에 집중되기 때문에 더욱 그러하다. 두 이야기를 읽으면서 어쩐지 으스스한 느낌에 사로잡히는 것도 그런 이유에서일 것이다.

레비나스와 데리다는 동양의 텍스트, 특히 불교 경전에서 발견되는 절대적, 무조건적 환대의 모습을 간과한다. 이들이 구약성서에서 대부분의 본보기를 찾으려 하는 유대인 철학자들이라는 점을 감안해도 아쉬움이 남는다.* 하기야 이것은 서양학자들이 거의 공통적으로 갖고 있는 약점이자 맹점이기도 하니 그들을 탓할 일만도 아니다.

실제로 불교 경전에서는 절대적인 환대의 본보기를

* 레비나스와 데리다는 『신약성서』만 제대로 살폈더라도 절대적 환대에 근접하는 예를 얼마든지 찾을 수 있었을 것이다. 물론 기독교적 세계관을 수용한다는 전제가 따르긴 하지만, 기독교가 전제로 하는 것은 예수의 삶과 말이 표방하는 절대적, 무조건적 환대의 개념이다.

어렵지 않게 찾을 수 있다. 불교에서 가장 중시하는 덕목 중 하나인 보시布施에 관한 수많은 일화들은 절대적인 환대가 어떤 것이어야 하는지 탐색에 탐색을 거듭하는 구도적인 몸짓으로 보인다. '보시'가 무엇인가. 누군가에게 무언가를 아낌없이 주는 것이다. 즉, 보시는 환대를 일컫는 불교식 용어인 셈이다.

그중에서도 석가모니가 들려주는 수대나태자의 이야기는 절대적이고 무조건적인 환대, 순수한 선물이 무엇인지 보여주는 대표적인 예다. 이 일화는 경전 『수대나태자경須大拏太子經』에 나오는 것으로, 고려시대에 편찬된 『팔만대장경』과 세종대왕이 한글로 지은 『월인천강지곡』에 수록되어 있다.•

불경의 다른 많은 이야기들처럼 수대나태자의 이야기 역시 아난다의 질문에서 시작된다.••

어느 날이었다. 석가모니가 유난히 환하게 웃는 것을 보고 아난다가 말했다. "제가 부처님을 모셔온 지 20여

• 『월인천강지곡月印千江之曲』과 『수대나태자경須大拏太子經』의 인용은 다음 책에 의한 것이다. 『역주 월인천강지곡』, 김기종 역주, 보고사, 2018. 이 글에서는 『월인천강지곡』으로부터 인용할 경우 출처를 밝히고, 출처를 밝히지 않은 모든 인용은 『수대나태자경』으로부터 인용한 것이다.

•• 석가모니의 사촌동생이자 애제자였던 아난다는 여러 경전에서 석가모니의 대담자로 등장한다. 그는 석가모니의 삶과 지혜를 후대에 전한 일등공신이었으며, 여성의 출가에 대해 미온적이던 석가모니를 설득해 여성이 출가할 수 있는 길을 여는 데 큰 역할을 했다.

년 동안 일찍이 부처님의 웃음이 오늘과 같음을 보지 못하였습니다. (……) 마땅히 어떤 뜻이 있을 것이니 듣고 싶습니다." 석가모니는 과거의 일을 떠올렸기 때문이라고 대답했다. 그러자 아난다는 무슨 일을 떠올렸기에 그렇게 환한 미소를 지었는지 얘기해달라고 청했다. 석가모니는 그의 청을 받고는 주변에 앉아 있는 제자들을 향해 자초지종을 얘기하기 시작했다.

지난 옛적 가히 헤아리지 못할 오랜 시절에 큰 나라가 있었으니 이름은 섭파葉波였으며, 그 왕의 이름은 습파濕波였다. 습파왕이 바른 법으로 나라를 다스리며 백성을 그릇되지 않게 하였다. 왕에게는 4천 명의 대신이 있었고, 60의 소국과 800의 마을을 거느렸으며, 크고 흰 코끼리 500마리가 있었다. 또 왕에게는 2만 명의 부인이 있었다. 그러나 아들이 없었으므로, 왕은 몸소 모든 신령과 산천에 기도하고 제사를 지냈다. 그러던 어느 날 왕의 첫째 부인이 임신하였다. 왕은 매우 기뻐하여 몸소 부인을 보살피고, 평상과 침구와 음식을 모두 부드러운 것으로 갖추었다. 10개월이 지나서 첫째 부인은 곧 태자를 낳았다.

습파왕이 치성을 드려 얻은 아들이 바로 수대나태자

였다. 왕은 태자가 열여섯 살이 되자 이웃 나라 공주와 결혼시켰고 둘 사이에서 아들과 딸이 태어났다. 그런데 태자는 "천하의 백성과 나는 새와 기는 짐승에게 보시하기를 좋아하"는 사람이었다. 그는 "보시바라밀"을 아예 삶의 목적으로 삼겠다고 했다. 보시바라밀은 '최고' 혹은 '정점'이라는 의미의 '바라밀'이 더해진 말로 '최고의 보시' '보시의 정점'이라는 의미였다.

수대나태자의 관심은 처음부터 끝까지 어떻게 해야 보시바라밀, 즉 절대적 환대를 실천할 수 있느냐 하는 것이었다. 첫 번째 보시는 그가 처음 성 밖으로 나갔을 때 이루어진다. 그는 길거리에 앉아 있는 거지, 귀머거리, 장님, 벙어리들의 모습을 보고 충격을 받았다. 그래서 국왕인 아버지의 허락을 받고 나라의 창고를 개방해 재물을 나눠 주었다. 그것도 조금씩이 아니라 그들이 요구하는 대로 다 주었다. 이것은 그가 국왕에게 창고를 열어 가난한 사람들을 돕게 해달라고 할 때 제시한 조건이기도 했다. "제가 부왕께 한 가지 소원을 말씀드리고자 합니다. 대왕의 창고 안에 있는 재물을 네 성문 밖과 시장 한가운데 두고 보시하되, 구하는 대로 그 사람의 뜻을 어기지 않기를 원합니다." 이것이 그가 정한 보시의 원칙이었다. 재물을 가져가는 사람이 합당한 이유를 가졌느냐에 상관없이 원하는 만큼 가져가게 두라는 의미였다.

상식적으로 생각하면, 타자에 대한 환대는 '나'에게 타자를 환대할 마음이 있어야 가능하다. 타자보다 '내'가 중심인 것이다. 무엇을 줄지 결정하는 것은 결국 '나'다. 그러나 태자가 국왕에게 제시한 조건에서 알 수 있듯 진정한 환대는 타자가 원하는 것을 주는 일이다. 즉, 자신보다 타자를 앞에 놓아야 한다는 말이다. 태자는 그렇게 하지 않는다면 자신의 보시가, 내줄 수 있는 것만을 내주는 조건적 보시일 수밖에 없다는 걸 본능적으로 알았다. 그에게 조건적 보시는 진정한 보시가 아니었고, 조건적 환대는 진정한 환대가 아니었다.

수대나태자는 늘 타자를 앞세웠다. 타자의 요구가 극단적이고 터무니없다 해도 그것이 우선이었다. 그래도 보시를 행하는 데 큰 어려움은 없었다. 아버지는 어렵게 얻은 아들이 원하는 것은 무엇이든 들어주려 했다. 곳간을 열어 가난하고 배고픈 사람들을 도와주겠다고 하면 얼마든지 그렇게 하라고 했다. 어차피 국왕에게는 가난한 백성들을 구제해야 할 책임이 있었으니 착한 심성을 가진 태자의 선행을 막을 필요가 없었다. 물론 신하들이 국가의 재정이 부실해지는 것을 염려하긴 했지만 드러내놓고 반감을 표시하지는 않았다.

그런데 보시의 실천은 그것으로 끝날 수 없었다. 더

신정성 있는 것이 되려면 그 이상의 시험대가 필요했다. 지금까지 태자의 보시는 현실이 허용하는 한도 내에서 행해진 것이었다. 아버지가 국왕이고 자신을 아끼니 보시를 행하는 건 그리 어려운 일이 아니었다. 그런데 태자의 인자함과 환대에 관한 소문이 퍼지면서, 그가 감당할 수 없는 상황이 발생했다. 적국의 왕이 "태자가 보시하기를 좋아한다는 소식을 듣고" 여덟 명의 사신을 보내어 섭파국의 보배인 코끼리 수단연須檀延을 달라고 한 것이었다.

그들이 원한 수단연은 평범한 코끼리가 아니라 60여 마리의 코끼리들을 합한 것보다 힘이 센 코끼리였다. 당시에 어떠한 식으로 전쟁을 했는지 정확히 알 수는 없지만, 수단연 덕분에 전쟁에서 이길 수 있었다고 하는 걸 보면 코끼리가 전쟁의 주요 수단이었던 것은 분명해 보인다. 섭파국은 최강의 동물 병기인 수단연을 보유하고 있었기 때문에 60개에 달하는 작은 나라들과 800개에 달하는 마을들을 거느리게 되었다. 그런데 바로 이런 코끼리를 적국의 사신들이 와서 달라고 한 것이다.

물론 태자가 그들의 청을 바로 수락한 것은 아니었다. 그도 자기 나라가 갖고 있는 "보배 코끼리"가 얼마나 중요한지 알고 있었다. 그래서 처음에는 적국 사신들의 요청을 거절했다. "이 크고 흰 코끼리는 부왕께서 몹시 아끼시는 것으로 나와 다름없이 보시니, 그대들에게 줄 수가 없다. 만일 준다면 곧 부왕의 뜻을 잃으리니, 혹 이 코끼리 때문에 나는 벌을 받아 나라 밖으로 쫓겨날 것이다." 이렇게 거절의 의사를 확실히 밝힌 것이다. 여기에서 분명해지는 것은 태자의 보시와 환대가 처음부터 절대적이거나 무조건적이지 않았다는 사실이다. 그래서 상대의 요구를 거절하는 것이 가능했다. 환대와 관련된 이상적인 생각이 프로이트의 말을 빌려 말하면 "현실 검증" 앞에서 주춤해버린 셈이다. 눈앞의 현실이 그의 이상적인 생각을 꺾어버렸다. 문제는 그러한 행동이 그가 정한 보시의 원칙과 충돌한다는 데 있었다. "내가 저번에 서원하기를, 보시하는 것에 있어 사람의 뜻을 거스르지 않겠다고 하였는데, 이제 주지 않는다면 내 서원을 어기는 것이 된다." 그는 심각한 고민에 빠졌다.

일반적인 경우라면, 국가의 존립 자체를 위태롭게 만드는 보시나 환대는 있어서도 안 되고 있을 수도 없다. 그런데 문제는 국가의 안위와 관련이 있다는 이유로 보시를 거부한다면 현실적인 선택일 수는 있어도, 그가 지향하는 '보시바라밀' 즉 절대적 선물이나 환대의 이상으로부터 등을 돌리는 결과가 된다는 데 있었다. 위기였다. 국가를 생각하자니 스스로가 세운 환대의 원칙을 버리게 되고, 그렇다고 원칙을 지키자니 국가를 저버리게 될 상황이었다. 이러지도 저러지도 못하는 실존적 위기에 처한 것이었다. 결국 그는 보시바라밀을 택하고 코끼리를 적에게 넘겨주었다. 여기에서 중요한 점은 수대나 태자가 이전까지 보시바라밀을 너무 안이하게 생각했으며, 예기치 않은 현실 앞에서 당황하고 갈등하는 과정을 통해 진정한 보시에는 때로 감당할 수 없는 희생과 고통이 수반된다는 사실을 깨닫게 되었다는 것이다. 그는 코끼리를 적국의 사신에게 내주면서 궁중생활의 안락함은 물론이려니와 태자의 지위까지 위태롭게 만들었고 궁에서 쫓겨나는 것도 감수했다.

아니나 다를까, 태자가 코끼리를 적국에게 넘겨줬다는 사실이 알려지자 대소동이 벌어졌다. 국왕은 그 소식에 졸도했고 신하들은 태자의 탄핵을 주장했다. 결국 국왕은 신하들의 청을 받아들여 그에게 단특산檀特山에 가서 12년 동안 참회를 하라는 엄벌을 내렸다. 쫓겨나게 된 것이다.

단특산으로 가는 도중에도 태자의 보시는 계속되었다. 누군가가 수레를 끌던 말을 달라고 하자 선뜻 줘버리고 수레에서 내려 스스로 수레를 끌었다. 부인은 뒤에서 밀고 아이들은 여전히 수레에 타고 있었다. 아득하고 먼 길이어서 어쩔 수 없었다. 그러다가 어떤 이가 수레마저 달라고 하자 내주고 걸었다. 그다음에는 누군가가 입고 있던 옷을 달라고 하자, 그 사람의 남루한 옷과 바꿔 입었다. 그의 부인과 아이들도 그들의 옷을 내주고 넝마를 걸쳤다.

태자는 자신이 가진 모든 것을 이제는 다 내줬다고 생각했다. 자신의 전부를 다른 사람에게 아낌없이 주는 태자의 마음에 자연도 감동한 듯했다. 단특산은 그에게 유배와 형벌의 땅이 아니라 축복의 땅이었다. "서로 먹고 먹히던 것들이 스스로 풀을 먹"었다. 사자와 원숭이가 먹이사슬로부터 해방되어 사이좋게 공존하는 세상이었다. 아이들도 행복해했다. 궁궐에서처럼 호사를 누릴 수는 없었지만, 아니 어쩌면 그래서 더 행복해했다. 그들은 "부모를 따라다니며 물가에서 새와 짐승과 놀기도 하고 혹은 잘 때도 있었다". 걱정할 것이 없었다. 어느 날은 아들이 "사자에 올라타고 놀다가 사자가 뛰는 바람에 땅에 떨어져 얼굴을 다쳐 피가 나자, 원숭이가 곧 나뭇잎을 따다가 얼굴의 피를 닦아주고 물가에 데리고 가서 물로 씻어주었다." 이처럼 단특산은 인간이 동물과 교감하고 공존하는 낙원이었다. 사자는 아이를 태우고 달리고, 그러다가 아이가 다치면 원숭이가 돌봐주는 낙원. 이 모든 것이 자신의 전부를 기꺼이 내주는 태자가 있었기에 가능한 일이었다.

그러한 낙원의 상태는 영원할 것 같았다. 태자는 더

이상 보시할 것도, 잃어버릴 것도 없었다. 가진 게 없으니 세상이 평화로워만 보였다. 그래서 어떤 바라문이 청이 있다며 찾아왔을 때도 그는 태평이었다. "저는 구류국 사람인데, 태자께서 보시하기를 좋아하여 이름이 사방에 자자함을 듣고, 제가 가난하여 구하고 싶은 것을 얻고자 왔습니다." 태자는 자기한테 더 이상 줄 것이 없다고 생각했다. 열매를 따 먹고 샘물을 마시는 것으로 연명하고 있는 태자는 내줄 게 없었다. "내가 당신에게 보시하기를 아끼는 것이 아니라, 내가 가진 것이 없어 줄 것이 없습니다." 그러자 바라문이 말했다. "만일 재물이 없으면 나에게 두 아이를 주어 늙은이를 공양하게 하소서." 바라문은 가난하여 종을 부리지 못해 힘들어 죽겠다는 아내의 불만에, 처음부터 태자의 일곱 살짜리 아들과 여섯 살짜리 딸을 염두에 두고 찾아온 것이었다.

그러자 태자는 전혀 망설이지 않고 그렇게 하겠노라고 약속하고 아이들에게 그 사실을 알렸다. "바라문이 먼 곳으로부터 와서 너희를 달라고 하므로, 내가 이미 허락하였으니 너희는 바로 따라가거라." 청천벽력 같은 소리를 들은 아이들의 눈에는 자기들을 종으로 달라고 하는 바라문이 인간으로 보이지 않았다. 두 아이는 "아버지의 겨드랑 밑으로 달려들어 눈물을 흘리면서" 귀신 같은 사람에게 자기들을 내주지 말라고 호소했다. 그 귀신이 잡아먹을 것만 같았다. 그러나 태자는 단호했다. "내가 이미 허락하였으니 어떻게 물리겠느냐? 이 사람은 바라문이요, 귀신이 아니므로 너희를 잡아먹지 않을 것이니, 너희는 바로 따라가거라." 아이들은 울며불며 가지 않겠다고 버텼다. 늙은 바라문은 아이들이 도중에 도망가지 않을까 걱정이라며, 아이들의 손을 묶어달라고 요청했다. 태자는 아이들의 손을 묶어 바라문에게 건넸다. 그러자 바라문은 아이들을 때리며 끌고 갔다. 『수대나태자경』은 이 장면을 이렇게 묘사한다.

> 두 아이가 따라가지 않으려고 하자, 바라문이 매로 때리니 피가 나와 땅에 흘렀다. 태자는 모든 새와 짐승과 함께 두 아이를 전송하고 돌아왔다. 모든 새와 짐승은 태자를 따라 돌아와서 아이들이 놀던 곳에 이르러 울부짖고 뒹굴며 스스로 땅을 쳤다.

새와 짐승과 땅이 울고 요동을 쳤다는 것은 그만큼 태자가 아이들을 떠나보내면서 느끼는 슬픔이 컸다는 말이다. 그는 아이들을 내줘야 하는 상황이 되기 전까지는 크게 동요하지 않고 보시를 행했다. 국보에 해당하는 코끼리를 적에게 넘겨줄 때도 그랬고, 옷을 벗어주고 말과 수레를 내줄 때도 그랬다. 코끼리를 넘겨준 죄로 12년의 유배생활을 하게 되었을 때도 의연했다. 그런데 이번에는 달랐다. 그가 넘겨준 것은 어린 자식들이었다.

아무리 절대적인 보시바라밀, 무조건적인 환대를 삶의 목표로 삼았기로서니 어떻게 아이들까지 내줄 수 있을까. 그것도 아이들의 어머니가 없을 때 종으로 넘겨주다니! 아이들이 그녀에게 얼마나 중요한 존재인지는 새들도 알고 짐승들도 알고 땅도 아는 사실이었다. 그녀는 과일을 따러 숲속에 들어가 있었던 탓에 자식들에게 무슨 일이 일어나는지 전혀 알지 못했다. 그럼에도 "왼쪽 발바닥이 가렵고 오른쪽 눈 또한 간지러우며 양쪽 젖이 흘러나왔다". 자식에 대한 사랑이 얼마나 크고 지극했으면, 아무것도 모르는 상황에서도 발이 가렵고 눈동자가 흔들리고 나오지 않은 지 오래인 젖이 흘러나왔을까. 태자는 자신의 아내가 그렇게도 애지중지하는 자식들을 낯선 사람에게 몰래 넘겨준 것이었다.

이렇게 보면 태자가 비정한 사람으로 보일 것이다. 그러나 산천초목, 새와 짐승들, 땅을 몸부림치게 만든 그의 울음이 말해주듯 그는 누구보다 따뜻한 마음을 가진 아버지였다. 그는 아버지로서의 따뜻함을 눈물과 몸부림으로 이겨내고 받아치면서 찢어지고 갈라지는 마음으로 자식들을 넘겨준 것이었다. 지금까지 이렇게 괴로운 적은 없었다. 그의 보시는 지독한 상처와 고통, 희생을 전제로 했다. 수미산須彌山 정상에 있다는 이상세계 도리천忉利天의 왕 천제석天帝釋마저도 그걸 보고 감탄하지 않을 수 없었다.

천제석은 태자의 보시가 어디까지 갈 수 있는지 한번 시험해보고 싶었다. 그래서 바라문으로 변신하여 다짜고짜 태자비를 달라고 했다. 그러자 태자가 그러겠다고 하는 게 아닌가. 태자비가 안 된다고 해도 요지부동이었다. "지금 저를 바라문에게 준다면 누가 마땅히 태자를 공양하겠습니까?" 태자비의 물음에 태자는 이렇게 대답했다. "이제 그대를 보시하지 않으면 무엇으로 위없는 평등한 도리의 뜻을 얻겠습니까?"

얼핏 생각하면 그가 자식은 물론이고 아내까지 내준 것은 과도해 보인다. 보시바라밀에 집착한 나머지, 자신에게 소중한 가족들은 도외시하는 것 아닌가. 최상의 보시, 최상의 환대를 위해서라면 가족들은 희생시켜도 된다는 심사일까. 그렇다면 그것은 하나의 윤리를 위해서 다른 하나의 윤리를 저버리는 행위가 아닌가. 그렇지 않다. 그는 코끼리를 적국에 주고 단특산으로 쫓겨날 때, 아내에게 따라오지 말고 아들과 딸을 보살피며 궁에 남으라고 당부했다. 그녀와 아이들을 위한 배려였다.

사람이 산속 두려운 곳에 있으면 환난이 있을까 염려되

며, 범과 이리와 사나운 짐승 때문에 크게 두려운데, 당신이 어떻게 이를 참을 수 있겠습니까? (……) 산속에 있으면 눕는 곳은 풀 자리이고, 먹는 것은 과일과 풀 열매니, 당신이 어떻게 이를 즐길 수 있겠습니까? 또한 바람, 비, 우레, 번개, 안개 등이 많아서 사람을 놀라게 하고, 차면 매우 차고 더우면 매우 더워서 나무 사이는 가히 의지할 데가 못 되며, 더욱이 땅에 조약돌과 독벌레가 있는데 당신이 어떻게 이를 참을 수 있겠습니까? (……)

나는 보시하기를 좋아하여 사람의 뜻을 거스르지 않으므로, 어떤 사람이 나에게 와서 아이를 요구하거나 그대를 요구하는 이가 있으면 내가 주지 않을 수 없습니다. 그대가 만일 나의 말을 따르지 않아 곧 나의 선한 마음을 어지럽게 하려면 가지 않는 것이 좋습니다.

태자는 이렇게 말하며 그녀의 동행을 만류했다. 남편이자 아버지로서 당연히 그렇게 충고해야 했다. 그럼에도 불구하고 태자비는 "태자께서 보시하는 대로 따르겠으며, 보시에 있어 이 세간 어느 누구도 태자를 따라올 수 없게 하겠다"라며 아이들을 데리고 따라왔다. 태자는 이런 상황을 미리 내다보았던 것이다. 그래서 태자비를 천제석에게 내준 행동은 자기중심적인 행위와는 거리가 멀다. 다만 그가 자식들을 내줄 때와 달리 울지도 않고 고통스러워하지도 않은 것은 슬픔과 고통을 느끼지 못해서가 아니라 자식들을 떠나보내면서 깨달은 바가 있었기 때문이다. 자식을 떠나보내는 고통이 가져다준 일종의 학습효과였다. 이것은 태자의 환대가 처음부터 완성된 상태가 아니라 차츰차츰 완성되어가는 과정에 있었음을 말해준다. 그는 완벽했던 게 아니라 완벽을 향해 나아가는 사람이었다.

그렇다고 이야기가 이처럼 슬프게 끝나는 것은 아니다. 태자의 진정성을 확인한 천제석은 "태자비를 데리고 일곱 걸음을 가다가, 도로 태자비를 데리고 와 태자에게 맡기면서 다시는 다른 사람에게 주지 말라"고 하고, 자신의 정체를 드러냈다. 그리고 태자와 태자비의 소원을 들어주겠다고 했다. 여기에서 인상적인 것은 태자와 태자비의 소원이 각기 다르다는 것이다. 『월인천강지곡』은 이 대목을 이렇게 읊었다.

> 아이들이 서울에 가게 해주시고, 아이들이 배고프게 하지 마시고, 우리도 빨리 서울에 가게 해주세요.
>
> 중생에게 四苦가 없게 해주시고, 보시를 넓히게 해주시고, 부모가 나를 보고 싶게 해주세요."

앞의 것은 태자비의 소원이고, 뒤의 것은 태자의 소원이다. 태자비의 소원은 늙은 바라문이 습파국의 수도로 가서 아이들을 궁에 파는 형식으로 돌려주게 하고, 아이들이 "괴롭고 배고프고 목마르지 않게" 해주고, 자신과 태자가 수도로 돌아갈 수 있게 해달라는 것이었다. 태자의 소원은 더 크고 더 원대했다. 그의 첫 번째 소원은 "중생들이 모두 해탈을 얻어서 다시 나고 늙고 병들고 죽은 괴로움이 없게 해달라"는 것이었다. 그런데 아무리 천제석이라 해도 "삼계의 가장 거룩한 일"은 관여할 수 있는 영역이 아니었다. 사고四苦 즉 생로병사는 그의 소관이 아니었다. 누구도 그것은 관여할 수 없었다. 그래서 그는 이렇게 말했다. "만일 하늘에 태어나고자 한다면 해와 달의 왕이 되게 하고, 세간의 왕으로 수명을 연장하고자 한다면 내가 능히 그대의 말한 바와 같이 할 수 있다. 그러나 삼계의 가장 거룩한 일은 내가 미칠 바가 아니다." 그러자 태자는 다른 소원을 말했다. 그것은 자신이 "큰 부富를 얻어" 전보다 보시를 더 실천할 수 있게 해주고, 부모와 신하들이 자신에 대한 미움을 떨치고 자신을 그리워하게 해달라는 것이었다. 이것은 천제석이 충분히 들어줄 수 있는 소원들이었다. 이렇게 해서 태자와 태자비, 아이들까지 궁으로 돌아갈 수 있었다.

이 과정에서 눈여겨볼 것 중 하나는 태자가 돌아온다

는 소식을 듣고 적국의 왕이 사신을 시켜 코끼리를 돌려보냈다는 것이다. 적국의 왕이 누구인가. 태자의 이타적인 성향을 역이용하여 섭파국의 보물인 코끼리 수단연을 가져감으로써 태자의 삶을 엉망으로 만든 사람이었다. 그의 사신은 태자에게 이런 말을 전했다.

"흰 코끼리를 요구한 것은 제가 어리석었기 때문입니다. 저 때문에 멀리 쫓겨났다가 이제야 돌아오신다는 말을 듣고, 속으로 기뻐하여 이제 흰 코끼리를 받들어 태자께 돌려보냅니다. 원컨대 저의 죄와 허물을 용서해주십시오."

적국의 왕은 자신이 코끼리를 요구한 탓에 태자가 귀양살이를 하게 된 것에 심한 죄책감을 느꼈던 것으로 보인다. 그래서 지금이라도 용서를 빌고 코끼리를 돌려주고 싶어 한 것이다. 그런데 태자의 반응은 뜻밖이었다. 그는 코끼리를 받을 생각이 없었다. 그는 적국의 사자에게 이렇게 응수했다.

"비유컨대 어떤 사람이 백 가지 맛난 음식을 베풀어 특별히 올리고서, 그 사람이 먹은 뒤에 토해서 땅에 뱉었으면, 어떻게 다시 향기롭게 씻어서 다시 먹겠는가? 내가 보시한 것은 방금 비유에서의 토한 것과 같아서 도로 받지 못하겠으니, 빨리 코끼리를 타고 돌아가서 그대의 국왕께 수고롭게 사신을 보내어 사죄하는 것을 거두시라고 하라."

코끼리는 자신의 손을 떠난 순간 그것을 받은 사람의 것이었다. 태자에게 보시는 무조건적으로 주는 것이지, 그것을 돌려받거나 다른 것으로 보상을 받기 위한 것이 아니었다. 그가 국가의 보배인 코끼리를 넘겨준 것은 그러한 보시를 행하기 위해서였다. 그러니 코끼리를 가져간 사람을 원망스럽게 생각할 필요도 없었다. 코끼리를 돌려줄 필요도, 사죄할 필요도 없었다. 코끼리는 그의 것이 아니라 적국 왕의 것이었다. 적국의 왕은 태자의 말을 전해 듣고 감동했고 그 감동이 그를 변하게 만들었다. "이에 적국의 왕이 자비롭게 변하여 위없는 평등한 도를 얻으려는 마음을 내었다." 태자의 무조건적인 보시가 악의적인 적국의 왕마저 자비로운 왕으로 변하게 만든 것이다. 적국의 왕이 자비롭게 변했다는 것은 그가 태자를 본받아 보시를 실천하기 시작했다는 의미였다.

그렇게 고귀한 품성을 지닌 태자가 돌아오자 왕은 나라의 곳간을 아예 태자에게 넘겨줬다. 그러자 "태자는 뜻대로 보시하기를 먼저보다 더하여 스스로 부처님의 도를 얻음에 이르렀다". 그의 보시는 끝도 없고 완성도 없었다. 보시는 그에게 끝없이 충족시켜줘야 하는 일종의 허기였다. 그 허기가 보시와 환대의 윤리였다.

이 이야기에서 수대나태자는 석가모니를 이른다. 더 정확히 말하면, 석가모니가 전생에 수대나태자였다. 석가모니가 제자들이 모인 자리에서 유난히 환한 미소를 지은 것은 전생에서 자신이 실천한 보시바라밀을 회상했기 때문이었다. 수대나태자, 아니 석가모니가 실천한 보시바라밀은 타자와 관련하여 데리다가 말하는 절대적이고 무조건적인 환대의 개념에 부합되는 것으로 보인다. 국가 안보와 자신의 안위, 심지어 자식과 부인까지 내주면서 보시를 실천했던 사람이 여태껏 해온 것 이상으로 더 많은 보시를 실천할 수 있게 해달라고 하는 것보다 더 절대적이고 무조건적인 환대가 있을 수 있을까.

여기에서 수대나태자의 환대를 절대적이고 무조건적인 환대라고 하는 것은 그것이 최종적이고 이상적인 형태의 것이어서가 아니라 더 높고 더 완전한 환대를 향해 나아가려 하는 방향성 때문이다. 바로 이 방향성이 환대의 본질이다. "제가 보시를 좋아함이 이전보다 더하게 해주십시오"라고 청하면서 자신이 지금까지 실천해온 보시에 안주하거나 만족하지 않고 더 높은 보시를 실천하게 해달라는 겸손한 마음이 환대의 본질이다. 만족을 모르는 윤리적 갈증이 환대의 중심에 있는 셈이다. 그래서 절대적인 환대는 수대나태자가 실천하고 구현한 것보다 더 높은 것에 있는 것이 된다. 그가 보여준 행동이 불완전하고 불만족스러워서가 아니라 그가 지향하는 보시바라밀, 즉 최고의 보시는 늘 미래의 영역이기 때문이다. 환대는 완성을 모른다. 아무리 해도 늘 부족하고 미진한 것이 환대의 속성이다. 그래서 환대는 어떤 경지에 도달해서 완성되는 것이 아니라 그것을 향해서 나아가는 과정이다. 사랑도 그렇고 불교에서 말하는 깨달음도 그렇지 않은가. 그것은 어떤 경지에 도달하는 데 목적이 있는 게 아니라 자꾸만 뒤로 미뤄지는 그 경지를 향해 나아가는 데 목적이 있다. 수대나태자의 보시가 그러했다. 어쩌면 바로 이것이 석가모니가 말하는 보시바라밀, 즉 절대적 환대의 윤리이다. 데리다가 절대적이고 무조건적인 환대에 대해 말하기 몇천 년 전에 석가모니는 환대가 무엇이고 환대의 윤리가 무엇인지를 '이미' 정의해 놓았다.

보는 입장에 따라서는 석가모니의 전생 이야기가 다소 황당해 보일 수도 있다. 전생의 개념을 인정하지 않는 입장에서는 더더욱 그럴 수 있다. 그러나 중요한 것은 불교에서 말하는 전생의 존재 여부가 아니라 석가모니가 아난다의 요청으로 들려준 전생 이야기가 우리에게 환대의 윤리에 관해 시사해주고 암시하는 것이다. 그 이야기는 석가모니의 전생에 관한 많은 이야기들이 그러한 것처럼 더 나은 환대를 실천하려는 과정을 보여줌으로써 더 나은 환대를 지향하려는 겸손한 마음이 환대의 본질이요 윤리라는 것을 보여준다. 그렇다면 우리가 타자에게 행하는 환대는 수대나태자가 보여준 환대의 정신에 얼마나 부합하는 것일까.

"생을 사랑함은 신을 사랑하는 것이다"

—타자로서의 나환자, 그 목소리

인간이 가진 놀라운 능력 중 하나는 다른 사람의 감정을 자기 것처럼 느낄 줄 아는 능력, 즉 공감 능력이다. 공감 능력을 지녔기에 우리는 누군가가 고통스러워하면 같이 아파하고 같이 울어줄 수 있게 된다. 이웃에 대한 사랑도, 타자에 대한 환대도 여기에서 나온다. 문학 역시 그러한 공감 능력이 전제되지 않으면 아예 처음부터 존재할 수 없거나, 존재하더라도 자기 얘기만 반복하는 자기중심적인 몸짓에 지나지 않을지 모른다. 문학은 타자에 관한 것이고 또 그래야 한다. 우리가 잘 알고 있는 서정주의 시 「문둥이」는 그 좋은 예이다.

해와 하늘빛이
문둥이는 서러워

보리밭에 달 뜨면

애기 하나 먹고

꽃처럼 붉은 울음을 밤새 울었다.

시인은 이 짧은 시에서 '문둥이'•가 아니면서도 '문둥이'가 '되어' 세상의 손가락질을 받는 처절한 심정을 노래한다. 이 시가 발표된 것은 1936년, 시인의 나이 스물한 살 때였다. 시인은 그 젊은 나이에 스스로를 '문둥이'의 자리에 놓았다. 이것은 들뢰즈의 말을 빌려 말하면 타자 "되기becoming"요, 데리다의 말을 빌리면 "타자의 환대"다. 그는 '문둥이'들이 병을 치료하기 위해 아이를 잡아먹는다는, 허황되지만 그래서 사람들에게 더 큰 두려움으로 다가왔을 소문에 대해 알고 있었을 것이다. 하기야 그것은 1930년대만이 아니라 해방 이후에도 오랫동안 이 나라의 구석구석을 떠돌던 이야기라서, 시인만이 아니라 한국인 모두가 알았다. 사회는 말도 안 되는 소문을 만들어내면서 몸도 아프고 덩달아 마음까지 아픈 사람들에게서 "해와 하늘빛"을 박탈하고 그들을 어

• 지금은 '한센인' '한센병'이라는 용어를 사용하지만, 한하운이 '문둥이' '문둥병'이라는 표현을 쓰고 있어서, 문맥상 반드시 필요가 아니면 작은따옴표 안에 가둬 '문둥이' '문둥병'이라고 표기했다. '나환자'나 '나병'이라는 단어도 같은 경우에 해당하지만, 한하운이 '문둥이'나 '문둥병'보다는 덜 비하적이고 덜 부정적인 의미로 썼기에 그대로 사용했다.

두운 “달”과 “울음”의 세계로 밀어 넣었다. 사람들의 인식 속에서 ‘문둥이’는 자신의 병을 치료하기 위해 아이를 잡아먹는 존재였다. 허구의 폭력, 인식의 폭력이었다. 시인은 기꺼이 그 허구와 인식의 폭력 속으로 들어가 보리밭에 달이 뜨면 아이를 잡아먹는 ‘문둥이’가 되어 피울음을 울었다. 공감 능력을 가졌기에 가능한 일이었다. 그것이 그로 하여금 사람들에게서 편견과 혐오와 증오의 시선을 받아내는 타자가 되는 것을 가능케 한 것이다.

그러나 공감 능력은 인간이 가진 놀라운 능력임이 분명하지만 한계 또한 분명하다. 타자가 되어 타자의 고통을 느끼는 것이 개념적으로는 가능하지만, 타자의 고통은 결국 타자의 것이지 ‘나’의 것이 아니다. 고통에도 일종의 소유권이 있어서, 타자가 느끼는 고통은 오롯이 타자의 것이다. 서정주의 시에는 그래서 두 개의 시선이 공존한다. 하나는 타자가 ‘되어’ 타자가 겪는 고통을 자기 것으로 느끼는 공감의 시선이고, 다른 하나는 그러한 노력에도 불구하고 여전히 자기 안에 머물면서 타자를 응시하는 자기중심적인 시선이다. 이것은 완전하게 타자가 ‘되는’ 것이 결코 가능하지 않다는 말이다. 더욱이 시인은 나환자를 소재로 한 시를 더 이상 쓰지 않았다. 이쯤 되면 공감 능력에 기초한 타자의 환대, 타자 ‘되기’

의 한계는 명백해진다. 이것은 서정주의 한계라기보다 공감 능력으로만 타자의 삶을 재현하는 모든 작가들과 예술가들의 한계이다. 김동리의 경우도 마찬가지다. 그의 단편소설 「바위」를 보면, 어머니가 '문둥병'에 걸려 가족이 만신창이가 되고 결국 그 어머니가 다리 밑에서 살다가 아들을 그리워하며 죽어가는 모습을 형상화하고 있는데, 김동리도 '문둥병'에 걸린 어머니의 시선을 따라가다가 결국에는 그것을 관조하는 입장에서 자유롭지 못하다. 그러니 이것은 누구나가 타자를 재현하면서 마주하게 되는 문제인 셈이다.

그래서 타자 스스로 내는 타자의 목소리가 중요하게 된다. 문제는 서정주의 「문둥이」나 김동리의 「바위」에 나오는 '문둥이' 즉 타자가 스스로를 대변할 수 있느냐는 하는 것이다. 사회는 물론이고 가족으로부터도 내몰려 인간 이하의 삶을 강요당하는 그들이 무슨 수로 자신을 대변할 수 있겠는가. 불가능한 일이다. 대체 어디에 대고 목소리를 내겠는가. 목소리를 낸다고 다 목소리가 아니다. 목소리가 진짜 목소리가 되려면 그것을 들어줄 사람들이 있어야 한다. 목소리는 다른 사람의 귀에 닿아 들려야 목소리가 된다. 그러나 이리 쫓기고 저리 쫓기다 보니 개마저도 "사람을 업신여기고 덤벼"(한하운, 「막다른 길」)드는데, 누가 목소리를 낼 것이며 목소리를 낸들 누가 들어주겠는가. 여기에서 누군가가 그들을 위해서, 그들 '대신' 말해주어야 하는 딜레마가 발생한다. 가야트리 스피박이 「낮은 자들은 말할 수 있는가Can the Subaltern Speak?」라는 논문에서 말하고 있는 것이 바로 이것이다. 세상에 짓밟히고 권력에 눌리고 주류 사회에서 배제된 "낮은 자"•, 즉 타자는 목소리를 내지 못하는 존재이다. 한센인이었던 시인 한하운(1920-1975)의 존재가 소중한 것은 바로 이러한 이유에서다. 그는 자칫하면 영원히 묻혀버렸을 진짜 '문둥이'의 목소리를 남긴 거의 유일한 한국 시인이다.

우리는 '문둥이'와 관련하여 서정주나 김동리에게서 느끼는 양가적이고 복합적인 감정을 한하운에게서는 더 이상 느낄 필요가 없게 된다. 작가 스스로가 '문둥이', 즉 타자이기 때문이다. 그의 시들은 그의 말처럼 '문둥이'의 "영혼으로", '문둥이'의 "눈물로" 쓴 것들이다. "사람으로서 버림받은 문둥이의 인권을 선언하며 인간으로서 해방을 부르짖을 것"이라는 말이 서정주와 김동리의 입에서 나오면 허위가 되겠지만, 한하운의 입에서

• 여기에서 "낮은 자"로 옮긴 "서발턴Subaltern"은 안토니오 그람시가 감옥에 있을 때 검열을 피하기 위해 사용한 은어로 원래는 농민, 노동자 계급 등 프롤레타리아를 지칭하는 말이었지만, 이 세상의 '낮은 자'들, 즉 타자들을 포괄하는 단어라고 보아도 무방하다. 우리나라에서는 '하위주체' '하위자' 등으로 번역된다.

나오면 진실이 된다. 경험에서 나오는 상처와 고통의 소리이기 때문이다.

한하운의 작품들 중 『황토길』(신흥출판사, 1960)에 실린 시들은 대단한 호소력을 발휘한다. 시인이 그의 시를 직접 골라 그 시가 쓰이게 된 정황을 세세히 설명하고 있을 뿐만 아니라, 산문들을 요소요소에 배치해 그의 문학과 삶 그리고 세상을 보는 시각을 종합적으로 들여다볼 수 있는 흔치 않은 기회를 제공하기 때문이다.

『황토길』을 펼치면 제사題詞가 나온다. "가장 곤란하나—가장 본질적인 것은 생을 사랑한다는 것이다.— 괴로울 때도 사랑한다는 것이다. 생은 모든 것이다. 생은 신神이다. 생을 사랑함은 신을 사랑하는 것이다."• 그런데 인천문화재단 한하운 전집 편집위원회가 엮고 2010년 문학과지성사에서 출간한 『한하운 전집』에는 아쉽게도 이 제사가 빠져 있다. 그래서 제사를 확인하려면, 세월의 흔적으로 누렇게 바래 도서관 한 귀퉁이에 꽂혀 있는 『황토길』 원본을 참조해야 한다. 그 무렵에 나온 많은 문학작품들이 그러하듯, 『황토길』에 실린 시와 산문

• 영어 원문은 다음과 같다. "The most difficult thing—but an essential one—is to love Life.—love it even while one suffers, because Life is all. Life is God, and to love Life means to love God." 시인의 번역 중 "가장 곤란하나 가장 본질적인 것"이라는 대목은 "가장 곤란하지만 본질적인 것"으로 번역해야 맞겠다.

은 세로로 쓰여 오른쪽에서 왼쪽으로 읽게 되어 있는데, 속표지를 넘기면 시인이 꾹꾹 눌러쓴 필체를 인쇄한 제사가 보인다.

시인이 나환자라는 사실을 아는 독자라면 이 제사를 보는 것만으로도, 시인이 이후로 펼치게 될 생명 담론이 어떠한 것일지를 어느 정도 짐작할 수 있다. 이 제사는 톨스토이의 『전쟁과 평화』에 나오는 유명한 문구로, 시인은 이것을 속표지와 내용 사이에 놓아 독자가 안으로 들어갈 때 거쳐야 하는 일종의 문턱으로 삼고 있다. 그럴 만한 이유가 있어서임은 물론이다. 제라르 주네트Gérard Genette는 본문의 일부는 아니지만 본문을 읽는 데 일종의 안내자 역할을 하는, 텍스트 주변의 것들을 총칭하여 파라텍스트paratext라고 부른다. 책머리에 놓이는 문구도 여기에 포함된다. 이것의 주된 기능은 "텍스트를 위해 작가의 의도와 일치하는 운명을 보장하는 것"이다. 한하운의 경우도 예외가 아니다. 그는 톨스토이의 말을 앞에 놓음으로써 독자로 하여금 그것이 암시하고 함의하는 바를 염두에 두고 자신의 "의도에 부합되는 방향"으로 이후의 글들을 읽어가도록 유도한다.

따라서 독자가 톨스토이의 소설에서 옮겨 온 일종의 생명예찬을 마음에 담고 한하운의 시와 산문을 읽는 것은 불가피한 일이 된다. 톨스토이의 말에 그만한 무게가 실려 있다는 말이다. 톨스토이의 말처럼, 『황토길』은 "괴로울 때도" 삶을 사랑하는 나환자의 실존적인 몸부림을 보여준다. 거기에는 자기혐오, 자살 충동, 자학처럼 부정적인 요소들도 물론 있지만, 그것들은 결국 삶과 생명에 대한 사랑에 길을 내주고 옆으로 물러난다. 모든 것이 톨스토이의 말이 암시하고 함의하는 생명의 사랑, 생명의 환대로 흘러간다는 말이다. 따라서 '문둥이'를 향해 보내는 증오와 저주의 시선이 아무리 자주 반복되어도 그것이 최종적인 것은 아니게 된다. 생명의 사랑, 생명의 환대를 위한 반어적인 몸부림이요 표현이기 때문이다.

그래서 우리가 우선적으로 주목해야 하는 것은 나환자가 "저주에 가득 찬 이 세상의 시선"을 온몸으로 받아내면서 스스로도 자신을 증오하고 저주하게 되는 내재화 과정이다. '문둥이'가 '문둥이'를 증오하고 저주하는 아이러니가 발생하는 것도 이 과정에서다. 시인은 이렇게 고백한다. "나는 거리거리에 깡통을 쥐고 떠돌아다니는 문둥이를 보든지 부딪치게 되면 어쩐지 증오와 저주감이 치밀어 그 문둥이를 피해버리고는 불안에 떤다. 웬일인지 공포에 가까운 불안으로 초조해지는 나의 심리가 나도 몰라진다." '문둥이'인 그가 "똑같은 운명에 있는 다른 문둥이에게 증오와 저주"를 보내는 모순은 세상 사람들의 시선을 자기도 모르게 차용한 데서 발생한다.

사람이 아니올시다
짐승이 아니올시다
하늘과 땅과
그 사이에 잘못 돋아난
버섯이올시다 버섯이올시다

다만
버섯처럼 어쩔 수 없는
정말로 어쩔 수 없는 목숨이올시다

—「나」 부분

'문둥이'는 사람도 아니고 짐승도 아니고, 하늘과 땅 사이에 "잘못 돋아난/버섯"이다. "음지나 썩은 나무에서 무성생식無性生殖을 하는 하등동물下等動物 같은" 존재다. 바로 이것이 사람들의 시각이고, 이것은 다시 '문둥이'인 '나'의 시각이 된다. 내가 누구냐에 상관없이, 사람들의 눈에 보이고 사람들의 마음에 인식되는 실체가 '나'인 것이다. 사람들이 업신여기면, '나'는 당연히 그럴 만해서 업신여김을 당하는 존재가 된다. 그들이 '나'를 아무 가치도 없는 버섯으로 간주하면 '나' 스스로도 '나'를 버섯으로 간주한다. 그런 '내'가 택할 수 있는 길은 두 가지밖에 없다. "버섯처럼 어쩔 수 없는/정말로 어쩔 수 없는 목숨"이기에 사람의 발길에 채이면서도 목숨을 부지하며 살거나, 비관하여 목숨을 버리는 것이다. 그래서 한하운의 시 곳곳에서는 자살 충동이 발견된다. 세상이 버렸으니 '내'가 '나'를 버리는 것도 그리 이상한 일이 아니다. '문둥이'인 '내'가 봐도 혐오스러운데, "권세 좋고 돈이 많고 아름다운 행복에 있는 사람들이 문둥이를 볼 때"는 어떻겠는가. '문둥이'는 인간도 아니고 짐승도 아니고, 도려내야 하는 버섯일 따름이다. 버섯 중에서도 귀한 버섯이 아니고 밟고 지나가거나 짓이겨도 상관없는 버섯이다. 그러지 않고서야 의사들이 치료를 거절할 까닭이 없고, 국가가 인권의 시각지대에 그들을 방치할 까닭이 없다. "병자를 치료해야 하는 병원도 나환자의 치료는 거절하고 병자에게 약을 팔아야 하는 약국도 나환자에게는 약을 파는 것을 거절"하는 것은 그런 이유에서다.

놀라운 것은 그럼에도 불구하고 그들이 절망의 마지막 순간에 죽음으로부터 돌아선다는 사실이다. 왜일까. 삶과 생명을 사랑해서다. 그렇다. 톨스토이의 말처럼, "가장 곤란하나 가장 본질적인 것은 생을 사랑한다는 것이다. 괴로울 때도 사랑한다는 것이다". 다음 시는 이 점을 더욱 분명히 한다.

제일 먼저 누구의 이름으로
이 좁은 지역에도 한 포기의 꽃을 피웠더냐.

하늘이 부끄러워
문들레꽃• 이른 봄이 부끄러워.

새로는 돋을 수 없는 빨간 모가지
땅속에서 움 돋듯 치미는 모가지가 부끄러워.

버들가지 철철 늘어진 초록빛 계절 앞에서
겨웁도록 울다가는 청춘이요 눈물이요.
그래도 살고 싶은 것은 살고 싶은 것은
한 번밖에 없는 자살을 아끼는 것이오.

—「봄」 전문

• '문들레'는 북한에서 민들레를 일컫는 말로, '문둥병'과는 아무 관련이 없다. 그럼에도 한하운의 시에서 '문둥병'과 모종의 관련이 있는 것처럼 느껴진다. '문둥이'를 죽음의 문턱에서 구하는 것이 '문들레'꽃이라는 사실이 우연은 아닐 것만 같다. 그러나 시인이 실제로 그런 의도를 가지고 '문들레'라는 시어를 썼는지는 확인할 길이 없다.

버섯 같은, 아니 버섯만도 못한 생명을 버리려고 하는 순간, 꽃이 피고 버들가지가 늘어진 모습이 그의 마음을 돌려세운다. 같은 병에 걸린 수많은 사람들도 시인처럼 삶을 버리려고 하는 마지막 순간, 생명에 대한 본능적인 사랑으로 인하여 죽음으로부터 돌아섰을지 모른다. 그렇다고 죽음의 유혹에서 완전히 벗어난 건 아니었을 것이다. 삶을 마감하지 않은 것은 미래를 위해서 "한 번밖에 없는 자살을 아끼는 것"이었을 따름이다. 조금만 더 살아보자고, 생명은 꽃처럼 아름답고 소중한 것이니 조금만 더 살아보고 결정하자고 자살을 미뤘을 것이다. 그도 그럴 것이, '문둥이'가 죽음으로부터 돌아선다고 해서 세상이 그에 대한 "학대"를 멈추고 그를 "인간 대열"에 합류시켜주지도 않을 것이다. 세상은 "저주와 학대"를 멈추지도, 박탈한 "천부의 인권"을 회복시켜주지도 않을 것이다. 그래서 살고 싶다는 표현 대신 '자살을 아낀다'는 표현을 사용한 것이다. "그래도 살고 싶은 것은 살고 싶은 것은/한 번밖에 없는 자살을 아끼는 것"이라는 말보다 '문둥이'의 실존적 삶을 더 가슴 아프게 표현한 말은 세상에 없을 듯하다. 이것은 '문둥이'가 아니면 말할 수 없는 고통의 소리다. 종이가 몸이라면, 그 몸에 '문둥이'의 고통을 새기는 소리다. 바로 이것이 타자가 내는 목소리의 권위다. 이 권위 앞에서 타자가 아니면서 타자를 재현하는 예술가들은 스스로를 낮추고 납작 엎드릴 수밖에 없다. 바로 이것이 타자의 권위다.

그렇다면 마지막 순간에 생명을 향해 돌아선 것은 어떤 의미가 있을까. 자기혐오에서 벗어날 가능성이 있다는 의미다. 스스로가 '문둥이'임에도, 어쩌면 '문둥이'여서 더욱, 자기와 같은 '문둥이'를 증오하고 저주했던 모순으로부터 벗어날 가능성이 있다는 의미다. '소록도로 가는 길에'라는 부제가 붙은 다음 시는 시인이 자기혐오를 떨쳐내는 모습을 아주 효과적으로 포착하고 있다.

가도 가도 붉은 황톳길
숨 막히는 더위뿐이더라.

낯선 친구 만나면
우리들 문둥이끼리 반갑다.

천안 삼거리를 지나도
쑤세미 같은 해는 서산에 남는데

가도 가도 붉은 황톳길
숨 막히는 더위 속으로 쩔룸거리며
가는 길—

신을 빗으면
버드나무 밑에서 지까다비를 벗으면
발가락이 또 한 개 없다.

앞으로 남은 두 개의 발가락이 잘릴 때까지
가도 가도 천 리 먼 전라도 길.

—「전라도길 – 소록도 가는 길에」 전문

시인은 나환자들이 모여 사는 소록도를 향해 가는 중이다. 그는 "소록도도 역시 나환자의 낙원이 못 되고 지옥의 하나"이자 "인간 동물원"이라는 것을 잘 알고 있다. 그럼에도 어쩔 수 없이, "사형수가 사형장을 가는 그 심정"으로 그곳을 향해 걸어가고 있다. 그렇지 않아도 발가락이 성치 않은데 마음마저 그러하니 발걸음이 가벼울 리가 없다. 그래서 "쩔룸거리며" 걸어간다. 그런데 기차를 타면 쉽게 갈 수 있는 길을 "숨 막히는 더위" 속에서 굳이 걸어가는 이유가 뭘까. 간단하다. 기차를 탈 수 없기 때문이다. 기차에 오르면 승객들이 싸늘한 눈초리를 보내고 차장이 "으레껏 발길로 차며 끄집어 내"리기 때문이다. 그래서 "쩔룸거리며" 걸어가는 것이다. 가는 길도 녹록지 않다. 누구 하나 그들을 반겨주지 않는다. 그런데 전에는 자신과 같은 '문둥이'를 혐오와 저주의 눈길로 바라보던 '문둥이'가 이제는 다른 '문둥이'에게 반가운 인사를 건넨다. "낯선 친구 만나면/우리들 문둥이끼리 반갑다." 다른 '문둥이'가 더 이상 혐오와 저주의 대상이 아니라 반가움의 대상이 된 것이다. 엄청난 변화다. 시인은 이렇게 말한다. "정말 부모 형제보다도 반갑다. 낯선 문둥이지만 서로 만나 '얼마나 고생합니까?' 하는 이 말에 눈물이 쏟아진다. 이 세상에서는 우리 문둥이밖에는 우리를 알 길이 없다." 이것은 일차적으로는 그가 다른 '문둥이'에 대한 혐오를 떨쳐냈다는 의미이고, 더 중요하게는 자기혐오나 자학에서 벗어났다는 의미다. 놀라운 순간이다. 스스로에 대한 증오와 저주에서 벗어나, 세상이 버린 잉여적인 존재들과 반가운 인사를 나누는 순간, 생명에 대한 그의 환대와 사랑은 비로소 시작된다.

지나간 것도 아름답다.
이즈음 문둥이 삶도 아름답다.
또 오려는 문드러짐도 아름답다.

모두가 꽃같이 아름답고
…… 꽃같이 서러워라.

—「생명의 노래」 부분

이 시의 핵심은 첫째 행에서 셋째 행까지 공동적으로 사용되는 조사 "도"에 있다. "지나간 것"과 "이즈음 문둥이 삶"과 "또 오려는 문드러짐"은 각각 과거, 현재, 미래를 가리키는데, 조사 "도"는 그것들을 "아름답다"라는 서술어로 이어준다. 그러니까 과거와 현재와 미래가 모두 아름답다는 말이다. 놀라운 긍정의 정신이다. "또 오려는 문드러짐"마저 아름답다고 하다니, 이보다 더한 생명의 노래, 생명의 예찬이 있을까. 미국의 흑인 시인 랭스턴 휴스Langston Hughes가 「나의 동포My People」라는 시에서 검은 피부에 찍힌 저주와 모욕의 낙인을 떨쳐내려고 "밤은 아름답다 / 내 동포의 얼굴들도 아름답다"라고 선언한 것과 흡사하게, 한하운은 '문둥이'의 과거, 현재, 미래가 아름답다고 선언한다. 휴스의 선언보다 한하운의 선언이 훨씬 더 어려운 것이었을지 모른다. 미국에는 수천만 명에 달하는 흑인들이 살고 있어서, 휴스의 선언이 아니더라도 그들이 백인들의 냉대와 차별을 떨쳐내고 인권을 회복하는 것은 시간문제였다. 그들은 정상인이었다. 피부색은 검지만 공포나 기피의 대상은 아니었다. 그들이 공동체를 만들 수 있었던 것은 그래서 가능했고, 결국 그들의 인권은 조금씩 현실이 되었다. 그러나 한국의 나환자들이 사회의 냉대와 차별과 억압으로부터 벗어나는 건 불가능한 일이었다. 그들은 부모에게서도 쫓겨나고 마을에서도 쫓겨나고 사회로부터도 쫓겨난 소수자들이었다. 주류 사회의 입장에서 보면 그들은 얼마든지 버려도 되는, 존재 같지 않은 존재였다. 그들은 생명이되 "살 가치가 없는 생명"•이었다. 경찰은 물론 민간인들도 그들이 가까이에 오면 그들의 '소굴'을 습격하고 몰아냈다. 공동묘지 옆으로 가서 산다면 몰라도 그들은 옆에 있으면 안 되는 존재였다. 시인이 나환자들을 이끌고 "부평의 공동묘지 골짜기"로 들어가 나환자 공동체를 만든 것도 그래서였다.

그래서 "도"라는 조사는 '문둥이'의 과거와 현재와 미래를 묶어 "아름답다"로 이어주는 긍정적인 조사이면서 동시에 그들의 서글픈 현실을 말해주는 지표이기도 하다. "문둥이 삶도 아름답다"라는 말이 좀 더 완전한 것이기 위해서는 조사가 바뀌어 '문둥이 삶은 아름답다'라는 자족적인 선언이 되어야 한다. 그러나 "도"를 붙이지 않을 수 없는 게 한국의 '나환자'들이 처한 현실이었다. 사람들이 "나환자를 식인종같이 생각하고 나병이 당장 옮아버리는 것 같은 그릇된 관념"에 사로잡혀 있는 상황에서, 그들이 할 수 있는 것은 다른 사람들의 삶과 마찬

• 조르조 아감벤은 『호모 사케르』에서 칼 빈딩Karl Binding과 알프레드 호헤Alfred Hoche가 집필한 『살 가치가 없는 생명의 제거에 대한 승인』이라는 소책자를 인용하면서 "살 가치가 없는lebensunwerten Lebens"이라는 개념을 설명하고 있다.

가지로 그들의 삶'노' 소중하다고 말하는 것이 전부였다. 세상이 소중하지 않게 생각하니 '도' 자를 붙인 것이다. 이런 맥락에서 보면 '생명의 노래'라는 제목이 붙은 이 시도 한하운이 자신의 모든 시들을 가리키며 했던 말처럼 "자학의 노래이며 생명의 노래"이다.

그래도 다행스러운 것은 자학의 끝에 언제나 생명에 대한 사랑과 환대가 있다는 것이다. 톨스토이의 『전쟁과 평화』에서 베주호프 백작의 아들 피에르가 농민 보병 카라타예프의 단순하면서도 깊고 지혜로운 삶을 보고 깨달은 것처럼, 한하운에게도 "생은 모든 것"이었고 "생을 사랑함은 신을 사랑하는 것"이었다. 그가 나환자들을 위하여 집단 거주지를 만들고 고아원을 세우고 그들의 지도자가 된 것은 버림받은 생명에 대한 사랑과 헌신이 없었다면 불가능한 일이었다. 그가 나환자들을 위해 했던 많은 일들이 다 위대했지만, 그중에서도 특히 위대했던 것은 그가 아니었으면 허공으로 사라지고 말았을 나환자들의 목소리를 펜으로 꾹꾹 눌러 종이에 새겼다는 것이다.

우리는 한하운을 통해 타자의 목소리, 타자의 문학을 가질 수 있게 되었다. 그는 아주 평범해 보이는 '보리피리'마저 나환자의 것으로 만들 수 있는 시인이었다.

보리피리 불며
봄 언덕
고향 그리워
피—ㄹ 닐니리.

보리피리 불며
꽃 청산青山
어린 때 그리워
피—ㄹ 닐니리.

보리피리 불며
인환人寰의 거리
인간사人間事 그리워
피—ㄹ 닐니리.

보리피리 불며
방랑의 기산하幾山河
눈물의 언덕을
피—ㄹ 닐니리.

—「보리피리」 전문

1955년에 나온 두 번째 시집 『보리피리』에 수록된 이

시는 누구의 것인지 모르고 읽으면 화자가 보리피리를 불며 고향과 유년 시절을 그리워하는 다분히 서정적인 시로 읽힌다. 그가 왜 인간사를 그리워하는지, 왜 눈물 바람을 하면서 언덕을 넘는지는 모를 일이지만, 오래된 타향살이에서 느낌 직한 감정을 토로한 것쯤으로 보면 이해하지 못할 것도 없다. 그러나 한하운의 시라는 것을 확인하는 순간, 독자는 '문둥이'가 느꼈을 절망과 고독, 저주와 멸시 그리고 그 모든 것에도 불구하고 계속된 생명에 대한 사랑과 환대의 감정이 고통스럽게 전해져 오는 것을 느끼게 된다. 이것이 타자가 자신의 목소리를 낼 때 생기는 위엄이고 권위다.

바로 이 위엄과 권위가 타자의 고통을 이해하고 재현할 수 있다는 우리의 생각이 오만이며, 타자의 고통 앞에서 한없이 겸손해야 한다는 것을 가르친다. 박완서의 말을 빌려 말하면 이렇다. "타인의 고통에 대해 알려고 하고, 그것을 함께하고, 나누어 가지려는 사람의 선의처럼 소중한 것은 없다. 그러나 누가 감히 타인의 고통을 참으로 알았다고 할 수 있으랴. 타인의 고통에 대해 참으로 알았다고 생각하는 것처럼 두려운 오만은 없을 것 같다." 박완서가 가족과 함께 소록도로 관광을 갔다가, 공원에서 한하운의 「보리피리」가 새겨진 돌을 어루만지며 느낀 부끄러움을 토로한 말이다. 한하운이 "인간 동물원"이라고 일컬었던 상처와 고통의 장소를 '구경'하겠다고 그곳을 찾은 자신이 너무 부끄러웠던 것이다.

박완서가 느꼈던 부끄러움은 우리 모두가 타자의 고통과 관련하여 느껴야 하는 부끄러움이어야 한다. 그 부끄러움이 윤리의 시작이다.

“서러운 사람에겐…… 서러운 이야기를”

—몽실 언니의 환대

문학은 가난하고 아픈 사람들, 즉 '타자'들을 중심에 놓는다. 이렇게 말하면 문학을 너무 협소하고 근시안적으로 정의한다고 할지도 모르겠지만, '가난하고 아프다'는 수식을 문자 그대로가 아닌 은유로 받아들인다면 본질에서 크게 벗어난 것은 아니다. 그렇다고 이 세상에 존재하는 모든 문학이 이러한 정의에 부합될 수는 없겠지만, 가난하고 아픈 사람으로 대표되는 이 세상의 타자들에게 일정한 관심을 할애하는 것만은 분명하다. 문학은 그렇게 함으로써 그 마음이 타자들에게 닿기를 바라고, 그들이 자신들의 처지와 흡사한 서러운 이야기를 읽으며 위로받기를 바란다. 서러움을 통한 서러움의 치유라고 할까.

가난하고 아픈 사람을 중심에 놓는다는 말은 문학이

환대를 전제로 한다는 의미이다. 환대는 타자가 필요로 하는 것을 내주는 이타적인 몸짓이다. 자기 소리를 내지 못하는 낮은 자들에게 목소리를 부여하는 것이 문학이라면, 그것이야말로 환대다. 우리가 배고픈 사람에게 음식을 '주는' 것처럼, 작가는 세상의 가난하고 아픈 사람들, 즉 짓밟히고 억눌린 타자들에게 목소리를 '준다'. 음식이 물질인 것처럼 언어도, 목소리도, 스토리도 물질이다. "타자의 철학자"라 불리는 레비나스가 환대를 타자에게 주는 물질의 개념으로 파악한 것은 환대의 기초가 물질이라는 소박하지만 심오한 논리에서였다.

그런데 세상의 모든 것이 다 그렇듯, 문학 속의 환대 역시 그리 만만한 것은 아니다. 선한 의도라도 가난하고 아픈 사람의 마음을 대변하기는커녕 오히려 그들의 마음을 왜곡할 여지가 있어서다. 작가가 아무리 따뜻한 마음으로 접근한다 해도 결코 타자가 될 수가 없기에 더욱 그렇다. 양자 사이에 메우기 힘든 골이 근원적으로 존재한다는 뜻이다. 게다가 저마다 다른 사람의 생각이나 느낌을 자신의 마음대로 재단하려 하는 자기중심적인 경향이 있어서, 낮은 자의 자리에서 낮은 자의 목소리로 말한다는 것은 불가능에 가깝다.

그렇다면 이런 질문이 자연스럽게 이어질 수 있겠다. 가난하고 아픈 사람들을 대변하는 일, 즉 문학 속의 환대가 그렇게 어렵다면, 다른 사람에게 의존할 게 아니라 그들 스스로가 자신들을 대변하면 되지 않을까? 누가 대변해줄 필요 없이 자신들을 위해 그들의 말로 그들의 목소리를 낼 수 있지 않을까? 바로 이것이 인도 출신의 철학자 가야트리 스피박이 「낮은 자들은 말할 수 있는가?」라는 글을 통해 제기하는 질문이다. 스피박은 '낮은 자'들은 스스로 말할 수 없다는 결론을 내린다. 왜 그처럼 비관적인 결론에 이른 것일까?

스피박이 말하는 '낮은 자'는 더 이상 내려갈 곳이 없는, 낮은 자 중에서도 낮은 자를 일컫는다. 가난한 사람이 나 죽게 생겼다고, 나만이 아니라 내 가족이 죽게 생겼다고, 세상의 부조리와 불의와 무관심으로 인해 모두가 굶어 죽게 생겼다고 논리적으로 말할 수 있다면, 그것은 그런 말이 가능할 만큼 여유가 있다는 뜻이고 또한 그런 하소연을 할 만큼 사회적으로 중요한 존재라는 뜻이다. 그리고 그 목소리에 귀를 기울일 만큼 세상이 그를 심각하게 생각한다는 뜻이기도 하다. 하지만 그렇게 되면 그는 '낮은 자'가 아니게 된다. 스피박이 "낮은 자는 스스로 말할 수 없다"라고 할 때 상정한 존재는 더 이상 내려갈 수 없는 밑바닥에 있어서 스스로를 위해 말할 수조차 없는 타자이다. 계층의 사다리에서 가장 하단에 있는 존재가 그 타자다. 그 하단은 침묵의 자리이자 상처의 자리이다. 따라서 누군가는 그들의 침묵과 상처를 대변해야 하고, 그것이 바로 문학의 몫이요 예술의 몫일 것이다. 여기에서 작가는 난관에 처한다. 한편에는 낮은 자를 대변해야 하는 윤리적 책무가, 다른 한편에는 낮은 자를 왜곡하지 않고 제대로 대변하는 것이 거의 불가능한 현실이 있어서이다.

『몽실 언니』(창비, 2012년 개정판)에 대한 논의를 이런 말과 함께 시작하는 이유는 권정생(1937-2007)이라는 작가가 차지하고 있는 다소 독특한 위치 때문이다. 그는 타자를 대변하고 재현하는 문제와 관련하여 다른 작가들보다 유리한 위치에 있었다. 우선, 그는 그 자신이 그러한 사람들 중 하나였으므로 가난하고 아픈 사람들을 알기 위해서 그들 속으로 들어가려고 애쓸 필요가 없었다. 가난과 병은 그의 삶이었다. 그는 가난 때문에 초등학교만 졸업하고 나무 장수, 고구마 장수, 담배 장수, 가게 점원까지 하며 살아야 했고 그의 말마따나 "인생의 가장 밑바닥 생활인 걸식"도 경험했다. 또한 그는 평생을 지병(부고환결핵)에 시달리며 폐가 망가진 데다 절반을 떼어내고 남은 콩팥도 성치 않아 소변 주머니를 차고 다녀야 했다. 열아홉 살 때부터 결핵을 앓았으니 그런 몸으로 일흔 살까지 산 것은 정말이지 기적에 가까웠다. 그의 삶은 시련 그 자체였다. 그가 살았던 시골은 그의 말에 의하면 일제강점기와 전쟁, 그 여파로 인해 "아이, 어른, 남자, 여자 할 것 없이 고달프고 원통한 것들뿐"이었다. 그는 그 "고달프고 원통한 것들"의 삶을 문학이라는 그릇에 담기만 하면 되었다. 그렇다고 그것을 언어로 바꾸는 일이 쉬웠다는 말은 아니다. 서러운 사람들의 삶과 현실, 역사를 언어로 바꾸는 일은 만만한 작업이 아니었다. 그래도 다행히 그에게는 삶의 본질을 꿰뚫는 통찰력과 그것을 언어로 담아낼 수 있는 기술과 성실성 그리고 무엇보다도 낮은 자들에 대한 무한한 애정이 있었다. 그는 충분히 낮은 자리에 있었지만 낮은 자 중의 낮은 자, 그의 표현으로 하면 "더 이상 낮아질 수 없는 사람"은 아니었다. 이것이 그에게 낮은 자를 대변해야 하는 윤리적 책무를 부여했다. 그가 그들의 이야기를 형상화하는 데 평생을 바친 이유가 여기에 있다.

『몽실 언니』는 낮은 자들에 관한 서러운 이야기이다. 이 동화에는 두 개의 환대가 공존한다. 하나는 몽실처럼 가난하고 아픈 사람을 중심에 놓고 스토리를 전개하는 작가의 환대이고, 다른 하나는 그가 그려낸 주인공 몽실이 스토리 안에서 다른 사람들에게 행하는 환대이다. 작가는 주인공을 통해 '낮은 자'를 환대하는 마음을 구현한다. 환대 속의 환대, 즉 메타환대의 형식인 셈이다.

스토리는 "해방이 되고 나서 꼭 1년 반 만인 1947년 봄"에 시작된다. 도쿄에서 태어나 해방 후 귀국한 작가처럼 몽실도 일본에서 살다가 해방이 되자 한국으로 돌아온 가난한 집안의 딸이다. 사람들은 만주나 일본에서 돌아온 사람들을 "만주 거지" "일본 거지"라고 부른다. 그러니 몽실의 가족은 일본에서 돌아온 "일본 거지"들이다. 해방이 되자 사람들은 들뜬 마음으로 조국에 돌아오지만 그들을 기다리는 건 냉대와 무시였다. "기대했던 조국의 품은 너무나 초라하고 쌀쌀했다." 그들이 살아갈 길은 막막하다. 몽실의 아버지 정 씨는 날품팔이 일마저도 찾지 못한다. 그래서 어머니 밀양댁은 두 자식, 즉 몽실과 종호를 데리고 "굶기도 하고 바가지를 들고 구걸해다 먹기도" 한다. 다른 것은 차치하고 입에 풀칠하는 것마저 해결할 수 없는 형편이다. 이런 상황에서 몽실의 동생 종호가 시름시름 앓다가 죽는다.

진짜 스토리는 이 지점에서 시작된다. 몽실은 일곱 살이다. 밀양댁은 어느 날, 몽실의 아버지가 일자리를 구하러 나가고 없는 틈을 이용하여 몽실을 데리고 멀리 떨어진 마을로 간다. 경제적으로 여유가 있는 김 주사의 후처로 들어간 것이다. 그래서 몽실은 자신의 의지와는 상관없이 "가난한 진짜 아버지를 버리고 조금 부자인 새아버지를 진짜 아버지처럼 생각하면서" 살게 된다.

그래도 전과 달리 먹을 것은 있다. 밀양댁이 후처로 들어간 것은 그래서였다. 그런데 밀양댁이 사내아이 영득을 낳으면서 몽실은 새아버지 가족에게 "귀찮은 자식"이 된다. 영득이 태어나기 전에는 살갑게 대하던 새아버지 김 씨와 할머니는 아들이 태어나자 식모 부리듯 몽실에게 일을 시킨다. 몽실은 밥도 같이 먹지 못하고 부엌 구석에서 몰래 훔쳐 먹는 신세가 된다. 급기야 몽실 때문에 싸움이 벌어지고, 김 씨가 밀양댁에게 손찌검을 하게 된다. 그 과정에서 김 씨에게 떠밀린 몽실이 마당으로 굴러떨어지면서 다리가 부러진다. 한 달 동안 누워 있게 된 "몽실의 다리는 전과 같이 꼿꼿하지 못하고 무릎이 굽은 채 뼈가 굳어버"린다. 몽실이 "왼쪽 다리가 오른쪽 다리보다 반 뼘이나 짧"은 절름발이가 되어 평생을 기우뚱거리며 걷게 된 사연은 이렇다.

결국 몽실은 친아버지한테로 돌아간다. 고난이 다시 시작된다. 몽실은 누군가로부터 보살핌을 받아야 할 나이에 살림을 도맡는다. 어머니가 보고 싶어서 울면 아버지한테 맞고, 그사이에 새어머니 북촌댁이 들어와 같이 살게 된다. 그런데 한국전쟁이 터지고 아버지가 징집을 당해 군대에 간 상황에서, 그렇지 않아도 몸이 성치 않던 북촌댁이 아이를 낳고는 죽는다. '난리 통에 태어났다'는 뜻에서 난남이라는 이름을 갖게 된 젖먹이가 몽실에게 맡겨진다. 1950년 7월 중순의 일이다. 이때부터 열 살밖에 안 된 몽실이 난남의 보호자가 된다. 아이가 아이를 보호하게 된 것이다. 스토리가 3분의 1쯤 전개된 지점에서 발생하는 일이다. 여기에서 이 동화의 제목이 왜 '몽실 언니'인지 그 이유가 드러난다.

'몽실 언니'라는 제목은 우리에게 몽실이라는 인물이 자신의 삶을 살기보다는 다른 사람들을 돌보고 섬기는 삶을 살아가는 존재라는 사실을 암시한다. 그렇지 않다면 제목은 '몽실 언니'가 아니라 '몽실'이 되어야 했을 것이다. 그래서 제목 속의 '언니'는 오빠, 형, 누나처럼 일반적으로 통용되는 형제들 사이의 단순한 호칭이라기보다 가족을 위해 자신의 삶을 온통 헌신하는 사람을 포괄적으로 지칭하는 말이다. 우리 역사에는 수많은 몽실 언니들이 있었다. 부모 대신 부모 노릇을 해야 했던 수많은 몽실 언니들이 있었다. 그들은 어린 시절을 건너뛰어 조숙해져야 했고 자신의 삶을 저당 잡히고 다른 가족들을 위해 살아야 했다. 그러니 몽실 언니는 우리가 영원한 빚을 지고 있는 그러한 언니, 오빠, 누나, 형을 환기하는 존재다.

몽실은 이복동생임에도 난남을 친동생 이상으로 보살핀다. 이것은 거의 언제나 반목하고 갈등하는 관계로 나오는 전통적인 동화 속 이복자매의 모습과는 사뭇 대조적인 것으로, 몽실이 가진 깊고 너그러운 성격과 품성을 유감없이 보여준다. 몽실은 학교에 다닌 적이 없지만 역설적이게도, 생각하는 게 어른보다 더 깊고 너그럽다. 예를 들어 몽실과 어머니 밀양댁을 비교해보라. 밀양댁은 더 이상 의지할 데가 없게 된 몽실이 난남을 업고 찾아오자, 난남과 거의 같은 시기에 태어난 영순이라는 딸을 키우고 있음에도 "해골이 드러날 만큼" 여윈 난남을 본체만체한다. 그래서 "영순이는 엄마 가슴에 안겨 젖을 빠는데, 난남이는 여전히 암죽을 먹"는다. 밀양댁은 왜 그렇게 매정한 걸까. 난남을 보호해야 할 가족으로 생각하지 않기 때문이다. 그렇다면 몽실은 왜 난남을 "보물단지처럼 감싸주면서" 밀양댁에게 "엄마, 난남이 미워하지 마"라고 애원하는 걸까. 그건 난남을 보호해야 할 가족으로 생각하기 때문이다. 밀양댁과 몽실이 가족을 보는 눈은 이토록 서로 다르다. 자신의 배에서 나오지 않았다는 이유로 젖 먹이기를 거부하는 밀양댁과 달리, 몽실에게는 자신과는 다른 배에서 나왔기에 더욱 지극히 돌봐야 하는 형제다. 그것만이 아니다. 밀양댁이 낳은 영득과 영순도 몽실에게는 형제다. 비록 자신의 친아버지 정 씨가 아니라 밀양댁의 새 남편 김 씨와의 사이에서 태어났지만 형제는 형제다. 몽실은 자신이 새아버지 집안의 천덕꾸러기가 되고 급기야 절름발이가 된 것이 영득의 출생에서 비롯된 일임에도 영득을 미워하지 않는다. 미워하지 않을 뿐만 아니라 극진히 보살핀다. 밀양댁이 셋째 아이를 낳다가 죽어서 김 씨가 다른 여자와 결혼해 서울로 가지 않았다면, 몽실은 영득과 영순에게도 '몽실 언니' 내지 '몽실 누나' 노릇을 했을 것이다.

몽실의 환대는 가족을 넘어 모든 생명에 대한 것으로 확장된다. 몽실이 난남을 데리고 어느 집에 들어가 식모살이를 할 때, 시장에 다녀오다가 쓰레기 더미에 버려진 갓난아이를 보고 하는 말과 행동은 몽실의 환대가 가족의 테두리를 넘어서는 것임을 감동적으로 보여준다. 흑인 병사와 한국 여성("양공주") 사이에서 태어나 버려진 갓난아이를 향해 사람들은 욕설과 저주를 퍼붓는다. "검둥이 새끼구나." "에잇, 더러운 것!" "화냥년의 새끼!" "비켜! 이런 건 짓밟아 죽여야 해!" 어떤 남자는 침을 뱉으며 아이를 발로 걷어차기도 한다. 그러자 몽실은 아이를 덥석 보듬어 치마 속에 감추고 사람들을 향해 말한다. "그러지 말아요. 누구라도, 누구라도 배고프면 화냥년도 되고, 양공주도 되는 거여요." 이 말은 가난 때문에 흑인 병사에게 몸을 팔다가 급기야 임신을 하고 그 아이를 낳자마자 버려야 했을 여성만이 아니라, 가난 때문에 아버지를 버리고 다른 남자한테 가서 화냥년이라는 비난을 받아야 했던 자신의 어머니 밀양댁을 감싸는 말("엄마 잘못이 아니야. 엄마 잘못이 아니야")이기도 하다. 또한 그것은 아버지를 버리고 다른 남자에게 가버린 어머니 때문에 동네 사람들은 물론이고 심지어 친구에게서까지 "화냥년의 딸"이라는 욕설을 들어야 했던 자신과 죄 없는 혼혈인 아이를 동일시하는 말이기도 하다. 열 살이 조금 넘은 몽실의 입에서 눈앞의 현실만 보고 혼혈인 아이가 태어나게 된 더 큰 현실을 보지 못하는 자신들을 질책하는 말이 나오자, 어른들은 잠시 입을 다물 수밖에 없게 된다. 그 틈을 이용해 몽실은 아이를 안고 식모살이하는 집으로 도망친다. 그러나 집에 도착했을 때쯤, 아이는 이미 "얼음처럼 싸늘하게 식은 채 죽어" 있다. 그러자 몽실은 "바들바들 떨며 그 자리에 털썩 주저앉고" 만다. 그리고 앓아눕는다. 절름발이 다리로 험한 세상을 힘겹게 살아오면서도 아픈 적이 없던, 아니 아플 틈이 없었던 몽실이 앓아누운 것이다. "그토록 모질게 견뎌온 몸이 왜 이렇게 약해져버렸는지 모른다. 몸만 약해진 것이 아니다. 마음까지 힘을 잃고 다만 서럽고 외롭기만 했다."

몽실은 자신과 아무 상관도 없는 아이의 죽음에 어째서 그토록 서러워하고 외로워하는 것일까. 그것은 아이의 서러운 삶에 자신의 삶을 대입했기 때문일 수도 있고, 누구도 환대하지 않는 존재를 본능적으로 환대하고

자 했지만 존재하기를 멈춰버린 생명에 대한 안타까움 때문일 수도 있다. 몽실은 모든 것을 혼자서 감싸 안으려 한다. 그래서 외롭다. 갓난아이의 죽음에서처럼 그것이 늘 가능한 것이 아니기에 외롭다. 또한 갓난아이에 대한 사람들의 태도가 보여주듯 선의가 필요할 때 악의를, 환대가 필요할 때 적개심을 내보이는 사람들에 둘러싸여 있기에 외롭다. 몽실의 환대에는 늘 그렇게 서러움과 외로움이 동반자처럼 따라다닌다.

무엇이 몽실을 그러한 환대로 이끄는 것일까. 어머니나 아버지가 몽실에게 한 행동을 생각하면 그것은 물려받은 것도 배운 것도 아니다. 그렇다면 몽실의 윤리적인 몸짓은 도대체 어디에서 온 것일까. 권정생이 지인(이오덕)에게 보낸 편지에서 인용한 예수의 말처럼, "어린이들이 가장 먼저 진리를 깨닫"기 때문일까. 진정한 환대와 사랑은 어른들이 아니라 아이들에게서나 찾을 수 있는 것일까. 그래서 천국을 아이들의 것이라고 하는 것일까. 몽실의 윤리성이 어디에서 연유하는지는 알 수 없지만, 확실한 것은 몽실이 환대를 부단히 실천하고 있다는 사실이다.

몽실에게 환대는 옳고 그름의 문제가 아니다. 그것은 고통 속의 생명과 버려진 생명을 자기도 모르게 감싸 안는 내적 충동의 문제다. 몽실이 자신을 버린 어머니와 아버지를 안쓰럽게 생각하는 것도, 자신들도 어쩌지 못하는 것에 휘둘린 그들을 감싸 안고자 하는 마음에서다. 몽실은 어머니가 죽은 후 자책하는 아버지를 향해 이렇게 말한다. "아버지도 엄마도 모두 나쁘지 않아요. 나쁜 건 따로 있어요. 어디선가 누군가가 나쁘게 만들고 있어요. 죄 없는 사람들이 서로 죽이고 죽는 건 그 누구 때문이어요." 누군가 혹은 뭔가에 휘둘리는 삶을 살아야 했던 어머니 아버지가 몽실에게는 안아줘야 하는 가엾은 존재다. 부모가 딸을 위로하는 게 아니라 어린 딸이 부모를 위로하는 역설적인 상황이 서글프지만, 몽실의 환대는 서글퍼서 더 아름답다.

아버지가 죽고 난남을 부잣집 양딸로 떠나보낸 후, 몽실은 구두 수선을 하는 꼽추와 결혼해 자식을 낳고 시장에서 콩나물을 팔아 가족을 돌보며 살아간다. 이 역시 자기 자신을 위해서라기보다 세상 사람들이 업신여기고 하대하는 '낮은 자'를 환대하기 위한 몸짓이다. 비록 몽실이 결혼을 하게 된 정황이 스토리에 소상하게 나와 있지는 않지만, 결혼하지 않겠다고 버티던 몽실이 꼽추와 결혼한 것은 '낮은 자'에 대한 안쓰러움과 환대에서였을 것이다.

이처럼 몽실의 이타적인 몸짓은 과거형이 아니라 끝없는 현재형이다. 소설은 지난 10년 동안 결핵을 앓고 있는 난남이 수용된 요양원을 찾아갔다가 돌아오는 봉실의 뒷모습을 보여주면서 끝나는데, 이것은 몽실의 환대가 나이 마흔이 훌쩍 넘은 지금도 진행 중이고 이후로도 계속될 것임을 암시한다. 난남은 사랑하는 남자를 만나 결혼했다가 결국 어머니한테서 물려받은 결핵 때문에 모든 것을 잃고 결핵 요양원에 수용되어 있는 상황으로, 몽실에게는 여전히 보호와 환대의 대상이다. 난남이 자신을 찾아왔다가 꼽추 남편과 두 자식이 기다리는 집으로 돌아가는 몽실의 뒷모습을 바라보며 눈물 바람을 하는 것은 이날 이때까지도 자신에게 뭔가를 내주기만 하는 '몽실 언니'에 대한 고마움에서다. "절뚝거리며 걸을 때마다 몽실은 온몸이 기우뚱기우뚱했다. 그렇게 위태로운 걸음으로 몽실은 여태까지 걸어온 것이다." 난남에게 몽실은 "언니이면서 어머니 같은" 존재였다. "갓난아기 때부터 암죽을 끓여 먹이며 키워준 언니"였고 "깡통으로 구걸해 온 밥을 먹지 않고 먹여준 언니"였다. 몽실이 위태로운 걸음을 걸음으로써 난남은 제대로 걸을 수 있었다.

몽실은 난남에게 그랬던 것처럼 앞으로도 스스로는 절름거리면서 다른 사람들은 자신처럼 걷지 않도록 그들을 보듬고 안아줄 것이다. 몽실의 두 아이 기덕이와 기복이는 몽실의 넉넉한 사랑 속에서 잘 자랄 것이다.

작가는 어머니 아버지로부터 버림받았을 뿐만 아니라 "이 세상에 있는 모든 칼과 창"으로부터 괴롭힘을 당한 몽실의 서러운 이야기를 통해 서러운 삶을 살아가는 사람들을 위로하려 했다. "서러운 사람에겐 남이 들려주는 서러운 이야기를 들으면 한결 위안이 된다"고 생각했기 때문이다. 이 말은 그가 삶을 비관적으로 보지 않았다는 의미다. 작가는 이렇게 선언했다. "나의 동화는 슬프다. 그러나 절대 절망적인 것은 없다." 병이 몸의 구석구석을 갉아먹어 기력이 달려 글 쓰는 것마저도 쉽지 않았고, 때로는 도저히 앉아 있을 수 없어 누운 채로 벽에 종이를 대고 원고를 써야 했던 그를 생각하면, 이것은 정말이지 가볍게 넘길 말이 아니다. 그는 다른 사람 같았으면 백 번도 넘게 절망했을 상황에서도 삶을 환대하고 생명을 환대했다. 역설적으로 그는 가난과 병 때문에 삶과 생명을 더 환대하게 되었는지 모른다. 그가 「강아지똥」이라는 단편동화에서 자신의 "몸뚱이를 고스란히 녹여" 민들레의 몸속으로 들어가 예쁜 꽃을 피워 올리는 하찮은 '강아지 똥' 얘기를 한 것은 그래서였는지 모른다. 시골 교회에서 종지기로 살 때 방에 들어온 생쥐를 쫓아내지 않고 자신의 품을 내준 것도 그래서였는지 모른다. "겨울이면 아랫목에 생쥐들이 와서 이불 속에 들어와 잤다. 자다 보면 발가락을 깨물기도 하고 옷

속으로 비집고 거드랑이까지 파고 들어오기도 했다. 처음 몇 번은 놀라기도 하고 귀찮기도 했지만 지내다 보니 그것들과 정이 들어버려 아예 발치에다 먹을 것을 놓아두고 기다렸다." 이 모든 것이 작고 낮은 것들에 대한 환대의 마음에서 비롯되었다. 그래서 "어둡고 춥고, 누추하고 배고픈 곳, 그런 곳에서 그렇게 살아가는 이들이 곁에 있을 땐 외롭지 않"다고 생각했다.

그는 그러한 타자들을 위로하고 싶었다. 자신이 쓰는 글이 일종의 종소리라면, 이 세상의 작고 낮은 타자들이 그 종소리를 듣고 위로받기를 바랐다. 이것이 그의 미학이었다. 신경림은 그의 시에서 작가의 이러한 모습을 감각적으로 포착했다.

밤이 되면 그는 마을 안 교회로
종을 치러 간다 그 종소리를 들으면서
사람들은 오늘도 무사히 넘겼음을 감사하지만
그 종소리를 울면서 듣고 있는 것들이
따로 있다는 것을 그들은 모른다
버려지며 풀 따위 아주 작고 하찮은 것들
하지만 소중한 생명을 지닌 것들이
종소리를 들으며 울고 있다는 것을 모른다

—「종소리—안동의 동화 작가 권정생 씨에게」 부분

시인은 자신의 시 중 가장 널리 알려진 「갈대」의 시구("언제부턴가 갈대는 속으로/조용히 울고 있었다./(……)//산다는 것은 속으로 이렇게/조용히 울고 있는 것이란 것을 그는 몰랐다")를 연상시키는 이미지를 활용해 권정생의 삶과 문학을 절묘한 은유로 바꿔놓았다. 실제로 권정생은 종지기였다. 처음에는 교회 문간방에서 종지기로 살았고 나중에는 문간방을 나와 동네 청년들이 지어준 일곱 평 남짓한 흙집에 살며 마을로 들어가 종을 쳤다. 그는 교회의 종을 치면서 동시에 다른 종을 치고 있었다. 문학의 종이었다. 그 종이 내는 소리는 모든 생명을 위한 것이었다. 사람들은 물론이려니와 "버려지며 풀 따위 아주 작고 하찮은 것들/하지만 소중한 생명을 지닌 것들"을 위한 종소리였다. 이 세상의 "작고 하찮은 것들"은 그 종소리를 들으면서 울었다. 신경림의 '갈대'가 울었던 울음도 그 종소리를 들으면서 자기도 모르게 우는 울음이었다. 그래서 신경림의 시는 낮은 생명들에 헌신한 권정생의 문학에 대한 아낌없는 찬사였다. "아주 작고 하찮은 것들"과 "더 이상 낮아질 수 없는 사람들"에 대한 권정생의 환대, 그 환대에 대한 찬사였다.

권정생은 스스로 낮은 자였으면서도 낮은 자 중의 낮은 자를 위해 자신의 품을 내준 작가였다. 그랬기에 이렇게 말할 수 있었다. "지금 배고픈 사람, 지금 추위에 얼어 죽어가는 사람, 지금 병으로 괴로워 몸부림치고 있는 사람, 온갖 괴로움 속에 허덕이는 사람만이 진실을 말할 수 있습니다." 그는 '낮은 자'만이 낼 수 있는 진실의 목소리에 평생 귀를 기울였던 작가였고 마지막까지 환대의 윤리에 충실했다. 그는 인세를 모은 10억여 원의 돈과 이후에 발생할 인세 수입 전부를 이 세상의 '낮은 자'들, 특히 굶주리는 북한 어린이들을 위해 써달라는 유언을 남기고 세상을 떠났다. 죽기 한 달 반 전인 2007년 3월 31일, 권정생은 자신이 신뢰하는 정호경 신부에게 이런 편지를 썼다. "제 예금통장 다 정리되면 나머지는 북쪽 굶주리는 아이들에게 보내주세요. 제발 그만 싸우고, 그만 미워하고 따뜻하게 통일이 되어 함께 살도록 해주십시오. 중동, 아프리카 그리고 티베트 아이들은 앞으로 어떻게 하지요. 기도 많이 해주세요." 2005년 5월 1일 자로 작성된 유언장의 내용("내가 쓴 모든 책은 주로 어린이들이 사서 읽는 것이니 여기서 나오는 인세를 어린이에게 되돌려주는 것이 마땅할 것이다")을 재차 확인하는 편지였다. 그는 아이들에게서 받은 것을 아이들에게 되돌려주고 세상을 떠났다. 그는 문학에서도, 삶에서도 이 세상의 가난하고 아픈 타자들을 생각했던 환대의 교본 같은 사람이었다.

“있는 그대로를 받아들이는 용기”

—디아스포라 작가의 한숨과 향수

이 세상의 많은 사람들이 자신이 살던 곳을 떠나 낯선 곳에서 디아스포라의 삶을 살아간다. 때로는 자발적이고, 때로는 강제적이고, 때로는 어쩔 수 없는 상황에서 비롯되었다는 점이 다를 뿐, 디아스포라의 삶이긴 어느 쪽이나 마찬가지다. 인간의 역사는 유목의 역사인지 모른다. 이곳에서 저곳으로 이주와 이동을 거듭하며 살아가는 것이 인간의 삶이고 그것이 인간의 역사를 이뤄온 것인지 모른다. 그러나 유목이라는 말은 디아스포라의 삶을 살아가는 사람들이 느끼는 고단하고 복합적인 감정을 설명하는 데는 어쩐지 충분치 않게 들린다. 이웃나라 일본에서 살고 있는 한국인들만 해도 그렇다. 유목이라는 말로 간단히 분류하기에는 그들이 살아온 삶이 너무 서글프다. 20세기에 있었던 일제의 잔혹한 식민

통치와 무관하지 않은 삶이기에 그렇다. 일제강점기가 없었더라면 그렇게 많은 한국인들이 언어도 문화도 다른 일본에 가서 온갖 차별을 받으며 힘겨운 삶을 살아야 할 이유는 없었을 것이다. 그들이 일본인들의 적대감을 극복하고 살기란 보통 힘든 일이 아니었다. 그들 중 일부가 귀화를 택한 것은 그래서였다. 그렇다고 차별이 없어지는 건 아니었지만 선택의 여지가 없는 궁여지책이었다.

그렇다면 디아스포라의 삶을 살고 있는 사람들은 고향이나 모국에 어떤 감정을 갖고 있을까. 데리다의 말을 빌리면 "한숨과 향수"의 감정이다. 이보다 더 적절할 수 있을까 싶을 정도로 고개가 끄덕여지는 설명이다. 그들이 한숨과 향수의 감정을 느끼는 것은 모국이 아득히 먼 곳에 있기 때문이다. 일본에서 비행기로 두 시간 남짓이면 닿을 수 있고 배로도 쉽게 건너갈 수 있는 한국을 '아득히 먼' 곳이라고 하면 이상하게 들릴지 모르지만, 언어와 문화가 다른 두 나라는 지리적으로 가까워도 서로로부터 아득한 곳에 있다. 지리적 거리가 상쇄하지 못하는 심리적, 문화적, 언어적, 정치적 거리 탓이다. 그 거리가 한숨과 향수의 진원지다.

그렇다면 그 한숨과 향수는 구체적으로 모국의 어떤 속성이나 특징을 향한 것일까. 데리다는 "땅과 언어"가 한숨과 향수의 근원이라고 생각한다. 땅에 대한 향수는 그 땅이 "그들의 죽은 선조들이 마지막 안식을 취하고 있는 곳"이기 때문이다. 그래서 디아스포라의 삶을 사는 사람들은 이따금 고향으로 돌아가고 싶어 한다. 그들은 여행을 통해서라도 '선조들이 마지막 안식을 취하고 있는 곳'으로 돌아가 그 땅을 밟아보고 그곳의 풍경을 눈에 담고 느끼고 그곳의 공기를 마시고 싶어 한다. 그렇다고 향수의 감정이 완전히 해소될 리는 없겠지만, 그것은 해소되지 않는다고 포기할 수 있는 감정이 아니다. 어쩌면 해소되지 않고 채워지지 않으니 향수인지도 모른다.

언어에 대한 향수는 그 언어가 땅속에서 안식을 취하고 있는 선조들이 물려준 것이기에 생겨난다. 그런데 그 향수는 땅에 대한 향수와는 조금 다른 양상을 띤다. 모국어는 모국에 가야만 접할 수 있는 것이 아니라 디아스포라의 삶을 살아가는 사람들 안에 '이미' 내재돼 있다(적어도 1세대들에게는 그렇다). 언어는 그들이 고향을 떠나왔어도 그들을 따라다니는, 보이지 않아도 엄연히 안에 존재하는 실체다. 그래서 고향에 갈 수 없는 사람들은 데리다의 말처럼 모국어를 그들의 "궁극적인 모국"으로 인식하고, 때로는 "심지어 그들의 마지막 안식처"로까지 인식한다. 땅이 "모든 여행과 거리를 거기에서부디 가늠하는 움직이지 않는 집"이라면, 언어는 "일종의 두 번째 피부처럼" 그들의 몸에 붙어 그들이 어디를 가든 따라다니는 "움직이는 집mobile home"이다. 하기야 움직이는 것은 그들의 몸이니, 언어는 지리적인 의미의 고향처럼 "움직이지 않는 집immobile home"인지 모른다. 언어가 "움직이는 집"이면서 동시에 "움직이지 않는 집"이라는 데리다의 말은 이러한 논리에서 한 말이다. 여하튼 땅에 대한 향수는 직접 가지 않으면 해소될 수 없는 것이지만, 언어에 대한 향수는 직접 가지 않아도 자신의 입으로 말하면 되는 것이니 다행히도 조금은 해소할 수 있다. 디아스포라의 삶을 사는 사람들이 모국어에 집착하는 이유다. 그들은 어디를 가도 그들을 따라다니는 "움직이는 집"을 갖고 다닌다. 물론 그렇다고 향수나 그리움이 해결되는 것은 아니다. "움직이는 집", 즉 모국어가 자기 안에 있음에도 불구하고 진짜 고향과 모국은 여전히 멀리 떨어진 곳에 있기 때문이다. 아무리 모국어로 소통해도 모국어의 집은 모국이다. 역으로 말하면, 모국이 아닌 곳에서 말하는 모국어는 이미 모국어가 아닌 셈이다.

모국어가 모국에서 말해지지 않는 한, 근원적인 향수는 불가피한 것이 된다. 불행히도 모국어를 익히지 못한 세대의 경우에는 "움직이는 집"마저도 허용되지 않아

한숨과 향수가 배가될 수밖에 없다. 그래서 땅과 언어를 향한 한숨과 향수는 세대를 막론하고 디아스포라의 삶을 살아가는 모든 사람들에게는 운명인지도 모른다.

그렇다면 우리는 고향과 모국에 대한 향수에 한숨을 지으며 디아스포라의 삶을 살아가는 사람들에게 어떠한 태도를 취하고 있을까. 예를 들어, 재일 교포를 대하는 우리의 태도는 어떤 것일까. 서글픈 일이지만, 우리는 그들이 우리의 일부임이 분명함에도, 식민지 역사 때문에 우리로부터 갈라져 나간 그들을 우리 중 하나로 대하기를 거부하고 타자의 영역으로 밀어내는 경향이 있다. '그들'은 '우리'에게 불편한 존재다. 모욕적인 식민지 역사를 환기시키는 상처의 부끄러운 흔적이고, 잊고 싶지만 잊지 못하게 만드는 과거의 망령이다. 우리로서는 한국과 일본만 있고 두 나라 사이의 이분법적 경계를 무너뜨리는 그들이 없었으면 싶다. 이러한 생각이나 의식이 그들에 대한 태도와 감정에 영향을 미친다.

일본에서 제100회 〈아쿠타가와상〉을 수상한 재일 교포 작가 이양지(李良枝, 1955-1992)의 중편 「유희由熙」(김유동 옮김, 삼신각, 1989)는 '그들'과 '우리'의 관계를 사유하는 뛰어난 소설이다. 이 소설이 뛰어난 것은 일차적으로는 나무랄 데 없는 예술적 형상화의 품격 때문이지만, 부차적으로는 '그들' 중의 하나인 작가가 '우리' 중 하나인 화자를 내세워 '그들'을 바라보게 만드는 놀라운 사유의 힘 때문이다. 이런 소설이 한국 작가가 아니라 일본인으로 살다가 뒤늦게 민족적 정체성을 깨달은 재일 교포 작가에 의해 쓰였다는 사실이 경이로울 따름이다.

일반적으로 재일 교포 작가는 한국에 관한 스토리를 쓸 때, 한국인이 아니라 재일 교포를 중심에 놓는다. 예외가 없다고 해도 과언이 아닐 정도다. 교포의 입장에서 본토인을 재현하는 일이 그리 만만치 않은 일이기 때문이다. 그런데 이양지의 소설은 재일 교포의 문제를 외면하지 않으면서도 재일 교포를 바라보는 한국인의 시선을 중심에 놓음으로써 환대의 문제를 주제화하고 있다. 주인공 유희는 한 학기만 다니면 대학을 졸업할 수 있음에도, 극심한 심적 갈등을 견디지 못하고 결국 일본으로 돌아간다. 유희의 입장에서 보면 적응에 실패한 결과이고, 화자의 입장에서 보면 한국 사회가 유희를 환대하는 데 실패한 결과이다. 이 이야기가 처음부터 끝까지 서글프고 우울한 어조로 서술되는 것은 양쪽 모두의 실패를 형상화하고 있기 때문이다.

이야기는 S대학에서 국문학을 전공하던 유희가 졸업이 한 학기 남은 상태로 학교를 중퇴하고 일본으로 돌아가면서 시작된다. 그래서 이야기의 반은 유희를 추억하는 내용이고, 반은 화자가 그 추억을 내면화하는 내용이다. 화자는 유희와의 일들을 회고하며 자신과 유희 사이에 오갔던 말과 행동의 의미를 하나하나 짚어간다.

여기에서 한 가지 유념할 것은 유희라는 인물이 이양지라는 작가를 닮은 자전적 인물이라는 사실이다. 완전히 합치되지는 않지만, 등장인물과 작가는 많이 닮았다. 소설 속의 유희가 그러하듯 이양지도 한국에 와서 대학에 다녔다. 조금 더 구체적으로 얘기하면, 이양지는 서울대학교 국어국문학과에 다녔고, 이화여자대학교 대학원 무용학과에 진학해 석사과정까지 밟았다. 유희가 그러한 것처럼 작가에게도 한국어는 민족적 정체성을 위해 배우고 익혀야 하는 '낯선' 모국어母國語였고, 일본어는 일본에 귀화한 어머니의 품에서 익힌 '자연스러운' 모어母語였다. '모국어'와 '모어'는 이양지가 한국어와 일본어에 대한 자신의 관계를 설명하기 위해 차용한 용어인데, 작가에게 모국어는 관념이고 모어는 현실이었다. 따라서 유희가 일본으로 돌아간 것은 관념을 포기하고 현실로 돌아간 것이었다. 비록 작가는 유희와 다르게 일본으로 돌아가지는 않았지만, 유희의 갈등과 좌절은 작가가 경험한 것이기도 했다. 그는 "수없이 유학을 단념하고 다시는 모국에 오지 않아야 한다고 생각했"다. 그래서 그의 말대로 역설적이게도 「유희」는 그가 "작중인물인 유희처럼 모국에서의 생활을 단념하고 일본에 돌아가버리지도 않았고 또한 서울대학교도 졸업했기 때문에 쓸 수 있었던" 소설이었다.

그러나 작가와 등장인물 사이에 존재하는 이러한 유사성이 이 소설의 핵심은 아니다. 유희를 바라보는 화자, 즉 유희가 언니라고 부르는 화자의 시선이 더 중요하게 설정되어 있기 때문이다. 당연한 얘기지만, 그 화자의 시선은 유희로 대변되는 재일 교포를 바라보는 한국인들의 시선이다. 결국 우리의 의식 속에서 타자화된 재일 교포에 대한 환대의 문제가 이 소설의 주제라는 말이다.

레비나스가 지적했듯이, 우리에게는 자신의 기준에 맞춰 타자를 판단하고 이해하고 결국에는 타자의 모든 것을 자신의 인식체계 안으로 수렴시키려고 하는 경향이 있다. 그래서 우리는 이질적인 것마저도 같은 것으로 만들어, 즉 철학자들이 말하는 '동일자'의 것으로 만들어 포섭해 일원화하려고 한다. 그렇게 되면 이질적인 것도 없고 낯선 것도 없고 타자도 없고, 모든 것이 똑같아진다. 이것이 바로 레비나스가 말한 "동일자의 전체주의나 제국주의"이다. 우리 안에도 더하면 더했지 결코 덜하지 않은 전체주의나 제국주의가 있다. 그렇게 자기중심적인 속성이 우리 안에 있다 보니, 환대해야 할 타자를 환대하지 못하고 때로는 의식적으로, 때로는 무의식적으로 타자에게 상처를 주기도 한다.

유희의 하숙집 주인(숙모)이나 화자도 마찬가지다. 그들은 태생적으로 다정다감한 사람들이지만, 자신들이 갖고 있는 고정관념에 상대를 옭아맨다. 예를 들어, 그들에게 일본은 우리 동포들을 차별하는 못된 나라이며 일본인들은 용서할 수 없는 사람들이다. 따라서 유희는 차별받은 과거를 갖고 있어야 하고, 차별의 생생한 증거들을 그들의 눈앞에 제시할 수 있어야 한다. 그런데 유희에게는 그런 과거가 없다.

> 제가 살던 곳은 온통 일본 사람들뿐이었어요. 부모가 모두 한국인이지만 동포들과의 만남은 거의 없었어요. 대학까지는 쭉 일본 학교에 다니고 있었고, 일본인 친구밖에 없었고요. 어느 시점까진 제가 한국 사람이라는 걸 감추고 있었으니까, 감추려 해왔던 불안감 같은 것까지도 차별이라 한다면 그럴 수도 있겠지요. 그래도 저 자신은 여기서 말하는 그런 심한 차별을 직접 받고 지낸 건 아니에요.

유희의 말을 들으면 그녀가 화자나 숙모의 상투적인

기대와 달리, 의외로 평범한 삶을 살았다는 것을 알 수 있다. 일본인들로부터 별다른 차별을 받지도 않았다. 유희가 아는 일본인은 모두가 다정한 이웃들이고 다정한 친구들이었다. 그런데 화자와 숙모에게 일본인들은 가증스러운 존재이고 또 그래야만 했다. 그러다 보니 그들의 눈에는 유희가 일본인들의 폭력에 고스란히 노출된 힘없는 재일 교포, 즉 집단의 대표자나 상징이어야 했다.

이렇듯 화자는 유희에게서 개인이 아니라 집단을 보았다. 그렇다고 재일 교포와 관련된 화자의 생각이 틀렸다는 말은 아니다. 재일 교포가 일본에서 차별을 받았고 지금도 그러하다는 것은 '이미' 증명된 사실이다. 설령 차별을 받지 않은 사람들이라 해도 유희의 말이 암시하는 것처럼, 재일 교포들이 한국인이라는 것을 내세우지 못하게 만드는 일본 문화 자체가 '이미' 차별이다. "재일 조선인" 학자 서경식의 말처럼, 어쩌면 "재일 조선인들한테는 일본 사람답게 살아야 하는 것 자체가 차별"인지 모른다. 그러나 문제는 화자가 유희를 개인의 자리가 아닌 집단의 자리에 놓고 '이미' 증명이 된 사실들에 기초한 획일화된 틀 속으로 몰아넣으려 한다는 데 있다.

화자는 유희가 일본적인 것에서 하루빨리 벗어나 완벽한 한국어를 구사하는 완벽한 한국인이 되기를 바란다. 그러나 유희는 모국에 대한 "한숨과 향수"로 인해 한

국에 와서 학교를 다니고 있지만, 한국을 "우리나라"라고 쓰는 것마저도 자신의 정체성과 관련된 혼란 때문에 머뭇거리고, '아'라고 하면 한국어의 '아야어여'보다 일본어의 '아이우에오あいうえお'를 본능적으로 떠올리는 사람이며 "일본어를 씀으로써 자기 자신을 드러내고, 자신을 안심시키고 위로하"는 사람이다. 그에게는 일본어가 생각의 매개이고 집이다. 그래서 시험공부를 할 때와 리포트를 제출해야 할 때를 제외하고는 한글을 쓰지도 읽지도 않는다. 어쩌면 그녀가 "교과서와 자료 말고는 모두 일본어로 된 책"들만 갖고 있는 것은 너무 당연해 보인다.

대학에 들어가서야 한글을 배우기 시작한 유희는 어느 날, 우연히 한국인이 연주하는 대금 소리를 듣고 그 소리에 끌려 한국행을 결심했다. 그에게는 그 소리가 곧 모국이고 모국의 혼이었다. 그처럼 이상적인 생각을 가슴에 품고 유학을 온 그녀에게 한국은 이상과는 너무 먼 곳이었다. 사람들은 예의가 없었고 한국적인 것의 정수는 현실에서 찾아보기 힘들었다. 그녀의 귀에 들리는 한국어도 낯설고 생경하고 거칠기는 마찬가지였다. "학교에서나 거리에서 사람들이 말하는 한국어가 나에게는 최루탄과 마찬가지로 자꾸만 들리는 거예요. 맵고, 쓰고, 들뜨고, 듣기만 해도 숨 막혀요." 이상과 현실의 거리는 아득했다. 그러니 자꾸 움츠러들 수밖에 없었다.

그것만이 아니었다. 일본에서 태어나고 자란 유희는 본토에 사는 한국인과 생각하는 방식이 애초부터 달랐다. 가장 극적인 것은 『무정』의 작가 이광수에 대한 견해 차이였다. 그는 이광수를 "어용 문학자"라며 "경원"하는 한국 학생들과 달리, 이광수에 대해 "복잡한" 감정을 느꼈다. "자꾸 마음이 쓰여서 못 견디겠어요." 이광수의 친일을 치욕스럽게 생각하는 민족주의적인 입장에서 보면 그러한 생각과 정서가 터무니없고 반민족적이기까지 하겠지만, 일본에서 태어난 유희는 자신의 정체성을 조정하거나 타협하면서 좋든 싫든 일본에서 살아야 했던 한국인이었다.

그러한 혼종적인 정체성을 갖고 살아온 유희와 민족주의적인 기질을 가진 화자의 충돌은 불가피한 일이었다. 하기야 그것은 충돌이라기보다 한쪽이 다른 쪽을 일방적으로 압도하는 관계, 즉 권력의 상하 관계였다. 화자의 민족주의 앞에서 유희는 회초리를 든 선생 앞에 바들바들 떨고 있는 학생이나 다름없었다. 띄어쓰기를 못했다고, 표현이 서툴다고, 한국어로 된 책을 읽지 않는다고, 역사의식이 잘못됐다고, 한국을 너무 부정적으로 본다고 야단을 맞는 학생이었다. 대화는 불가능했고, 일방적인 훈계나 가르침밖에 없었다. 유희가 밖으로 나오지 못하고 점점 더 자기 안으로 들어가 일본어에서 위안을 찾고 일본어로 자신의 감정을 풀어내게 된 것은 그런 이유에서였다. 유희가 화자와의 대면에서 종종 눈물 바람을 한 것도 그래서였다. 물론 모든 것을 화자의 탓으로 돌릴 수는 없지만, 한국인 화자가 거기에 일조를 한 것은 분명했다.

그러나 아무리 한국어와 한국 문화에 대한 무지를 드러내고 역사의식이 부족했어도, 아니 어쩌면 그랬기 때문에 더, 유희는 환대의 대상이었어야 했다. 환대를 받을 만한 대상을 환대하는 것보다 나의 마음에 들지 않고 나와 너무 달라서 도저히 환대할 수 없는 대상을 환대하는 것이 진짜 환대가 아닌가. 한국에서 태어나 모국에 대한 그리움이나 자의식을 가질 필요가 없는 화자와 일본에서 태어나 모국에 대한 그리움을 이기지 못하고 유학까지 왔지만 현실과 이상의 괴리에 절망하고 있는 유희, 두 사람 중 누가 타자인가. 비유적으로 얘기해서, 누가 배가 고파 추위 속에 떨고 있는 타자인가. 레비나스와 데리다가 환대를 얘기하면서 자주 거론하는 고아나 과부, 이방인에 해당하는 타자가 두 사람 중 누구인가. 유희다. 타자인 유희에게 필요한 것은 배고픔과 갈증을 해결해줄 음식과 물이었다. 그런데 화자는 그러한 유희의 배고픔과 갈증을 해결해주지 않고 유희를 자기가 생각하는 틀에 맞는 한국인으로 개조하려고만 했다. 화자는 유희가 떠난 뒤에야 유희의 고뇌와 고통을 심화시키는 데 자신이 일조했을 뿐 아니라, 스스로 잘한다고 했어도 결과적으로는 유희에게 전체주의적이고 제국주의적인 태도로 일관했다는 것을 깨닫지만, 유희는 이미 떠나고 없다. "돌아보니 나는 유희가 말하고 싶어 했던 것, 유희가 고뇌했던 것들이 어떤 것인지 조금도 알아차리지 못하고, 목소리조차 듣고 싶지 않은 감정이 되어 유희를 외면한 것 같았다. 가슴이 아렸다."

스스로 실토한 것처럼, 화자는 유희에게 일종의 의사 노릇을 하려고 했다. 문제는 "처방전도 없이, 치료를 하고 있다는 의식조차 제대로 하고 있지 않은 의사"였다는 것이다. 그는 처음부터 유희를 일본어와 일본 문화에 '오염된' 환자라도 되는 것처럼 다뤘다. 물론 선의에서 그렇게 한 것이지만, 그의 치료는 뒤늦은 고백이 말해주듯 "불확실하고 무책임하고 오만한" 행위에 지나지 않았다.

그래서 「유희」는 자신의 생각을 과도하게 밀어붙이고 강요하는 바람에 동족을 환대하는 데 실패한 한국인의 이야기이다. 그래도 다행스러운 것은 화자가 늦게나마 자신의 말과 행동이 잘못된 것이었음을 깨닫는다는 사실이다. 유희가 한국을 떠나면서 화자에게 남긴 원고는 그의 뉘우침을 더욱 통렬한 것으로 만든다.

화자는 유희의 원고를 읽으려 하지만, 일본어를 모르기에 무슨 내용이 담겨 있는지 알 수가 없다. 의미를 알 수 없는 그 원고는 타자의 타자성에 관한 훌륭한 은유가 된다. 타자는 누구이고, 또 무엇인가. 일본어로 된 유희의 원고가 화자에게 그러하듯, 속을 들여다보고 의중을 헤아려보아도 해독할 수 없는 게 타자다. 다르고 이질적이고 낯설어서 타자다. 데리다가 말하는 타자가 바로 이것이다. 타자는 내가 삼켜 소화할 수 있는 음식 같은 존재가 아니다. 내가 타자를 소화할 수 있다면, 나의 일부가 되는 것이지 더 이상 타자가 아니다. 타자는 내 안에 들어가더라도 나의 일부가 되지 않고 타자성을 유지하면서 그 안에 고스란히 남아 있는 어떤 것이다. 유희의 원고처럼 아무리 해독하려 해도 해독할 수 없는 것이 바로 타자이고 타자성이라는 말이다. 화자에게 유희는 늘 그런 존재였지만, 화자는 유희를 자기 안으로 끌어들이려고만 했다. 유희 안의 타자성을 제거하고 그를 자신과 같은 한국인으로 만들고 싶었다. 비유적으로 얘기하면, 그것은 후지산 밑에서 태어나 후지산을 보고 자란 사람에게 후지산 대신 한라산이나 백두산을 품으라고 강요하는 것과 같았다. 그러나 그럴수록 유희는 일본어 속으로 점점 더 들어갔다. 역설적으로 말하면, 화자는 일본어의 껍질을 깨고 머뭇거리며 한국어 속으로 들어오려는 유희를 일본어의 껍질 속으로 밀어 넣었다. 그 결과가 유희의 일본어 원고였다.

그래도 다행스러운 것은 화자의 자기반성이 미래에 그의 앞에 다시 나타날지 모르는 또 다른 '유희'에 대한 환대의 가능성을 예비하고 암시한다는 점이다. 이것은 자신이 환대라고 생각했던 것이 사실 무형의 억압이자 강요이자 일종의 폭력이었다는 것을 인정하는 데서 발생하는 부수적인 효과다. 작가가 1990년 10월 26일 '한일문화교류기금' 초청 강연회 발표문 「나에게 있어서의 母國과 日本」에서 얘기한 것처럼, 유희는 언젠가 한국으로 다시 오게 될지 모른다. 그때쯤이면 작가의 말처럼 유희도 한국에서 느꼈던 "이상과 현실의 격리라는 것은 어디에 가도 있는 문제이며 (……) 아마 일본에 돌아가서도, 또한 어느 나라에 가서도 다시 똑같은 벽에 부딪치게 될 것이며 언젠가 자기 자신의 약함과 비겁함을 깨"달을지 모른다. 화자가 대변하는 우리 역시 유희를 교화나 교정, 동일화의 대상이 아니라, 있는 그대로 환대해야 하는 대상이라는 사실을 깨닫고 있을지 모른다.

이 맥락에서 작가가 후지산과 관련하여 우리에게 들려주는 이야기는 교훈적이다. 작가는 후지산이 자신에게 "오랫동안 복잡한 감정의 대상"이었다며, "어렸을 때는 저의 집 창문을 통해 항상 보였고 또 학교에 다니는 길목에서, 학교의 창가에서도 후지산은 언제나 그 장엄한 모습을 뽐내면서 눈앞에 우뚝 솟아 있었습니다"라고 말한다. 그런데 민족에 대해 생각하고 한국을 그리워하기 시작한 후 후지산은 "끔찍한 일본 제국주의와 조국을 침략한 군국주의의 상징으로 나타나 부정하고 거부해야만 하는 대상이 되었"다. 이렇듯 후지산은 한편으로는 그의 삶의 모태이면서, 다른 한편으로는 부정해야 하는 일본 제국주의의 상징이었다. 그런데 그 산은 작가가 한국 유학생활을 하면서 "또 다른 양상, 더욱 복잡한 대상"이 되었다. "물론 하루빨리 부정하며 청산해버려야 할 일본의 상징인 것은 변함이 없었지만, 모국에 와서야 알게 된 자기 속에 배어 있는 일본을 인식하면 할수록 부정하려고 하는 것 자체가 부자연스럽고 애착과 집착의 증명이 되는 것과 같은 심정을 느끼며 후지산의 존재가 제 마음속에서 깊숙이 차지하고 있는 것을 오히려 느끼게 된 것"이다. 이것은 작가가 한국에 와 한국 문화를 접하고 한국어를 익히는 과정에서 후지산에 대한 상반된 감정과 화해할 수 있게 되었다는 말이기도 하다. 이후로 그는 자신이 과거에 후지산을 거부하며 느꼈던, "마치 은혜 깊은 사람에 대해서 뒤에서 욕을 하고 있는 것과 같은 묘한 가책감"을 더 이상 느낄 필요가 없게 되었다. 일본과 관련하여 "있는 그대로를 받아들이는 용기"를 갖게 된 것이다.

그런데 "있는 그대로를 받아들이는 용기"는 작가에게 필요한 만큼이나, 아니 어쩌면 작가보다 더, 우리 한국인에게 필요한 것인지 모른다. 이 소설의 중심이 자신이 생각했던 것과 전혀 다른 현실에 방황하고 고민하고 절망하는 재일 교포 유학생이 아니라, 그 학생을 있는 그대로 받아들이지 못하는 한국인 화자이기에 더욱 그렇다. 또한 디아스포라의 삶을 살아온 동포의 비애와 복잡한 심리를 헤아리지 못하고, 자신이 생각하는 것만 옳다고 여기고 그 생각의 틀에 맞춰 상대를 재단하려 하는 화자의 모습에 재일 교포를 대하는 우리들의 모습이 너무나 잘 투영되어 있기에 그렇다. 이렇듯 이양지의 「유희」는 자신의 이야기로 시작해 재일 교포에 관한 얘기로 옮아갔다가, 궁극적으로는 그 재일 교포를 돌아보는 한국인의 얘기로 넘어가면서 환대의 문제를 사유한 슬프고 아름다운 소설이다. 그것이 슬픈 이유는 환대의 이름으로 행해지는 것들이 사실은 환대가 아니었기 때문이고, 아름다운 이유는 과거에 대한 반성을 통해 미래에 있을 환대를 암시하고 예비하기 때문이다.

"나는 존재한다 따라서 사랑한다"

—환대의 계보

환대와 사랑은 동의어가 아니라면, 아주 가까운 친구들이다. 나를 앞세우지 않고 상대를 우선시하는 환대와 나를 상대에게 아낌없이 내주는 사랑. 둘 사이의 거리는 아예 없거나 극히 미미해 보인다. 그런데 환대의 개념을 사유의 중심에 놓고 있는 레비나스는 사랑이라는 말을 좀처럼 사용하지 않는다. 의미망이 넓고 때로는 모호하기까지 한 '사랑'이라는 말보다 개념상으로 보다 명확하고 구체적인 '환대'라는 말을 선호하기 때문일 것이다. 그러나 '사랑'이라는 말을 사용하든 안 하든, 그의 환대이론이 지향하는 것은 사랑이라는 말이 암시하는 이타성과 헌신과 자기희생을 전제로 한다. 타자의 '얼굴'이 호소하는 것을 일종의 '명령'으로 받아들이는 것은 사랑의 감정이 없으면 불가능하다. 따라서 조금 과장해서 말하면, 레비나스의 이론이 지향하는 환대의 개념은 『카라마조프가의 형제들』에 나오는 조시마 장로의 "나는 존재한다 따라서 사랑한다"라는 말을 철학적으로 풀어낸 것이라고 해도 크게 무리는 아니다.

레비나스와 도스토옙스키를 결부시키는 것이 다소 낯설게 느껴질지 모르지만, 실제로 레비나스의 철학은 도스토옙스키의 소설이 없었으면 애초에 불가능했다. 그는 도스토옙스키의 소설들을 끌고 가는 주된 동력인, 삶의 의미와 본질적인 질문들에 대한 실존적이고 종교적인 의미의 불안과 통찰력에 매료되어 그것을 철학적, 윤리적 사유의 출발점으로 삼았다. 소설이 그를 철학으로 이끈 것이다. 특히 『카라마조프가의 형제들』은 거의 절대적인 영향력을 행사했다. 그의 타자이론 내지 환대이론은 『카라마조프가의 형제들』에 대한 철학적 주석이라고 해도 과언이 아니다. 그가 비록 '사랑'이라는 말을 자주 사용하지는 않지만, 도스토옙스키 소설의 핵심에 해당하는 "나는 존재한다 따라서 사랑한다"라는 조시마 장로의 말은 그의 철학의 핵심을 이룬다. 소설이 스토리를 통해 전개하는 사유가 그의 마음에 일종의 씨앗을 뿌렸고, 세월이 지나면서 환대의 윤리학이 되었다. 수많은 사람들이 그의 환대이론에서 영감과 실천적 동력을 얻고 있으니 그보다 더한 결실은 없을 듯하다.

도스토옙스키 소설의 도처에 흐르고 있는 환대와 사랑의 개념이 레비나스의 철학에 일종의 씨앗이 되었던 것처럼, 조금은 다른 의미에서이긴 하지만 환대와 사랑은 우리의 마음에 심긴 씨앗의 문제이다. 그 씨앗이 뿌리를 내리고 발아하여 싹을 틔우고 자라서 맺는 열매가 환대와 사랑이니 그렇다. 환대가 레비나스의 말처럼 다른 사람의 '얼굴'이 우리에게 호소하는 것에 대한 '응답'이라면, 그렇게 응답하기 위해서는 타자의 얼굴과 눈길을 '명령'으로 받아들이는 일종의 도덕적, 윤리적 씨앗이 우리 안에 있어야 한다. 굶주린 사람에게는 든든한 밥을, 엄동설한에 떨고 있는 사람에게는 따뜻한 옷을, 잘 곳이 없는 사람에게는 포근한 잠자리를 내주려 하는 마음이 있어야 한다.

그렇다면 그 씨앗은 어떻게 우리 안에 뿌려지는 것일까. 아니면 우리는 그것을 갖고 태어나는 것일까. 그런데 환대를 태생적인 품성의 문제로만 보면, 인간이 가진 놀라운 변화의 가능성을 외면하는 결과가 된다. 품성의 문제를 완전히 무시할 수는 없겠지만, 환대와 사랑은 삶을 살아가는 과정에서 알게 모르게 우리의 마음에 뿌려지는 씨앗으로 생각하는 게 더 적절할지 모른다. 누군가에게 받은 사랑과 환대가 씨앗일 수도 있겠고, (현실에서, 예술에서, 아니 어떤 것에서든) 누군가가 보여주는 사랑과 환대의 모범이 씨앗일 수도 있을 것이다. 사랑을 받은 사람만이 남을 사랑하고 환대를 받은 사람만이 남을 환대하는 것은 꼭 아니더라도, 지극한 사랑과 환대를 받아본 사람이 남에게 사랑과 환대를 베푸는 것은 자연스러운 일이다. 그리고 "나는 존재한다 따라서 사랑한다"라고 생각하고 타자를 환대하는 사람이 보여주는 모범이 우리에게 심오한 영향을 미쳐 언젠가 그 모범을 따르는 것으로 이어지는 것도 자연스러운 일이다. 소중한 물건이 물림이 되듯, 사랑과 환대는 누군가에게서 물려받고 또 물려주는 일종의 보물 같은 것인지 모른다. "산다는 것은 서서히 태어나는 것"이라는 생텍쥐페리의 말을 살짝 돌려 말하면, 어쩌면 우리는 그러한 물림을 통해 윤리적인 존재로 서서히 태어나는 것인지 모른다.

도스토옙스키의 마지막 소설인 『카라마조프가의 형제들』(김연경 옮김, 민음사, 2007)•은 환대가 어떻게 물림이 되는지 보여주는 소설이다. 여기에서 '물림'은 흔히 말하는 가족 구성원들에 국한된 것이 아니라 가족 관계에 있지 않은 사람들까지를 포함하는 폭넓은 차원

• 이 소설의 인용은 글의 흐름상 필요하다고 판단해 필자가 영어판을 번역한 부분을 제외하면, 이 번역본에 따른다. 문맥상 필요한 경우에는 어조를 조정하였다.

에서의 초가족적 개념이다. 예를 들어, 소설의 주인공 알료샤가 보여주는 환대는 선한 품성을 가졌기에 가능한 것이겠지만, 더 중요하게는 그의 스승 조시마 장로에게서 물려받은 것이다. 또한 조시마 장로가 보여주는 환대는 그의 형 마르켈에게서 물려받은 것이다. 그래서 환대는 마르켈에게서 조시마 장로에게로, 조시마 장로에게서 알료샤에게로, 알료샤에게서 아이들을 포함한 다른 사람들에게로 물려진다. 그렇다. 도스토옙스키의 소설은 누군가의 마음에 떨어진 씨앗이 꽃을 피우고 열매를 맺어, 다시 그 씨가 다른 사람에게 전파되는 환대의 계보가 핵심이다. 출발점에 해당하는 마르켈의 말을 우선적으로 살펴야 하는 이유가 여기에 있다.

"우리 각자는 모든 사람들에게, 모든 일에서 죄인이에요. 저는 다른 사람들보다 더 그렇고요." 이것은 레비나스가 『존재와 다른 것, 혹은 본질 저편Otherwise Than Being or Beyond Essence』라는 저서에서 인용해 더욱 유명해진 문구로, 조시마 장로의 형 마르켈이 한 말이다. 좀 더 구체적으로 얘기하면, 마르켈이 열일곱 살의 나이로 죽기 직전에 그의 어머니에게 한 말이다. 그가 이 말을 하게 된 정황은 이렇다. 급성 폐결핵에 걸려 죽어가던 그는 하인들이 들어오자 이렇게 말한다. "여러분, 무엇 때문에 나한테 이렇게 잘해주시는 겁니까, 내가 이런 대접을 받을 만한 자격이라도 있습니까?" 그러면서 자신이 죽지 않고 산다면 그들을 섬기겠다고 말한다. 그의 어머니는 아들이 병세가 깊어진 탓에 얼토당토않은 말을 한다고 생각한다. 그도 그럴 것이, 주인과 하인 사이에 위계질서라는 것이 엄연히 있는데 아들이 그것을 무시하고 하인을 섬기겠다고 하니 어이가 없다(더욱이 소설은 신분제가 존재했던 19세기 러시아를 배경으로 한다). 그러나 마르켈은 이렇게 응수한다. "어머니, 주인과 하인이 없어질 리는 없겠지만, 그래도 저는 하인들의 하인이 될 거예요. 그들이 제게 해주었듯 그렇게요." 이 세상에 존재하는 위계질서가 하루아침에 무너지지 않겠지만, 자기만이라도 "하인들의 하인"이 되어 그것을 무너뜨리겠다는 생각은 놀랍다. 주인과 하인의 자리가 바뀌고 위가 아래가 되고 아래가 위가 되는, 그가 꿈꾸는 유토피아는 놀라움을 넘어 혁명적이다.

바로 이런 맥락에서 다음 말이 나온다. "우리 각자는 모든 사람들에게, 모든 일에서 죄인이에요. 저는 다른 사람들보다 더 그렇고요." 도스토옙스키의 소설을 영어로 멋지게 번역한 콘스턴스 가네트Constance Garnett는 이 부분을 좀 더 이해하기 쉽게 다음과 같이 번역한다. "우리 각자는 모두에게 죄를 지었어요. 저는 다른 사람들보다 더 그렇고요." 어떻게 번역되든, 이 말은 상식에 위배된다. 죄를 짓지 않았는데 어찌 모든 사람들에게 죄를 지었다는 말인가. 더욱이 어찌 다른 사람들보다 더 죄인이라는 말인가. 그의 어머니가 놀라는 것도 무리는 아니다. "세상에는 살인자도 있고 강도도 있는데, 아직 그런 죄를 지을 시간조차 없던 네가 무엇 때문에 너 자신을 다른 모든 사람들보다 더 비난하는 거니?" 어머니의 상식적인 눈에는, 그리고 그의 어머니를 닮은 평범한 사람들과 독자들의 눈에는, 죄를 지은 일이 없음에도 죄가 있다고 하는 것은 모순이다. 그도 이것이 쉽게 설명할 수 없는 모순이라는 것을 모르지 않는다. "이걸 어머니에게 어떻게 설명해야 할지 모르겠지만, 정말로 그렇다는 걸 고통스러울 정도로 느끼고 있어요." 그런데 논리적으로 설명할 수 없다는 것, 바로 이 부분이 핵심이다. 타자를 향한 윤리적 책임이나 환대는 머리가 아니라 가슴의 문제이고, 생각이 아니라 감정의 문제이며, 레비나스의 말처럼 심지어 언어가 아니라 언어 이전의 문제라서 그렇다.

마르켈은 하인들에게만 용서를 구하는 것이 아니다. 그는 정원에 날아든 새들에게도 용서를 구한다. "하느님의 새들, 기쁨에 찬 새들이여, 나를 용서해주오, 내 그대들에게도 죄를 지었다오." 그는 이렇게 말하면서 "기쁨에 젖어" 운다. 하인들이 그랬던 것처럼 새, 나무, 초원,

하늘을 비롯한 세상의 모든 것들이 그를 환대하고 있었지만, 그것을 모르고 살았다는 것에 대한 자책과 늦게라도 깨달은 것에 대한 기쁨에서 흘리는 눈물이다. "그래, 내 주위는 이와 같이 하느님의 영광으로 가득 차 있었구나. 새, 나무, 초원, 하늘, 하지만 나 하나만은 치욕 속에서 살았고 나 하나만은 모든 것을 더럽혔고 그러면서도 이 아름다움과 영광을 아예 거들떠도 안 봤구나." 상식적인 눈으로만 보면 그의 말을 이해하기 어렵지만, 우리 인간의 삶을 이루는 많은 것들이 아무 조건 없이 주어진 일종의 '선물'이라고 생각하면, 이해하지 못할 것도 없는 발언이다. 숨을 쉬는 것 자체가 이미 축복이니까.

여기에서 중요한 것은 죽어가는 형의 입에서 나오는 말들이 그보다 여덟 살 아래인 아홉 살 소년 조시마의 마음에 한 톨의 씨앗처럼 내려앉는다는 것이다. 그 말들의 의미를 헤아리기에는 아직 어리지만, 아니 어쩌면 어리기 때문에 더욱, 그 말들은 그에게 깊은 인상을 남긴다. 마음의 밭에 환대의 씨앗이 날아와 내려앉는 순간이다. 그의 형이 그에게 직접 해주는 말은 그 순간을 더욱 특별한 것으로 만든다. 그의 형은 그를 손짓으로 부르더니 어깨에 팔을 두르고 "아무 말도 하지 않고 1분 정도" 바라보다가 말한다. "자, 이제는 가서 놀아라, 나 대신 살아주렴!" 자기 대신 살아달라는 말은 자기와 같은 마음을 갖고, 즉 인간을 포함한 이 세상의 모든 존재들을 환대하며 살아달라는 뜻이다. 그의 몫까지 두 배 세 배로 살아달라는 뜻이다. 이 지점에서부터 그의 삶은 혼자만의 것이 아니게 된다. 그것은 한 사람의 삶이면서 두 사람의 삶이다. 그의 삶 자체가 이제부터는 환대일지 모른다. 다른 사람의 삶을 대신 살아주는 것이기에 그렇다. 나의 삶에 다른 사람의 삶을 얹는 삶, 이보다 더 큰 환대가 어디 있을까.

그렇다고 그의 마음에 내려앉은 씨앗이 곧바로 뿌리를 내리고 움을 틔우기 시작하는 것은 결코 아니다. 이 소설의 제사題詞("내가 진실로, 진실로 너희에게 말한다. 밀알 하나가 땅에 떨어져 죽지 않으면 한 알 그대로 남고, 죽으면 많은 열매를 맺는다")가 암시하는 것처럼, 씨앗은 '죽어야' 열매를 맺는다. '죽는다'는 말은 썩어서 소멸한다는 의미가 아니라 창조적인 죽음의 과정을 거쳐 다시 살아난다는 의미다. 그러기 위해서는 시간도 필요하고 경험도 필요하고 고뇌도 필요하다. 그러나 겨우 아홉 살에 불과한 조시마는 세상에 대해서 아직 잘 알지 못한다. 결국 형이 뿌린 씨앗이 그의 마음에서 열매를 맺을지의 여부는 미래의 영역이다. 그사이 비도 오고 눈도 오고 폭풍우도 몰아칠 것이다. 그런 것들을 견뎌내야 열매가 열릴 것이다.

아니나 다를까, 그는 성장하여 장교가 되지만, 질풍노도의 젊은 시절을 보내면서 자기도 모르게 방탕한 생활을 하게 된다. 그러던 어느 날, 그가 자신의 시중을 드는 당번병 아파나시의 얼굴을 무자비하게 때려 피투성이로 만드는 일이 발생한다. 다음 날 아침, 얼굴을 후려쳐도 "대열 속에 서 있는 것처럼 차렷 자세로 고개를 똑바로 들고 눈을 부릅뜨고" "맞을 때마다 몸을 부르르 떨면서도 손을 쳐들어 몸을 막을 엄두조차도 내지 못하는" 당번병의 모습을 떠올리자, 치욕감이 몰려온다. 그는 두 손으로 얼굴을 가리고 울기 시작한다. 그러면서 마르켈이 죽음을 앞두고 하인들에게 했던 말을 떠올린다. "무엇 때문에 나한테 이렇게 잘해주시는 겁니까, 내가 이런 대접을 받을 만한 자격이라도 있습니까?" 형은 열일곱 살의 나이에도 그토록 하인들에게 극진했건만, 그는 형이 그 말을 했던 나이를 훌쩍 넘었음에도 아랫사람에게 극진하기는커녕 얼굴을 때려 피투성이로 만들고 모욕했다. 여기에서 극적인 변화가 시작된다. 표현은 다르지만, 그의 형이 했던 것과 거의 똑같은 말이 그의 입에서 나온다. "정말로 내가 하느님의 형상과 닮게 만들어진, 나와 똑같이 생긴 다른 사람의 봉사를 받을 자격이 있을까?" 그는 당번병의 골방으로 달려가 장교복을 입은 채로 그의 발밑에 엎드려 용서를 구한다. 시중을 드는 당번병을 짐승 정도로 생각하며 살던 장교가 당번병의 발밑에 엎드린 것이다.

조시마의 행동은 여기에서 끝나지 않는다. 그는 그길로 곧장 결투장으로 달려가 그에게 모욕을 받아 어쩔 수 없이 결투를 하러 나온 젊은 지주에게 먼저 총을 쏘라고 한다. 천행으로 총알이 그를 비껴가고 자신이 총을 쏠 차례가 되자, 그는 총을 숲속에 던지고 용서를 구한다. "이 어리석은 자를 용서해주십시오, 제 잘못으로 인해 당신은 모욕당하고 지금은 총을 쏘도록 강요받았습니다." 그는 아무 잘못도 없는 사람을 모욕하고 하마터면 그의 부인을 과부로 만들 뻔했던 것이다. 그 일이 있은 후, 그는 군에서 퇴역하고 수도원으로 들어간다. 삶에 대한 깨달음이 속세를 떠나게 만든 것이다.

결국 그는 환대를 실천하는 삶을 살면서 사람들의 존경을 받는 장로가 된다. 형이 그의 마음에 뿌린 씨앗이 열매를 거두기 시작한 것이다. 그가 드미트리에게 보여주는 행동은 진정한 환대가 어떤 것인지를 극적으로 보여준다. 드미트리가 누구인가. 질투에 눈이 멀어 아버지를 두들겨 패는 자식이다. 장로를 비롯한 사람들의 면전에서 아버지를 향해 "저런 인간은 도대체 왜 살까!"라고 말하고, 아버지를 가리켜 "대지를 더럽히게 내버려"둬서는 안 되는 인간이라며 죽이겠다고 벼르는 사람이다. 그런데 그의 말을 잠자코 듣고 있던 장로가 갑자기 드미트리 앞으로 가더니 무릎을 꿇고 "이마가 땅에 닿을 정도로 완전히, 또렷하고도 의식적으로, 절을 한다". 그리고 이렇게 말한다. "저를 용서하십시오! 여러분 모두, 저를 용서하십시오!"

그는 왜 드미트리를 향해 머리가 땅에 닿도록 절을 한 것일까. 한 여인에 대한 사랑 때문에 아버지를 증오하면서 몸부림치는 드미트리가 가엾기 때문이다. "우리 각자는 모든 사람들에게, 모든 일에서 죄인이에요. 저는 다른 사람들보다 더 그렇고요"라고 했던 마르켈 형의 말처럼, 타자가 겪고 있고 이후에 겪게 될 심적 고통에 타자보다 더 책임을 느끼기 때문이다. 그는 차라리 드미트리가 느끼는 증오와 고통이 자신의 것이었으면 싶다. 아니, 그것은 '이미' 그의 것이 되어 가슴을 찢어놓고 있다. 그는 '이미' 드미트리다. 그래서 용서해달라고 한 것이다. 마르켈이 그랬듯이, 그도 이것을 논리적으로 설명해보라고 하면 결코 설명하지 못했을 것이다. 머리가 아니라 가슴의 문제요, 생각이 아니라 감정의 문제이기 때문이다.

드미트리의 동생 알료샤는 조시마 장로가 보여주는 이러한 환대의 정신을 고스란히 물려받는다. 그가 보여주는 환대는 조시마 장로의 것을 복사한 것이라 해도 과언이 아닐 정도이고 그중 가장 감동적인 것은 아버지를 향한 환대이다.

일반적으로 환대를 얘기할 때 가족은 예외로 한다. 가족끼리 서로를 보듬고 위로하고 이해하고 사랑하는 것은 자연스러운 일이기 때문이다. 그런데 카라마조프가 사람들을 보면 전혀 그렇지 않다. 가족은 사랑과 이해와 위로의 대상이 아니라 증오와 몰이해와 갈등의 대상이다. 가족 구성원들이 모두 그러한 것은 아니지만, 적어도 아버지와 아들들의 관계는 남보다 못하면 못했지 나을 것이 없다. 그래서 알료샤가 아버지에게 보여주는 환대는 정말로 각별한 것이다. 표도르가 누구인가. 큰아들인 드미트리, 둘째 아들 이반, 막내아들 알료샤를 모두 버린 비정한 아버지다. 그는 단 한 번도 아버지 노릇을 한 적이 없다. 그는 두 번째 아내, 즉 이반과 알료샤의 어머니가 모시는 성상을 부쉈을 뿐만 아니라 그녀가 죽었을 때도 눈물 한 방울 흘리지 않고 자신을 피해자라 떠벌리고 다닌 사람이다. 큰아들이 좋아하는 여자를 차지하려 음모를 꾸미고 필요하다면 아들을 감옥에 보내는 일도 마다하지 않을 사람이다. 그래서 그는 다른 사람들에게는 말할 것도 없고 가족에게도, 아니 가족에게 더, 상처를 주는 못된 인간이다. 그뿐인가. 그는 마을을 떠도는 백치 여인을 겁탈하여 아이까지 낳게 한다(직접적인 증거는 없지만 정황상 그렇다). 그 아이가 나중에 그를 죽이게 되는 스메르자코프다. 그는 정말이지 가족은 물론이고 누구에게든 사랑을 받을 자격이 없는 "교활한 늙은이"다.

그런데 알료샤는 그런 것들을 다 보고서도 아버지를 비난하지 않는다. 돌아가신 어머니를 모욕하는 소리를 듣고 까무러치면서도 아버지를 비난하지 않는다. 정말이지 이해가 안 될 만큼 관대하다. 비인간적이라고 생각될 정도다. "저런 인간은 도대체 왜 살까!"라며 아버지에게 증오를 드러내고 때로는 아버지를 죽이려 하는 드미트리가 오히려 더 인간적으로 느껴질 정도다.

그는 "그럴 자격이라곤 전혀 없는 아버지를 언제나 상냥하고 무척 자연스럽고 솔직 담백한 애정"으로 대한다. 스스로도 자신을 사악하고 이기적이고 비열한 인간이라고 생각하는 표도르에게 알료샤의 따뜻한 마음은 "전혀 예기치 못한, 완전히 놀라운 선물"로 다가온다. 선물이라는 말 외에는 표현할 방법이 없다. 아무런 조건도 없이 주어지는, 그야말로 무조건적인 선물. 일반적으로 이러한 선물은 부모가 자식에게 주는 것인데, 이 소설에서는 스무 살 청년에게서 아버지에게로 거슬러 올라간다. 아들은 선물을 주면서도 재산도, 특별 대우도, 심지어 따뜻한 감정마저도 기대하지 않는다. 그냥 주는 것이다. 주고 싶어 주는 것이다.

심지어 그는 모든 사람들이 멸시하고 조롱하고 배척하는 아버지에게서 좋은 점을 찾아내기까지 한다. 그는 아버지가 스스로를 "정말로 못된 놈"이라고 할 때마저, "아버지는 못된 것이 아니라 그저 좀 비뚤어졌을 뿐이에요"라며 감싼다. 아버지 자신으로부터도 아버지를 감싸는 것이다. 그러자 그의 아버지마저도 감동한다. "너랑 있을 때만은 나도 더러 착해지는구나." 소설을 통틀어 이보다 더 좋은 예를 찾을 수 있을까 싶을 만큼 그야말로 눈부신 환대다. 그의 환대가 얼마나 눈부셨으면, 자식들을 나 몰라라 하고 자신의 욕망을 충족시키는 데 혈안이 된 표도르가 "자기가 지금까지 이해하고 싶지 않았던 것을 이해하게 되었다"고 느꼈을까. 소설은 표도르가 무엇을 이해하게 되었는지 명확히 제시하지 않지만, 어쩌면 그는 자신처럼 이기적이고 못되고 철면피한 사람에게까지 미치는 환대와 사랑이 있다는 것을 순간적으로나마 감지하고 이해하게 되었는지 모른다. 물론 그 사랑과 환대를 계기로 개과천선한 건 아니지만, 적어도 그는 그것에 노출되고 둘러싸임으로써 그로서는 상상할 수 없는 선과 너그러움의 세계가 존재한다는 것을 이해하게 된다.

아버지를 대하는 알료샤의 태도를 드미트리와 이반

의 태도와 비교하면, 그의 환대가 얼마나 대단한 것인지 알 수 있다. 드미트리가 어떻게 행동하는지 보라. 그는 질투에 눈이 멀어 아버지의 머리칼을 잡아서 내동댕이치고 얼굴을 구둣발로 짓밟는다. 그리고 사람들이 말리자 "지금 죽이지 못했으니, 나중에 죽이러 오겠어. 말려도 소용없어"라고 말한다. 정말로 죽이고 싶은 것이다. 그가 나중에 살인 사건의 용의자로 체포됐을 때 스스로 벌을 받겠다고 한 것은 이러한 이유에서다. "내 아버지의 피에 대해선 무죄입니다! 처벌을 달게 받겠다는 것은 아버지를 죽였기 때문이 아니라, 죽이고 싶었으며 어쩌면 정말로 죽였을지도 모르기 때문입니다." 그의 불같은 성격을 감안하면, 그가 아버지를 죽이지 않은 것은 그의 말대로 돌아가신 어머니가 그를 위해 기도해줬기 때문이었을지 모른다.

그렇다면 이반은 어떠한가. 드미트리가 여자 때문에 아버지를 죽이려 한다는 것은 모두가 다 아는 일이다. 그는 두 사람을 두고 이렇게 말한다. "한 마리의 독사가 다른 한 마리의 독사를 잡아먹을 거야, 두 인간 다 그 길밖에 없어!" 그에게도 아버지는 증오스러운 존재다. 그러니 누구에 의해서건 아버지가 죽어 없어졌으면 싶다. 스메르쟈코프가 표도르를 죽이게 되는 것도 결국 그 마음이 전달되고 전이되어서다. 사람들이 고통스러워하는 것을 안타까워하고 인류를 사랑하고 구원하겠다는 사람이 정작 자신의 아버지는 증오하고 있는 모순적 상황이다. 그도 자신의 이러한 모순을 알고 알료샤에게 고백한다. "어떻게 자기와 가까이 있는 사람들을 사랑할 수 있는지 나는 절대로 이해할 수가 없었어. 내 생각으론 멀리 있는 사람이라면 차라리 모를까, 이렇게 가까이 있는 사람들을 사랑할 수는 없을 것 같아." 이 지점에서 이반과 알료샤는 분리된다. 이반에게는 얼굴이 사랑에 방해가 되지만, 알료샤에게는 그 얼굴에서 사랑이 시작된다. 아버지의 얼굴은 특히 그렇다. 탐욕으로 가득한 얼굴이어도, 아니 그래서 더, 사랑과 환대를 필요로 하는 얼굴인지 모른다. 그의 아버지가 감격한 것은 인간에게서 도저히 나올 것 같지 않고 그로서는 도저히 받을 수 있을 것 같지 않은 환대를 아들에게서 받았기 때문이다. 사랑할 수 없는 것마저 사랑하는 것이 진짜 사랑이고, 환대할 수 없는 것을 환대하는 것이 진짜 환대라는 걸 그의 아들은 보여주며 아버지의 마음을 흔들어놓았다.

물론 알료샤가 환대하는 사람이 아버지만은 아니다. 이반과 드미트리는 물론이고, 드미트리의 약혼자이지만 이반을 사랑하고 잘못된 증언으로 드미트리를 살인자로 만드는 카체리나, 부자간에 갈등을 유발하고 심지어 수도사인 그마저 유혹하려 드는 그루셴카 등은 누구라도 쉽게 좋아할 수 없는 사람들이다. 그러나 그들 모두가 알료샤에게는 환대의 대상이다. 그들이 다른 사람들에게는 결코 보여주지 않는 속마음을 그에게 열어 보이는 것은 그들과 함께 아파하고 울어주는 그의 마음을 알기에 가능한 일이다.

그렇다고 알료샤가 완벽하다는 말은 결코 아니다. 그에게도 미숙한 점은 있다. 이것은 그가 스무 살 청년이기에 어쩌면 당연한 것인지 모른다. 아버지한테 보여준 사랑처럼 지금까지 보여준 것만으로도 '이미' 충분하지만, 그의 마음에 뿌려졌던 씨앗이 더욱 풍성한 열매를 맺기 위해서 시련은 불가피하다. 특히 그루셴카와의 만남은 빈틈이 없을 것 같은 그에게도 배워야 할 것이 있으며, 그가 실천하는 환대가 타자와의 접촉을 통해서 더욱 성숙해져야 한다는 것을 보여준다. 그녀와의 만남은 조시마 장로의 죽음이 빌미가 된다. 장로가 죽고 그의 시신이 급속도로 부패하여 악취가 나기 시작하자 사람들이 웅성거리기 시작한다. 그들은 자기들이 숭배하던 장로의 시신에서 악취가 나자 믿음을 잃는다. 시신에서 악취가 난다는 것은 장로가 위인이 아니라 보통 사람이었다는 의미다. 얼토당토않은 생각이지만 믿음이 약한 사람들은 그렇게 받아들인다. 시신에서 나는 냄새 때문에 장로는 "치욕의 구렁텅이"로 굴러떨어진다. 알료샤는 자신이 사랑하는 스승에게 "치욕과 불명예의 낙인"이 찍히는 것을 견딜 수 없어 거의 자포자기 상태가 된다. 더욱이 그에게도 그런 마음이 없었던 것은 아닌 듯 보인다. 라키친이 그를 그루셴카에게 데리고 간 것은 그가 이러한 심리적 위기에 처했을 때다. 그루셴카가 그를 데려오면 돈을 주겠다고 해서 그런 거지만, 그가 여자의 유혹에 넘어가 타락하는 모습을 보고 싶은 악의적 생각도 있어서다. 아니나 다를까, 그의 큰형과 아버지를 유혹한 여자는 알료샤의 무릎에 올라앉아 그를 껴안고 유혹한다.

그런데 놀라운 일이 벌어진다. 그녀는 그가 조시마 장로를 잃은 슬픔에 그러고 있다는 말을 라키친에게서 듣자마자 성호를 그으며 그의 무릎에서 내려온다. 그를 가엾게 여긴 것이다. 지금까지 사람들을 가엾게 여기는 것은 주로 알료샤의 몫이었다. 그런데 그 스스로가 가엾음의 대상이 된 것이다. 비록 그루셴카의 몸짓이 그녀의 말대로 "양파 하나"처럼 작은 것에 불과하지만, 그는 그것을 붙잡고 감격하며 절망의 구렁텅이에서 빠져나온다. "당신은 지금 내 영혼을 회복시켜줬어요." 그를 유혹해 파멸시키려 했던 여자가 오히려 그를 구원한 것이다. 그는 스스로를 "사악한 여자"라고 말하는 그녀에게서 "사람을 사랑할 줄 아는 보물 같은 영혼"을 발견한다.

이 에피소드가 말해주듯 알료샤는 전지전능한 사람이 아니라 때로는 누군가로부터 위로를 받아야 하는 청년이다. 물론 그는 받는 것보다는 주는 것에 더 익숙하다. 어쩌면 주는 것에 강박이 되어 있는 사람인지도 모른다. 스승에게서 물려받은, 타자를 향한 강박 탓이다. 누군가에게 무언가를 끝없이 주지 않고는 배기지 못하는 강박적 심리.

소설이 보여주는 환대의 계보에서 맨 마지막에 해당하는 것은 알료샤에게서 아이들에게로 이어지는 환대이다. 알료샤가 아이들과 관계를 맺는 것은 일류샤라는 아이 때문이다. 일류샤는 표도르가 드미트리를 감옥에 보내려고 음모를 꾸미기 위해 고용한 스네기료프라는 사람의 아홉 살짜리 아들이다. 그 정황을 알게 된 드미트리가 스네기료프의 수염을 질질 끌고 다니며 모욕을 줄 때, 아버지를 용서해달라며 울면서 매달렸던 아이가 일류샤다. 알료샤는 아이가 아버지를 껴안고 "아빠, 아빠, 그 사람이 아빠를 얼마나 업신여겼는지 몰라!"라고 했다는 얘기를 듣자 가슴이 미어진다. 그래서 그 아이가 카라마조프 집안에 대한 복수심에 그에게 돌을 던지고 손가락을 피가 나도록 깨물어도 나무라지 않는다. 오히려 드미트리 대신 용서를 빈다. 이것만이 아니다. 그는 수염이 잡혀 끌려 다닌 아버지의 처량한 몰골에 빗대어 일류샤를 "수세미"라고 놀리는 아이들을 달래, 병으로 죽어가는 그와 화해하게 하고, 그들을 "아름답고 선량한 감정으로 결합"하게 만든다. 그리고 일류샤가 죽자, 아이들과 함께 무덤에 가서 그를 애도한다. 중요한 것은 알료샤가 아이들에게 "아름답고 선량한 감정"을 갖게 했다는 사실이다. 알료샤는 아이들에게 그러한 감정에 이르게 된 "아름답고 성스러운 기억"을 소중하게 간직하라며 이렇게 당부한다.

"여러분의 교육에 대해 이런저런 말을 많이들 하지만, 바로 이처럼 어린 시절부터 간직해온 아름답고 성스러운 기억이야말로 그것이 무엇이든 간에 가장 훌륭한 교육이 될 겁니다. 인생에서 이런 기억들을 많이 갖게 된다면 그 사람은 평생토록 구원받은 겁니다. 심지어 우리에게, 우리의 마음속에 단 하나의 훌륭한 기억이라도 남아 있다면, 그 덕분에 언젠가는 구원을 향해 한 발짝 나아가게 될 겁니다."

조시마 장로에게 그의 형 마르켈에 대한 기억이 그랬듯이, 그리고 알료샤에게 조시마 장로에 대한 기억이 그랬듯이, 아이들에게도 일류샤를 사랑했던 경험이 세상의 그 어느 것보다 가치 있는 교육이 되어 그들을 버티게 해주고 결국에는 구원해줄 것이라는 말이다. 그러니 일류샤를 향해 품었던 따뜻한 마음을 잊지 말자는 것이다. "우리가 일류샤를 어떻게 땅에 묻었는지, 우리가 최근에 그를 얼마나 사랑했는지, 바로 지금 이 바윗돌 옆에서 다 함께 얼마나 사이좋게 얘기를 나누었는지" 기억하자는 것이다. "스스로를 거대한 악으로부터 지켜낼 수 있을" 힘이 그 기억에 있다는 것이다.

실제로 그가 버틸 수 있는 것도 소중한 기억이 있어서 가능하다. 그가 지금 얼마나 힘겨운 상황에 처해 있는가. 사랑받을 자격이 없는 사람이어서 역설적으로 더 사랑했던 아버지는 살해당해 죽고 없고, 격정에 휩쓸린 삶을 좌충우돌하며 살아온 드미트리는 아버지를 죽이지 않았으면서도 살인죄를 뒤집어쓰고 유형지로 떠나야 한다. 그리고 아버지의 사생아인 스메르쟈코프에게 결과적으로 살인을 부추긴 셈이 된 이반은 죄의식으로 인한 섬망증으로 죽음을 눈앞에 두고 있다. 그러나 열두 명으로 추정되는 초등학교 아이들에게 기억의 소중함을 강조하는 것에서 알 수 있듯이, 알료샤는 희망을 버리지 않는다. 아름다운 기억이 있는 한, 그것을 씨앗으로 삼아 '누구보다 더' 세상에 책임을 지고 타자를 환대하는 삶을 살아갈 수 있다고 믿기 때문이다.

도스토옙스키가 알료샤에 초점을 맞춘 속편을 쓸 계획을 세웠으나 『카라마조프가의 형제들』을 쓰고 두 달 후인 1881년 2월, 59세의 나이로 생을 마감했기 때문에 알료샤가 이후에 어떠한 삶을 살았을지 알 길은 없다. 그러나 그는 어딘가로 가서 누군가의 마음에 씨앗을 뿌리는 일을 계속했을 것이다. 스무 살에 불과한 그가 살아갈 세상은 결코 녹록하지 않았겠지만, 그럼에도 불구하고 자신이 물려받은 것을 다른 사람들에게 물려주는 일을 계속했을 것이다. 그래서 더욱, 이 소설은 누군가에게서 누군가에게로 물려지는 환대의 계보에 관한 이야기이다. 과거에서 현재로 그리고 현재에서 미래로 이어지는 사랑의 이야기이다. "나는 존재한다 따라서 사랑한다."

"HGW XX / 7에게 감사의 마음을 담아"

—적대적인 타자의 환대

일반적으로 환대를 생각하면, 환대할 만하고 환대를 받을 만한 타자를 떠올린다. 그러나 조금만 더 생각해보면, 우리에게 적대적이고 또 우리가 적대적으로 생각하는 타자를 환대하는 것이 환대의 정신에 더 부합된다. 이것은 환대의 문제를 너무 감상적으로 접근해서는 안 된다는 말이다. 사랑도 그렇고 용서도 그렇다. 사랑할 만하고 사랑을 받을 만한 대상을 사랑하고, 용서할 만하고 용서를 받을 만한 대상을 용서하는 것은 어쩌면 쉬운 일일지 모른다.

도청하는 사람이 도청의 대상을 보호하고 환대한다면 그것을 어떻게 이해해야 할까. 자신의 임무가 도청을 통해 뭔가를 캐내는 것이라면, 도청의 대상을 위험으로부터 보호하는 것은 자가당착적인 행위가 된다. 플로리 안 헨켈 폰 도너스마르크Florian Henckel von Donnersmarck 감독의 『타인의 삶Das Leben der Anderen』은 그러한 모순적 상황을 세밀하게 짚어내면서 환대의 진정한 본질이 무엇인지를 보여주며 우리의 가슴을 흔들어놓는 작품이다.

시나리오•도, 그것을 바탕으로 하는 영화도, 악명 높은 소련의 KGB를 모태로 만들어진 슈타지, 즉 국가안보부 소속의 심문 및 도청 전문가인 게르트 비즐러 대위를 중심으로 이야기가 전개된다. 독일이 통일되기 6년 전 1984년 11월이 시간적 배경이다. 비즐러는 사회주의를 지키고 그것의 보루인 당의 "방패와 창"이 되기 위해서라면 무슨 짓이든 하는 사람이다. 죄수를 심문할 때는 필요에 따라 고문도 마다하지 않는다. 며칠 동안 잠을 안 재우기도 하고, 그래도 통하지 않으면 부인을 체포하고 아이들을 국가보육시설로 보내겠다는 협박도 서슴지 않는다. (어쩌면 이 세상의 심문 전문가들은 너나 할 것 없이 비즐러를 조금씩 닮았을지 모른다.) 비즐러는 전문가로서 습득한 심문 방식을 슈타지 산하의 대학에서 학생들에게 전수하기까지 한다. 그는 슈타지 교

• 감독 자신이 집필한 시나리오의 인용은 다음 번역본에 따른다. 『타인의 삶』, 권상희 옮김, 이담북스, 2011. 번역문이 어색하거나 잘못된 경우에는 조금씩 조정하여 인용했다.

관으로서 학생들에게 이렇게 말한다. "심문을 할 때 여러분은 사회주의의 적들을 상대하고 있는 것입니다. 그들이 증오의 대상이라는 것을 잊어서는 안 됩니다." 그에게는 개인보다 국가가 먼저고 사회주의가 먼저다. 국가의 존립에 위협이 되는 것이면 무엇이든 "증오의 대상"이다. 그가 고문을 합리화할 수 있는 이유다.

그런 사람이 이번에는 극작가 게오르그 드라이만의 동태를 살피고 그의 집을 도청하는 일을 맡게 된다. 그는 완벽하게 일을 처리한다. 드라이만의 거실과 침실, 부엌은 물론이고 욕실까지, 아니 초인종과 스위치에까지 도청 장치를 설치한다. 그는 철저할 뿐만 아니라 촉각까지 발달한 사람이다. 이웃집에 사는 노부인이 그들이 도청 장치를 설치하는 모습을 지켜보는 것을 알고, 아니 안다기보다는 육감으로 느끼고, 그녀를 밖으로 불러내 이렇게 말한다. "마이네케 부인, 어느 누구에게 한 마디라도 하면 당신 딸 마샤는 내일 의대에서 제적당할 거요. 알아들었소?" 그리고 부하에게는 이렇게 말한다. "비밀을 폭로하지 않는 대가로 마이네케 부인에게 선물을 보내시오." 협박도 그런 협박이 없다. 그는 자신이 맡은 임무를 수행하기 위해서라면 더한 짓도 할 수 있는, 피도 눈물도 없는 사람이다.

그는 맞은편 건물의 다락에 둥지를 틀고 카메라와 도

청기를 통해 드라이만의 동태를 감시하고 모든 내화를 낱낱이 엿듣는다. 사람들이 드라이만의 집에 들어가는 모습도, 그들이 안에서 나누는 대화도 그의 눈과 귀를 벗어나지 못한다. 당국에 의해 지난 7년간 연출을 금지당한 저명한 연극연출가 알베르트 예르스카를 포함한 드라이만의 친구들이 나누는 대화는 물론, 드라이만이 그의 애인이자 극단 배우인 크리스타-마리아 질란트와 사랑을 나누는 소리까지도 그의 감시망 안에 있다. 그는 하급자인 우도 레이어 원사와 번갈아가며 드라이만을 감시하고 그 결과를 매일 보고한다.

그래서 각본대로라면 드라이만은 조만간 그물에 걸려들게 되어 있다. 드라이만이 감옥에 가는 것은 이제 시간문제일 뿐이다. 비즐러가 마음만 먹으면 그렇게 못할 것도 없다. 그런데 전혀 예상치 못한 일이 벌어진다. 드라이만을 감시하는 과정에서 비즐러가 자기도 모르게 예술가들을 이해하고 그들과 공감하게 된 것이다. 드라이만이 즐겨 읽는 브레히트의 시집을 몰래 가져와 읽는 것은 좋은 예이다. 드라이만과 친구들 사이에 벌어지는 자유분방한 대화와 토론, 드라이만과 질란트의 격정적인 사랑은 그의 삭막하고 무미건조한 삶을 너무 초라하게 만든다. 특히 음악은 결정적인 역할을 한다. 그는 드라이만이 피아노로 연주하는 「착한 사람을 위한 소나

타」를 들을 땐 더 이상 "나쁜 사람"이 아니다. 적어도 그 순간에는 그렇다. 그 음악을 들었을 때 그의 얼굴에 떠오른 "예전에는 보지 못한 표정"이 그것을 증명한다. 드라이만이 피아노를 친 후에 질란트에게 건넨 "이 음악을 정말 들어본 사람이라면 계속 악한 사람으로 남아 있을 수 있을까?"라는 말이 현실에서 실현되기라도 하듯, 비즐러는 「착한 사람을 위한 소나타」를 듣고 "나쁜 사람"이기를 멈추는 것처럼 보인다.

그가 음악을 듣고 난 뒤 귀갓길에서 일어난 사건은 그의 변화를 드러내는 결정적 증거이다. "엘리베이터를 타는데 공이 굴러 들어온다. 여섯 살쯤으로 보이는 꼬마가 공을 가지러 들어온다. 그리고 이내 문이 닫히자 아이는 엘리베이터에 갇힌 꼴이 된다." 그 상황에서 아이가 "아저씨가 정말 슈타지인가요?"라고 묻자, 그는 "네가 슈타지가 뭔지 아니?" 하고 되묻는다. 그러자 아이가 이렇게 대답한다. "다른 사람들을 가두는 나쁜 사람들이라고 아빠가 말해줬어요." 예전 같으면 그는 슈타지를 나쁘게 생각하는 아이 아버지의 신원을 파악해 사상이 불온한 자라는 낙인을 찍었을 것이다. 그러나 그는 본능적으로 자신의 입에서 튀어나온 말("그래? 이름이 뭐지, 너……")을 아이가 모르게 얼버무린다. 예전과는 달라졌기에 가능한 일이다. 아이가 엘리베이터에서 내리는 그를 향해 "이저씨는 나쁜 사람이 아니에요"라고 한 것은 허투루 한 말이 아니다.

그는 더 이상 "나쁜 사람"이 아니다. 그렇게 되기를 바란 것도 아니고 그렇게 예상한 것도 아니었지만, 그런 변화가 그에게 생긴다. 그렇다고 그가 사회주의 체제를 옹호해야 하는 슈타지로서의 임무를 소홀히 하는 것은 아니다. 그의 변화는 음악에서 기인한 것이기도 하지만 도청과 관련한 애매한 상황과도 관련이 있다. 그는 도청을 하는 과정에서 자신이 "사적인 용무에 이용당하고 있다는 것"을 알게 된다. 슈타지의 상급자가 자기에게 도청 업무를 맡긴 것이 드라이만에게 혐의가 있어서가 아니라, 문화부 장관이자 슈타지에 막강한 영향력을 행사할 수 있는 사회주의통일당 중앙위원회 위원인 브루노 헴프가 극작가의 애인인 질란트에게 관심이 있어서라는 걸 알게 된 것이다. 결국 그는 권력자가 여자를 차지할 수 있도록 여자의 남자친구인 드라이만을 제거하는 작전에 동원된 셈이다. 그는 피도 눈물도 없는 사람이지만, 그것은 어디까지나 잠재적인 적들로부터 사회주의 체제를 수호하기 위해서다. 그의 비정함에 나름의 정당성이 있었던 것은 이러한 이유에서다. 그래서 헴프 장관에 대한 그의 저항은 어떤 의미에서 보면 불가피한 것이 된다.

그는 드라이만이 사회주의에 적대적인 음모를 꾸미거나 결정적인 행동을 하지 않는 한, 적당한 선에서 그를 눈감아주고 때로는 보호해주기까지 한다. 심지어 드라이만에게 질란트가 다른 남자를 만나고 있다는 사실을 알려주기까지 한다. 더 정확히 말하면, 그녀가 권력자의 위세에 눌려 강압적인 성관계를 하고 있다는 사실을 그가 알게 만든다. 감시를 하는 당사자로서 직접 알릴 수는 없으니, 초인종을 누르지 않고도 초인종 소리가 날 수 있도록 고안된 장치를 통해 여러 번 초인종이 울리도록 만들어 드라이만이 밖으로 나와, 헴프 장관의 리무진에서 그녀가 내리는 것을 목격하게 만든다. 드라이만은 그녀의 흐트러진 옷차림과 스커트를 아래로 내리는 행동을 보고 단번에 사태를 짐작한다. 비즐러는 이런 식으로 그들을 돕는다. 드라이만과 질란트가 서로의 사랑을 이어갈 수 있는 것은 도청 전문가인 그가 감시를 통해 확보한 정보를 이용하여 그들의 편이 되어주기에 가능한 일이다. 그는 그들의 사랑을 '사랑'하고 있는 것처럼 보인다. 스토리의 첫 부분에서 피도 눈물도 없어 보이던 그의 모습을 생각하면 실로 놀라운 변화가 아닐 수 없다. 감시의 대상을 보호하고 그들의 사랑을 '사랑'하다니!

그렇다면 그 사랑은 어디까지 갈까. 그는 어느 정도

까지 드라이만을 도와줄까. 그가 갖고 있는 선의의 끝은 어디일까. 『타인의 삶』은 이러한 질문을 제기하며 비즐러를 시험대에 올려놓는다. 이것이 스토리의 핵심이다.

비즐러의 선의는 지금까지 반체제 활동과는 일정한 거리를 두고 있던 드라이만이, 예르스카의 자살을 계기로 반체제 활동을 하겠다고 결심하면서 본격적인 시험대에 오른다. 드라이만은 국가가 사람들을, 특히 예술가들을 자살로 내몰고 있다고 서독 언론에 폭로하려고 한다. 독서량, 신발의 소비량, 대학 입학 점수 등과 같은 소소한 것에 이르기까지 정확히 통계를 내서 발표하는 동독이 자기들에게 불리한 자살률에 관해서는 통계를 내지 않고 있다고 폭로하려는 것이다. 서독에서 발간되는 시사주간지 『슈피겔』의 편집자는 그러한 계획을 듣고 드라이만을 위해 소형 타자기를 구해준다. 철저하기로 유명한 슈타지가 모든 사람의 타자기 활자체를 속속들이 알고 있어서 드라이만이 자신의 타자기를 이용할 경우 발각될 것을 우려해서다. (실제로 슈타지는 사건이 터지자 전문가를 동원하여 어떤 사람이 갖고 있는 타자기가 사용되었는지 밝히려고 한다.) 비즐러는 도청을 통해 드라이만이 이러한 일을 꾸미고 있다는 것을 낱낱이 파악한다. 아무것도 그의 촉수를 벗어나지 못한다. 그런데 이것은 그가 드라이만을 헴프 장관으로부터 보호해주려고 했던 것과는 차원이 다른 문제이다. 체제에 대한 음모이자 이적 행위일 뿐만 아니라 자신의 신변마저 위험해질 수 있는 사안이다.

여기에서 중요한 것은 비즐러가 어떤 선택을 하느냐 하는 것이다. 상부에 보고하여 드라이만을 잡아들일까? 음모를 꾸미고 있음에도 그를 보호할까? 전자를 택하면 국가와 당을 우선시하는 것이고, 후자를 택하면 개인을 우선시하는 것이다. 그는 고민할 필요도 없이 전자를 택하기로 결심한다. 그로서는 당연한 선택이다. 적어도 처음에는 그렇다. 그는 슈타지 요원으로서 자신의 임무를 충실히 이행하려고 한다. 그래서 보고를 하려고 "일일보고서가 들어 있는 갈색 봉투를 들고" 슈타지 본부로 간다. 보고서에는 드라이만을 비롯한 사람들이 무슨 일을 꾸미고 있는지 소상히 적혀 있다. 그것을 슈타지 책임자인 그루비츠 중령에게 넘기는 순간, 드라이만을 비롯한 관련자들은 반역죄로 감옥에 가게 될 것이다. 비즐러에게는 이익이 될 일이다. 그루비츠 중령과 더불어 후한 상을 받고 승진을 할 수도 있다. 그러니 더 이상 망설일 이유도, 명분도 이제는 없다. 이전과 달리, 더 이상 감정적으로 흔들릴 필요도 없다.

그런데 그루비츠 중령의 사무실에 앉아서 보고를 하려고 기다리는 동안, 뭔가가 그를 머뭇거리게 만든다.

슈타지 본부로 올 때 느꼈던 결기와 국가에 대한 충성심과 의무감이 어디론가 사라지고 없다. 이러지도 저러지도 못할 것만 같다. 데리다의 말을 빌려 말하면, "결정을 내릴 수 없는" 위기에 처한 것이다. 보고서를 건네자니 개인이 걸리고, 보고서를 건네지 않자니 자신이 섬겨야 하는 국가가 걸린다. 선택이 불가능한, 그에게는 무척 고통스러운 순간이다.

데리다에 따르면, 바로 이러한 상황에서 윤리가 태어난다. 윤리는 이렇게도 저렇게도 할 수 없는 실존적 상황, 즉 "결정 불가능성"의 위기에서 내리는 "결정"의 문제와 밀접한 관련이 있다. 물론 그것은 비즐러가 처한 것처럼 "끔찍한 경험"일 수 있다. 도무지 어떻게 해야 좋을지 결정할 수 없는 실존적 상황임에도 어떻게든 결정을 내려야 하기 때문이다. 그런데 데리다의 말대로 "이러한 끔찍한 경험이 없으면 결정도 없을 것이고, 지식의 프로그램을 단순 적용하는 일만 남을 것이고, 그렇다면 우리는 결정을 과학자들이나 이론가들에게 넘길 수도 있을 것이다". 어쩌면 그는 너무나 쉽게 결정할 수 있는 일을 스스로 어렵게 만드는 것처럼 보인다. 진짜 슈타지라면, 이것은 결정을 하고 말고 할 상황이 아니다. 슈타지의 지침이나 프로그램에 나와 있는 대로 정상적으로 보고하면 될 일이다. 달리 말하면, 그는 위기가 아닌 상황을 데리다가 말한 "결정 불가능성"의 위기로 만들고 있는 셈이다. 바로 이것이 데리다가 말하는 윤리다. 윤리는 "프로그램의 단순 적용"이나 "과학자들이나 이론가들"이 만들어놓은 도식의 적용이 아니라, 인간이 실존적 상황에서 고뇌하며 내리는 결정에서 나온다. 결국 비즐러는 사건을 보고하지 않기로 '결정'한다.

그리고 보다 적극적으로 드라이만을 보호하기로 '결정'한다. 그루비츠 중령에게, 지금까지 아무것도 발견된 것이 없으니 작전을 축소해 다른 근무자(레이어 원사)를 철수시키고 자기 혼자서 감시와 도청을 계속하게 해달라고 건의하는 것은 그러한 이유에서다.

그렇다고 모든 것이 비즐러의 의도대로 흘러가지는 않는다. 의외의 곳에서 문제가 발생한다. 헴프 장관은 작전이 자신의 의도대로 진행되지 않을 뿐만 아니라 질란트가 자신의 성적 요구를 거절하자, 그루비츠 중령에게 다른 지시를 내린다. "크리스타-마리아가 불법 신경안정제를 구입할 거요……. 당신 영역이니까, 그 여자의 목을 부러뜨리고 말고는 당신에게 맡기겠소." 더 이상 소용이 없어진 여배우의 약점을 잡아 부하에게 알려주며, 죽이든지 살리든지 다시는 연극 무대에 설 수 없게 하라고 지시한 것이다.

그런데 그루비츠 중령이 그녀를 구속하면서 의외의

일이 벌어진다. 그녀가 드라이만이 서독 잡지에 실린 기사를 썼다고 실토한 것이다. 비즐러는 드라이만을 보호하기 위해 거짓 보고서까지 작성하며 그토록 몸부림을 쳤는데, 드라이만이 사랑하는 여자는 드라이만을 배반한다. 배우로서의 이력을 잃을까 두려워서다. 놀라운 반전이다. 심지어 그녀는 그들의 "비공식 요원"으로 포섭되기까지 한다. 역설도 이런 역설이 없다.

그런데 슈타지 요원들이 드라이만의 집을 급습하여 범죄의 물증인 타자기를 찾아내려고 하지만, 그녀가 타자기의 위치를 아직 발설하지 않은 탓에 헛수고만 한다. 이 지점에서 그루비츠 중령은 비즐러를 불러 그녀를 심문하라고 명령한다. 그를 의심한 것이다. 이렇게 엄청난 일이 진행되고 있었는데, 그가 아무것도 보고하지 않았다는 데 의심을 품은 것이다. 그래서 자신이 지켜보는 가운데 그녀를 심문하라고 명령한 것이다. 비즐러는 그녀를 심문하면서도 그녀가 타자기가 숨겨져 있는 곳을 얘기하지 않기를 바라지만, 그녀는 무대에 서고 싶은 이기적인 생각에 타자기의 위치를 발설한다.

비즐러는 실망할 겨를도 없이, 심문이 끝나자마자 그루비츠 중령을 만나지 않고 서둘러 그곳을 떠난다. 그리고 그루비츠 중령이 슈타지 요원들을 데리고 드라이만의 집에 도착할 때쯤, 타자기는 사라지고 없다. 비즐러가 선수를 친 것이다. 결정적 증거인 타자기가 발견되지 않으면서 드라이만은 극적으로 감옥행을 피하게 된다. 비록 질란트가 양심의 가책을 느끼고 달리는 트럭에 몸을 던져 죽으면서 어긋나버렸지만, 비즐러는 두 사람 다 구할 생각이었다. 우선 드라이만이 감옥에 가는 것을 막고, 부차적으로는 그의 사랑이 파국으로 치닫는 것을 막으려 했다. 그러나 그 계획은 여자가 자살함으로써 절반만 성공한 셈이 되었다.

비즐러는 그 일로 우체국 통제 관리국으로 좌천을 당한다. 잘나가던 도청 전문가가 말단직으로 좌천되고 "승진 금지 처분"까지 받는다. 그래서 그는 "시간당 600여 개의 편지 봉투를 개봉하는 특수한 증기가 장착된 대형 기계"가 있는 지하 창고에 앉아 "공장 노동자처럼 기계적으로 봉투를 그 기계에 집어넣는" 일을 한다. 6년 후에 독일이 통일되면서 슈타지가 해체되지 않았다면, 그는 6년이 아니라 퇴직할 때까지 그 일을 하며 살았을 것이다. 물론 통일이 되었다고 그의 지위가 달라지지는 않는다. 그는 여전히 낮은 자리에 머물러 있다. "작은 손수레를 끌고 집집마다, 우편함마다 다니면서" 광고지를 돌리는 일을 하며 살아간다. 그것이 마치 당연하다는 듯 그렇게 낮고 미천한 삶을 살아간다.

내막을 전혀 알지 못하는 드라이만은 어느 날, 그럴

리 없다고 생각했던 자신의 집 곳곳에 도청 장치가 설치되어 있었고, 슈타지가 자신의 일거수일투족을 감시했다는 놀라운 사실을 알게 된다. 그리고 "슈타지 문서 보관청"을 찾아가 자신에 관한 서류를 검토한 다음, 자신이 무사할 수 있었던 것이 "HGW XX/7"이라는 암호명을 사용한 비즐러 덕분이었다는 걸 확인한다. 지금껏 질란트가 타자기를 치운 줄로만 생각하고 있었는데, 오히려 자신을 배반했으며 "마르타"라는 이름을 사용하는 "비공식 슈타지 요원"이었다는 사실까지 알게 된다. 정작 타자기를 숨겨 그를 보호해준 그의 수호천사는 질란트가 아니라 비즐러였던 것이다. 그래서 그는 2년 후에 발표한 첫 소설 『착한 사람을 위한 소나타』를 비즐러에게 헌정한다.

드라이만이 그 소설을 자신에게 헌정했다는 사실을 알지 못하는 비즐러는 어느 날, 수레를 끌고 서점 앞을 지나다가 드라이만의 사진 밑에 "위대한 극작가의 첫 소설"이라고 쓰인 포스터를 보게 된다. 수레를 놓고 서점 안으로 들어간 그는 "책이 쌓여 있는 곳으로 가서 그 중 한 권을 손에 들고 한순간 망설이다 책을 펼친다". 책장을 넘기자 이렇게 쓰여 있다. "HGW XX/7에게 감사의 마음을 담아 이 책을 바칩니다." 그는 크다면 크고 작다면 작은 그 헌사를 통해 보상을 받는다. 그것을 보상이라고 할 수 있다면…….

비즐러가 실천적인 행동으로 보여준 환대는 우리에게 환대의 본질이 무엇인지 다시 한 번 생각하게 한다. 우리는 일반적으로 환대를 너무 가볍게 생각하는 경향이 있다. 많은 사람들이 좋아하고 즐겨 인용하는 정현종의 「방문객」은 이 문제와 관련하여 아주 중요한 점을 시사한다. 이 시는 "사람이 온다는 건/실은 어마어마한 일이다"라는 시구로 시작하여, 자신만의 과거와 현재와 미래를 갖고 우리를 찾아온 "방문객"의 "부서지기 쉬운/그래서 부서지기도 했을/마음"의 "갈피"를 "더듬어 볼" 수 있다면 "환대가 될 것"이라는 시구로 끝난다. 시는 환대의 정의가 무엇인지 설명하기로 작정이라도 한 것처럼, 손님 즉 타자의 마음을 깊이 헤아릴 수 있어야, 전체를 헤아릴 수 없다면 그것의 "갈피"만이라도 헤아릴 수 있어야 환대가 될 것이라고 말한다. 이 정도면 우리가 일반적으로 생각하는 환대를 정의하고 설명하는데 손색이 없다. 우리는 과거와 현재와 미래와 함께 오는 타자의 마음을 헤아리며 정성을 다해 그를 맞고 싶고, 우리도 언젠가 그 타자에게 그러한 환대의 대상이 되었으면 좋을 것 같다.

우리의 삶이 그러한 환대로만 이뤄진다면 얼마나 좋

을까. 환대를 주고받으면서 이이지는 게 삶이라면 얼마나 좋을까. 그러나 아쉽게도 우리의 삶은 이 시가 전제로 하는 환대만으로 설명하기에는 턱없이 부족하다. 이 시가 환대받을 만한, 환대할 만한 타자를 처음부터 상정하고 들어가기 때문이다. 처음부터 그 타자에 대해 우호적인 생각을 하고 들어가는데, 그를 환대하지 않을 도리가 있을까. 환대는 '이미' 정해져 있고, 다만 어떻게 환대할 것이냐, 즉 환대의 방식을 결정하는 일만이 남아 있을 따름이다. 그러나 환대는 그렇게 우호적인 대상만을 향한 것이 아니다. 정현종의 시가 전제로 하는 우호적인 타자, 우리의 마음을 설레게 하는 '방문객'에 대한 환대보다, 『타인의 삶』에서 비즐러가 보여주는 것처럼 우리에게 적대적이고 또 우리가 적대적으로 생각하는 타자를 환대하는 것이 환대의 정신에 더 부합된다.

그렇다. 우리에게는 우호적인 타자에 대한 환대도 필요하지만, 더 필요한 것은 우호적이지 않은 타자에 대한 환대일지 모른다. '네 이웃을 사랑하라'라는 말과 '네 원수를 사랑하라'라는 말 사이에 층위가 존재하는 것처럼, 우호적인 사람에 대한 환대와 적대적인 사람에 대한 환대 사이에는 층위가 존재한다. 후자가 당연히 전자에 우선한다. 더 어렵기 때문이다. 이것이 환대의 윤리이고 명령이다. 우리를 환대하는 사람을 환대하는 것은 상식의 영역이요 경제학의 영역에 속한다. 우리의 환대를 받은 사람은 언젠가 우리에게 환대를 돌려줄 것이다. 환대를 돌려주지 못하면 적어도 그 사람의 마음에 짐이라도 남을 것이다. 그게 환대의 경제학이다. 그러나 진정한 환대는 경제학이나 경제원칙에 좌우되는 게 아니라 그것을 거스르는 것으로, 아무런 보상도 기대하지 않고, 아니 보상은커녕 때로는 스스로를 위태롭게 하는 모험을 감수하며, 그냥 주는 것이다. 알아주는 이도 없고 자신에게 돌아오는 것도 없지만, 도청의 대상인 타자를 향해 비즐러가 그랬듯이.

"흐르는 눈물을 보며
내 어찌 슬퍼하지 않을 수 있을까요?"

—타자로서의 장애인

세상을 살아가면서 온전히 행복하기만 한 사람이 어디 있으랴만, 원론적으로 말해 그런 사람은 환대의 대상이 아니다. 모든 인간을 연민의 대상으로 보는 절대자의 눈에는 모든 인간이 환대를 필요로 하는 불완전하고 가엾은 존재로 보일지 모르지만, 세속적인 눈으로 보자면 슬프고 아픈 타자가 환대의 대상이다. 환대는 그러한 타자의 호소에 대한 응답이다. 그래서 윌리엄 블레이크는 「타인의 슬픔On Another's Sorrow」이라는 시에서 이렇게 노래한다. "타인의 슬픔을 보며 / 나도 어찌 슬퍼하지 않을 수 있을까요?" 블레이크의 시에서처럼 타자의 슬픔에 공감하면서 그를 보듬고 위로하고 때로는 같이 울어주는 것이 환대다. 그래서 환대는 이론이 아니라 실천이다. 블레이크는 이렇게 부연한다. "아이가 울고 있는 것을 보고 아버지가 / 어찌 슬퍼하지 않을 수 있을까요?"
여기에서 주목할 점은 시인이 가족을 타인의 범주에 넣고 있다는 사실이다.

일반적으로 타자의 환대를 생각할 때 가족을 배제하는 경향이 있는데, 블레이크는 가족도 타자이며 환대의 대상이라는 점을 분명히 한다. 환대에 관한 수많은 이론과 논의가 그 대상에 가족을 포함시키지 않는 것은 유아론唯我論적이고 자기중심적인 성격을 탈피하기 위해서지만, 엄밀한 의미에서 나 이외의 모든 존재가 타자라는 평범하지만 중요한 사실을 간과하는 것이다. 예를 들어, 가족 중 한 명이 태생적으로든 후천적으로든 장애가 있어 가족의 끊임없는 손길을 필요로 한다면 그 사람이야말로 환대의 대상이다. 그보다 더 타자인 존재가 어디에 있겠는가. 타자는 멀리에만 있는 게 아니라 가족 안에도 있다.

〈노벨문학상〉 수상 작가인 오에 겐자부로는 이와 관련하여 아주 좋은 예에 해당한다. 그에게 타자는 가족에서 출발하는 개념이다. '뇌 분리증' 즉 두 개의 뇌를 갖고 태어나 그중 하나를 제거하는 대수술을 받은 뒤 장애인으로 살아가는 큰아들 오에 히카리가 그의 타자다. 1963년에 태어났지만 지금까지도 부모의 보살핌이 필요한 큰아들은 작가의 표현을 빌리자면 "끊임없이 언제까지나 갓난아이에 가까운 아이"다. "아이가 울고 있는 것을 보고 아버지가/어찌 슬퍼하지 않을 수 있을까요?"라는 블레이크의 시구가 환기하는 아버지의 슬픔은 끝이 없어 보인다. 『개인적인 체험』(1964), 『핀치러너 조서』(1976), 『새로운 사람이여 눈을 떠라』(1983), 『인생의 친척』(1989), 『조용한 생활』(1990), 『아름다운 애너벨리 싸늘하게 죽다』(2007) 등 장애인이 등장하는 작가의 소설들은 그의 고난이 현재형이라는 것을 증언한다.

그런데 지적, 신체적, 언어적 장애와 간질까지 있는 아들은 작가와 가족에게 엄청난 굴레였겠지만, 그의 소설들은 좌절이나 압박감보다는 아름답고 감동적인 가족의 모습을 그린다. 설령 아들로 인한 불편함과 갈등이 있더라도 끝내 그것을 해결하고 평온을 회복한다. 그 놀라운 회복의 원동력은 무엇일까.

작가가 고백하듯, 그는 개인적인 차원에서도 그렇고 문학적인 차원에서도 블레이크의 시에서 자신이 나아가야 할 방향을 찾고 큰 위로를 받은 것으로 보인다. 그래서 그의 소설세계를 이해하는 좋은 방식 중 하나는 그에게 블레이크의 시가 어떤 영향을 미쳤고, 어떤 면에서 그가 블레이크의 시로부터 위로를 받았는지를 살펴보는 것이다.

연작소설 『새로운 사람이여 눈을 떠라』•에 수록된 일

곱 편의 소설은 블레이크에 대한 인용으로 넘쳐난다. 처음 두 편에 해당하는 「순수의 노래, 경험의 노래」와 「분노의 대기에 차가운 갓난아이가 솟아올라」는 블레이크의 시에서, 네 번째에 해당하는 「벼룩의 유령」은 블레이크의 그림에서 제목을 빌리고 있다. 다른 소설들도 블레이크의 시들을 다양하게 인용하면서 내용의 일부로 삼고 있다는 점에서는 마찬가지다.

일곱 편의 소설 가운데서도, 블레이크의 시집 『순수의 노래』와 『경험의 노래』에서 제목을 빌렸을 뿐만 아니라 세 편의 시를 스토리의 일부로 활용하고 있는 「순수의 노래, 경험의 노래」는 가장 주목을 요하는 작품이다. 소소한 일상을 소재로 한 감동적이고 서글픈 이야기로, 블레이크의 시가 작가에게 어떤 의미인지를 가장 효과적이고 극적으로 보여주기 때문이다. 소설은 작가의 큰아들이 고등학생이었을 때를 시간적 배경으로 하는데, 작가가 유럽 여행을 간 사이 전에 없이 폭력적인 행동을 한 큰아들이 작가의 귀국 후 원래의 상태로 돌아

• 이 글에서 인용한 번역서의 서지 사항은 다음과 같다. 세계문학 단편선 21 『오에 겐자부로』, 박승애 옮김, 현대문학, 2016. 필요한 경우에는 약간 변형해 인용하였고, 오역은 일본어 원본과 영어 번역본을 참조하여 바로잡았다. 오에 겐자부로가 에세이의 형태로 발표한 글들은 다음 번역서에서 인용하였다. 『읽는 인간』, 정수윤 옮김, 위즈덤하우스, 2015; 『회복하는 인간』, 서은혜 옮김, 고즈윈, 2008; 『'나'라는 소설가 만들기』, 김유곤 옮김, 문학사상사, 2000.

가는 과정을 묘사한 이야기다.

작가는 유럽 여행을 마치고 나리타공항에 도착한다. 그의 예상과 달리, 아내와 작은아들만이 공항에서 그를 맞는다. "숙제와 시험 준비로 바쁜 딸은 그렇다 치고 큰 아들이 공항에 나오지 않은" 게 어쩐지 이상하다. 아버지와 이요(본래 이름은 히카리지만 스토리에서는 이요로 나온다)의 돈독한 관계를 고려하면 더욱 그렇다. 아내와 작은아들은 이요가 오지 않은 이유에 대해 가타부타 말이 없다. 그는 "막다른 곳에 몰린 전투"에 시달리기라도 한 것 같은 아내의 얼굴에서 뭔가 잘못되었다는 것을 직감한다. 그리고 유럽에 가 있는 동안 이요의 상태가 걷잡을 수 없이 심각해졌다는 아내의 이야기를 듣게 된다.

작가가 유럽으로 떠난 닷새째 되던 날, 특수학교 고등부 1학년에서 2학년으로 올라가기 직전의 봄방학을 맞은 이요는 같은 반 친구들과 공원에서 송별회를 열었다. 그들은 공원에 모여 "도깨비가 되어 각자 자기 엄마를 쫓아다니는" 도깨비 놀이를 했다. 그런데 이요가 이상했다. "이성을 잃을 정도로 극도의 흥분 상태라는 게 멀리서도 확연히 보였"다. 갑자기 그가 자신의 어머니에게 달려가더니 체육시간에 익힌 "유도의 발다리후리기"로 넘어뜨렸다. 그녀는 뒤로 넘어지면서 머리가 깨지고 뇌

진탕을 입었다. 문제는 그뿐만이 아니었다. 이유도 없이 남동생을 때리거나 못살게 굴었고, "기저귀를 채우는 일에서부터 매사에 장애를 가진 오빠를 우선적으로 배려하는 여동생"의 얼굴을 주먹으로 치기도 했다. 아침부터 저녁때까지 음악을 크게 틀어놓기도 하고, 부엌칼을 들고 나와서 어두운 정원을 응시하기도 했다.

"병원에 입원시키는 수밖에 없겠구나 하는 생각이 들더라고. 키나 몸무게가 당신하고 같잖아. 이제 우리로서는 감당이 안 돼……."

작가는 아내의 얘기를 듣고 충격에 빠진다. 혼란스러울 수밖에 없다. 그가 떠나기 전에는 아무 문제가 없었는데……. 그는 블레이크의 시를 떠올린다. 한가로워서가 아니라 지금까지 늘 그래왔던 것처럼 생각할 시간을 벌기 위해서이고, 이요의 상황이 시 속의 소년이 처한 상황과 겹쳐지며 마음이 복잡해진 탓이다.

"아무도 남을 자기 자신만큼 사랑하지 않아요.
남을 자기 자신만큼 존경하지 않아요.
자기 자신을 아는 것보다 더 위대한
'생각'은 가능하지 않아요.

그러니 아버지, 어떻게 제가 저 자신 이상으로

당신이나 형을 사랑할 수 있겠어요?
문간에서 빵 부스러기를 쪼아 먹는
작은 새만큼만 저는 당신을 사랑해요."

사제가 옆에 앉아서 아이의 말을 듣더니
부들부들 떨면서 아이의 머리를 움켜쥐었다.
그리고 외투를 잡고 끌고 갔다.
모두가 우러러보는 사제였다.

사제가 높은 제단에 서서 말했다.
"여기에 어떤 악마가 있는지 보시오!"

(……)
그들은 아이의 옷을 벗기고
쇠사슬로 묶었다.

그리고 많은 사람들이 이전에 화형에 처해졌던
신성한 곳에서 그를 화형에 처했다.
부모들이 울어도 소용없었다.
앨비언의 기슭에서는 아직도 그런 일들이 일어나고 있을까?

—「길 잃은 소년A Little Boy Lost」 부분

이 시에 나오는 소년은 아버지의 권위에 도전하고 부도덕한 말을 했다는 이유로 "악마"라 불리며 화형에 처해진다. 작가에게 이 시를 떠올리게 한 것은 아들을 입원시킬 수밖에 없다는 아내의 말이다. 그는 이 시를 떠올리며, 난폭하게 행동했다는 이유만으로 아들을 병원으로 보낸다면 그것이야말로 (사제로 대변되는) 세상이 철없는 아이를 발가벗기고 쇠사슬로 묶어 화형에 처한 것과 다름없다고 생각한다. 아들은 아버지처럼 몸집이 크긴 해도 정신적으로는 미성숙한 아이가 아닌가. 그렇다고 작가가 아내를 탓하는 것은 아니다. 아내처럼 헌신적으로 이요를 돌본 사람도 없다. 그가 작가로서 다른 사람들과 교류하고 해외에 다녀올 수 있었던 것은 아내가 집에서 이요를 돌보고 있었기에 가능한 일이다. 솔직히 말해 자식에게 헌신한 정도를 따지자면 그는 아내와 비교가 안 된다. 아내도 남편이 옆에 없는 상황에서 감당이 안 되니까 그런 생각을 잠깐 해본 것이지 실제로 아이를 입원시키겠다는 말은 아니다. 그러나 무슨 이유에서든 그는 아들을 병원에 입원시키는 것은 있을 수 없는 일이고, 그런 생각을 입에 올리는 것조차 안 될 일이라고 생각한다.

작가는 그런 생각을 하며 집에 도착해 큰아들의 눈을 바라본다. 자신이 없는 동안 왜 그랬는지 그 실마리라도 찾을 수 있을까 해서다. 그런데 그는 아들의 눈을 보면서 충격을 받는다. "발정 난 짐승이 충동이 이끄는 대로 갖은 난음亂淫을 다 하고도 그 여운에서 풀려나지 못한 눈"과 "그런 짐승에게 내부를 물어뜯기고 자기로서는 아무런 저항도 할 수 없다는 눈길"을 본 것이다.

그런데 아버지는 아들을 제대로 본 걸까. 그것은 정말로 짐승의 눈이었을까.

장애를 갖지 않은 아버지와 장애를 가진 아들 사이에서 우위를 점하는 이는 당연히 아버지다. 문제는 그런 관계 속의 아버지가 자기보다 밑에 있다고 생각되는 아들을 나름의 논리와 감정을 지닌 온전한 인격체로 보지 못하면서 모든 것을 자의적으로 해석할 가능성이 있다는 것이다. 그가 오랜만에 만난 아들의 눈에서 "발정 난 짐승"의 눈을 본 것은 그래서다. 그렇다면 그는 「길 잃은 소년」에서 소년을 "악마"라고 부르며 처형한 사제와 크게 다를 바가 없게 된다. 그는 나중에 가서야 자신이 큰 잘못을 했다는 걸 깨닫고 이렇게 고백한다. "그런데 지금 생각해보면 눈곱 같은 누런 광채가 형형한 그 눈에서 가장 생생하게 드러나던 것은 형언할 수 없는 비탄이었다. (……) 스스로의 여행 피로가 겹쳐 신경이 날카로웠던 나는 그 순간 그 비탄을 보지 못했다. 마음의 여유가 없었던 거다."

이것은 그가 많은 것들을 기내고 살았던 블레이크의 시가 보여주는 공감과 환대의 정신을 어느 순간 자기도 모르게 저버렸다는 고백이다. 타자와의 공감과 환대가 가능하기 위해서는 그 존재가 슬픔에 잠겨 있는 것을 눈으로 보고 확인할 수 있어야 하는데 그는 그렇게 하지 못했던 것이다.

이런 의미에서 "아이가 울고 있는 것을 보고 아버지가 / 어찌 슬퍼하지 않을 수 있을까요?"라는 블레이크의 시구 중 방점을 찍어야 할 곳은 '보고'라는 말이다. 일반적으로는 아버지가 아이의 울음을 보면서 슬퍼하는 건 너무 당연하고 자연스러운 일이니 어디에도 방점을 찍을 필요가 없을 것이다. 하지만 작가처럼 아이의 눈에 깃든 감정을 제대로 보지 못하고 자신이 보고자 하는 것만 보는 경우에는 '보는'에 방점이 찍혀야 한다. '보는' 것이 전제가 되어야 하기 때문이다. 그렇다. 타자의 얼굴이 호소하는 것을 알아보지 못하면 환대는 애초부터 불가능한 일이다. 그래서 똑같은 사람을 두고 누군가는 환대하고 누군가는 환대하지 않는 일이 발생한다. 중요한 것은 타자의 얼굴과 눈에서 슬픔과 눈물을 '볼' 수 있는 능력이다.*

작가는 이요의 눈에 깃든 표정이 자신 즉 아버지의 부재 내지 죽음과 관련하여 느끼는 감정의 회오리와 관련이 있음을 나중에야 깨닫게 된다. 이요는 아버지의 부재를 죽음과 동일한 것으로 받아들였다. 이것은 아버지가 없는 동안 이요가 행동했던 것들로 미루어 보면 분명해 보인다.

그 상황은 이랬다. 이요가 갑자기 거칠고 난폭하게 행동하는 이유를 알지 못하는 어머니는 아버지가 돌아오면 이르겠다고 하며 아들을 진정시키려 했다. 그러자 상황이 더 악화되었다. 이요가 소리를 지르기 시작한 것이다. "아닙니다, 아닙니다, 아빠는 죽어버렸습니다!" 어머니는 아들의 오해를 풀어주려 했다. "아니야, 아버지는 죽지 않았어. 전에도 오랫동안 집에 없을 때가 있었잖아. 그건 외국에 가 있는 거지 죽은 게 아니야. 지금까지도 언제나 여행이 끝나면 집으로 돌아왔던 것처럼 이번에도 돌아올 거야." 그러나 이요는 아버지가 죽었다는 말을 되풀이했다. "아닙니다, 아빠는 죽어버렸습니다! 죽어버렸습니다!" 다음 주 일요일에 돌아올 거라고 아무리 설득해도 그는 요지부동이었다. "그때는 돌아올지 모르

- 레비나스는 환대를 논하며 타자의 얼굴이 갖는 윤리적 함의를 그토록 강조했지만, 그 얼굴에서 슬픔과 눈물을 볼 수 있는 눈이 전제가 되어야 한다는 단순하지만 아주 핵심적인 점을 간과했다. 유대인인 그가 유대인들에게 삶을 유린당한 팔레스타인인들의 눈물과 슬픔을 '보지' 못하고 팔레스타인인들을 타자, 즉 환대의 대상으로 보지 못한 것은 그래서였는지 모른다. 그는 자신이 펼친 심오한 이론을 스스로 훼손했다. 그 결과 나타난 것은 이론과 실천의 괴리였다.

지만 지금은 죽어버렸습니다, 아빠는 죽어버렸습니다!"

그가 어머니를 넘어뜨리고 동생들을 괴롭힌 것은 현실보다 더 현실인 아버지의 부재, 아니 죽음 때문이었던 것이다. 프로이트에 따르면, 아이는 어머니의 부재를 죽음과 흡사한 트라우마로 인식한다. 그 트라우마를 치유하는 것은 어머니가 반드시 자신의 곁으로 돌아온다는 확신이요 다짐이다. 어머니가 매번 돌아오는 것에 익숙해지면 아이는 안심하고 더 이상 트라우마에 시달리지 않게 된다. 그러나 지적 장애를 가진 이요에게 아버지의 부재는 익숙해질 수 없는 트라우마 그 자체였다. 그런 심리적 상황에 놓인 그에게 어머니를 찾아다니는 도깨비 놀이를 하게 한 것은 너무 가혹한 짓이었다. 그것은 그에게 유희가 아니라 죽음의 환기요 죽음의 체험이었다. 그가 어머니를 메다꽂은 행동은 표면적으로는 폭력으로 보이지만 실제로는 아버지를 잃은 슬픔과 혼란의 표현이었다. 작가의 표현대로 하면 "비탄"이었다. 그 사실을 깨달은 작가는 나중에 이렇게 고백한다. "어떻게 아비 된 자로서 아들의 눈에 드러났던 참으로 황량하고 서늘했던 비탄의 덩어리를 보지 못하고 지나쳤는지 지금 생각하면 이상할 뿐이다."

다행히도 이요는 작다면 작다고 할 수 있는 사건을 통해 "비탄의 덩어리"를 걷어내고 평온을 회복하는데,

이 부분을 묘사한 장면은 슬프면서도 감동적이다. 갈등이 해결되는 내막은 이렇다. 유럽에서 돌아온 다음 날 아침, 작가는 가족들과 함께 아침 식사를 한 후 거실 소파에서 잠이 들었다가 꿈을 꾼다. 그리고 "유년 시절의 추억을 환기시키는, 아주 어렸을 때 한 장소에서 있었던 사건이 복원된 것 그 자체인 듯한 진한 그리움에 몸을 떨며" 꿈에서 깬다. 눈물이 막 쏟아지려 할 때 꿈에서 깬 것이다. 그런데 눈을 떠보니 이요가 자신의 발을 만지고 있는 게 아닌가.

> 아들이 소파 옆 바닥에 앉아서 담요에서 삐져나온 내 한쪽 발을 깨지기 쉬운 물건이라도 만지듯 손가락을 둥글게 구부려 부드럽게 어루만지고 있었다. 그는 부드럽고 온화한 목소리로 걱정하고 있었다. 내가 잠에서 깰 때 들은 것은 친숙함과 그리움으로 생생하고, 살아 있는 젤리처럼 떨고 있는 그 말이었다. '발아, 괜찮니? 착한 발, 착한 발! 통풍아, 괜찮니? 착한 발! 착한 발!'"•

• 우리말 번역본은 이요의 말을 이렇게 옮겨놓았다. "발, 괜찮아요? 착한 발, 착한 발! 발 괜찮아요? 통풍 괜찮아요? 착한 발, 착한 발!" 그러나 이것은 장애를 가진 아들이 아버지에게가 아니라, 아버지의 발에게 말을 건네고 있다는 점을 간과한 오역이다. 한국어 번역본에 비해 영어 번역본(『Rouse Up O Young Men of the New Age』, 13쪽)이 원전(『新しい人よ眼ざめよ』, 19쪽)에 훨씬 더 충실한 번역으로 보인다.

꿈을 꾸던 작가를 울게 만든 것은 아들이 발에게 선네는 따뜻한 말이었다. 아들의 간절하고 다정한 한마디가 꿈을 꾸는 아버지의 마음을 움직인 것이다. 물론 꿈이 그렇듯 인과관계의 고리가 약하고 느슨한 것은 사실이지만, 아들의 목소리로 인해 작가가 꿈속에서 울게 된 것은 사실이다. 중요한 것은 아들의 목소리에 배인 간절함과 절박함이다.

발이 사람이라도 되는 것처럼 이요가 발에게 말을 건넨 것은 과거에 있었던 사건 때문이다. 4년 전쯤 작가는 왼쪽 엄지발가락에 통풍을 앓은 적이 있었다. 통풍을 앓는 사람들 대개가 그러하듯 작가 역시 그것에 속수무책이었다. 그는 "시트의 무게에도 격심한 통증이 일어나는 바람에 밤에는 발을 내놓고 자고—알코올 없이 자려고 애를 쓰며— 낮에는 같은 모습으로 소파에 누워 있다가 화장실에 갈 때도 한쪽 발을 들고 기어가"야 할 정도였다. 아들은 어떻게 해서든 그런 아버지를 도와주고 싶었지만 해줄 수 있는 게 아무것도 없었다. 그래서 그는 복도를 기어가는 아버지를 "무리에서 떨어져 나온 양을 몰고 가는 목양견처럼" 따라다니기만 했다. 그러다가 성치 않은 걸음걸이 때문에 아버지의 발 위로 넘어지기도 했다. 그러면 아버지는 극심한 고통에 비명을 질렀고 아들은 그 모습을 보고 쩔쩔맸다. 아버지가 고통스러워하는 모습이 그의 뇌리에 깊숙이 새겨지며 트라우마로 남았다. 그래서 "착한 발아, 괜찮니? 정말 착한 발이네!"라고 말하면서 아버지의 발을 위로하고 다독인 것이다. 아버지가 더 이상 통풍으로 고생하지 않게 되었지만, 시간관념이 없는 그에게 아버지의 고통은 여전히 현재형이다. 그래서 고통에 몸부림치던 아버지의 발을 보며 안쓰러워한 것이다. 작가는 아들에게 속삭인다. "이요야, 발은 괜찮아. 통풍이 없으니 발은 괜찮아." 그러자 이요의 눈이 아버지가 여행을 떠나기 전의 모습으로 돌아온다. 정상을 회복한 것이다. "괜찮아요? 착한 발이네요! 정말로 훌륭한 발이네요!" 그가 비탄의 감정에서 빠져나오는 순간이다.

이요가 아버지의 발을 위로하는 장면은 감동적이면서도 슬프다. 아버지가 꿈속에서 듣고 눈물을 흘릴 정도로 부드러운 위로의 말을 발한테 건네는 데에서 느껴지는 이요의 순진무구함 때문이다. 그것은 그가 누군가에게 건넬 수 있는 최대치의 따뜻함이다. 우리가 어렸을 때 꽃이나 무생물과 대화를 하듯이 그는 아버지의 발과 대화를 한다. 그에게 발은 아버지의 일부이면서 독자적인 생명체다. 이보다 더 순수할 수는 없다. 그래서 그의 입에서 나오는 말은 티끌 하나 묻지 않은 "순수의 노래"다. 그러나 그 모습이 슬픈 것은 그 순수함이 역설적으로 그의 취약함을 드러내기 때문이다. 우리는 순수한 동심의 세계에 머물다가도 시간이 지나면 현실을 알아가며 세상에 대비하게 되지만, 그에게는 그러한 지적 능력이나 적응력이 없다.

아버지가 이번처럼 여행 때문에 잠시 집을 떠났다가 돌아오는 게 아니라 영원히 돌아오지 않는다면 어쩔 것인가. 그는 아버지가 없다면 영원히 '길을 잃은 아이'일 것이다. 작가가 아들을 생각하며 『순수의 노래』에 나오는 또 다른 시 「길 잃은 소년The Little Boy Lost」•을 떠올리는 것은 그런 이유에서다.

아버지! 아버지! 어디 가세요?
아, 그렇게 빨리 걷지 마세요.
말씀해주세요, 당신의 작은 아이에게 말씀해주세요.
그렇지 않으면 저는 길을 잃을 거예요.

밤은 어두웠고, 아버지는 거기에 없었다.
아이는 이슬에 젖었다.
늪은 깊고 아이는 울고
도깨비불이 날아갔다.••

• 이 시는 앞에서 인용한 「길 잃은 소년」과 대칭을 이루는 것으로, 한 작품은 제목에 정관사 The가, 다른 작품은 부정관사 A가 붙어 있다.

이 시에 나오는 길을 잃은 소년처럼, 아버지가 없는 상태의 이요는 깊은 늪에 빠져 도깨비불이 날아가는 것을 보면서 무서워 울게 될 아이와 다를 바가 없을 것이다. 작가는 아들이 장애를 가지고 태어났을 때도 이 시를 떠올렸고, 자신이 죽을 때 아들이 처하게 될 상황을 생각하면서도 이 시를 떠올렸다. 이것은 그가 자식과 관련하여 강박을 갖고 있다는 말이다. 부질없는 짓이긴 하지만, 그가 아들의 입장에서 알기 쉽게 모든 것들을 설명해 남기고 싶어 하는 것도 그러한 강박 때문이다. 그는 강이 무엇이고 비탄이 무엇이고 발이 무엇인지 등등, 모든 것을 간결하게 정리해 아들의 순수한 마음속으로 흘러들어가게 하고 싶다. "내가 죽는 날, 오랜 경험을 통해 내 안에 축적된 모든 것이 아들의 순수한 마음으로 흘러들어가는…… 만약에 그 꿈이 실현된다면 아들은 이미 한 줌의 재가 된 아버지를 땅에 묻은 후, 여유만만하게 그때부터 내가 쓴 정의집正義集을 읽게 되겠지……". 그러나 애석하게도 그것은 불가능한 일이다. 아무리 노력한들 무슨 수로 모든 것을 설명해놓을 수

•• 여기에서 오에 겐자부로는 "flew the vapour away"를 "안개가 흘러갔다そして霧は流れた"로 오역하고 있는데, 우리말 번역본은 이 부분을 "안개가 아이를 감쌌다"로 옮김으로써 오역을 심화시키고 있다. 속단할 수는 없지만 여기에서 vapour는 안개〔霧〕가 아니라 사람을 무섭게 만드는 도깨비불 내지 환영을 가리키는 것으로 보인다.

있겠는가. 산이 무엇이고 강이 무잇인지, 사랑이 무엇이고 미움이 무엇인지 정의할 수도 없는 노릇이고, 정의하는 데 성공한다고 해도 아들이 그것을 이해하고 깨치리라는 보장이 없다. 작가도 그것을 모르지 않는다. 다만 그러한 마음을 갖고 앞으로 나아갈 따름이다. 그래서 아들에 대한 환대는 자신의 목숨이 다하는 날까지, 아니 죽음을 넘어서까지 계속되어야 하는 것이 된다.

이요는 부모의 관심과 배려와 헌신 덕에 음악을 통해서 사람들을 치유하는 작곡가가 되었다. 일종의 홀로서기를 한 것이다. 사람들은 그가 만든 음악을 듣고 위로를 받았다. 그것만으로도 경이로운 일이 아닐 수 없었다. 그러나 그것은 진정한 홀로서기가 아니었다. 부모 없이도 홀로 설 수 있어야 하는데 장애를 가진 그로서는 불가능한 일이었다. 그래서 작가는 어느 강연에서 이렇게 말했다.

> 이미 오랜 세월을 돌아보며, 용케 태어났고 살아남아주었다는 마음도 있습니다만 그와 모순되지 않으면서 나이 든 우리가 가고 난 후, 그가 홀로 살아갈 나날에 대해 생각에 잠기곤 한다는 것도 솔직한 심정입니다. (……) 그가 세속적인 의미에서 '자립'하는 것은 가능하지 않

고, 이미 성인병이 생길 나이가 된 그와, 이미 노년에 이른 저와 아내의 여전히 이어져갈 공생에는, 머지않아 일찍이 없었던 무게의 곤경이 찾아오리라는 것도 생각하지 않을 수 없습니다.

이렇듯 작가는 환대가 죽음 이후에도 계속되어야 하는 당위성과 현실 사이에 메우기 힘든 간극이 있다는 걸 예리하게 의식하고 있다. 여기에서 그는 블레이크의 시 「타인의 슬픔」으로 돌아가 거기에서 한 줄기 빛을 찾으려 한다. 그래서 그의 소설 「순수의 노래, 경험의 노래」는 「타인의 슬픔」에서 시작하여 「타인의 슬픔」으로 끝난다고 해도 과언이 아니다.

타인의 슬픔을 보며
나도 어찌 슬퍼하지 않을 수 있을까요?
타인의 고통을 보며
내 어찌 따뜻하게 위로해주지 않을 수 있을까요?

흐르는 눈물을 보며
내 어찌 슬퍼하지 않을 수 있을까요?
자식이 울고 있는 것을 보고
아버지가 어찌 슬퍼하지 않을 수 있을까요?

(……)

당신이 한숨을 쉴 때
당신의 창조주가 옆에 없다고 생각하지 마세요.
당신이 눈물을 흘릴 때
당신의 창조주가 가까이에 없다고 생각하지 마세요.

아! 그분은 우리의 슬픔이 없어지도록
우리에게 기쁨을 주십니다.
그분은 우리의 슬픔이 사라질 때까지
우리 곁에 앉아 신음하십니다.

이 시의 초반부와 후반부만 읽어도 오에 겐자부로라는 작가가 어째서 이 시에 집착하게 되었는지를 어렵지 않게 알 수 있다. 「타인의 슬픔」은 '내'가 아이를 포함한 타인을 환대하는 것에서 시작하여 절대자가 인간을 환대하는 것으로 마무리되는데, 작가는 이 시가 환기하는 한없이 너그럽고 자비로운 창조주의 이미지에서 자신이 취해야 할 행동의 본보기를 찾은 것으로 보인다. 그는 어렸을 때 아버지를 잃은 탓에 아버지가 자식을 어떻게 대해야 하는지 느낀 적도, 체험한 적도 없었다. 어쩌면 그래서 블레이크의 시에 형상화된 아버지와 자식의 관계에 더 집착했는지도 모른다. 그러나 중요한 것은 (이 시의 마지막 두 연이 압축적으로 표현하는 것처럼) 그가 자신이 죽고 없을 때 자신을 대신하여 아들을 위로해줄 어떤 존재를 그리면서 위안을 찾으려 한다는 사실이다. 비록 블레이크처럼 기독교를 믿는 것도 다른 절대자를 믿는 것도 아니지만, 그는 인간이 갖고 있는 모든 "슬픔이 사라질 때까지" 인간 곁에 머무르며 신음하고 눈물을 흘리는 절대자를 상정함으로써 자식을 위해 일종의 기도를 하고 있는 것으로 보인다. 결국 그것이 그가 할 수 있는 전부이고, 그래서 자식을 향한 환대의 끝은 기도여야 하는지 모른다.

이처럼 오에 겐자부로는 블레이크의 시에서 삶의 고단함을 버텨낼 힘을 찾았고, 아들에게 헌신하는 과정에서 환대의 진정한 본질이 죽음 이후까지 계속되어야 하는 것임을 깨달았다. 그는 장애를 가진 아들을 부끄러워하지 않고 자신의 삶과 문학의 중심에 놓았다. 1994년 〈노벨문학상〉을 수상했을 때도 아들에 관한 얘기로 수상 연설을 시작하고 마무리했다. 그에 따르면, 아들은 여섯 살이 되어서야 처음으로 말을 했다. "저건 흰눈썹뜸부기입니다." 호수에서 지저귀는 새를 보더니, 여러 번 텔레비전에서 본 적이 있는 자연 다큐멘터리 해설자의 말을 따라 그렇게 말한 것이다. 아들은 "새들의 목소리를 통해 바흐와 모차르트의 음악에 눈을 떴고 결국에는 자신의 곡을 만들기 시작했다". 처음에는 "풀 잎사귀 위에서 반짝이는 이슬"처럼 맑고 순수한 음악을 만들었지만, 엄청난 노력을 통해 작곡 기술을 익히고 개념을 확장하게 되면서 "지금까지 언어로 표현할 수 없었던, 그의 마음속 깊은 곳에 있는 검은 슬픔의 덩어리"를 음악으로 쏟아냈다. 그것은 "울부짖는 검은 영혼의 목소리"였다. 놀라운 것은 그것이 그의 슬픔을 치유하고, 더 나아가서는 그 음악을 듣는 다른 사람들의 마음까지 치유하고 회복시켜준다는 사실이었다. 작가는 그 기적 같은 일을 목격하면서 예술이 가진 "치유의 힘"을 믿게 되었다고 했다. 그러면서 자신도 그 치유의 힘을 믿고 "금세기에 행해진 모든 고통들을 짊어지고" "인간의 치유와 화해"에 기여할 수 있는 방법을 모색하고 싶다고 했다. 그의 〈노벨문학상〉 수상 연설은 한마디로 아들에 대한 찬사요 헌사였다고 해도 과언이 아니다.

이처럼 그의 삶은 아들이라는 타자에 대한 환대의 연속이었다. 더 감동적인 것은 아들에 대한 환대가 이 세상의 힘없는 타자들에 대한 환대로 이어졌다는 사실이다. 오키나와에 관련된 글들을 모은 『오키나와 노트』가 증언하는 것처럼, 그는 일본 본토의 식민주의로 인해 희생을 강요당하고 고난의 세월을 살아온 오키나와인들을 따뜻한 시선으로 감쌌다. 그리고 일본의 제국주의로 인해 이루 말할 수 없는 고통을 겪은 이웃 나라들의 상처를 외면하지 말고 사죄할 것을 누누이 일본 정부에 촉구했고, 그의 말대로 "천재 시인"인 김지하가 한국 독재정권으로부터 사형선고를 받자 이틀에 걸쳐 단식을 함으로써 예술가에 대한 탄압이 얼마나 부당한 것인지를 국제사회에 알리는 데 앞장섰다. 그는 슬픔과 고난에 처한 타자를 위한 일이라면 어디에든 힘을 보태려 했다.

아들의 눈물을 외면하지 않은 것처럼, 그는 세상의 낮은 곳에 있는 타자들의 눈물을 외면하지 않았다. 결국 이 세상의 타자들을 향한 그의 환대는 아들에 대한 환대의 확장이요 연장이었다. 그에게 환대는 이론이 아니라 실천이었다.

"아무것도 몰랐던 거, 미안해"

—타자에 대한 낙관과 긍정

인간을 삶에 대한 깊은 성찰과 사유로 이끄는 것은 유년 시절의 경험일 경우가 많다. 워즈워스는 그 경험을 이렇게 노래했다. "하늘의 무지개를 보면/내 가슴이 뛴다./나의 삶이 시작되었을 때도 그랬고/어른이 된 지금도 그렇다./그리고 늙어서도 그러할 것이다./그렇지 않으면 나는 죽으리라." 유년 시절, 무지개를 보면서 느낀 감각적인 설렘은 어른이 되고 나중에는 늙어서까지, 아니 죽는 순간까지 계속되는 감정이다. 그래서 무지개를 보고도 더 이상 가슴이 뛰지 않으면 생명이 다했다는 의미가 된다. 시인은 삶에 대한 자신의 성찰과 사유가 유년 시절의 경험에 깊숙이 연관되어 있다는 것을 강하게 암시한다.

"타자의 철학자"라 불리는 레비나스에게 심오한 영향

을 미친 마르틴 부버(Martin Buber, 1878-1965)의 '대화철학'도 유년 시절의 경험에서 시작되었다. 그의 자전적인 글을 모아놓은 『만남들Meetings』에 나오는, 때로는 슬프고 때로는 아름다운 회고는 그의 '대화철학'이 어릴 적 경험들에서 비롯되었음을 보여준다. 그중 대표적인 것은 말馬과 관련한 에피소드이다.

부버의 나이 열한 살 때였다. 할아버지의 농장에 머물고 있던 그는 늘 그랬던 것처럼 그날도 아무도 모르게 마구간으로 갔다. 특별히 좋아하는, 회색 바탕에 검정 얼룩이 있는 말을 보기 위해서였다. 그는 슬며시 들어가 말의 목을 부드럽게 쓰다듬었다. "말은 거대한 머리를 아주 부드럽게 들어 올리면서 귀를 흔들고 조용히 콧김을 내뿜었다. 마치 공모자끼리만 알아볼 수 있는 신호를 보내듯이." 그는 그 교감의 순간을 이렇게 회고한다. "내가 그 동물과의 접촉에서 경험했던 것은 타자—타자의 거대한 타자성이었다. 그러나 그것은 수소와 숫양의 타자성처럼 낯선 상태로 있는 게 아니라 오히려 나를 가까이로 끌어당기고 어루만지게 만드는 타자성이었다." 놀라운 경험이었고 이상한 감정이었다. 부버가 철학자가 되어 발전시킨 관계의 두 유형, "나-당신Ich-Du"의 관계와 "나-그것Ich-Es"의 관계는 그 경험에서 태동했다고 해도 과언이 아니다.

부버가 말하는 "나-당신"의 관계는 나와 타자가 주체 대 주체로 만나는 대등하고 수평적인 관계이다. 그런데 레비나스는 그의 "나-당신"이 '나'와 '당신'의 대칭적이고 수평적인 관계를 상정하고 있다고 비판하면서, '나'와 '당신'은 대칭이 아니라 '나'보다 '당신'이 우선하는 비대칭의 관계를 이뤄야 한다고 주장한다. 레비나스는 자신의 입장을 과도하게 앞세운 나머지, 부버의 철학이 '대화'에 강세를 주는 대화철학이라는 사실에 눈을 감고 있는 것처럼 보인다. 개성이 강한 철학자나 비평가, 예술가가 이따금 그러한 것처럼 레비나스는 자신과 다른 주장을 하는 부버의 대화철학을 제대로 이해하지 못했을 뿐만 아니라 불필요하게 깎아내렸다.

"나-그것"의 관계는 한쪽이 다른 한쪽을 이용하는 주체 대 객체의 종속적이고 수직적인 관계이다. 예를 들어, 인간과 말의 관계가 기본적으로 그렇다. 일반적으로 말은 인간이 필요할 때 이용하는 대상이고 일종의 도구다. 그런 의미에서 말은 주체가 아니라 객체요 물건, 즉 '그것'이다. 비단 말뿐만이 아니다. 인간은 물건이나 동물만이 아니라 때로는 다른 인간까지 이용하고 필요 없어지면 버린다. 인간도 '그것'에 불과해지는 것이다. 그런데 열한 살짜리 소년에게 말은 '그것'이 아니라 '당신' 즉 자신과 똑같은 주체였다. "나-당신"의 관계가 형성된 것이다. 이보다 아름다운 관계가 있을까. 궁극적으로 부버가 상정하는 관계의 정점은 바로 이런 것이 아닐까.

그러나 소년과 말은 "나-당신"의 관계로 오래 머무를 수 없었다. 소년에게 말을 쓰다듬는 일은 처음에는 자신과 다른 존재, 한 생명과의 순수 접촉이요 순수 만남이었다. 그런데 어느 순간 그것을 재미로 느끼게 되면서 양자의 관계가 변해버렸다. 재미를 느낀다는 것은 소년에게 말이 '이미' 이용의 대상이 되었다는 뜻이다. 말은 본능적으로 소년의 '배반'을 느꼈는지도 모른다. 다음 날, 소년이 다시 마구간을 찾았을 때 말은 더 이상 그를 반기지 않았다. 먹이를 주어도 전날처럼 고개를 들지 않았다. 소년과 말의 관계는 이제 "나-그것"의 관계, 주체와 객체의 관계로 변질되어 있었다.

이 경험은 열한 살짜리 소년에게 깊은 인상을 남겼다. 당시, 부버는 부모의 이혼으로 오랫동안 어머니를 보지 못한 채 살고 있었다. 어머니의 부재는 어린 그에게 큰 상처였다. 훗날 그가 가정을 꾸려 아이들을 두었을 때에야 자신을 찾아온 어머니를 만나게 되었지만, 그것은 진정한 의미의 "만남Begegnung, meeting, encounter"이 아니었다. 그의 표현대로 하자면 "만남의 실패" 내지 "엇갈림"—독일어로는 "Vergegnung", 영어로는 "mismeeting" "miscounter"—이었다. 그는 왜 어머니와의 만남을 "엇갈림"이라고 표현했을까. 그에게 진정한 만남이란 상호적인 것이어야 했다. 그런데 오랜 세월 후에 이뤄진 어머니와의 만남은 상호성에 기초한 것이 아니었다. 그에 반해 말과의 관계는 짧은 기간이긴 했지만 진짜 만남이었다. 그 '만남'은 어머니와의 '엇갈림'에 대한 심리적 보상이었을지 모른다. 그래서 말과의 만남이 그의 철학에서 그토록 중요한 역할을 하게 되었는지 모른다.

부버가 회상하는 유년 시절의 기억은 그의 철학에만 중요한 게 아니라 우리에게도 중요하다. 받아들이기에 따라서는 그것이 우리에게 점점 더 접점을 찾기 어려운 인간관계의 교착상태를 풀어줄 교훈 내지 우화가 될 수도 있다. 그가 전하는 에피소드는 타자와의 진정한 만남은 어렵지만, 그럼에도 불구하고 그 만남이 불가능하지 않다는 것을 전제로 한다. 그런 의미에서 부버는 조금은 낙관적이다. 그는 현대사회가 인간이 인간마저도 이용의 대상으로 간주하는 "나-그것"의 관계로 팽배해 있다고 진단했지만, 타자의 타자성을 존중하고 경외하는 "나-당신"의 관계를 향한 희망을 버리지 않았다.

"나-그것"의 관계가 팽배한 시대에 부버처럼 타자와의 관계를 낙관적으로 보는 것은 쉬운 일이 아니다. 이것은 철학자들만이 아니라 작가들의 경우에도 마찬가지다. 인간관계의 피폐해진 현실을 해부하고 소멸하는 작가는 많아도 타자와의 관계를 낙관과 긍정의 시선으로 그리는 작가는 그리 많지 않다. 이런 점에서 소설가 최은영은 대단히 예외적이다. 그가 발표한 작품 속 타자들—「쇼코의 미소」의 일본인, 「한지와 영주」의 케냐인, 「아치디에서」의 브라질인 등—은 설렘을 동반하는 타자들이다. 낯선 사람들을 바라보는 작가의 거침없는 태도는 타자에 대한 낙관이 없으면 불가능하다. 그의 첫 번째 소설집 『쇼코의 미소』(문학동네, 2016)에 수록된 「씬짜오, 씬짜오」는 두 가지 이유에서 더욱 특별한 주목을 요한다. 하나는 유년 시절에 목격하고 경험한 환대의 풍경이 환기하는 낙관적 시선 때문이고, 다른 하나는 그 시선이 한국인이라면 어떠한 형태로든 일종의 부채의식 내지 죄의식을 조금은 갖고 있는 베트남인을 향한 것이기 때문이다.

특이하게도 「씬짜오, 씬짜오」는 한국인과 베트남인의 관계를 다루면서도 한국도 베트남도 아닌 제3의 공간을 배경으로 한다. 베트남전쟁과 관련한 짐을 누구의 어깨에도 지우지 않으려 하는 것처럼, 스토리는 독일의 소도시 플라우엔에서 시작된다. 한국인 가족과 베트남인 가족은 우연히 이웃이 되는데, 그들에게 국가와 관련한 비극의 역사는 아무런 방해가 되지 않는다. 적어도 처음에는 그렇다. 그들은 호감으로 서로를 대하고 다정하게 "씬짜오(안녕하세요)"라는 인사를 주고받는다. 저녁식사에 초대받은 화자의 어머니는 평소 입지 않던 옷을 꺼내 입고, 좀처럼 하지 않던 화장까지 하고 있다. 응웬 아줌마는 "오래 만나지 못했던 친구들을 만난 것처럼" 화자의 가족을 환영하고, 남편인 호 아저씨는 손님들을 위해 기꺼이 요리를 한다. 화기애애한 분위기는 아이들에게로 이어진다. 투이는 화자가 자신의 집에 오자 무척 좋아한다. 화자는 창문을 통해 투이를 훔쳐보곤 했고 내색하지는 않았지만 자신이 그와 같은 반이라는 것이 반가웠다. 그런 상황에서 투이를 만나 얘기하고 만화책까지 같이 보니 이보다 더 좋을 수는 없다. 투이는 화자에게 스누피의 친구 우드스톡처럼 생겼다며 우드스톡이라는 별명을 붙여주고, 화자는 투이를 보며 "우드스톡과 나란히 개집 지붕에 앉아 노닥거리는 스누피"를 연상한다. 그들은 스누피와 우드스톡처럼 사이좋은 친구가 되고 이후 서로에게 우정 이상의 감정을 느끼게 된다. 이렇듯 어른들만이 아니라 아이들까지 아무런 조건 없이 서로를 환대하는 모습은 화자의 말대로 아름답다. 오랜 세월이 흐른 후, 화자는 당시의 감정을 이렇게 회상한다.

독일에서의 일은 이제 뿌연 유리창으로 보는 바깥 풍경

처럼 희미하다. 그런데도 처음 투이네 집을 방문했을 때를 떠올리면 그때 느꼈던 감정이 생생히 되살아난다. 투이네 식구 모두가 우리를 반갑게 맞아주던 일, 그 환대에 기뻐하던 엄마의 모습, 어떤 조건도 없이 받아들여졌다는 따뜻한 기분과 우리 두 식구가 같은 공간에 모여 음식을 나눠 먹던 공기를 기억한다. 어떻게 그렇게 여러 사람의 마음이 호의로 이어질 수 있었는지 나는 모른다.

그들은 서로의 집을 오가면서 환대의 나날을 이어간다. "어른들은 술을 많이 마신 날이면 돌아가며 노래를" 부른다. 화자의 어머니는 한국 노래를, 응웬 아줌마는 베트남 노래를 부른다. 응웬 아줌마가 노래를 부를 때면, 화자의 어머니는 노래의 의미도 알지 못하면서 후렴구를 따라 부른다. 그 환대가 얼마나 전염성이 강한지 자기 집에서는 "서로를 투명인간처럼" 대하던 화자의 부모마저도 그 분위기에 휩쓸린다. 화자의 부모는 캠퍼스 커플로 만나 오랫동안 연애를 하다가 결혼한 사이지만, 이제는 "두 사람이 한때는 서로를 끔찍이 사랑했었다는 사실"마저도 의심스러워 보일 만큼 관계가 나빠졌다. 그런 그들이 투이네 가족과 같이 있을 때면 사뭇 달라진다. 서로를 향해 웃기도 하고 투이네 가족에게 서로에 관한 이야기를 꺼내기도 한다. 화자는 이렇듯 낯선 사람들과의 만남이 불편하기는커녕 가족 안의 불화마저도 치유하는 힘을 발휘하는 걸 보면서 놀라움을 금치 못한다.

일반적으로 타자는 이해하기 어려운 존재다. 레비나스, 데리다, 스피박 같은 철학자들은 우리가 타자를 쉽게 이해할 수 있다고 자만해서는 안 된다며, 바로 그러한 오만함이 타자에 대한 폭력, 인식론적 폭력의 시작이라고 경고한다. 그러나 최은영은 조금은 다른 이야기를 한다. 그의 소설은 우리를 진정으로 이해하는 이는 우리가 아니라 오히려 타자일 수 있다고 암시하는 것처럼 보인다. 예를 들어, 화자의 어머니가 가진 장점과 미덕을 발견하는 것은 가족이 아니라 응웬 아줌마이다. "아줌마는 엄마가 사랑이 많고, 다른 사람의 마음에 공감해주는 능력을 타고났다고 말했다. 세상에는 엄마처럼 섬세한 사람들이 더 많아져야 한다면서, 엄마는 아파하지 못하는 사람들을 위해 대신 아파하는 사람이라고 말했다." 어찌나 칭찬을 하는지, 그런 사람이 자신의 어머니라는 사실을 화자가 자랑스럽게 생각할 정도다. 화자의 어머니와 응웬 아줌마 사이에는 거리감이 느껴지지 않는다. 거리감은 오히려 화자의 어머니와 아버지 사이에 존재한다.

부버가 열한 살 때 마구간에서의 놀라운 체험을 바탕

으로 "나-당신"과 "나-그것"의 철학적 개념을 만들어낸 것처럼, 「씬짜오, 씬짜오」의 화자는 열세 살 때 독일의 작은 도시에서 만난 베트남인 가족들과의 눈부신 환대를 목격하고 체험함으로써 이후의 삶을 긍정적으로 살아갈 수 있는 힘을 비축하게 된다. 부버가 그랬던 것처럼, 화자는 베트남인 가족과의 사이에 형성되었던 환대의 경험을 잊지 못한다.

그러나 부버와 말 사이에 형성된 "나-당신"의 관계가 순식간에 와해되고 흔적만 남은 것처럼, 화자의 가족과 투이네 가족 사이에 형성된 환대는 어느 순간 고통스럽게 무너져버린다. 처음에는 전혀 문제가 되지 않았던 국가 간 역사가 개입하면서부터다. 더 정확히 말하면, 두 가족이 식사를 하다가 우연히 일본의 식민통치에 관한 이야기를 하면서부터다. 화자가 자신의 지식을 과시하고 싶어서 어른들의 이야기에 끼어들면서 일이 꼬이기 시작한다. "한국은 다른 나라를 침략한 적 없어요. (……) 정말이에요. 우린 정말 아무도 해치지 않았어요." 화자는 교과서에서 배운 대로 한국은 침략을 당한 나라이지 어떤 나라, 어떤 국민에게도 해를 끼친 적이 없다고 얘기함으로써 투이네 가족에게 "한국이 선한 나라라는 인상을 남기고 싶었고, 어른들의 대화에 자연스레 참여해서 칭찬받고 싶었다". "한국의 역사에 대해서라면 투이네 식구들보다 내가 더 잘 아니까, 아는 척을 한다면 엄마 아빠가 꽤나 뿌듯하게 생각해줄 것 같았다." 그런데 투이의 입에서 의외의 말이 튀어나온다. "한국 군인들이 죽였다고 했어. (……) 그들이 엄마 가족 모두를 다 죽였다고 했어. 할머니도, 아기였던 이모까지도 그냥 다 죽였다고 했어. 엄마 고향에는 한국군 증오비가 있대." 학교에서 배운 사실과는 너무 다른 말을 듣고 화자는 엄청난 충격을 받는다.

그런데 이 상황에서 놀라운 일이 벌어진다. 응웬 아줌마는 그런 말 함부로 하지 말라고 투이를 나무라며 화자를 다독인다. "넌 신경 쓸 것 없어. 너와는 관계없는 일이야. (……) 정말로 신경 쓸 일 아니야. (……) 네가 태어나기도 전에 일어난 일이야." 그녀는 투이의 말에 화자가 상처를 입지 않을까 염려한 것이다. 그런데 역설적으로 화자가 "어린 마음에 혹여 상처를 입었을까 걱정하는 아줌마의 두 눈"이 투이의 말이 사실이라는 걸 말해준다. 그럼에도 응웬 아줌마는 무조건 화자를 보호하려 한 것이다. 놀라운 일이다. 더 놀라운 건 그런 비극적 사건을 겪었고 지금까지도 집 안에 제단을 만들어 놓고 한국군에 몰살당한 가족의 영혼을 위해 기도하며 살면서도, 가해자의 나라에서 온 화자의 가족을 그토록 환대했다는 사실이다. 화자의 어머니는 한국이 가해자였다는 사실을 깨닫고 사과한다. "저는 정말 몰랐어요. (……) 응웬 씨가 겪었던 일, 저는 아무것도 모르지만 그래도 죄송하다고 말씀드리고 싶어요. 죄송합니다." 응웬 아줌마의 말처럼 "사랑이 많고, 다른 사람의 마음에 공감해주는 능력"을 타고난 화자의 어머니는 어쩔 줄 몰라 하며 그들을 향해 진심으로 사과한다.

역사는 이래야 맞다. 잘못했으면 사과하고 용서를 구할 일이 있으면 용서를 구하며 더불어 살아가는 게 맞다. 자신의 잘못이 아니더라도, 자신이 속한 국가나 공동체가 관련된 일이면 미안하다고 말하고 화해하는 게 맞다. 그렇다고 과거의 상처가 쉽게 아물지는 않겠지만, 세월이 흐르다 보면 언젠가는 그렇게 될 수도 있을 것이다. 그것이 개인이 할 수 있는 최소한의 도리요 윤리다. 화자의 어머니와 응웬 아줌마는 역사를 대하는 태도가 어떤 것이어야 하는지를 아름답고 감동적으로 보여준다. 한 사람은 개인적인 상처에도 불구하고 가해자 나라의 아이가 상처를 받을까봐 부드러운 말로 다독이고, 또 한 사람은 직접적으로 연루되지 않았으면서도 자신의 나라 군인들이 저지른 행위로 인해 고통스러운 삶을 살았을 응웬 씨 가족에게 진심으로 사과한다. 어른만이 그런 게 아니다. 열세 살에 불과한 화자도 어른들이 보여주는 화해의 몸짓에 동참한다. 화자는 자신을 위로하는 응웬 아줌마의 얼굴을 보며 자신의 상처는 중요하지 않다고 생각한다. "그때 내가 상처를 받았다면 그건 응웬 아줌마의 상처에 대한 가책 때문이었을 것이다." 이처럼 아이마저 타자의 상처에 공감하게 만드는 힘은 대체 어디에서 오는 것일까.

역사의 비극과 상처가 이런 식으로 치유될 수 있다면 얼마나 좋을까. 그러나 현실은 그리 녹록하지 않다. 이 소설의 훌륭한 점은 낙관적 시각에 흔히 동반되기 쉬운 감상에 빠지지 않고 냉철한 현실감각을 유지한다는 데 있다. 여기에서 화자 어머니와 달라도 너무 다른 화자 아버지의 존재가 중요해진다. 그는 한국군이 저지른 베트남 양민 학살에 관해 자신의 아내가 사과를 하는 동안 아무 말 없이 맥주만 마시다가 아내가 "당신도 무슨 말 좀 해봐"라고 다그치자 화를 낸다. "내가 무슨 얘길 해? 그럼, 우리가 잘못했다고 말해야 돼? 왜 당신이 나서서 미안하다고 말해? 당신이 뭔데?" 그는 아내가 응웬 씨 부부에게 사과한 것마저도 못마땅하게 생각한다. 그래서 그들에게 이렇게 말한다. "저희 형도 그 전쟁에서 죽었습니다. 그때 형 나이 스물이었죠. 용병일 뿐이었어요." 달리 말하면, 전쟁을 시작한 것은 한국이 아니라 미국이었고 한국군은 '용병'에 지나지 않았으니 책임이 없다는 논리다. 그의 말이 틀린 건 아니다. 궁극적인 책임은 전쟁을 시작한 나라에 있고 당연히 그래야 한다. 그러나 응웬 아줌마는 그 논리의 허점을 파고든다. "그들은 아이와 노인들을 죽였어요." 그렇다고 뒤로 물러설 그가 아니다. "누가 베트콩인지 누가 민간인인지 알아볼 수 없는 상황이었겠죠." 응웬 아줌마는 이렇게 대꾸한다. "태어난 지 고작 일주일 된 아기도 베트콩으로 보였을까요. 거동도 못 하는 노인도 베트콩으로 보였을까요." 그는 궁지에 몰리자 이렇게 억지를 부린다. "그래서 제가 무슨 말을 하길 바라시는 겁니까? 저도 형을 잃었다구요. 이미 끝난 일 아닙니까? 잘못했다고 빌고 또 빌어야 하는 일이라고 생각하세요?"

전쟁은 한국 군인들에게도 깊은 상처를 남겼다. 누군가는 불구가 되었고 누군가는 목숨을 잃었다. 살아남은 사람들은 후유증이나 트라우마에 시달렸다. 안정효의 장편소설 『하얀 전쟁』은 전쟁의 후유증이 얼마나 심각한 것인지를 생생히 증언한다. 베트남전은 다른 나라가 벌인 전쟁이었다. 화자 아버지의 말처럼 한국군은 용병이었다. 한국군은 그 전쟁에서 이용의 대상, 즉 '그것'에 지나지 않았고 한국군에게 베트콩은 격퇴의 대상, 역시 '그것'에 지나지 않았다. 이런 의미에서 화자의 아버지가 한국은 잘못한 일이 없으며, 자신은 다른 사람을 대신해 미안하다는 말을 하고 싶지도 않고 그럴 자격도 없다고 한 것은 이해할 수 있는 일이다. 적어도 논리적으로는 그렇다. 그러나 그가 간과한 것은 상처와 고통 앞에서 논리는 아무 소용도 없다는 사실이다. 응웬 아줌마가 누구인가. 한국 군인들에게 가족 모두를 잃은 사람이다. 그럼에도 불구하고 이웃이라는 이유만으로 그의 가족을 환대했던 사람이다. 그런 사람을 위로하지는 못할망정 그 전쟁을 "이미 끝난 일"이라고 말하는 것은 논리를 통한 자기합리화가 얼마나 비정하고 폭력적일 수 있는지 보여준다. 화자 아버지의 말("잘못했다고 빌고 또 빌어야 하는 일이라고 생각하세요?")은 설령 잘못했다 하더라도 전쟁이 끝난 지 오래되었으니 이쯤해서 그만하자는 이야기다. 그는 그것이 가해자 나라에 속한 사람의 입에서 나와서는 안 될 말이라는 것을 모르고 있다. 아내가 그에게 "당신 제정신이야?"라고 말하는 것은 그가 타자의 아픔에 공감하기는커녕 상처에 시달리는 타자를 더 깊은 상처 속으로 내모는 말들을 자꾸 내뱉기 때문이다. 그는 자신의 어린 딸(화자)도 느끼는 것을 감지하지 못한다. 화자의 말을 들어보라. "내가 아무리 상상하려고 해도 상상할 수 없는 장소와 시간에 아줌마는 내몰려 있었다." 화자는 응웬 아줌마가 그러한 비극적 사건으로 말미암아 과거의 장소와 시간에 붙잡혀 트라우마로 고통받고 있다는 걸 본능적으로 감지한다. 열세 살인 화자가 아버지보다 타자를 바라보는 눈이 더 깊다는 것은 아이러니일 수밖에 없다.

결국 두 가족은 화자의 아버지로 인해 멀어진다. 그것은 화자의 말대로 "서로를 미워하고 싶지도, 서로로 인해 더는 다치고 싶지도 않은 어른들의 평범한 선택"의 결과다. 그들은 더 이상 식사를 같이하지도, 노래를 같이 부르지도 않는다. 그러나 만나지 않는다고 감정의 끈마저 끊어질 리는 없다. 특히 응웬 아줌마와 어머니, 투이와 화자 사이에 존재하던 환대의 감정이 하루아침에 사라질 수는 없다. 이것은 화자의 가족이 독일생활을 정리하고 한국으로 돌아가려 할 때, 주고받는 선물에 의해 증명된다.

귀국이 며칠 남지 않은 어느 날, 화자의 어머니는 화자에게 예쁘게 장식된 선물 상자를 주면서 투이네 식구를 위한 선물이니 투이에게 전해주라고 부탁한다. 화자는 공원에서 투이를 만나 선물 상자를 주고 벤치에 나란히 앉는다. 선물은 투이의 어머니에게 주는 것이어서 상자 속에 무엇이 들어 있는지 아직은 알 수 없다. 화자와 투이는 선물 상자를 옆에 두고 오랜만에 이야기를 주고받는다. 투이가 어렵게 말문을 열고 지금까지 가슴에 담아두었던 얘기를 꺼낸다. "그날 너에게 나쁘게 말하려던 건 아니었어. (……) 널 공격하기 위해서 한 말은 아니었어." 한국이 어떤 국가에게도, 어떤 사람들에게도 상처를 준 적이 없다는 화자의 말에 자신이 한국 군인들이 엄마의 가족을 다 죽였다고 응수했던 걸 상기시킨 것이다. 실제로 그랬다. 투이는 화자를 공격하기 위해서가 아니라 잘못된 말을 바로잡고 싶어 자기도 모르게 그런 말을 불쑥 한 것이었다. 그러니 오해를 풀라고, 공격적인 의미에서 한 말은 아니었지만, 결과적으로 그렇게 보이게 되어 미안하다고 말한 것이다. 그러자 화자는 화자대로 아픈 역사에 대해 제대로 알지도 못하면서 상처를 주는 말을 했다는 사실에 대해 사과한다. 자기가 더 미안하다면서. "아무것도 몰랐던 거, 미안해."

베트남 소년과 한국 소녀가, 피해자의 후손과 가해자의 후손이, 서로를 배려하고 서로에게 미안하다고 말하는 장면은 타자의 타자성이라는 것이 배척과 적개의 대상이 아니라 서로를 끌어당기고 접촉하게 만드는 매개일 수 있다는 사실을 감동적으로 보여준다. 투이가 화자에게 선물로 건네는 만화책은 타자란 거리를 둬야 하는 존재가 아니라 자신에게 정말로 소중한 뭔가를 주고 싶은 존재라는 것을 상기시킨다. "이거 받아, 우드스톡." 투이가 건넨 만화책의 표지에는 "우드스톡과 스누피가 개집 지붕에 앉아 서로를 보며 웃고 있는" 모습이 그려져 있다. 그 만화책은 흑백으로 되어 있지만 우드스톡만은 "샛노란색으로 칠해져 있다". 그것을 펼쳐보는 화자의 마음은 오랜 세월이 흐른 후에도 감동으로 물결친다.

> 제대로 날지도 못하는 카나리아 우드스톡. 책을 펼쳐 그 노란색 카나리아를 볼 때면, 한 장 한 장 책장을 넘겨가며 그 작은 새에게 색을 입혀주려 했던 투이의 따뜻한 마음이 가까이 다가왔다.

투이와 화자는 은유적인 의미에서 스누피와 우드스톡을 닮았다. 스누피는 비글이고 우드스톡은 카나리아다. 하나는 개이고 다른 하나는 새이다. 달리 말해 서로 다른 종이다. 그런데 그들이 속한 종의 타자성이 그들을 서로에게로 끌어당긴다. 새가 아닌 존재 중 유일하게 우드스톡을 이해하는 게 스누피 아닌가. 스누피와 우드스톡처럼, 투이와 화자는 서로 다르기 때문에 서로를 사랑하고 환대한다. 투이가 화자에게 색칠을 해 건넨 만화책은 그 사랑과 환대의 징표다.

상자 속에는 화자의 어머니가 투이네를 위해 "손끝이 빨개지도록" 뜨개질을 해서 완성한 세 벌의 "목도리와 털모자, 털장갑"이 들어 있다. 응웬 아줌마는 "그것들이 옅은 빛에 세심하게 비춰봐야 할 보석이나 되는 것처럼" 하나하나 허공에 들어서 보며 울음을 삼킨다. 그 선물은 "세상 사람들이 지적하는" 화자 어머니의 "예민하고 우울한 기질을 섬세함으로, 특별한 정서적 능력으로 이해해준 유일한 사람"인 응웬 아줌마 그리고 아줌마의 가족을 위한 선물이다. 역설적이게도, 화자의 어머니는 가족이나 동족이 아니라 이민족이자 타자인 사람에게서 위로를 받았다. 그 타자는 화자 어머니의 "인간적인 약점을 모두 다 알아보고도 있는 그대로의" 그녀에게 "곁을 줬다". 그러한 관계가 자신의 "잘못도 아닌 일로 부서져버렸을 때 엄마가 느꼈던 절망은 얼마나 깊은 것이었을까". 두 가족이 베트남전쟁과 관련된 논쟁으로 인해 이별하게 되면서 그녀가 잃어버린 것은 자신을 유일하게 이해해준 타자였다. 그녀는 그 타자를 만나지 못하게 되자 절망한 나머지, "반쯤 쓴 립스틱과 파운데이션을 쓰레기통에 던져 넣었고, 아끼던 투피스와 원피스를 의류수거함에 버렸다". 그녀는 죽을 때까지 그 타자를 그리워했을 터였다.

이렇게 보면 너무 슬픈 스토리다. 그들은 그렇게 헤어진다. "그 흔한 포옹도, 입맞춤도, 구구절절한 이별의 수사도 없었다." 그래도 다행스러운 점은 그러한 일들을 고이 간직하고 추억하는 화자가 있다는 것이다. 이것이 슬픔을 아름다움으로 돌려놓는 스토리의 결말이 중요해지는 이유다.

화자는 어머니가 죽은 다음 해에 응웬 아줌마를 찾아간다. 두 가족이 가깝게 지내던 때로부터 20년이 흐른 시점이다. 두 사람은 작은 길을 사이에 두고 서로를 바라본다. 응웬 아줌마가 깜짝 놀란다. 서른세 살의 화자가 20년 전의 "엄마와 같은 사람이라고 해도 좋을 정도로 엄마를 빼닮"아서 순간적으로 화자를 화자의 어머니로 착각한 것이다. 화자는 화자대로, 길을 건너는 자신이 어머니라고 상상한다. 응웬 아줌마는 누구보다도 화자의 어머니를 잘 이해했던 사람이었고, 화자의 어머니는 누구보다 응웬 아줌마의 고통과 상처에 민감하게 반응했던 사람이었다. 비록 두 사람은 20년 전에 헤어진 후로 다시 연락하지도 만나지도 못했지만, 소설은 어머니와 꼭 닮은 화자를 응웬 아줌마가 화자의 어머니로 착각하는 대목에서 스토리를 마무리함으로써, 화자가 겉모습뿐 아니라 타자를 향해 관대했고 타자의 고통에 공감하는 마음까지 어머니에게서 물려받았다는 사실을 넌지시 암시한다. 이것은 화자 그리고 작가가 타자와의 관계에 대한 낙관적 믿음을 끝까지 잃지 않고 있다는 증거다.

무지개를 보면서 가슴이 뛴 적이 있는 사람은 그 경험을 잊지 못한다. 그 무지개가 반드시 하늘에 뜬 것일 필요는 없다. 우리를 설렘으로 이끄는 것이라면 무엇이든 다 무지개다. 자연현상도, 식물이나 동물, 사람도 설렘을 동반하는 무지개일 수 있다. 그 무지개와의 만남은 그 사람 안에 그대로 남아, 세상을 보는 눈을 아름답고 풍요롭게 만든다. 부버의 '무지개'는 마구간의 말로 상징되는 타자와의 놀랍고 신비로운 접촉이었다. 그 무지개로 인해 그에게 타자는 우리가 일반적으로 생각하는 타자와는 다른 존재로 다가왔다. 타자는 그를 "가까이로 끌어당기고 어루만지게 만드는" 신비 그 자체였다. 그가 타자에 대한 "열린 마음"을 가지고 타자와의 관계에 대한 낙관적 믿음을 유지할 수 있었던 이유는 바로 거기에 있었다.

이런 점에서 최은영의 「씬짜오, 씬짜오」에 배어 있는 타자에 대한 사유는 부버의 것을 닮았다. 화자가 열세 살이었을 때 목격한, 자신의 가족과 투이의 가족 사이에 형성된 환대의 분위기는 가슴에 평생 담고 살아도 될 만큼 아름다운 환대의 '무지개'였다. 그에게도 타자는 자신을 밀어내는 게 아니라 오히려 끌어당기는 신비로운 존재였다. 비글 스누피와 카나리아 우드스톡이 그랬듯이, 투이와 화자는 그들 사이에 존재하는 차이를 서로에게 끌리고 서로를 끌어당기는 동력으로 삼았다. 화자는 열세 살 때도 그랬고, 서른세 살이 된 지금도 그렇고, 이후로도 워즈워스의 시에 나오듯 그 무지개를 가슴에 품고 살아갈 것이다.

"신명껏 돕겠습니다.
아니 강제라도 하겠습니다"

—우리가 아닌 당신들의 천국

"나는 생각한다, 따라서 존재한다." 조금 과장하면, 서양 근대철학의 출발점에 해당하는 데카르트의 말이다. 그의 말에서 중요한 것은 '생각하는 나'이다. '생각하는 나'가 있어야 '너'도 있고, '생각하는 나'가 있어야 '그'도 있고 '그들'도 있게 된다. 데카르트의 말은 너무 당연해서 이의를 제기할 여지조차 없어 보인다. 그런데 그의 발언이 상정하는 '생각하는 나'를 비판적인 눈으로 보고 그것을 뒤집음으로써 전혀 다른 차원의 '나'를 철학의 출발점으로 삼은 철학자가 있다. 레비나스가 그 철학자다. 그는 '생각하는 나'의 자리에 '윤리적인 나'를 놓는다. 그에게는 내가 아니라 타자가 먼저다. 내가 있고 타자가 있는 것이 아니라, 타자가 있고 내가 있다. 타자가 없으면 내가 있을 수 없다는 논리인데, 데카르트의 말과 달리 사뭇 낯실어 보인다. 나와 타자를 대등한 관계로 보고 타자를 억압하지 말아야 한다는 생각까지는 이해할 수 있겠다. 그런데 타자가 먼저고 내가 나중이라면, 나는 타자와 대등한 게 아니라 타자에 종속된 존재가 된다. 놀랍게도 레비나스의 타자이론은 이 종속적 관계를 전제로 한다. 왜 그런 걸까. 그는 어째서 우리가 알고 있는 상식을 깨려고 하는 걸까.

그 이유를 알아내는 건 어렵지 않다. 그는 자기를 먼저 생각하고 타자를 도구화하는 존재론적 사고가 홀로코스트와 같은 무지막지한 폭력으로 이어졌다고 생각한다. 자기를 먼저 생각하다 보니 전체주의적 사고에 빠지게 되고, 그것이 결국에는 타자에 해당하는 사람들을 죽이고 물건처럼 폐기하는 결과로 이어졌다는 것이다. 몇백만 명에 이르는 유대인들의 죽음에 존재론적 철학이 기여하고 공모했다는 인식이다. 그에 따르면, "동일자의 전체주의 내지 제국주의"가 그러한 파국을 초래했다. 그가 사용하는 '동일자'라는 말은 '자아'로 바꿔도 무방한 말이다. 더 쉽게 말하면 이 말은, 개인의 경우에는 자신과 전적으로 달라서 이해하지도 못하고 이해할 수도 없는 타자를 자신의 자의적 잣대로 판단하고 결국에는 자신의 발밑에 굴복시키려 하는 성향을 의미하고, 집단의 경우에는 한 집단이 자신들과 전적으로 달라서 이해하지도 못하고 이해할 수도 없는 타자들을 자기들 마음대로 이용하고 착취하고 지배하려고 하는 성향을 의미한다. 개인이든 집단이든, 자신을 타자에 앞세우는 존재론은 폭력적일 수밖에 없다는 논리다. 그래서 레비나스는 타자를 '나' 앞에 두고 타자에 대한 "무한 책임"을 지는 윤리학을 "제1의 철학"으로 삼아야 한다고 생각한다. 일반적으로 윤리학은 철학의 영역에 속하지만, 레비나스는 윤리학을 철학의 꼭대기에 놓는다. 그래서 그에게 윤리학은 "존재론에 선행"하는 "제1의 철학"이다.

그렇다. 그가 생각하는 윤리학은 '윤리적인 나'를 기반으로 하는 철학이다. 그가 공박의 대상으로 삼는 서양철학이 '생각하는 나'에 기초한 '머리'의 철학이라면, 그가 지향하는 윤리학은 '윤리적인 나'에 기초한 '가슴'의 철학이다. 머리냐 가슴이냐의 문제인 것이다. 그는 머리가 아니라 가슴이 먼저여야 한다고 생각한다. 예를 들어, 나의 눈앞에 낯선 이방인이 있다고 가정하자. 그는 굶주린 모습이다. 말할 기운도 없는 것처럼 보인다. 그의 눈은 배고픔을 호소한다. 나는 그에게 누구냐고, 어디에서 왔느냐고, 이름이 무엇이냐고 묻지 않는다. 내가 가진 것을, 아니 내가 입에 넣으려 하던 빵마저, 나도 모르게 그에게 내줄 따름이다. 여기에서 빵을 내주는 것은 머리가 아니라 가슴이다. 결국 환대는 가슴의 문제다.

주인의 부름에 하인이 '예, 여기 있습니다'라고 응답하듯, 타자의 얼굴이 호소하는 것에 '예, 여기 있습니다'라고 응답하는 가슴의 문제다. 타자가 주인이고 나는 하인이다.

이청준의 『당신들의 천국』(문학과지성사, 1978)은 '생각하는 나'의 문제를 파고들면서 "동일자의 전체주의 내지 제국주의"를 해체하는 소설이다. 소설은 '생각하는 나'에 기초한 자기중심적인 말과 행동을 거의 '무자비하다고' 생각될 정도로 해체하고 폭로한다. 역설적으로, 소설은 환대의 이름으로 행해지는 일이 환대가 아닐 수 있으며 환대의 정신에 역행하는 것이 환대 속에 들어 있을 수 있음을 암시한다.

3부로 구성되어 있는 소설의 얼개는 비교적 단순하다. 1부는 현역 군인 조백헌 대령이 소록도 병원장으로 부임해 한센병 환자들을 위한 '천국'을 건설한다는 명분으로 매립 공사를 시작하는 내용이고, 2부는 그가 공사를 진행하는 과정에서 겪는 위기와 갈등을, 3부는 그가 정치적인 문제로 섬을 떠났다가 5년 후에 원장이 아닌 개인의 신분으로 돌아와 살면서 결혼식 주례를 맡게 되는 과정까지를 다루고 있다. 소설은 얼핏 보면 조백헌 원장의 순진한 이상이 현실과 부딪치면서 위기를 겪고 결국에는 조정되는 고전적 형식의 발전소설로 볼 수 있는 측면이 없진 않지만, 작가는 마지막 순간에 이르기까지 그가 대변하는 "동일자의 전체주의 내지 제국주의"에 대한 회의적인 시선을 좀처럼 거두지 않는다.

이 회의적인 시선이 소설의 핵심이다. 소설에서 조백헌 원장만큼이나 중요한, 아니 어쩌면 더 중요한 인물이 이상욱 보건과장인 이유가 바로 여기에 있다. 이상욱은 소설이 시작되어 끝날 때까지, 아니 심지어 그가 섬을 떠나고 없을 때마저도, 소설의 의식과 무의식을 지배한다. 조백헌 대령이 첫 부분에서 소록도 병원장으로 부임할 때도 그렇고, 마지막 부분에서 주례사를 연습할 때도 그렇다. 모든 것을 비판적으로 응시하는 것은 이상욱의 눈이다. 소설을 통틀어 조백헌 원장이 은연중 내보이는 "동일자의 전체주의 내지 제국주의"를 그만큼 냉정하게 바라보고 판단하는 인물은 존재하지 않는다. 물론 시간이 지나면서 조백헌 원장을 이해하고 긍정적으로 평가하게 되는 황희백 장로의 시각에 의해 조정을 받긴 하지만, 그럼에도 불구하고 이상욱의 시각이 가진 중요성이 덜해지진 않는다. 따라서 스토리를 이해하는 좋은 방법 중 하나는 이상욱이 조백헌 원장을 바라보는 회의적이고 저항적인 시선을 따라가는 것이다. 적어도 조백헌 원장을 바라보는 시각에 있어서는 작가의 신뢰를 듬뿍

받는 인물임이 분명하기 때문이다. 만약 작가와 등장인물 사이에 원심력과 구심력이라는 게 존재한다면 작가와 조백헌 원장 사이에는 원심력이, 작가와 이상욱 사이에는 구심력이 작용한다. 작가가 "행동하는 정치인" 즉 조백헌 원장보다 "감시자 혹은 감시하는 지식인" 즉 이상욱 보건과장의 입장에 서 있기 때문이다.

조백헌 원장이 소록도 병원장으로 부임해 중앙공원 광장에 모인 5천여 원생들에게 하는 첫 연설은 "동일자의 전체주의 내지 제국주의"의 문제가 무엇인지를 잘 보여준다. 그는 소록도의 환자들이 이전보다 좋은 여건에서 치료를 받고 있고 "짓밟혀온 인권"이 "나날이 보호 신장되어가고 있"으며 병이 "놀랄 만큼 빠른 속도로 나아가고" 있다고 전제한 다음, 그처럼 여건이 좋아지고 있음에도 불구하고 그들이 과거에 발목 잡혀 "불신과 배반"이라는 "무서운 질병"을 여전히 앓고 있다고 말한다. 그러면서 "섬의 재건"과 한센병 환자들의 "인간개조"를 위해 "정정당당, 인화단결, 상호협조"를 그들의 "생활 지표"로 제시하고 연설을 마무리한다. "여러분의 새로운 낙토를 위해 이 사람은 신명껏 그것을 돕겠습니다. 아니 강제라도 하겠습니다." 전체적인 맥락에서 보면, 그가 선한 의도로 원생들에게 접근하고 있다는 것은 의심할 여지가 없어 보인다. 원생들이 외부인들을 불신의 눈으로 보고 있다는 지적 또한 사실에 부합되고, 어떻게든 소록도를 더 좋은 곳으로, 그의 말대로 하면 "낙토"로 바꿔놓겠다는 결연한 의지 또한 순수해 보인다. 그러나 연설의 말미에 있는 "강제라도 하겠습니다"라는 말은 순수성을 의심하게 만든다.

그렇다. 그는 협조를 구하는 게 아니라 소록도 병원장으로 5천여 명의 원생들에게 명령을 내리고 있다. 그가 누구인가. 병원장이면서 현역 대령이다. 전투병이 아니라 군의관 신분이긴 하지만, 군인은 군인이다. 그가 묘사되는 모습을 보면, 늘 권총을 차고 다니며, 흥분하면 권총에 손을 대는 버릇이 있다. 총을 갖고 있다는 것은 통치자요 지배자라는 뜻이다. 인간의 역사는 총이 자유나 평등, 민주주의와는 반대 지점에 있었다는 것을 증언한다. 총을 들고 타자를 진정으로 위한 역사는 없었다. 총은 환대가 아니라 지배의 상징이었다. 조 원장의 총도 예외가 아니다. 소록도 주민 중에 그 총에 압도당하지 않는 사람은 단 한 명도 없다. 그들은 총을 가진 원장의 어조에서부터 눌린다. 원장의 일거수일투족을 지켜보고 감시하는 인물로 나오는 이상욱 보건과장도, 소록도 주민들에게 거의 절대적인 영향력을 행사하는 황희백 장로도 예외가 아니다. 그들이 아무리 그를 비판해도, 아랫사람으로서 윗사람을 향해 그리하는 것일 뿐이다. 그래시 어떠한 비판적 입장에 있는, 그들은 원장이 추진하는 일을 돕게 되어 있다. 원장은 동의를 구하려는 게 아니라 계획을 미리 세워놓고 그들을 위한 일이니 따라오라고 통보하는 것이다. 바로 이것이 레비나스가 말한 "동일자의 전체주의 내지 제국주의"이다. 중요한 것은 타자 즉 5천여 원생들의 자발적 참여가 아니라 조백헌 원장의 의지이다.

물론 그가 원장으로 부임하여 시행한 조치들이 긍정적이고 발전적인 것은 분명하다. 그는 나병은 나을 수 있고 유전되지 않는다는 것을 원생들에게 인식시켜주려고 백방으로 노력할 뿐만 아니라, 병원 종사자들이 환자를 대하는 방식도 획기적으로 바꾼다. 그의 말에 따라, 병원 종사자들은 원생들에게 약을 건네줄 때 "핀셋을 사용하는 따위의 경원스런 태도"를 버리고 "양성 환자를 대할 때라도 특별히 필요한 경우가 아니라면 마스크나 위생장갑"을 착용하지 않게 된다. 또한 원생들이 "양성이건 음성이건 건강인을 대할 때마다 4, 5보 거리에서 얼굴을 반쯤 옆으로 돌리고 거기다가 손으로 가리고서야 말을 건넬 수 있었던 규칙들을 일시에 철폐"한다. "직원 지대와 병사 지대의 경계를 가르고 있던 철조망을 철거시켜버리고" "미감아 아동들과 직원 지대 아이들"이 같이 수업을 받게 한 것 역시 긍정적 조치이다.

이러한 것들이 원생들을 위해 필요한 현실적, 심리적 조치임은 누구도 부인하기 힘들다. 그런데 원장이 그렇게 노력을 하는데도 원생들의 닫힌 마음은 좀처럼 열리지 않는다. 그들은 여전히 "바닥이 느껴지지 않는 수렁 같은 침묵"을 지킬 따름이다. 원생들과의 거리가 좀처럼 좁혀지지 않고 자기 마음대로 일이 진행되지 않자, 원장은 "짜증"을 내고 만다. 그의 문제는 그가 현실적인 조치를 취하면 타자가 자연스럽게 거리를 좁혀올 것이라고 기대한다는 사실이다. 스스로 다가가도 거리가 좁혀질지 장담할 수 없는데, 자신은 가만히 있으면서 상대가 다가와서 거리를 좁혀주길 기대하다니, 이것은 그의 행동과 말이 타자를 환대하기 위한 것이라기보다 스스로를 위한 것일 가능성을 시사한다. 그는 그들을 위한 일종의 프로그램을 만들고 그것이 돌아가게 만드는 소록도의 영웅을 꿈꾸는 것인지 모른다. 그가 행하는 많은 것들이 타자를 위한 것처럼 보이지만, 결국에는 스스로를 위한 것이 되는 역설은 여기에서 비롯된다.

그가 원장으로서 처음 제안하고 시행한 축구팀 결성에 관한 일화는 타자와의 거리를 좁히려 하면서도 결과적으로는 그 거리를 유지하고자 하는 모순적 심리를 더욱 적나라하게 보여준다. 그가 축구팀을 결성한 표면적인 이유는 원생들에게 그들도 보통 사람들처럼 뭔가를 할 수 있다는 자신감을 불어넣어주기 위해서다. 그는 치료가 끝나도 공을 차기에는 역부족인 원생들을 설득하여 팀을 결성한다. 그리고 도 선수권 대회에 나가 우승컵을 안게 만든다. 기적 같은 일이 일어나자, 처음에는 미온적이었던 사람들을 포함하여 섬 사람들 모두가 "한 덩어리가 되어" 「소록도의 노래」와 「고향의 봄」을 부르며 열광한다. 원장에 대해 의심의 눈을 풀지 않던 이상욱마저도 사람들 사이에 끼어 노래를 부르며 자기도 모르게 눈물을 흘린다. 소설은 이 장면을 이렇게 묘사한다.

> 섬은 5천 명 원생이 살고 있는 곳이 아니었다. 5천 명이 그냥 한 사람이었다. 5천 명이 한 사람처럼 똑같이 생각하고 똑같이 흥분하고 있었다. 이제 아무도 원장을 경계하는 사람이 없었다. 모두가 알 수 없는 자신감에 들떠 있었다. 그를 믿고 그에게 감사하고 있었다.

그런데 한 사람만은 노래를 부르지 않는다. 사람들 속에 섞이지도 않고 그 모습을 흡족하게 바라보며 그냥 서 있을 뿐이다. 바로 원장이다. 그는 차에서 내리지도 않고, 선수들과 섬 사람들이 감격하여 하나가 되어 울고 노래하고 환호하는 모습을 지켜만 본다. 자신은 그들과 다르다고 선언하듯, 그들을 그렇게 만든 것은 자신이라고 과시하듯, 희미한 미소를 지을 따름이다. 결국 그는 그들 중의 하나가 아니었던 것이다.

그들은 그가 그들에게 안겨준 일종의 '선물'에 환호하며 감격하고 있지만, 그에게는 그 선물이 이후의 계획을 실현하기 위해 필요한 예비적인 것일 뿐이다. 진짜 선물이 아닌 셈이다. 데리다에 따르면, 선물이 진짜 선물이 되기 위해서는 "경제적인 순환"의 과정을 보류하는 것이 필수이다. 그 선물에 대해 응답을 하는 순환적 구조 안에서는 선물의 의미가 퇴색된다는 말이다. 그래서 선물은 "순환되어서도 안 되고 교환되어서도 안 된다". 이런 의미에서 보면, 원장의 선물은 보상을 바라고 한 계산된 행위이다. 아니나 다를까, 원장은 소록도에 "축구경기를 보급시키고 시합의 승리를 맛보게 함으로써 섬 사람들에게 어느 정도 자신감을 갖게" 하는 데 성공하자, 자신의 진짜 속마음을 드러낸다. "바다를 잘라 막자는 것"이다. "고흥군 도양의 봉암반도와 풍양의 풍남반도를, 그 중간 지점에 자리잡은 오마도를 디딤목으로 이어 막아 대략 넓이 300만여 평의 농토"로 만들자는 것이다. 바로 이것이 그가 준 '선물'에 대한 대가로 그들에게 기대한 것이다. 그는 주민들의 대표인 장로들을 모아놓고 공사를 해야 하는 이유를 설명한다. 얼핏 들으면 이것도 그가 축구팀을 만들어야 하는 필요성을 말할 때 그랬던 것처럼, 이타적인 계획으로 들린다. 바다를 막아 자신들만의 땅을 가지라고 하다니 얼마나 좋은 생각인가. 육지 사람들이 그들에 대해 갖고 있는 편견 때문에 밖으로 나갈 수 없다면, 아무도 살지 않는 바다를 막아 자신들의 땅에서 농사를 지으며 행복하게 살면 얼마나 좋은 일인가. 문제는 축구팀 창단을 비롯하여 지금까지 해온 일들에서 그랬던 것처럼, 그가 섬 주민들의 동의나 자문을 구하지 않고 자신만의 생각을 밀어붙인다는 사실이다. 주민 대표기구인 장로회 소속의 장로들이 그의 제안에 아무 대꾸도 하지 않고 나가버리자, 그는 권총을 뽑아 들고 소리친다. "말을 해라, 말을. 왜 말을 않는 거냐!" 자신의 마음에 들지 않는다고 권총을 뽑아 드는 것이야말로 전체주의나 제국주의의 소산이다. 전체주의나 제국주의도 처음에는 타자를 위한다는 명분을 내세우지만, 결국에는 타자를 이용하고 압박하고 지배하여 자신의 것으로 만드는 걸 목적으로 한다. 원장이 장로회를 만든 것만 해도 그렇다. 그것은 표면적으로는 그들의 자문과 동의를 구하고 주민들의 의견을 수렴하기 위해서였지만, 궁극적으로는 형식적인 절차가 필요해서 만든 것에 불과하다. 모든 것은 원장의 머리에서 나온다. 이상욱 보건과장의 지적대로, "장로회에선 스스로 일을 발의한 일이 없으며" 원장의 "뜻에 따라" 원장의 "계획들을 원의로 확정시켜주는 절차로 봉사"하며 명분을 세워줄 따름이다. 장로회는 결국 원장의 이데올로기, 즉 "전체주의 내지 제국주의"에 봉사하는 도구에 불과한 셈이다.

조백헌 원장은 장로들이 반대하자 그들을 배에 태워 공사 예정지로 데리고 간다. 그리고 이렇게 말한다. "당신들이 아니더라도 저 바다는 막아집니다. 내가 그렇게 하고 맙니다. 노임을 지불하면 일꾼을 얼마든지 사들일 수 있습니다. 이 일이 싫으시면 여러분은 그때 그냥 구경만 하고 있으면 되는 것입니다. 그리고 일이 끝나고 나면 당신들에게 바쳐진 땅에서 당신들은 씨도 뿌리지 않고 추수를 거둬들이기만 하면 그만인 것입니다." 그들이 협조하지 않더라도 바다를 막아 농사지을 땅을 마련해 그들에게 주겠다는 것이다. 이보다 더한 이타적인 명분이 어디 있겠는가. 그러나 동시에, 이보다 더한 압박이 어디 있겠는가. 결국 그는 이타적인 명분을 앞세워 그들을 압박하고 협박한 것이다. 섬 주민들을 대표하는 장로회가 그것을 이겨낼 수 없음은 물론이다. 상대가 그들을 위해서 간척사업을 벌이겠다는데, 무슨 명분으로 막을 수 있겠는가. 결국 그들은 그에게 성서에 손을 얹고 "일신을 위해서는 물 한 모금 사사로이 취하지 않을 것"이며 그 일을 하는 동안 "어떠한 공훈이나 명예도 좇지 않을 것이며, 보답을 바라지 않고 우상도 만들지 않을 것"을 약속하게 하고 매립 공사를 시삭하기로 결의한다. 그는 그보다 더한 약속도 하겠다며 권총에 손을 얹고, 약속한 것들을 배반하게 되면 자신의 목숨을 내놓겠다고 맹세한다. 결국 그가 이긴다. 모든 것이 전략이었던 셈이다. 이상욱은 이러한 전략을 가리켜 "한 지배자가 어떤 불변의 절대 상황 속에 갇힌 다수의 인간 집단을 얼마나 손쉽게 그리고 어느 단계까지 저항 없는 조작을 행해갈 수 있는가 하는 슬픈 지배술의 시범"이라고 하는데, 그리 틀린 말은 아니다.

그렇게 해서 공사가 시작된다. 섬 주민 5천여 명의 "65퍼센트에 달하는" 음성 병력자 3천 300명 중 가동할 수 있는 2천 500명으로 작업반이 편성되어 공사가 시작된다. 공사가 진행되는 과정에서 사람들이 목숨을 잃기도 하고 주변 마을 사람들이 몰려와 작업이 중단되는 등, 우여곡절을 겪지만 간척사업은 서서히 진행된다. 그런데 문제가 생긴다. 시간이 흐르고 간척사업의 결과가 가시화되면서 인근 주민들이 그것을 소록도 주민들로부터 빼앗으려 하고, 정치인들도 개입하게 된 것이다. 결국 그러한 이권 다툼으로 인해 사업을 주도하던 원장이 전임 발령을 받고 소록도를 떠나야 하는 상황이 된다.

공직자로서 전임 발령을 따를 수밖에 없는 조백헌 원장은 전임일 전까지 작업을 서둘러 절강제를 치르고 떠나려고 한다. 이 소설에는 그것에 대한 정의가 나와 있지 않지만, 작가의 다른 소설인 『거인의 마을』에 나오는 묘사를 보면 절강제는 "방뚝이 모두 쌓이고 바다가 그곳에서 쫓겨났을 때 마지막으로 그 가난을 파묻는 행사"로 공사가 완료되었음을 공식적으로 선언하기 위해 거행하는 의식이다. 원장이 그것을 서두르는 것은 한편으로는, 미래에 공사가 완료되어 토지가 분배될 경우, 소록도 주민들에게 조금이라도 더 공이 돌아가게 하기 위해서다. 그러나 다른 한편으로는, 자신이 그 의식을 주관하기 위해서이기도 하다. 이상욱은 이것을 간파하고 원장에게 소록도를 떠나라고 종용한다. "원장님이 아니면 안 된다는, 원장님만이 오직 선이라는 그 오만스런 독선"을 버리라면서.

이상욱은 원장이 섬을 빨리 떠나달라는 다소 모욕적인 말을 듣고도 떠나지 않자, 스스로 섬을 떠남으로써 저항한다. 이어 황 장로마저도 원장에게 떠나달라고 요구한다. 황 장로는 원장이 지금까지 소록도를 위해 해온 것들이 "제법 훈훈한 사랑"에서 연유한 것이고, 그런 점에서 고마워할 것도 많지만, 그럼에도 불구하고 섬을 떠나는 게 좋겠다고 말한다. 처음에는 저항했지만 결국 그에게 협조해왔던 황 장로까지 그렇게 말하자, 원장은 어쩔 수 없게 된다.

그렇다면 조 원장의 환대는 애초부터 존재하지 말았어야 하는 것일까. 자기중심적인 요소가 개입되면 환대는 아예 불필요한 것일까. 물론 그렇지 않다. 스스로를 대변할 수 없는 타자를 대변해주고 이끌어줄 누군가는 늘 필요한 법이다. 누군가는 그들을 대변해줘야 하고 그들을 위해 실질적인 일을 해줘야 한다. 타자를 온전히 대변하는 일은 어쩌면 불가능한 일인지 모른다. 정상인인 조백헌 원장이 한센인들을 온전히 이해하고 대변하는 것은 처음부터 불가능했는지도 모른다. 그러나 타자를 대변하려는 노력은 불가능하다 해서 포기할 수 있는 것이 아니다. 불가능한 것을 포기하지 않고 가능한 것으로 만들려고 하는 것이 윤리이기 때문이다. 윤리는 가능한 것을 가능하게 만드는 것이 아니라, 불가능한 것을 가능하게 만들고자 하는 몸짓이다. 역설적으로 말하면, 불가능하니까 하는 것이다. 원생들을 위한 조백헌 원장의 노력은 그래서 윤리적인 행위다. 다만 그는 자기 안의 "전체주의 내지 제국주의"를 경계하고, 자신을 돌아보는 일을 게을리하지 않았어야 한다. 나만이 그 일을 할 수 있다고, 그것이 꼭 나여야 한다고 생각하는 순간 윤리적인 몸짓은 전체주의적이고 제국주의적인 몸짓으로 변질되고 만다. 윤리가 비윤리가 되는 역설은 바로 여기에서 발생한다.

조백헌 원장이 소록도를 위해 많은 공헌을 했음에도 불구하고 비판적 시선에서 끝내 자유롭지 못한 것은 바로 이러한 이유에서다. 특히 3부를 보면, 이 점이 더욱 분명히 드러난다. 조백헌 원장과 이정태 기자 사이에 오가는 다소간의 사변적인 대화가 중심을 이루는 3부는, 소록도를 5년 동안 떠나 있다가 원장이 아닌 개인의 신분으로 돌아와 살고 있는 조백헌이 결혼식 주례사 연습을 하는 장면에서 끝이 난다. 그는 음성 병력자 윤해원과 건강한 여성 서미연의 결혼을, 그동안 이어지지 못하고 있던 비정상인과 정상인의 결합이라고 하객들에게 제시하려고 한다. 두 사람이 살 집도 "직원 지대와 병사 지대 사이의 중간에 마련"해놓고 있다. 문제는 그 결혼이 겉으로 보이는 것처럼 "건강인과 환자 사이의 결합"이 아니라는 데 있다. 서미연은 건강인이지만 미감아 출신이다. 소록도 내에서 그 사실을 알고 있는 사람은 조백헌과 서미연 본인뿐이다. 그러니까 그가 두 사람의 결혼을 환자와 건강인의 결합으로 제시하는 것은 명분을 위해서 정보를 은폐하는 행위에 해당한다. 그는 많은 것을 깨달았지만 여전히 "동일자의 전체주의 내지 제국주의"를 마음속에서 몰아내지는 못한 것으로 보인다. 두 사람의 결혼이 그의 말대로 "따뜻한 인정이 넘나들 믿음과 사랑의 다리"가 되려면 진실이 왜곡되지 않아야 하는데, 그는 간척사업을 주도할 때처럼 진실을 조작한다. 그래서 그가 주례사 연습을 하는 소리를 몰래 엿듣던 이상욱 보건과장이 "희미한 미소"를 짓는 것은 가볍게 넘길 사안이 아니다. "어찌 보면 그는 조 원장의 그 너무도 직선적이고 순정적인 생각에 다소의 감동을 받은 듯싶기도 했고, 어찌 보면 오히려 씁쓸한 비웃음을 보내고 있는 것 같기도 했다." 이상욱은 서미연이 미감아 출신이라는 것을 알지 못하면서도 조백헌을 향한 회의적인 시선을 좀처럼 거두지 않는데, 이것은 "동일자의 전체주의 내지 제국주의"에 대한 작가의 회의적인 시선과 무관하지 않다. 달리 말하면, 타자를 이해하고 환대를 실천하는 일에 관한 한, 조 원장은 갈 길이 아직 멀다는 말이다.

조백헌 원장의 말과 행동이 증언하는 것처럼, 어쩌면 환대는 늘 이렇게 조금씩 부족하고 조건적인 것이며, 그럼에도 불구하고 끝없이 추구해야 하는 것인지 모른다. 이것이 『당신들의 천국』이 환대와 관련하여 우리에게 주는 서글픈 교훈이다.

(『당신들의 천국』은 허구적인 소설로만 읽으면 타자의 환대와 관련하여 "동일자의 전체주의 내지 제국주의"의 문제를 심도 있게 형상화한 작품임이 분명하지만, 현실 속의 인물

을 스토리 속으로 유입함으로써 한편으로는 그 인물에게, 다른 한편으로는 작가 스스로에게 짐이 된 작품이기도 하다. 작가는 1966년 『사상계』 10월호에 게재된 이규태 기자의 르포 「소록도의 반란—땅에서 못 사는 한恨」에 나오는 조창원 소록도 병원장을 다소 과도하게 소설 속으로 끌어들였다. 이름이 조창원에서 조백헌으로 바뀌었을 뿐, 르포의 내용을 중심으로 판단하면 현실과 허구의 거리는 그리 크지 않았고, 누가 보더라도 소설 속의 조백헌 원장은 조창원 원장이었다. 작가는 훗날 이렇게 말했다. "소설이 어떻게, 얼마나 한 사람의 운명에 개입할 수 있는가를 『당신들의 천국』 이후의 세월 동안 절감했습니다. 어떤 면에서 『당신들의 천국』은 조창원 원장의 인생을 망친 소설일지도 모릅니다. 그래서 20여 년 넘게 그분께 미안하게 생각하며 살아왔습니다." 작가는 미안한 마음을 여러 차례에 걸쳐 토로했다. 창작 윤리에 관한 문제이기에 어쩌면 불가피한 일이었을 것이다.)

○ 김윤식은 평론 「『당신들의 천국』의 세 가지 텍스트론—이규태의 르포, 이청준의 소설, 조창원의 삶」에서 이청준의 소설뿐만 아니라 이규태의 르포 「소록도의 반란—땅에서 못 사는 한恨」과 조창원의 자전에세이 『허허, 나이롱의사 외길도 제 길인걸요』의 유기적 관계를 예리하게 조명한다. 이 소설에 대한 어떠한 논의도 김윤식의 예리한 글이 제기하는 상호텍스트성의 문제로부터 결코 자유로울 수 없을 듯하다.

"나는 그를 몰랐지만, 영원히 사랑할 것이다"

—타자에게서 불어오는 윤리의 바람

이따금, 딱히 그리해야 할 이유가 없음에도, 누군가를 만나면 그에게 뭔가를 주고 뭔가를 해줘야 한다는 감정이 일 때가 있다. 이것은 우리가 태어날 때부터 갖고 있는 생득적인 감정일지 모른다. 누군가를 만나는 것은 그 생득적인 감정의 신비로움을 체험하는 일이다. 우리가 그 신비로움에 특히 주목하게 되는 건 흔히 말하는 타자, 즉 눌리고 뒤집히고 밀려나고 소외되고 배제된 사람들을 만날 때다. 레비나스의 윤리학에서 자주 거론되는 세 부류의 사람들, 즉 이방인과 과부와 고아가 그러한 타자의 대표적인 예이다. 물론 그들만이 타자라는 말은 아니다. 그가 말하는 이방인과 과부와 고아는 그들처럼 오갈 데 없고 의지할 데 없는 타자에 대한 은유로 생각하면 된다.

이 세상은 그러한 타자를 향해 우리의 등을 떠미는 윤리의 바람이 존재하는 곳이다. 세상을 살 만한 곳으로 만드는 것은 그 바람이 불기 때문이다.

그 바람을 확인하는 것은 그리 어려운 일이 아니다. 예를 들어, 지치고 남루한 모습의 이방인이 우리 눈앞에 있다고 가정해보자. 우리의 실존은 그 앞에, 그의 실존은 우리 앞에 내던져진다. 우리의 눈과 그의 눈이 얽힌다. 그의 눈은 먹을 것을 달라고, 쉴 곳이 필요하다고 호소한다. 그의 입에서 무슨 말이 나오기도 전에, 우리는 그가 뭔가를 필요로 한다는 것을 안다. 말하지 않아도 얼굴을 보고 이미 알기 때문이다. "얼굴이 말을 한다"는 레비나스의 말은 이런 의미에서 한 말이다. 얼굴은 어떤 말보다 더 효과적으로 우리한테 호소를 하고 메시지를 전달한다. 그래서 얼굴의 말은 '말 이전의 말'이다. 레비나스에 따르면, 타자의 얼굴은 우리에게, 그를 죽이거나 해치지 말고 안전하게 지켜주고 음식을 주고 환대할 것을 '명령'한다. 호소하는 얼굴과 눈이 우리를 응시하는 순간, 우리는 일종의 트라우마 상태가 된다. 트라우마는 어떤 사건에 사로잡혀 풀려날 길이 없는 일종의 심리적 포로가 되는 것이다. 그래서 먹을 것도, 쉴 곳도, 숨을 곳도 없는 실존적 위기에 처한 타자의 눈길은 우리에게 트라우마로 작용하고, 우리는 그것에 붙들린 인질이 된다. 인질이라는 말이 레비나스의 철학에서는 우리가 일반적으로 사용하는 부정적이고 공격적인 말이 아니라 윤리적 함의를 지닌 말이 된다. 그 타자가 요구하는 대로 먹을 것과 입을 것을 주고 쉴 곳을 마련해주는 것은 그래서 선택이 아니라 의무가 된다.

그렇다, 타자의 얼굴은 타자를 향한 신비로운 몸짓 즉 환대가 시작되는 지점이다. 그래서 얼굴은 환대의 발원지이다. 적어도 이것이 레비나스가 『전체성과 무한』에서 얘기하는 환대의 개념이다. 그런데 이쯤에서 궁금해지는 게 있다. 환대는 꼭 그렇게 타자의 얼굴과 대면해야 가능한 것일까? 얼굴을 보지 못하고 그 얼굴이 전하는 무언의 말을 감지하지 못하면, 환대는 불가능한 것일까? 예를 들어, 내가 알지 못하는 누군가가 나를 움직여 환대로 이끄는 것은 애초에 불가능한 일일까?

캐나다의 전설적인 록밴드 '트래지컬리 힙Tragically Hip'의 리드보컬인 고드 다우니Gord Downie의 음반이자 애니메이션이면서 그래픽 소설인 『비밀의 길Secret Path』(Simon & Schuster출판사, 2016)에 관한 얘기를 이러한 물음과 함께 시작하는 이유는, 한 번도 얼굴을 맞댄 적이 없는 소년을 향한 다우니의 이타적인 몸짓이 타자에 대한 환대가 아니라면 도대체 무엇일까 하는 생각에서다. 다우니는 그 소년에 대해 이렇게 말한다. "나는 그를 몰랐지만, 영원히 사랑할 것이다." 일반적인 개념에서 보면, 그의 말은 모순적이고 추상적이며 환대에 부합되지 않는다. 타자의 얼굴을 마주한 데서 연유한 것이 아니기 때문이다.

그러나 조금만 생각해보면 문제는 사뭇 달라진다. 얼굴의 응시만을 전제로 환대를 얘기하는 것은 우리 내부에 잠재하고 있는, 추상의 심연을 가로질러 타자를 이해하고 타자와 공감하고 때로는 타자가 되려고까지 하는 고귀한 성향과 윤리성을 과소평가하는 것이 아닐까. 우리는 때로, 타자를 향한 환대의 몸짓을 지나치게 경계하면서 거기에서 어떻게든 불순한 것을 찾아내려고 하다가 환대를 환대로, 사랑을 사랑으로 받아들이지 못하는 것이 아닐까. 우리는 불가능한 것을 때로 가능하게 하고, 때로는 시공을 가로지르고 때로는 추상을 가로질러 더욱더 이상적인 상태를 향해 나아가는 환대의 기본 정신을 망각하고 있는 것은 아닐까. 이러한 의문은 타자와의 만남, 타자의 얼굴과의 대면을 핵심으로 삼는 레비나스의 타자이론에 대한 의문으로 이어진다.

2016년에 출간된 『비밀의 길』은 그래픽 소설이지만 사실은 그 이상이다. 소설은 다우니가 쓴 열 편의 시와 제프 르마이어Jeff Lemire의 만화로 구성되어 있는데, 책을 구입하면 열 편의 시를 노랫말로 한 다우니의 노래들을 다운로드해서 들을 수 있다. 웹사이트에 들어가면 그래픽 소설에 기초해 만들어진 애니메이션까지 볼 수 있다. 그러니 『비밀의 길』은 시, 음악, 그래픽 소설, 애니메이션 등의 장르를 총동원한 입체적 프로젝트인 셈이다. 그것의 중심에 '인디언 기숙학교'의 폭력에 짓밟힌 소년을 향한 환대의 몸짓이 있다.

첫 페이지를 넘기면 한 편의 시가 눈에 들어온다. '이방인The Stranger'이라는 제목의 시다. "나는 이방인이에요/당신들은 나를 볼 수 없어요/나는 이방인이니까요/내 말이 무슨 뜻인지 알겠어요?" 화자는 이렇게 말하더니, "내가 뭘 느끼는지/내 머릿속에 뭐가 있는지/그리고 내 가슴속에 뭐가 있는지/아무도 몰라요"라고 덧붙인다. 화자는 스스로를 "이방인"으로 규정하면서, 자신의 목소리를 듣는 사람들에게 모종의 항변을 하는 것처럼 보인다. 그다음 말을 들어보면 더욱 그렇다. "그건 내 아빠가 아니에요/아빠는 야만인이 아니라고요/술도 안 마셔요/아빠는 야만인이 아니라니까요." 그가 "당신들"이라고 칭하는 사람들이 그의 아버지를 문명과는 담을 쌓은 야만인이라고, 술이나 먹으며 가족을 내팽개치는 야만인이라고 부른 모양이다. 그가 "아무도 모르는 비밀의 길에서/아무도 모르는 길에서/빠르게 움직이고 있다"라고 하는 것은 그래서 그것에 대한 저항과 항변의 결과이다. 그는 "당신들"이라고 지칭되는 집단으로부터 달아나고 있는 것이다.

「이방인」이라는 시를 음미한 후, 책장을 넘기면 그림들이 펼쳐진다. 나무에 잎사귀가 거의 달려 있지 않은 것으로 보아 늦가을 내지 초겨울의 휑뎅그렁하고 쌀쌀한 날씨 같다. 앙상한 나무들 사이로 뻗은 철길이 보인다. 멀리서 그 철길을 걸어오는 사람이 있다. 가까이 왔을 때 보니 소년이다. 너무 얇은 옷을 입어 추위에 바들바들 떨면서 철길을 걸어가는 소년, 그가 바로 이 그래픽 소설의 주인공이다. 스토리는 다른 두 명의 학생들과 함께 학교를 탈출한 소년이 결국에는 혼자가 되어 철길을 걸어가다가 철길 옆에 쓰러져 죽는 것으로 끝난다. 복잡한 내용이 아니다.「이방인」을 포함한 열 편의 시들만 읽으면 조금 복잡할 수 있겠지만, 그 시들을 풀어낸 그림들을 시의 내용과 조합하면 스토리의 실타래는 아주 쉽게 풀린다. 시와 그림에 배어 있는 외롭고 비극적인 정조가 책장이 넘어갈수록 고조되다가 소년이 눈 내리는 철길 옆에 쓰러져 죽는 장면에서 스토리는 끝난다.

스토리의 중심에는 캐나다 백인 사회에 의해 희생당한 인디언 소년이 있다. 이름이나 인종이 구체적으로 밝혀져 있지는 않지만, 소설의 뒤표지는 이 책의 주인

공이 차니 웬작Chanie Wenjack이라는 이름의 인디언 소년이라는 것을 분명히 한다. 차니 웬작은 1966년 10월 22일, 캐나다의 온타리오주, 케노라Kenora 인근에 있는 세실리아 제프리 인디언 기숙학교Cecilia Jeffrey Indian Residental School로부터 60킬로미터 정도 떨어진 철길 옆에서 죽은 인디언 소년이었다. 부모가 살고 있는 고향 마을 오고키 포스트Ogoki Post가 그곳에서 600킬로미터나 떨어져 있다는 사실을 알지 못하고, 기숙학교를 탈출해 철길을 따라 집으로 가다가 추위와 배고픔에 죽은 것이었다. 당시, 그는 열두 살이었다.

왜 그는 인디언 기숙학교에서 도망쳤던 것일까. 당연한 말이지만, 학교가 싫어서였다. 사실, 인디언 기숙학교는 명칭만 보면 인디언 아이들을 위해 만들어진 학교일 것 같지만, 실제로는 인디언 아이들에게서 인디언의 색깔을 빼고 그들을 백인 사회에 적응시키려는 "공격적인 동화 정책"의 일환으로 설립된 교육기관이었다. 그것은 19세기 후반인 1883년에 세워져 20세기 중반인 1996년에 문을 닫을 때까지 100여 년 동안 존재했는데, 연방정부가 비용을 대고 교회들이 그 운영을 맡았다. 15만 명에 이르는 인디언 아이들이 기숙학교에 강제로 입학해 부모와 떨어져 살아야 했다. 교회는 기숙학교를 가급적이면 인디언 마을에서 멀리 떨어진 곳에 세웠다.

아이들이 부모를 만나지 못하게 하기 위해서였다. 아이들은 1년 중 10개월을, 때로는 1년 내내 부모를 보지 못하고 살았다. 차니 웬작도 그런 아이들 중 하나였다. 그는 그곳에 있었던 3년(1963-1966) 동안 부모를 만나지 못했다. 이름마저 차니Chanie에서 찰리Charlie로 바뀌었다. 백인중심적인 사고가 아니었다면 그런 일은 애초에 있을 수 없는 일이었다. 폭력은 그런 것에서부터 시작되었다. 그의 세 누이도 같은 학교에 있었지만 남녀를 엄격하게 분리시키는 정책 때문에 만날 수 없었다. 부모와 생이별하고 떨어져 사는 것도 서러운데, 형제들마저 만나지 못하다니……. 기숙학교 생활이 즐거울 리 없었다.

게다가 인디언 아이들은 성적, 육체적 폭력에 속수무책이었다. 이 그래픽 소설에 실린 두 번째 시 「그네Swing Set」를 보면 화자가 "누군가가 누군가를 끌고 가고 있다"라고 말하고, 이어지는 그림에는 십자가 목걸이를 하고 있어서 성직자로 추정되는 남성이 여자아이를 끌고 가는 모습이 나온다. 또한 일곱 번째 시 「이것이 네게 손을 대지 못하게 하라Don't Let This Touch You」에서 십자가 목걸이를 한 남자가 침대 위에 있는 아이를 만지려고 하는 모습이 나온다. 이것은 학교에서 성적, 육체적 폭력이 있었다는 것을 암시한다. 그 폭력의 실상을 구체적으로 묘사하지 않지만, 이러한 암시만으로도 이 학교가 폭력이 일상화된 곳이었다는 것을 짐작할 수 있다. 아이러니컬하게도 국가와 종교, 학교가 인디언 아이들에 대한 폭력에 공모한 것이었다.

그러한 폭력이 20세기 후반, 1996년까지 계속되었다는 것도 놀랍지만, 더 놀라운 것은 대다수의 백인들이 그러한 현실을 전혀 알지 못했다는 사실이다. 다우니도 예외가 아니었다. 그는 오십이 다 될 때까지 인디언 기숙학교에 대해서는 들은 적도 없었고, 생각해본 적도 없었다. 기숙학교가 몬트리올이나 밴쿠버, 토론토 같은 대도시가 아니라 일반 시민들의 눈에 띄지 않는 시골 벽지에 있어서였겠지만, 더 근본적으로는 인디언에 관한 이야기를 학교에서 제대로 가르쳐주지 않아서였다. 국가가 은폐하고 학교가 가르쳐주지 않는 상황에서, 일반 시민들이 인종적 불의의 역사와 현실을 제대로 알 수 있는 길은 없었다. 문제는 그렇다고 해서 백인들이 그에 대한 책임으로부터 자유로울 수는 없다는 것이었다. 독일인들이 나치가 유대인, 집시, 동성애자들을 수용소에 넣고 처형하는 것을 몰랐다고 하지만 그에 대한 책임으로부터 벗어날 수 없었던 것처럼, 캐나다 백인들 역시 인디언과 관련된 책임으로부터 벗어날 수 없었다. 바로 이것이 캐나다를 대표하는 백인 록 가수 다우니가 처한 현실이었다.

그는 2013년 어느 날, 다큐멘터리 영화 감독이자 작가인 형 마이크 다우니에게서 차니에 관한 얘기를 전해 들었다. 그의 나이 마흔아홉 때였다. 그 얘기를 듣는 순간부터, 그는 포로가 되었다. 한 번도 본 적이 없을 뿐만 아니라 몇십 년 전에 죽어서 이 세상에 없는 인디언 소년의 포로가 된 것이었다. 그랬다. 징후만을 따지자면, 그것은 분명히 트라우마였다. 일반적인 트라우마와 다른 점이 있다면, 자기반성을 넘어 타자에 대한 환대로 이어지는 윤리적 트라우마라는 것이었다.

'비밀의 길' 프로젝트는 그처럼 몇십 년 전의 기사와 더불어 시작되었다. 1967년 2월 1일 자, 캐나다의 유명 잡지 『매클린스Maclean's』에는 「찰리 웬작의 외로운 죽음The Lonely Death of Charlie Wenjack」이라는 장문의 기사가 실렸다. 이안 애덤스Ian Adams라는 백인 기자가 쓴 기사였다. 차니(찰리)가 죽은 게 1966년 10월 22일이었는데 그로부터 3개월 정도가 지난 이듬해 2월 1일에야 기사가 실린 것은 그의 죽음과 관련된 심리가 그사이에 진행되고 있었기 때문이다. 소년의 시신을 발견한 경찰관, 검시관, 그와 함께 인디언 기숙학교에서 도망쳤던 두 친구가 증언대에 섰다. 백인들로만 구성된 배심원들은 "인디언 교육 시스템이 엄청난 감정적 문제와 적응의 문제들을 야기하고 있다"며 "현재의 인디언 교육과 철학을 검토할 필요성이 있다"는 의견을 법정에 제출했다. 애덤스의 기사는 그 사건을 취재한 결과였다. 그 사건 후로 30년이 지난 1996년에야 인디언 기숙학교는 공식적으로 문을 닫았다. 그렇다고 차니의 죽음이 기숙학교의 폐쇄에 큰 영향을 미쳤다는 말은 결코 아니다. 차니처럼 죽은 아이들은 얼마든지 있었다. 6천여 명의 인디언 아이들이 기숙학교에 있는 동안 죽었다. 차니는 그중 하나였을 뿐이다.

다우니는 차니에 대한 이야기를 전해 듣고 기사를 찾아 읽으면서 열 편의 시를 쓰고 그것에 기초한 노래를 만드는 일에 착수했다. 한 번도 본 적이 없는 인디언 소년이 그의 "머리를 떠나지 않았다". 그에게 차니의 이야기는 "캐나다의 이야기"였다. 그때부터 그는 캐나다가 "우리가 생각했던 나라도 아니고 우리가 생각하는 나라도 아니고" 나라라고 부를 수 있는 나라도 아니라고 생각하기 시작했다. 캐나다는 100여 년 동안 인디언 기숙학교를 운영하면서 국가 폭력을 행사한 나라였다. 그 폭력의 폐해는 쉽게 극복될 수 있는 것이 아니었다. 다우니가 그것을 극복하기 위해선 "일곱 세대"가 필요할 거라 말한 것은, 100여 년에 걸쳐 행해진 폭력에 치유라는 게 가능할지 모르지만 그래도 언젠가 가능하다면, 그 기간의 곱절에 해당하는 기간만큼의 속죄와 사과, 진실 규명과 화해가 필요할 것이라는 의미였다. 그의 말은 결코 과장이 아닌 것으로 보인다. 실제로, 인디언들의 자살률이 비정상적일 만큼 높은 것은 기숙학교를 포함하여 국가와 종교 차원에서 그들에게 행해진 폭력과 무관하지 않다. 인디언 공동체가 얼마나 피폐해졌으면 2016년부터 2019년까지 "자살 비상사태"를 선포하고 그 비상사태가 지금도 여전히 발효 중이겠는가. 인디언들 사이에 트라우마 후유증, 알코올중독, 마약 남용 등의 문제가 많은 것도 국가 폭력과 불가분의 관계에 있다. 기숙학교로 끌려가 폭력에 시달린 아이들이 정상적인 삶을 살기를 기대하는 것 자체가 모순일 것이다. 이것은 인디언 기숙학교가 문을 닫았지만, 그 상처와 후유증이 앞으로도 오랫동안 이어질 것이라는 말이기도 하다. 다우니가 차니에 관한 이야기를 시로 쓰고 노래로 만들고, 그것을 르마이어와 함께 그래픽 소설로 만들고, 급기야 2016년에는 텔레비전으로 생중계되는 공연까지 한 것은 이러한 연유에서였다. 천만 명이 훨씬 넘는 시청자들이 CBC 방송의 생중계를 지켜보면서 역사를 되짚어보고 가슴 아파했다. 그가 원한 것은 바로 그것이었다. 그는 그렇게 함으로써 인종적 불의를 바로잡는 데 일조하고 싶었다.

그는 가능하다면 차니가 되고 싶었다. 그래서 절박하

고 절망적인 상황에서 차니가 느꼈음 직한 것들을 스스로 느껴보고 싶었다. 백인인 자신이 인디언 소년이 될 가능성이 없다는 것을 알면서도, 타자가 되고 싶었다. 그래서 백인들의 세계를 향한 인디언 소년의 절망과 한을 인디언 소년의 목소리로 토해내고 싶었다. 그러한 다우니의 생각에 감염된 르마이어는 다우니가 작곡한 음악을 들으며 그림을 그렸다. 다우니가 그러한 것처럼, 그도 그림, 아니 그래픽 소설을 통해 캐나다 역사에 수많은 차니 웬작이 있었다는 것을 사람들에게 알리는 일에 동참하고 싶었다. 다우니의 윤리적 트라우마가 르마이어의 윤리적 트라우마로 전이된 것이었다.

그래서 『비밀의 길』의 핵심은 소년의 마음을 전하는 감정의 힘에 있다. 소설은 미니멀리즘 기법을 사용하여 소년이 느꼈음 직한 두려움과 공포를 독자가 느끼게 만든다. 예를 들어, 독자는 여덟 번째 시 「그들에게 붙어, 그들에게 붙어, 그들에게 붙어Haunt Them, Haunt Them, Haunt Them」에서 소년이 "나는 절망에 빠진 것 같아 / 바람이 나무에서 / 뭔가가 와서 나를 먹어치우기를 기다리고 있어"라고 말할 때, 죽기 직전에 그가 느꼈을 감정이 날것으로 전해지는 느낌을 받게 된다. 기숙학교가 얼마나 끔찍했으면 배고픔과 추위가 그를 죽음으로 몰고 가는 순간에도 학교로 돌아갈 생각을 하지 않았을까. 아홉 번째 시 「유일하게 있을 곳The Only Place to Be」과 열 번째이자 마지막 시 「여기, 여기, 여기Here, Here and Here」를 보면, 소년은 단 한 번도 학교로 돌아갈 생각을 하지 않는다. 오히려 그는 햇빛마저 제대로 비치지 않고 늑대가 어슬렁거리는 창백한 하늘 밑이 "자기가 있을 유일한 곳"이라고 말하면서 철길 옆에 누워 죽는 것을 택한다.

다행스러운 것은 죽어가는 차니의 머릿속에, 어서 오라고 그를 향해 손짓을 하는 아버지의 모습이 스친다는 것이다. 고달팠던 삶을 마감하는 마지막 순간에 그를 지배하는 감정은 원망이 아니라 그리움이고, 미움이 아니라 사랑이다. 초반부에서 낚시를 하며 고기를 잡던 옛날을 회상할 때를 제외하고는 흑백으로 그려지던 대부분의 우울한 그림들이, 초록색이 묻어나는 컬러, 즉 꿈과 그리움의 색깔로 변하는 것은 이 순간이다. 결국 그를 탈출하게 만든 것은 가족에 대한 그리움이었다. 기숙학교는 그에게서 가족을 빼앗았지만 그리움의 감정마저 박탈할 수는 없었다. 그가 삶의 마지막 순간에 그런 감정을 느꼈을지의 여부는 알 수 없는 일이지만, 다우니와 르마이어는 그의 마지막 모습을 조금은 희망적으로 처리함으로써 현실에서는 결코 가능하지 못했을 일을 상상으로나마 보충해주고 있다. 다우니와 르마이어의 따뜻한 마음이 절로 느껴지는 대목이다.

다우니는 '비밀의 길' 프로젝트가 죄의식을 비롯한 복잡한 감정적 회오리를 동반하는 일이었음에도 불구하고 결코 포기하지 않았다. 그리고 2016년에는 프로젝트의 마지막 작업으로 공연까지 했다. 그것은 록밴드 '트래지컬리 힙'의 리드보컬로서 그의 마지막 공연이었다. '비밀의 길' 프로젝트 진행 중 뇌종양(악성뇌교종) 말기 진단을 받은 그는 공연 전부터 이미 기억력이 감퇴하고 있었고 몸은 예전 같지 않았다. 그럼에도 프로젝트를 이어나갔고 결국 그래픽 소설과 앨범, 애니메이션을 동시에 발표하고 공연까지 했다. 그리고 거기에서 얻어지는 수익금을 '진실과 화해 국가센터NCTR'에 기부했다.

이것이 환대가 아니면 무엇이란 말인가. 그는 인디언 소년을 대면한 적이 없으면서도, 소년에 대한 환대를 실천하려고 했다. 소년이 느꼈음 직한 것들을, 고통과 꿈과 열망을 소년의 목소리로 말하려 했다. 그의 앨범을 직접 들어보거나 유튜브에 공개되어 있는 공연 실황을 보라. 어쿠스틱 기타와 드럼, 피아노에 감싸인 목소리는 고통으로 일그러지고 갈라지고 탁해져 있다. 「이방인」이라는 첫 노래를 할 때 전해져오는 고독과 비애, 마지막 노래 「여기, 여기, 여기」를 부를 때 전해져오는 고통과 비장함은 소년의 마음속으로 들어가지 않았다면 표현하지 못했을 감정들이다.

색안경을 끼고 보면 다우니의 몸짓이 자기만족이나 자기과시를 위한 것으로 보일 수도 있고, 백인으로서 느끼는 죄의식을 무마하기 위한 자기위안으로 보일 수도 있다. 그러나 『비밀의 길』을 읽고 다우니의 노래를 들어보면, 그것이 자기만족이나 자기과시, 자기위안이 아니라 타자를 환대하기 위한 몸짓이라는 것을 어렵지 않게 알 수 있다. 뒤늦게 발견한 뇌종양 때문에 자신의 삶이 죽음의 벼랑으로 내몰리는 상황에서도, 그는 몇십 년 전에 죽은 인디언 소년을 위해 눈물을 흘리고 소년의 마음속으로 들어가 그의 고독과 상처를 노래했다. 그는 이렇게 말한다. "나는 그를 몰랐지만, 영원히 사랑할 것이다." 불가능한 것을 가능한 것으로 만들고자 하는 이 같은 마음이 환대이고 또 환대의 이상이다.

결국 환대와 사랑은 논리가 아니라 감정의 문제이며, 머리가 아니라 가슴의 문제이다. 다우니는 얼굴과 얼굴, 눈과 눈이 만나지 않아도 환대와 사랑이 가능하다는 것과 스스로의 생명이 소멸되어가는 와중에서 실천한 환대가 얼마나 아름다운지를 눈부시게 보여준다. 어쩌면 환대는 이처럼 타자에게서 불어오고, 결국에는 타자를 향해 불어가는 윤리의 바람에 떠밀리는 것을 일컫는 말일지 모른다.

(이 글을 쓰고 열흘 정도가 지난 2017년 10월 17일, 고드 다우니는 세상을 떠났다. 그의 나이 53세였다. 캐나다는 그들의 자부심이었던 록 가수를 잃고 슬픔에 잠겼다. 2016년도의 마지막 공연을 직접 관람했던 저스틴 트뤼도 캐나다 총리는 애도사 중 다우니가 마지막까지 매달렸던 차니 웬작에 관한 얘기를 하다가 감정에 북받쳐 울었다. "그에게서 영감과 힘을 얻었으며" "그가 없으니 캐나다에 뭔가가 빠진 것 같다"는 총리의 말은 결코 빈말이 아니었다. 다우니가 차니 웬작과 관련하여 보여준 환대의 정신은 일반 시민에서부터 총리에 이르기까지 캐나다인들에게 깊은 "영감과 힘"을 줬으며, 캐나다가 이후에 폭력과 억압의 과거사를 극복하는 동력이 될 것으로 보인다. 그는 우리 인간이 타자와의 사이에 있는 심연을 어떻게든 가로질러, 타자를 향해 손을 뻗으려 하는 윤리적인 성향을 태생적으로 가지고 있다는 것을 감동적으로 보여준 예술가였다. 아름다운 환대와 사랑의 정신이 그를 오랫동안 살아있게 하겠지만, 그래도 너무 이른 죽음이 아쉽게 느껴지는 것은 어쩔 수 없는 일이다.)

"그들이 당신에게
용서하지 않을 권한을 주었나요?"

—얼굴 없는 타자의 환대

두 사람이 있다. 한 사람은 폭탄 파편에 맞아 심하게 다쳐 눈이 멀었을 뿐만 아니라, 상처 때문에 얼굴 전체를 붕대로 싸매고 있다. 당연히 그는 상대를 볼 수 없고, 상대도 그의 얼굴을 볼 수 없다. 그는 그런 상태로 죽어가고 있다. 지금 할 수 있는 일이라고는 무슨 말인가를 하는 것뿐이다. 두 사람은 그렇게 얼굴이 아니라 목소리로 서로를 만나고 있다. 목소리로 만난다는 표현도 정확하지 않다. 얼굴이 붕대로 가려진 사람은 얘기하고, 그 모습을 바라보고 있는 사람은 상대의 이야기를 일방적으로 듣고만 있다. 얼굴을 보지 못한 채 서로를 대하고 있는 두 사람은 도대체 어떤 관계인 걸까.

늘 그런 것은 아니지만, 우리는 상대의 얼굴을 보는 것만으로 그가 어떤 기분인지 짐작할 수 있을 때가 있다. 그래서 "얼굴이 말한다"라는 표현이 가능해진다. 그런데 그것이 '말'이라면, 입을 통해 나오는 '말'에 앞서 존재하는 그야말로 원초적인 '말'이다. "타자의 철학자"라 불리는 레비나스는 "얼굴이 말한다"라고 하면서 얼굴의 말에 주목한다. 그가 인간을 "얼굴을 가진 존재"라고 정의한 것도 같은 맥락에서다. 지금까지 어떤 철학자도 인간을 그렇게 정의한 적이 없다. 그에게 얼굴은 우리가 일반적으로 말하는 얼굴 이상의 것이다. 그는 얼굴에서 절대자의 자취를 본다. 따라서 얼굴은 경배와 섬김의 대상이다.

여기에서 궁금해지는 것은 얼굴이란 매개 없이 진정한 만남이 가능하냐는 점이다. 앞에서 언급한 두 사람은 그러한 상황에 처해 있다. 한 사람의 얼굴은 붕대로 감겨 있을 뿐만 아니라 붕대를 푼다고 해도 눈이 안 보여 상대의 얼굴을 볼 수가 없다. 얼굴과 얼굴, 눈과 눈의 만남이 불가능한 상황이다. 바로 이것이 시몬 비젠탈Simon Wiesenthal의 자전적 기록 『해바라기The Sunflower』(박중서 옮김, 뜨인돌, 2005)•에서 두 사람이 처한 상황이다. 여기에서 레비나스의 이론은 심각한 도전에 직면한다. 얼굴과 얼굴의 관계가 가능하지 않은 탓이다. 그렇

• 이 글에서의 인용은 이 번역서를 참고했다. 부정확한 번역은 바로잡아 인용하였고, 출판사에서 번역하지 않은 많은 부분들은 영문판을 번역했다.

다면 양자 사이에는 그가 말하는 윤리적 관계가 불가능한 걸까. 결론부터 얘기하면 그렇지 않다. 얼굴이 없어도, 어쩌면 얼굴이 없어서 더 윤리적인 관계가 성립될 수 있다. 레비나스의 생각과 달리 환대는 반드시 얼굴과 얼굴의 만남에서 빚어지는 것이 아니다.•

비젠탈이 전하는 이야기에서는 목소리가 얼굴을 대신한다. 얼굴과 얼굴의 만남을 관계의 본질로 생각하는 레비나스의 이론에서는 얼굴과 목소리 사이에 층위가 있겠지만, 이 책에 제시된 상황에서는 그럴 수 없고 그래서도 안 될 일이다. 굳이 따지자면, 목소리가 얼굴보다 위에 있다고 해야 한다. 목소리가 얼굴의 몫까지 대신해야 하는 상황이기 때문이다. 일반적인 경우에도 그렇겠지만 이런 경우에는 특히, 목소리는 정보만 전달하는 게 아니라 자신이 처한 심리적 현실까지를 음색과 음조로 전달한다. 얼굴이 보이면 표정과 눈으로 표현하겠지만 목소리 외에는 자신의 마음을 표현할 길이 없으니 달리 방법이 없다. 『해바라기』는 이러한 상황에서 빚어지는 타자의 환대에 관한 슬픈 이야기다. 이것이 '슬픈' 이야기인 것은 환대의 실천이 아니라 환대의 실패

• 얼굴과 관련된 논의는 앞 장에서 고드 다우니의 그래픽 소설을 논할 때 이미 제기된 것이지만, 비젠탈의 텍스트가 갖고 있는 속성상 어느 정도까지는 반복이 불가피해 보인다.

내지 부재에 관한 이야기이기 때문이다.

『해바라기』에 등장하는 두 사람은 삶과 죽음이 교차하는 지점에서 서로를 만난다. 한 사람은 죽음을 앞두고 있는 나치 친위대원이고, 다른 한 사람은 언제 죽을지 모르는 유대인 포로다. 여기에서 특이한 점은 우리가 흔히 말하는 타자, 즉 낮은 자의 자리에 유대인이 아니라 나치 친위대원이 위치해 있다는 사실이다. 일반적으로 타자는 스스로를 방어할 능력도 없고 머리를 눕힐 공간도 없는, 험한 세상에 무방비로 노출된 사회적 약자들이다. 우리가 자주 접하는 서구 근대문학—특히 2차 세계대전 이후의 많은 근대문학—에서 유대인들이 타자인 것은 그들이 고아, 과부, 이방인처럼 버림받은 삶을 살았기 때문이다. 그런데 『해바라기』에서 타자의 자리에 있는 사람은 유대인이 아니라 죽어가는 나치 친위대원이다. 이것은 타자가 고정되어 있지 않고 가변적이라는 놀랍고도 평범한 사실을 우리에게 환기시킨다.

비젠탈과 친위대원이 처한 상황을 상상해보라. 한 사람은 죽어가면서 자신이 저지른 죄를 참회하고 용서를 구하고 있다. 그는 언제 죽을지 모르는 상황에서 치욕스러운 과거를 고백하고 있다. 그에게는 참회가 이 세상의 그 어느 것보다 중요해 보인다. 그는 상대에게 자신과 조금만 더 같이 있어달라고 애걸하고 용서의 말이 아니

어도 좋으니 무슨 말이든 해달라며 애타게 호소한다. 인과적으로만 따지면 독일인인 그가, 그것도 나치 친위대원이었던 그가 유대인에게 뭔가를 애원한다는 것이 이만저만한 역설이 아니지만, 바로 그 역설적 상황이 그를 타자로 만든다. 적어도 비젠탈과의 관계에서는 그렇다. 그 상황에서 그가 용서를 받고 안 받고는 전적으로 비젠탈에게 달려 있다.

그렇다면 스물한 살의 독일 병사가 도대체 어떤 일에 연루되었기에 그와 직접적인 관련이 없는 유대인 죄수를 상대로 그토록 힘겨운 참회를 하고 있는 것일까. 그가 속한 부대는 300여 명의 유대인들을 3층짜리 집에 몰아넣고 수류탄을 창문 안으로 던져 넣었다. 안에 들여놓은 석유통 때문에 건물 전체가 화염에 휩싸이자 공포에 질린 유대인들이 창문으로 뛰어내렸고, 그들은 유대인들을 향해 무자비하게 총질을 했다. 그는 총질을 한 독일 병사 중 하나였다. 이것이 그가 고백하는 주된 내용이다. 그는 그 모습을 이렇게 회상한다.

"2층 창문에 어린아이를 안은 어떤 남자의 모습이 보이더군요. 그의 옷에는 이미 불이 붙어 있었습니다. 옆에는 아이의 어머니인 듯한 여자가 서 있었고요. 남자는 한 손으로 아이의 눈을 가리고는 거리로 뛰어내렸습니다. 잠시 후에 아이의 어머니도 뛰어내렸지요. 그때부터 다른 창문에서도 몸에 불이 붙은 사람들이 뛰어내리기 시작했습니다. 우리는 총을 난사했습니다……. 그때 창문에서 뛰어내린 사람이 몇 명이나 되는지는 알 수 없지만, 그 가족의 모습은 결코 잊을 수 없었습니다. 특히 그 아이의 모습을요."

그는 자신이 가담했던 야만적인 행동을 떠올리는 것만으로도 "충격을 받은 듯 땀을 흘린다". 그가 자신에게 불리한 일임에도 그러한 고백을 하는 것은 죄의식 때문이다. "제가 말씀드린 이야기가 끔찍하다는 건 압니다. 죽을 날을 기다리며 여기 누워 있는 기나긴 밤 내내, 저는 누구든지 유대인을 만나면 모든 것을 고백하고 용서를 구하고자 했습니다." 이렇게 애원하는 것도 죄의식 때문이다.

그런데 비젠탈은 전혀 동요하지 않고 오히려 그런 말을 하는 저의를 의심한다. "그는 내게 동정을 구하고 있었지만, 과연 그에게 동정을 받을 만한 권리가, 가치가 있을까? 아니면 스스로를 동정함으로써, 누군가로부터 동정을 받게 되리라고 생각한 것일까?" 이것은 죽을 때가 되니까 자신의 행위를 뉘우치는 것이 아니냐는 의심이다. 결국 고백도, 참회도 이기적이고 자기중심적인 행위가 아니냐는 것이다. 지옥에 가지 않기 위한 몸부림이 아니냐는 것이다. 비젠탈은 그를 의심만 하는 것이 아니라 그의 죽음을 부러워하기까지 한다. 죽으면 다른 죄수와 함께 "구덩이 안에 한꺼번에 매장되는" 유대인들과 달리, 그 독일 군인은 제대로 된 묘지에 묻히고 그 옆에는 해바라기가 심겨질 것이다. (지금은 우크라이나에 속하지만 당시에는 폴란드에 속했던 렘베르크 지방에는 묘지에 해바라기를 심는 관습이 있었다.) 여기에서 중요한 것은 비젠탈이 무덤가에 심겨질 해바라기를 생각할 만큼 독일 군인의 말을 순수하게 받아들이지 않는다는 사실이다.

비젠탈은 죽음을 눈앞에 둔 사람의 말을 의심할 뿐만 아니라 다른 유대인들을 떠올리며 복수의 날을 꿈꾸기까지 한다. "아무리 지금은 그들이 승리하고, 전투에서 이겨 환호하고, 한없이 오만하게 굴고 있어도 언젠가는…… 지금 유대인이 당하는 것처럼 독일인의 목이 매달릴 날도 있을 것이다."

그렇다고 비젠탈이 유대인 희생자들을 떠올리는 것이 잘못이라는 말은 아니다. 부당한 억압을 당하고 있는 사람이 정의가 실현되는 날이 오기를 기대하는 것이 잘못일 수는 없다. 문제는 사람이 죽어가고 있는 자리에서, 그것도 그 사람이 과거를 고백하고 참회하는 자리에서 복수를 생각한다는 점이다. 비젠탈은 그 사람을 처음부터 거부한다. 그의 얘기를 들으면서 얼떨결에 상대의 손에 붙잡힌 자신의 손가락을 떼어내고는 그 사람의 "손이 닿지 않을 만큼 떨어져서 손을 엉덩이 밑에 깔고" 앉고, 자신을 용서해달라는 상대의 말을 뿌리친 채 아무 말 없이 방을 나선다. 비젠탈로부터 아무 응답도 듣지 못한 친위대원은 그다음 날 죽는다.

그 거부의 몸짓은 전혀 놀라운 일이 아니다. 그것은 비젠탈이 살아오면서 습득한 유대 민족의 사고와 관습, 문화를 실천한 것 이상도 이하도 아니다. 수용소 생활을 같이하는 다른 유대인 동료들이 그 얘기를 듣고 그의 행동을 칭찬한 것도 같은 맥락이다. 그들은 "희생자들이 권한을 위임한 것이 아닌 한, 그가 그자를 용서해줄 권한이 없다"고 생각한다. 개인이 용서할 수 있는 것은 자신을 향해 저질러진 일뿐이니 다른 사람들을 대신하여 누군가를 용서하는 것은 잘못이라는 논리다. 이것은 유대인이라면 평범한 사람에서부터 학자와 종교인, 심지어 "타자의 철학자"라 불리는 레비나스에 이르기까지 누구나가 공유하는 일종의 규범처럼 보인다. "누군가에게 죄를 지은 가해자가 그 피해자로부터 용서받지 못한다면, 심지어 하느님도 그를 용서할 수 없다"는 데니스 프레이저Dennis Prager의 말은 그래서 개인적인 생각이 아니라 유대 문화의 집단적 규범을 표현한 것이다. 비젠탈이 친위대원의 호소에 침묵으로 응수한 것은 그

규범을 따른 결과다. 환대할 수 없는 것을 환대하는 것이 진정한 환대라는 생각은 그 규범에서는 상상조차 할 수 없다.

전쟁이 끝난 후, 비젠탈이 친위대원의 어머니를 굳이 찾아간 것도 환대의 윤리에 위배되기는 마찬가지다. 그는 그 어머니를 만나려는 목적이 자신의 "생애에서 가장 불쾌한 경험 가운데 하나인 그 기억을 깨끗이 씻어버리고 싶어서였다"라고 말하는데, 이 일화는 그의 이기적이고 자기중심적인 모습을 적나라하게 보여준다. 이뿐만이 아니다. 그는 4년 전에 죽은 아들을 그리워하는 어머니에게 이렇게 쏘아붙인다.

"독일인이라면 어느 누구도 그 책임에서 벗어날 수는 없습니다. 비록 개인적인 죄가 없는 사람이더라도, 최소한 수치심만큼은 공유할 수밖에 없는 겁니다. 죄를 저지른 나라의 국민으로 산다는 것은, 승객이 전차에 올라탔다가 내리는 것과는 다릅니다. 과연 누가 죄를 지었는지 찾아내는 것, 그것이야말로 독일인 모두의 의무라고 할 수 있습니다. 그렇게 해야만 죄를 짓지 않은 독일인도 그러한 죄에서 확실히 벗어날 수 있을 겁니다."

구구절절 맞는 말이다. 문제는 그 말을 하는 상황, 그 무자비한 전달 방식에 있다. 독일군 병사의 어머니를 찾아가 굳이 그런 말을 해야 했을까. 이것이 아들을 잃은 어머니에게 할 수 있는 말일까. 그의 입에서 나오는 말은 굳이 그가 말하지 않아도 알 수 있고, 그 자리에서 할 필요도 없는 말이었다. 물론 그런 일장연설을 한 것이 미안했던지, 그는 그녀의 아들에 관해서는 더 이상 말하지 않고 그 아들을 직접 본 적이 없다고 거짓말을 한다. 아들을 "누구보다 착하다"고 생각하는 어머니의 "마지막 남은 위안"을 깨뜨릴 필요까지는 없다는 생각에서다.

그는 아들의 행적에 대해 침묵함으로써 자신이 그 어머니에게 온정을 베풀었다고 생각한다. 물론 보는 시각에 따라서는 그 침묵을 온정적인 몸짓으로 볼 여지는 있다. 실제로 많은 사람들이 친위대원의 행적과 관련한 그의 침묵을 너그러움으로 해석한다. 그러나 그 행동이 온정적인 너그러움에서 비롯되었다고만 본다면 죽어가는 사람을 고통 속에서 죽도록 방치한 그의 또 다른 침묵이 가진 비윤리성을 간과하는 것이다. 그는 처음부터 그녀를 찾아가지 말았어야 했다. 굳이 찾아가야 했다면, 그것은 가학적 호기심이나 복수심에서가 아니라 그녀의 아들이 그렇게 죽어가도록 방치했던 자신의 비정함을 고백하고 용서를 빌기 위해서였어야 했다. 그러나 그는 그렇게 하지 않았다. 그는 아들에게 그랬듯이 어머니에게도 무자비했다.

비젠탈은 우리에게 묻는다. "내가 그 죽어가는 나치의 침대 곁에 앉아 끝까지 침묵을 지킨 것은 옳은 일이었을까, 아니면 잘못된 일이었을까?" 그러면서 그 질문을 "독자의 양심에 던지는 심각한 윤리적 질문"이라고 규정하며 독자에게 "과연 나라면 어떻게 했을까?" 생각해 보라고 한다. 달리 말하면, 그는 독자를 공모적 관계로 자꾸 끌어들이려고 한다. 『해바라기』의 형식과 구성도 그러한 의도와 무관하지 않아 보인다.

이 책은 1969년판과 1997년판이 있는데 두 판본 모두, 앞에는 비젠탈의 스토리가 있고 뒤에는 그 스토리에 대한 다양한 사람들의 의견들이 '심포지엄'이라는 제목 밑에 묶여 있다. 조금 더 구체적으로 말하면, 1969년 판본은 비젠탈의 스토리와 32개의 의견들로, 1997년 판본은 비젠탈의 스토리와 53개의 의견들로 구성되어 있다.•

두 판본에 있는 평자들을 합치면 85명이지만 10명이 겹치니 결국 평자들의 수는 75명이다. 결과적으로 비젠탈의 이야기보다 그 이야기에 대한 다른 사람들의 의견

• 우리말 번역본은 1997년판을 사용했는데 53개의 의견 중에서 28개를 제외한 25개만을 번역하고 거기에 홍세화, 윤미향, 김태헌의 의견을 자의적으로 추가함으로써 원전의 의미를 다소 훼손하고 있다. (필자의 글이 발표된 후 『해바라기』의 한국어 개정판이 『모든 용서는 아름다운가』(뜨인돌, 2019)라는 제목으로 출간되었다. 늦었지만 다행이다.)

이 압도적으로 많은 분량을 차지하고 있는데, 이것은 자신의 경험을 보편적인 것으로 확장시켜 독자를 공모적 관계 속으로 끌어들이기 위한 고도의 전략으로 보인다.

비젠탈의 질문에 대한 의견은 크게 두 가지 유형으로 나뉜다. 하나는 그처럼 나치를 용서하지 않고 자리를 박차고 나왔을 것이라는 의견이고, 다른 하나는 그와 다르게 나치를 용서했을 것이라는 의견이다. 의견이 둘로 갈리는 것은 달라이 라마, 디트 프란Dith Pran, 해리 우Harry Wu 등처럼 예외가 있긴 하지만 대부분, 응답자가 유대인이냐 기독교인이냐에 달려 있다. 대부분의 유대인들은 용서는 피해자만이 할 수 있는 것이어서 다른 사람을 대신해 용서를 하는 것은 잘못이라는 입장이고, 대부분의 기독교인들은 어쨌든 용서해야 한다는 입장이다.

예를 들어, 유대계 미국 작가인 신시아 오지크Cynthia Ozick는 "잔인한 자에게도 자비를 베푸는 사람이라면, 결국 무고한 자에게도 무심하게 마련"이라는 유대인 랍비의 말을 인용하며, "돌려놓을 수 없는" 행동에 대해서는 용서해서는 안 된다는 입장을 취한다. 이것은 "무상한 용서가 항상 치르게 하는 대가는 그런 용서를 모르는 무구한 사람이다"라는 레비나스의 말과 일치하는 입장으로, 희생자를 대신해 용서하는 것은 결국 "희생자를 잊고" "희생자 자신의 생명에 대한 권한을 부인"하는 셈이라는 논리다. 오지크의 결론은 이렇다. "그가 용서받지 못하고 죽도록 내버려두라. 그가 지옥에 가게 내버려두라." 이것은 자기도 비젠탈처럼 했을 거라는 말이다. 사랑과 관용과 환대의 정신을 얘기해야 하는 작가의 입에서 그렇게 비정하고 잔혹한 말이 스스럼없이 나온다는 것이 정말이지 믿기 어렵지만, 유대인들은 그것을 당연하게 생각하는 것처럼 보인다. 그들은 그러한 논리를 밀어붙이는 걸 주저하지 않는다. 지옥에 가도록 내버려두라는 말은 그 논리의 결정판이다. 환대의 철학을 설파하는 레비나스마저도 "악을 위한 지옥이 없다면 세상에 아무것도 더 이상 의미가 없다"라고 말하지 않았는가. 그가 환대를 얘기하면서 용서를 얘기하지 않은 것은 그래서였는지 모른다. 많은 사람들에게 심오한 영향을 끼친 레비나스가 환대이론을 펼치면서 용서의 문제를 배제했다는 것은 가볍게 넘길 일이 아니다. 사람들이 생각하는 것과 다르게 그의 환대이론은 완벽한 것과는 거리가 멀고 순수하지도 않고, 지나치게 자민족중심주의로 흐르는 경향이 있다. 그의 이론을 맹목적으로 수용하는 걸 경계해야 하는 이유다.

오지크와 다른 입장을 취하는 사람들 중 대표적인 사람은 독일 작가 루이제 린저Luise Rinser다. 가톨릭 신자인 그녀는 용서했어야 한다는 입장이다. 그녀는 그 이유를 이렇게 설명한다. 그 친위대원은 나치 이데올로기로 인해 잘못된 길로 접어들었다. 그런데 어느 시점에서부터 자신의 행동에 죄의식을 느끼기 시작했다. 그는 알고 한 것이 아니라 무지의 상태에서 잘못된 행동에 가담한 것이다. 그래서 늦었지만, 자신의 행위를 참회하고 용서를 빌었다. 그렇다고 "죽은 사람에게 용서를 빌 수는 없었다. 살아 있는 모든 유대인들에게 용서를 빌 수도 없었다". 이것이 그가 비젠탈에게 용서를 빌었던 이유다. 린저는 "주여, 저들을 용서해주십시오. 저들은 자기들이 무슨 일을 하는지 모릅니다"라는 예수의 말을 인용하며, 자기가 무슨 짓을 하는지 모르고 사악한 행위에 가담했던 사람이 참회를 하면 용서하는 것이 순리라고 생각한다. 이것은 캄보디아의 학살극에서 살아남은 디트 프란의 생각과 다르지 않다. 프란은 "크메르 루주의 수뇌들을 제외하면, 나는 실제 살인 행위를 저지른 크메르 루주의 군인들을 용서할 수 있다. 물론 그들이 한 짓을 결코 용서할 수 없지만 말이다. 그러므로 시몬 비젠탈의 입장에 놓였더라면, 나는 그 군인을 용서했을 것이다"라고 말한다. 나치 정권에 대한 반역죄로 체포되어 죽을 뻔했던 린저와 4년간의 고문과 굶주림을 견디고 살아남은 프란의 의견이 일치하는 것은 "진짜 죄인과 그 하수인을, 또한 악랄한 지도자와 세뇌당한 하수인을 구분해야 한다"는 공감대가 있기 때문이다.

린저는 자기에게 용서할 권한이 없다는 논리를 내세워 용서를 거부했던 비젠탈에게 이렇게 되묻는다. "죽은 유대인들이 당신에게 용서하지 않을 권한을 주었습니까? 아닙니다. 어쩌면 당신은 죽은 유대인들의 뜻에 어긋나게 행동했는지 모릅니다……. 죽은 분들은 당신이 그 순간, 맑은 정신과 윤리적 정직성을 갖고 행동했는지, 아니면 증오에 눈이 멀었는지 알 것입니다(이것도 이해할 만한 것입니다). 하지만 나는 당신이 자신의 잘못을 속죄하는 젊은이를 용서의 말 한마디 없이 죽게 내버려뒀다는 생각을 하면 오싹합니다." 이것은 비젠탈이 증오에 눈이 멀어 그 젊은이를 용서하지 않았다는 말이다. 또한 죽은 유대인들이 그처럼 증오에 휘말렸을 것이라고 생각하는 오만에서 벗어나라는 충고이기도 하다. 용서를 하지 않은 것이 오히려 죽은 사람들을 욕되게 만든 것일 수 있다는 말이다. "그들이 당신에게 용서하지 않을 권한을 주었습니까?" 린저의 말에 이의를 제기하는 사람도 있겠지만, 이 물음에 담긴 용서의 정신과 윤리가 증오의 논리보다 훨씬 더 아름답고 고귀하다는 것을 부인하기는 어렵다.

오지크와 린저의 서로 다른 생각이 말해주는 것처럼,

사람들의 의견은 이처럼 첨예하게 갈린다. 우리 중 일부는 오지크의 입장을, 일부는 린저의 입장을 지지한다. 나치가 유대인들에게 저지른 야만적인 행위를 생각하면 오지크의 입장을 지지하는 게 맞을 것 같고, 나치 이데올로기의 광기에 자기도 모르게 끌려들었다가 심한 자책감과 죄의식에 괴로워하며 죽은 개인을 생각하면 린저의 입장을 지지하는 게 맞을 것 같다. 그런데 우리가 여기에서 잊지 말아야 할 것은 비젠탈과 독일 병사 카를의 만남이 집단과 집단의 만남이 아니었다는 사실이다. 비젠탈은 유대인을 대표하는 사람이 아니었고, 카를도 나치를 대표하는 사람이 아니었다. 그럼에도 불구하고 비젠탈은 자신이 유대인 대표로서 독일인 대표를 대하듯 카를을 대했다. 그가 용서하기를 거절한 것은 개인이 있어야 할 자리에 집단을 내세운 결과였다. 그래서는 안 될 일이었다. 그가 용서한다고 카를이 전적인 용서를 받는 것도, 독일인 모두가 용서를 받는 것도 아닐 터였다. 그의 말대로 용서는 그의 소관이 아닌, 피해자의 권리이고 하늘의 소관일 수 있다. 그러나 상황이 상황인 만큼, 그는 증오를 앞세울 것이 아니라 죽어가는 사람의 호소에 귀를 기울이고, 속죄를 향한 절박한 마음을 헤아렸어야 했다. 용서는 당사자한테 받아야 한다는 상투적인 말을 앞세우며 외면할 게 아니라, 죽어가는 사람의 고통과 고뇌를 먼저 생각하며 자신이 할 수 있는 모든 것을 다했어야 했다.

비젠탈은 자신이 쓴 이야기를 유명 인사들에게 보여주고, "당신이라면 어떻게 했겠습니까?"라는 질문을 함으로써 무엇을 얻고자 했을까. 그는 자신이 그렇게 행동한 것이 옳았다는 추인을 받고 싶었던 것으로 보인다. 사건을 서술하는 방식을 보면, 그는 자신의 행동에 대해 도덕적, 윤리적 갈등을 느낀다고 말하면서도 끊임없이 자신의 행동을 정당화한다. 이것은 그가 근본적으로 자신의 행동이 옳았다고 강변하는 것처럼 들린다. 그래서 그의 이야기는 다른 사람들의 의견을 구하는 겸손한 외양을 취하고 있지만, 실제로는 전혀 그렇지 않다. 예를 들어, 그는 자신의 침묵에 대해 이렇게 말한다. "그렇다. 그 죽어가는 나치 청년이 내게 용서를 구했을 때, 나는 결국 침묵을 지켰다……. 유럽 곳곳에서 유대인 남녀노소가 학살당하는 광경을 목격한 그 많은 방관자들 또한 결국 침묵을 지키지 않았는가?" 이것은 그들이 침묵을 지켰으니 나도 그랬다는 논리로, 그가 윤리성의 탐색보다는 자기를 정당화하는 데 더 관심이 있다는 것을 보여준다.

비젠탈이 막강한 서구인들의 지지를 받는 유대 민족의 일원이 아니었다면, 이러한 유형의 글을 써서 유명

인사들의 의견을 받고 그것을 책으로 펴내 세계의 독자들에게 읽힐 수 있었을까? 역사적으로 핍박을 받은 건 유대 민족만이 아니다. 아이러니컬하게도 1948년에 이스라엘이 건국된 이후 유대인들에게 민족의 정체성과 실존을 위협당하는 팔레스타인인들은 어떠한가. 이제는 유대인이 가해자가 되어 있다. 피해자가 가해자가 되고, 누군가에게 억압당했던 사람이 누군가를 억압하는 역설, 이것이 현실이다. 하기야 이것은 그들만이 아니라 세계 역사에서 수없이 되풀이되어온 역설이다. 그래서 비젠탈의 질문이 유효하려면, 이것에 대한 반성이 선행되었어야 했다. 지나친 요구일지 모르지만, 비젠탈의 질문에 답변한 75명 중 적어도 한 사람 정도는 팔레스타인인이어야 하지 않았을까. 예를 들어, 생전에 팔레스타인인들을 대변하는 데 혼신의 힘을 다했던 『오리엔탈리즘』의 저자 에드워드 사이드Edward Said에게 똑같은 질문을 했다면 어땠을까. 철저히 자기 이익만 차리기 위한 것이라면, 이 책이 이스라엘의 이익을 위해 봉사하고 정치적, 경제적 이익을 얻기 위해 홀로코스트의 기억을 이용하는 "홀로코스트 산업"과 뭐가 다를까. 바로 이것이 유대인 학자 노먼 핑켈스타인Norman Finkelstein이 온갖 비난을 감수하면서도 "홀로코스트 산업"이라는 말로 지적한 것이 아니었을까.

비젠탈의 질문에 대한 데스몬드 투투Desmond Tutu 주교의 응답은 문제의 핵심을 파고든다. 그는 넬슨 만델라 대통령에 관한 일화를 이렇게 전한다.

"나라면 어떻게 했을 거냐고요? 우리나라의 넬슨 만델라 대통령은 무려 27년간이나 감옥에 갇혀서 혹독한 고초를 겪었습니다. 그는 채석장에서 강제 노역을 하다가 눈을 다쳤습니다. 그의 가족은 비밀경찰에 시달렸습니다. 따라서 누구든 그의 입장이었다면 마땅히 분노에 사로잡혀 복수의 일념에 불탔을 것입니다. 하지만 그가 남아프리카공화국 최초로 민주적 절차를 거쳐 대통령에 당선되었을 때, 한때 자기를 감시하던 백인 교도관을 취임식에 초대한 것을 보고 전 세계는 놀라움을 금치 못했습니다."

투투 주교는 그 일화를 소개하면서 용서는 논리가 아니라 논리의 구속에서 풀려나 궁극적으로 그것을 초월하는 것이라고 힘주어 말한다. 논리적으로만 따지자면, 만델라는 당연히 복수했어야 한다. 그는 27년 동안이나 감옥에 갇혀 있었고 가족은 만신창이가 되었다. 감옥에 들어갈 때 40대였던 그는 풀려날 때 70대 노인이 되어 있었다. 그럼에도 불구하고 그는 유대인들과 다르게 용서의 길을 택했다. 유대인들에게는 용서할 수 없는 것이 그에게는 용서할 수 있는 것이 되었다. 그는 희생자들을 대신해 용서하자고, 용서할 수 없는 것을 용서하자고, 불가능을 가능으로 만들자고 말했고 또 그렇게 실천했다. 남아프리카공화국이 증오의 물결에 휩쓸리지 않은 것은 그래서였다. 그는 용서가 부재한 이 시대에 용서의 문화를 만들었다.

투투 주교는 자신의 답변을 이렇게 마무리했다. "만약 우리가 복수만을 위해 정의를 추구한다면, 우리는 고립을 자초하게 될 것입니다. 용서란 애매모호한 것이 아닙니다. 오히려 그것은 현실 정치와 똑같다고 할 수 있습니다. 용서가 없다면 미래도 없기 때문입니다." 죽어가는 사람에게마저 용서를 거부한 비젠탈에 대한 우회적인 비난이었다. 어쩌면 더 큰 비난은 개인에게 용서를 어렵게, 아니 불가능하게 만드는 유대인 공동체를 향한 것이었다. (그가 『용서 없는 미래는 없다No Future Without Forgiveness』(1999)에서 "유대인 공동체 안의 철학자들, 신학자들, 사상가들이 이 문제를 재론하여 세계를 위해 다른 결론에 도달할 가능성이 있는지 고려해보기를 바란다"라고 말한 것도 같은 맥락에서였다.)

그의 말대로, 남아프리카공화국은 '진실과 화해 위원회TRC'를 만들어 아파르트헤이트로 인해 발생한 폭력과 증오와 반목을 치유하고자 했다. 거기에는 비젠탈의 침묵이나 말이 암시하는 증오나 비젠탈의 행위를 옹호하는 사람들이 보여준 증오("용서받지 못하고 죽도록 내버려두라. 지옥에 가게 내버려두라")가 들어설 자리가 없었다. 그리고 눈을 좀 더 넓혀 아프리카 전체를 바라보라. 유럽인들에 의한 노예무역으로 수천 만 명의 아프리카인들이 죽었음에도, 그들의 후손들은 피해자만이 가해자를 용서할 수 있다는 논리를 내세우며 복수와 증오의 말을 한 적이 없다. 이에 반해 비젠탈은 죽어가는 사람을 용서하기를 거부했을 뿐만 아니라, 전쟁이 끝난 후에는 "나치 사냥꾼"이 되어 1천 100명이 넘는 나치 범죄자들을 법정에 세우는 데 전력을 다했다. 그리고 조금 과장해서 말하면, 그 공로를 인정받아 상이란 상은 다 휩쓸었다. 그래서 그의 증오와 복수는 유대인 전체의 증오이자 복수였던 셈이다.*

한쪽이 환대의 길이라면, 다른 쪽은 적대의 길이다.

- 영국 작가 가이 월터스Guy Walters는 『악의 추적Hunting Evil』(2009)에서 비젠탈을 "거짓말쟁이, 그것도 아주 나쁜 거짓말쟁이"라고 묘사하며, 숫자가 지나치게 과장되었다고 주장한다. 그에 따르면, 아돌프 아이히만을 체포하는 데 결정적인 역할을 했다는 것도 거짓이다. 비젠탈은 자신에 관한 초영웅의 이미지를 만들려고 안달했던 타고난 거짓말쟁이였다는 것이다. 이것이 『해바라기』의 진실성과 관련해 의심의 그림자를 드리울 여지도 얼마든지 있다. 어쩌면 비젠탈은 액면 그대로의 진실보다는 자신에 관한 도덕적이고 정의로운 이미지를 만들고 싶었던 건지도 모른다. 이것과 관련하여 우리가 잊지 말아야 할 것은 그가 기술하는 것들이 사실이 아니라, 일정한 목적을 위해 극적인 효과를 노린 스토리라는 사실이다. 스토리가 무엇인가. 읽는 사람을 설득하기 위한 수사학이다. 재현의 방식을 문제 삼아야 하는 이유가 여기에 있다.

본질적인 면에서 크게 다르지 않은 사안에 어쩌면 이렇게 접근 방식이 다를 수 있을까. 남을 용서하기를 거부하는 대다수 유대인들에게는 사랑과 용서를 가르침의 중심에 놓았던 예수는 안중에 없는 것처럼 보인다. 그들은 자기들의 입맛에 맞는 랍비의 교조적인 말은 인용할 줄 알아도, "일곱 번이 아니라 일흔일곱 번까지라도 용서해야 한다"는 예수의 가르침은 외면한다.

그래서 『해바라기』는 우리를 슬프게 만든다. 얼굴이 없는 타자, 얼굴로 호소할 수 없어서 더 절박한 목소리로 말했을 그 타자를 용서하는 데 실패하면서, 미래를 환대하는 데도 실패하고 있는 이야기라서 그렇다. 투투 주교의 말처럼 미래는 용서 없이는 불가능하다. 이 말은 타자에 대한 따뜻함이 없다면, 미래를 기대할 수 없다는 의미이기도 하다. 여기에서 용서는 환대의 또 다른 이름이 된다.

"사랑하는 힘은 죽어가고 있다"

—예루살렘의 우울한 사랑

프로이트의 용어를 빌려 말하면 우리 안에 있는 일종의 심리적 에너지, 즉 리비도를 타자에게 투사하는 것이 사랑이다. 신비로움으로 가득한 사랑을 너무 물리적으로 정의하는 것 같아 조금 아쉽긴 하지만, 사랑이라는 것이 보이지는 않아도 실재하는, 아니 어쩌면 보이지 않아서 더 실재하는, 물질보다 더 물질적인 뭔가를 타자에게 '주는' 몸짓이기에 그리 아쉽게 생각할 것도 아니다. 무엇이 우리를 타자에게로 끌고 가는지 잘 모르지만, 우리가 우리 안에 있는 모든 것을 동원하여 타자를 사랑하는 것만은 분명한 일이다.

사랑은 어디에나 존재한다. 평화로운 곳은 말할 것도 없고 갈등이 있는 곳에도 존재한다. 평화가 있는 곳이면 평화의 그릇에 담길 것이고, 갈등이 있는 곳이면 갈등의 그릇에 담길 테지만 그렇다고 모든 사랑이 균일하게, 평화로운 곳에서는 평화만 닮고 갈등이 있는 곳에서는 갈등만 닮을 수는 없다. 다만 다른 모든 것들과 마찬가지로 사랑도 그것이 기반하고 있는 사회적, 역사적 현실과 무관하지 않다. 이것은 사랑이 진공상태가 아니라 구체적 현실 속에서 행해지는 것이기에 불가피한 일이다. 그래서 사랑의 방식과 형태를 생각할 때 그것이 발 딛고 있는 현실을 확인하는 것은 어쩌면 너무 당연해 보인다. 그 현실이 절박한 것일수록 더욱 그렇다.

예를 들어, "님은 갔습니다./아아, 사랑하는 나의 님은 갔습니다"라는 시구로 시작되는 한용운의 시 「님의 침묵」을 생각해보라. 이것은 사랑에 관한, 더 정확히 얘기하면 이별에 관한 시다. 그런데 일제강점기에 발표되었다는 사실을 감안하면 작품은 새로운 의미로 다가온다. 이 시가 발표된 1926년의 조선은 일제강점기였다. 누구의 삶이든 일제강점기 속의 삶이었고, 누구의 사랑이든 일제강점기 속의 사랑이었다. 그래서 연인과의 이별의 아픔을 노래한 한용운의 시는 나라를 잃은 상실의 노래로 읽힐 수 있다. 꼭 그렇다는 것이 아니라 그럴 여지가 있다는 말이다. 1926년이 평화로운 시기였다면 가능하지 않았을 해석이 그 시가 쓰인 시대의 정치적, 역사적 상황 때문에 가능해진다. 이것이 프레드릭 제임슨Fredric Jameson이 말한 "국가적인 알레고리"의 개념이다. 제임슨은 한용운의 시처럼 "사적이고 개인적인 운명에 관한 이야기"라 하더라도, 제3세계 문학은 그 세계의 "공적인 문화 및 사회의 절박한 상황에 대한 알레고리"라고 생각한다. 그의 논리를 따르자면, 「님의 침묵」은 나라를 잃은 조선에 관한 알레고리로 해석될 여지가 있다. 과장된 면이 없진 않지만, 아무리 남녀 사이의 개인적인 사랑이라 하더라도 현실로부터 영향을 받지 않을 수 없으며, 따라서 그 사랑의 형태나 방식이 나라가 처한 상황을 보여주는 알레고리일 수 있다는 생각에는 쉽게 내칠 수 없는 뭔가가 있다.

이스라엘 작가 아모스 오즈Amos Oz의 장편소설 『나의 미카엘』(최창모 옮김, 민음사, 1998)에 대한 논의를 "국가적인 알레고리"에 대한 언급과 함께 시작하는 것은 두 가지 이유에서이다. 하나는 스토리의 중심에 있는 한나와 미카엘의 우울한 사랑이 이스라엘이라는 나라가 처한 상황에 대한 알레고리로 해석될 여지가 있기 때문이고, 다른 하나는 그 알레고리가 팔레스타인 즉 타자에 대한 환대의 문제와 직결되기 때문이다.

스토리의 얼개는 대체로 간단한데 이상할 만큼 더디게 읽힌다. 사건이라고 할 만한 것도 크게 없지만, 스토리가 외적인 사건이 아니라 화자 한나의 불안하고 우울한 심리에서 동력을 얻고 있기에 그렇다. '나의 미카엘'이라는 제목과 달리, 화자는 미카엘에 집착하는 마음도, 그를 특별히 사랑하는 마음도 없는 것처럼 보인다. 그래서 소설의 제목은 다분히 역설적이고 반어적이다. 처음에는 어느 정도 서로에게 끌려 결혼한 사이지만 둘은 시간이 갈수록 서로에게서 멀어진다. 그녀는 "남편과 나는 무슨 신체적으로 불쾌한 병을 치료받는 진료소에서 나오다가 우연히 만난 사람 같다"고 털어놓는다. 불행하다는 말이다.

두 사람이 살아갈 순탄치 못한 삶에 대한 징후는 그들의 첫 만남에서부터 감지된다. 1950년 어느 겨울날 아침, 히브리 문학을 전공하는 스무 살의 1학년생 한나는 지질학을 전공하는 스물네 살의 3학년생 미카엘을 만난다. 한나가 계단을 내려오다가 미끄러져 넘어지려 하는 순간 낯선 청년인 그가 잡아준다. 지극히 낭만적일 수도 있는 첫 만남 뒤 두 사람은 몇 달 지나지 않아 결혼한다.

그런데 둘의 관계는 낭만과 거리가 멀다. 처음부터 그랬다. 예를 들어, 발목을 접질린 한나를 부축해 카페로 들어간 미카엘은 커피를 두 잔 주문한다. 그녀의 의견을 묻지 않고 자기 마음대로 주문한 것이다. 이것은 사소해 보이지만 이후 드러날 그의 독선적인 기질과 성격을 예고하는 상징적인 사건이다. 그뿐만이 아니다. 두 사람이 만난 지 얼마 되지 않았을 때 그는 그녀에게 "당신과 결혼할 사람은 아주 강한 사람이어야겠군요"라는 말로 청혼을 한다. 그의 관심사는 사랑이 아니라 군림이나 지배에 있고, 남녀 관계에 있어서도 상대를 꺾어야만 직성이 풀릴 것 같은 모습이다.

한나는 그러한 모습에 잠시 끌리지만 그것은 오래가지 않는다. 그녀가 그를 가리켜 열심히 일하고, 책임감 있고, 정직할 뿐만 아니라 남의 감정에 둔감한 사람이라고 하는 것을 보면, 그녀의 마음속에는 끌림과 저항이 공존한다. 두 개의 감정은 처음에는 갈등 관계에 있지만 결국 저항이 끌림을 압도한다. 그가 남의 감정에 둔하다는 것은 매서운 바람이 몰아치는 어둠 속에서 두 사람이 예루살렘의 언덕을 걸어갈 때 단적으로 드러난다. 그녀에게 예루살렘의 언덕은 두려움의 대상이다. "저녁놀 속에서 예루살렘의 언덕들은 무슨 나쁜 짓을 꾸미고 있는 것 같"다. 그 언덕에 있는 아랍인들이 그녀를 덮칠 것만 같다. 그런데 그는 그녀가 추위와 두려움에 떨고 있음에도 자기 생각에만 몰두한다. 결혼 직전의 일이다. 결혼은 이미 정해졌으니 더 이상 상대의 감정 따위는 헤아릴 필요가 없다는 듯한 태도다. 이런 것들을 두

루 감안하면, 그녀는 정말로 원해서 결혼하는 게 아니라 얼떨결에 청혼을 받아들여 결혼이라는 제도 속으로 끌려들어가는 것처럼 보인다. 신부가 될 그녀의 얼굴에서 즐거움이라고는 도무지 느껴지지 않는 것도 이러한 이유에서이다.

결혼식 당일, 그녀의 얼굴은 행복한 신부의 얼굴과는 거리가 멀다. 그녀는 "갑자기 기절이라도 할 것 같"은 모습이고, 결혼식 파티가 끝나갈 무렵에는 미카엘이 자신의 목덜미에 입을 맞추려고 하자 소스라치게 놀라며 손에 들고 있던 포도주를 흰 드레스에 쏟고 만다. 미카엘을 사랑한다 생각하고 결혼식까지 했지만, 그녀는 결혼하는 순간부터 뭔가 잘못됐음을 깨달은 것처럼 보인다.

그녀가 결혼 초기에 수면제를 먹어야만 잠들 수 있는 것도 이 결혼이 행복과는 거리가 먼 것임을 시사한다. 결혼 때문에 희생을 해야 하는 쪽은 남자가 아니라 여자다. 학업을 계속하는 그와 달리, 그녀는 재정적인 문제로 더 이상 문학을 전공할 수 없게 된다. 결국 그녀는 유치원에서 일을 시작하고 그는 학교에 남아 지질학 연구를 계속한다. 그사이, 그녀는 임신을 한다. 그런데 미카엘은 임신 소식을 듣고도 기뻐하지 않는다. 아이는 태어나고 사랑 없는 결혼생활은 계속된다. 급기야 그녀는 정신병으로 치료까지 받고 10년의 세월이 흘러 두 번째 아이를 임신하면서 스토리는 끝이 난다. 박사학위를 받은 남편에게는 같은 전공의 애인이 생긴 듯하다. 얼마 후면 또 다른 아이가 태어나겠지만 그녀의 우울한 삶은 이후로도 계속될 것이고, 그녀의 말처럼 "하루하루의 음울한 똑같음"은 변하지 않을 것으로 보인다.

이렇게 정리하면 『나의 미카엘』은 결혼생활의 실패에 관한 이야기이다. 어린 나이에 만나 얼떨결에 결혼을 하고, 같이 살아가는 과정에서 각자가 너무 다르다는 것을 알게 되면서 서로로부터 멀어지나 그럼에도 갈라서지 않고 적어도 외형적으로는 무난해 보이는 삶을 살아가는 두 사람에 관한 서글픈 이야기. 그런데 묘하게도 그 서글픈 이야기가 두 사람만의 문제라기보다 뭔가 더 큰 것에 대한 은유나 알레고리처럼 보인다. 두 사람의 우울한 삶이 1950년대의 예루살렘을 배경으로 하고 있기에 더욱 그렇다.

두 사람이 만난 1950년 겨울은 이후의 세계 역사를 요동치게 만든 1948년 5월 이스라엘 건국으로부터 2년이 채 지나지 않은 시점이었다. 독립 이전에도 그랬지만, 이후에도 이스라엘의 상황은 혼란스러웠다. 1947년 11월 유엔에서 팔레스타인을 유대 국가와 아랍 국가로 분할하는 결의안 제181호가 통과된 후로 유대인과 아랍인 사이에는 치열한 전투가 벌어졌다. 사실, 그것은 전투라기보다는 막강한 군사력을 가진 유대인들의 무차별적 인 공세였고 인종청소였다. 살림 타마리Salim Tamari가 말한 것처럼 예루살렘은 유대인들의 인종청소로 인해 "불멸의 도시"에서 "유령도시"가 되었다. 이스라엘이 독립을 선언했을 때, 25만 명에 달하는 팔레스타인인들이 그들이 살던 터전에서 쫓겨나 난민이 되었다. 이스라엘은 독립 후에도 80만 명에 달하는 팔레스타인인들을 쫓아냈다. 531개의 마을이 파괴되고 11개의 도시지역이 사람이 살지 않는 곳으로 변했다. 물론 이런 내용은 오즈의 소설이 아니라, 이스라엘 건국이 법적, 도덕적, 윤리적으로 부당하다고 주장해 동족으로부터 살해 협박까지 받았던 유대인 역사학자 일란 파페Ilan Pappe의 저서 『팔레스타인 비극사The Ethnic Cleansing of Palestine』(유강은 옮김, 열린책들, 2017)에 나온다(이것은 파페의 저서가 아니더라도 이스라엘 건국에 관한 글들을 보면 어렵지 않게 알 수 있는 내용들이다). 1950년에 스무 살이었던 한나가 이런 내막을 소상히 알 수는 없었겠지만, 그렇다고 예루살렘에 살던 그녀가 팔레스타인인들에 대한 유대인들의 폭력을 모를 리 없었고 그런 상황으로부터 영향을 받지 않는다는 것은 불가능했다. 사랑도 혼란 속의 사랑이었고, 결혼도 혼란 속의 결혼이었다. 혼란 속이라고 해서 모든 사람이 반드시 불행해야 하는 건 아니지만, 어떠한 삶을 살든 타자에 대한 폭력이 이면에 어른거렸다.

그렇다고 팔레스타인인들이 서사에 능동적이고 주도적으로 등장하는 것은 아니다. 대대로 살던 땅에서 쫓겨난 그들이 예루살렘의 유대인 이야기에 등장할 리는 없다. 그래서 그들은 부재를 통해 현존한다. 그런 그들의 현존은 유대인에 의한 강제적인 축출의 결과다. 억압된 것은 언젠가 돌아오게 되어 있다는 프로이트의 말처럼, 쫓겨난 사람들은 어떤 식으로든 자기 자리로 돌아가려는 속성이 있다. 몸이 아니면 유령이 되어서라도, 때로는 남의 꿈을 빌려서라도 돌아가려 한다. 이것이 한나의 꿈에 아랍인 쌍둥이 형제 할릴과 아지즈가 반복해 나타나는 이유일지 모른다. 한나가 그러한 꿈들을 꾸고 싶어서 꾸는 게 아니다. 누가 그런 꿈을 꾸고 싶겠는가. 그들이 그녀의 무의식을 비집고 들어오니 꿈을 꾸는 것이다. 그들은 결코 예루살렘이 그녀의 것이 되게 놔두지 않을 것이고, 그녀는 "나는 예루살렘에서 태어났다"라고 쓸 수는 있어도 결코 "예루살렘은 나의 도시다"라고 말할 수는 없을 것이다. 예루살렘은 '그들'의 도시이다. '그들'만의 것이 아니라면 모두의 도시, 할릴과 아지즈의 도시이면서 한나의 도시이고, 한나의 도시이면서 할릴과 아지즈의 도시이다.

할릴과 아지스는 한나의 친구들이었다. 그녀는 어렸을 때 키리야트 슈무엘이라는 지역에 살았고, 쌍둥이 형제의 아버지 라시드 샤하다는 "영국 통치 시절에 예루살렘 시당국의 기술부서에서 일"하던 부유하고 "교양 있는" 아랍인으로 카타몬에 살았다. 키리야트 슈무엘과 카타몬은 예루살렘 중심부에 위치한 인접 지역으로 한나의 집 맞은편에 그들의 화려한 빌라가 있었다. 그녀는 유대인이었고 쌍둥이 형제는 아랍인이었지만, 그들이 친구가 되는 데에는 아무런 문제가 없었다. 쌍둥이 형제는 그녀에게 친구 이상의 존재였고 그녀는 선머슴처럼 그들과 레슬링을 하면서 놀았다. "아홉 살 때까지도 여자가 아니라 남자가 되기를 바랐"을 정도로 그들과 가까운 사이였던 그녀는 열두 살이 되어 이성에 눈뜨기 시작하면서 "그 애들 둘 모두와 사랑에 빠졌"다. 물론 아이가 느끼는 순진한 사랑이었지만 그래도 사랑은 사랑이었다.

문제는 이스라엘이 건국되는 과정에서 그들이 쫓겨났다는 점이다. 그들만이 아니었다. 그들처럼 부유한 아랍인들은 물론이고 예루살렘 서쪽에 살던 모든 아랍인들이 동쪽으로 내쫓겼다. 그들이 살던 아름다운 집들은 유대인들의 것이 되었고 마을은 파괴되었다. "쌍둥이들의 아버지 라시드 샤하다의 것이었던 빌라는 보건기구로 넘어갔고 보건기구에서는 그 집을 산전산후관리 요양소로 개조했다." 폭력도 그런 폭력이 없었지만, 유대인들의 엄청난 군사력 앞에서 팔레스타인인들이 할 수 있는 일은 아무것도 없었다.

한나는 그들이 부재한 현실을 살고 있다. 그래서 괴롭다. 자신은 예루살렘에서 살고 있는데, 그녀가 '사랑했던' 쌍둥이 형제는 예루살렘에서 쫓겨나 난민촌을 전전하고 있다고 생각하니 너무 괴롭다. 그 괴로움은 금세 불안감과 두려움, 신경증으로 바뀐다. 그러다 보니 그녀의 꿈에 등장하는 쌍둥이 형제는 그녀가 사랑하고 그녀를 사랑했던 유순하고 착한 팔레스타인 소년들이 아니라 살기등등한 아랍인의 모습이다. 어렸을 때는 그들의 여왕이자 공주였던 그녀가 이제는 그들에게 폭력을 당하고 있다. 그들은 그녀의 팔을 뒤로 묶고, 그녀가 세워놓은 보초들을 칼로 찌르고, 그녀에 대한 폭동에 가담하고, 그녀를 암살하려고 한다. 물론 모든 게 꿈속에서 일어나는 일들이다. 그러나 그것들이 꿈에서 일어난다고 두렵지 않은 건 아니다. 어쩌면 꿈이어서 더 두려운 건지 모른다. 이스라엘이 세워지고 정치 지형이 변하면서부터 그녀의 의식과 무의식은 쌍둥이 형제에게 지배당하는 것처럼 보인다. 그래서 그녀가 결혼하기 전부터 쌍둥이 형제와 관련된 악몽을 꾸기 시작하는 것은 우연이 아니다. 결혼 이틀 전에 꾼 꿈은 그녀가 얼마나 큰 두려움에 시달리고 있는지를 단적으로 말해준다. 이 꿈은 그녀가 이후에 꾸게 될 꿈들을 집약한 것이다.

꿈속에서 그녀는 아랍인 지역인 여리고의 시장에서 물건을 사고 있다. 그녀는 여덟 살 때인 1938년에 지금은 세상을 떠나고 없는 아버지, 오빠와 함께 아랍인 버스를 타고 여리고에 간 적이 있었다. 이스라엘의 건국 이전이어서 아랍인들과 유대인들 사이에 지금과 같은 적의와 증오가 없을 때였다. 그래서 그녀의 가족은 두려움 없이 여리고를 여행할 수 있었다. 독립이 되자 상황이 급변했다. 그곳은 더 이상 편하게 갈 수 있는 곳이 아니었다. 이것이 그녀가 불안에 시달리는 이유다. 그녀는 꿈속에서 12년이라는 세월을 건너뛰어 이번에는 미카엘과 함께 그곳에 가 있다. 그런데 미카엘이 갑자기 돌아서더니 "무엇에 홀린 사람처럼 뛰쳐나가" 사람들 속으로 사라진다. 그녀가 무서움에 질려 미카엘의 이름을 부르는데, 두 남자가 나타나 양쪽에서 그녀의 팔짱을 끼더니 구불구불한 골목길을 따라 "더러운 등유 램프가 켜진 지하실"로 끌고 간다. 얼굴을 보니 놀랍게도 쌍둥이 형제들이다. 그들이 어린 시절을 기억하고 있는지는 알 수 없지만, 그런 기색이 전혀 없다. 그들이 "갑자기 겉옷을 벗어 던"지고 그녀를 조롱하기 시작한다. 암흑이 그녀를 휩쓴다. 이것은 그녀의 몸에 위해가 가해지고 있다는 암시다. 성적 폭력과 무관하지 않아 보인다. 그때 아지즈가 그녀에게 문을 열어주지만 그녀는 나가지 않는다. 할릴이 신음 소리를 내며 문을 걸어 잠그고 아지즈가 "길고 번쩍이는 칼"을 꺼낸다. 그의 눈이 살기로 가득하다. 주춤주춤 뒤로 물러나던 그녀는 지하실 벽에 등이 닿자 비명을 지른다. 그 순간, 그녀는 꿈에서 깨어난다.

대부분의 꿈들이 그러하듯 그녀의 꿈도 복잡하고 때로는 모순적이다. 여리고와 예루살렘의 구분이 없고, 나가라고 문을 열어줘도 나가지 않는 것이 그렇다. 그러나 여기에서 한 가지 확실한 것은 쌍둥이 형제가 이제 그녀에게 두려움의 대상이 되었다는 사실이다. 그녀에게 쌍둥이 형제는 강박이다. 그런데 묘한 것은 그 강박이 예루살렘이라는 도시와 이스라엘이라는 나라가 팔레스타인인들에 관련하여 느낄 법한 강박과 닮았다는 사실이다. 이것은 그녀의 말에서도 확인된다.

> 마을과 교외는 마치 길 한가운데 누워 있는 상처 입은 여자 주위에 서 있는 호기심에 찬 사람들처럼 예루살렘을 바싹 둘러싸고 있다. (……) 이들이 주먹을 불끈 쥐면 도시는 뭉개질 것이다.

그녀의 말은 이스라엘이라는 국가가 독립 선후에 아랍인들과 관련하여 느꼈던 심리적 압박감과 그녀가 쌍둥이 형제에게 느끼는 심리적 압박감이 다르지 않다는 사실을 환기시킨다.

한나의 삶을 둘러싼 우울하고 황량한 풍경은 이스라엘이라는 국가를 둘러싼 심리적, 정치적 풍경과 닮았다. 그 우울함과 황량함이 타자의 문제와 직결되어 있는 것은 분명해 보인다. 당연한 말이지만 여기에서 타자는 쌍둥이 형제로 대변되는 아랍인들, 즉 팔레스타인인들이다. 그들은 유대인들에 의해 쫓겨나고 짓밟힌 운명 속으로 내던져진 약자들이다. 조르조 아감벤의 말을 빌리자면, 고향에서 쫓겨나 난민촌을 전전하는 그들은 거대한 권력 앞에 노출된 "벌거벗은 생명"이다. 그들이 환대의 대상이어야 하는 이유이다. 그러나 이스라엘이 건국되면서 환대의 문화는 어딘가로 사라져버렸다. 환대의 대상이어야 할 팔레스타인인들은 유대인들에게 자신들을 위협하는 존재에 지나지 않는다. "이들이 주먹을 불끈 쥐면 도시는 뭉개질 것"이라는 한나의 말은 이스라엘이 갖고 있는 가공할 만한 군사력을 감안하면 현재의 상황에서는 비현실적이지만, 그럼에도 불구하고 이스라엘과 유대인들이 팔레스타인인들을 어떻게 인식하고 있는지 보여주기에는 여전히 유효한 말이다.

그래서 소설의 마지막에 나오는 한나의 꿈은 더욱 서글프게 다가온다. 다른 꿈들과 달리, 이 꿈에서 쌍둥이 형제는 한나를 위협하는 존재가 아니라 어렸을 때처럼 한나를 떠받들고 그녀의 명령을 따르는 존재로 나온다. 한나와 그들은 상상 속의 세계로 돌아가 있다. 라캉의 말을 빌려 말하면, 많은 제약이 따르는 상징계를 떠나 모든 것이 충족되고 자신의 마음대로 되는 상상계로 돌아가 있다. 그들은 그녀의 명령에 따라 바닥을 기어 다니며 "빛바랜 군용 배낭, 폭발물 한 상자, 뇌관, 퓨즈, 탄환, 수류탄, 번쩍이는 칼"을 챙기고 "몸에 딱 맞는 카키색 군복"을 입고 자동소총을 어깨에 둘러메고 임무를 완수하기 위해 이스라엘로 진입한다. 급수탑을 파괴하기 위해서다. 꿈을 묘사한 장면이라 정확히 알 길은 없지만, 유대인들만을 위한 급수탑을 파괴함으로써 한쪽이 다른 쪽을 배제하는 현재의 구도를 파괴하고 유대인들과 팔레스타인인들이 공존했던 1948년 이전으로 돌아가려는 시도인지 모른다. 폭발음이 들린 것으로 보아 쌍둥이 형제는 임무를 성공적으로 수행한 듯 보인다. 그들은 새벽이 되면 한나에게로 돌아올 것이다. "지치고 따뜻해져서 올 것이다. 땀과 거품의 냄새를 풍기면서." 이 상상계 속에서 한나는 쌍둥이 형제가 자신의 호위병, 부하, 첩보원, 심복이었던 유년 시절로 돌아가 있다. 그녀가 아직도 여왕이나 공주로 그들을 지배한다는 것이 조금 걸리지만, 그래도 인종과 종교의 구분 없이 유희와 사랑이 가능한 시간과 공간으로 귀환한다는 것은 나름 의미가 있다. 문제는 그 귀환이 꿈이나 환상 속에서만 가능하다는 데 있다.

세 종교, 즉 유대교, 기독교, 이슬람교의 성지인 예루살렘이 더 이상 타자를 환대하는 공간이 아니라는 것은 아이러니도 이만저만한 아이러니가 아니다. 세 종교는 시간을 거슬러 올라가면 모두 아브라함을 선조로 둔 종교들이다. 아브라함이 누구인가. 그는 자신의 것을 이방인 타자들에게 아낌없이 내준, 환대의 원조에 해당하는 사람이었다. 낯선 이방인들에게 발 씻을 물을 주고 송아지를 잡아주고 우유와 빵을 아낌없이 준 사람이었다. 그에게 이방인들은 신의 대리인이나 다름없었다. 아니 신의 대리인인 천사였다. 그래서 신을 섬기듯 이방인들을 환대했다. 그는 그러한 눈부신 환대를 유산으로 남겼다. 후대가 할 일은 그 유산을 지키고 문화로 정착시키는 것이었다. 지중해의 환대 문화는 그렇게 만들어졌다. 그런데 20세기 중반에 접어들며 그 유산과 문화는 산산이 부서졌다. 이를 상징하는 비극적 사건이 1994년, 아브라함의 무덤이 있는 헤브론의 이브라히미(아브라함)사원에서 일어났다. 바루크 골드스타인Baruch Goldstein이라는 미국계 유대인(정착민)이 라마단 기간에 기도 중인 무슬림들을 향해 기관총을 난사해 스물아홉 명이 죽고 100여 명이 다쳤다. 아브라함이 마지막 안식을 취하고 있는 곳에서 있을 수도 없고 있어서도 안 되는 일이 벌어진 것이다. 그래서 예루살렘 남쪽 30킬로미터에 위치한 아브라함의 도시 헤브론은 이제 환대가 아니라 적대의 공간이 되었다. 아브라함이 물려준 환대의 유산은 사라지고 한때는 형제였지만 타자의 자리로 밀려난 자들을 향한 증오만 남았다. 20여만 명의 팔레스타인인들이 사는 도시는 500여 명의 유대인 정착민들과 그들을 지키는 2천여 명의 이스라엘 군인들이 총을 휘두르는 폭력의 공간이 되었다.

타자를 향해 인간의 등을 떠미는 환대의 바람은 곳곳에 불지만, 정작 환대의 고향인 예루살렘과 이스라엘에서는 불지 않는다. 환대의 고향에서 환대가 훼손당하고 모욕당하는 게 현실이다. 아이러니는 그들이 세상의 타자였을 때 나치 독일에게 받은 상처와 고통의 역사를 기억하지 못하고, 자신들의 타자인 팔레스타인인들을 상처와 고통 속으로 내몰며 그렇지 않아도 '벌거벗은' 그들을 더 '벌거벗은' 타자로 만들고 있다는 사실이다. 오즈의 소설이 출간된 지 반세기가 지났지만, 타자의 환대는 더욱더 요원한 일이 되어가고 한나의 말대로 "사랑하는 힘은 죽어가고 있다".

그래서 오즈의 소설이 형상화하는 사랑은 우울하다. 신비로움으로 가득한 사랑이 있어야 할 자리에는 신경증과 강박증만 남았다. 작가도 한나의 신경증과 강박증에 감염된 것처럼 보인다. 하기야 타자들을 환대하기는커녕 타자들의 땅을 빼앗고 타자들을 몰아내고 만들어진 이스라엘을 모국으로 둔 작가가 온전한 정신을 유지하기는 불가능한 일이었을 것이다. 그래서 역설적으로 말하면, 『나의 미카엘』은 오즈가 쓴 것이 아니라 이스라엘이라는 '신경증적인' 공동체가 만들어낸 것이라고 해도 과언이 아니다. 작가의 다음 말은 이 맥락에서 이해해야 한다.

> 나는 사실 『나의 미카엘』을 거의 강제당하여 썼다. 한나의 성격은 나를 압도했고, 나는 한나의 말투로 말하고, 밤에는 한나 꿈을 꾸기 시작했다. (……) 한나는 그녀가 원해서 다가온 곳으로부터 왔고, 내 속으로 들어왔으며 나를 떠나지 않았다.

어느 날부터 그를 붙잡고 늘어지는 한나로부터 벗어나지 못하고 그녀가 "불러주는 대로 썼다"는 말이다. "시큼해진 결혼생활의 예측 가능한 연대기, 히스테릭한 아내, 고독한 남편, 얼간이 같은 아이들, 천박한 이웃들, 냉담하고 우울하고 불길한 갈라진 예루살렘"에 관한 스토리가 그렇게 해서 탄생한 것이다. 이 소설이 이스라엘이라는 공동체의 "공적인 문화 및 사회의 절박한 상황에 대한 알레고리"일 수밖에 없는 이유가 바로 여기에 있다.

결국 문제는 타자인 팔레스타인인들에 대한 환대의 부재다. 그들의 공통된 조상 아브라함으로부터 시작된 환대의 문화, 환대의 전통은 어디로 간 것일까. 그 문화와 전통이 사라지면 그들의 후손들은 무엇을 물려받을까.

“조국이여, 진창에 빠져버려라”

—팔레스타인의 눈물

환대는 집을 전제로 한다. 집이 있어야 누군가를 안으로 들여 환대할 수도 있고, 안으로 들이지 않고 거절할 수도 있다. 데리다가 1996년 1월 17일 환대에 관한 강연을 하면서 제목을 '파 도스피탈리테Pas d'hospitalité'라고 한 것은 그런 이유에서였다. 프랑스어에서 파pas는 부사로 아니다not라는 뜻이면서 명사로는 계단step이라는 의미인데, 데리다는 '파'라는 단어를 '환대'라는 말 앞에 붙임으로써 우리가 타자를 맞아들이는 집의 문턱이 '환대의 문턱step of hospitality'일 수도 있지만 '환대의 부정no hospitality'일 수 있다는 것을 효과적으로 부각시켰다.

'환대의 문턱'과 '환대의 부정'을 동시에 의미하는 '파 도스피탈리테'의 양가적인 속성은 개인만이 아니라 국가에도 적용된다. 우리가 사는 집이 개인의 집이라면 국가는 공동체의 집이다. 크기의 차이만 있을 뿐 어떠한 문턱이든 같은 기능을 한다. 개인의 집 문턱과 마찬가지로 국가의 문턱인 출입국관리사무소나 이민국은 타자를 맞아들이는 환대의 문턱이기도 하지만, 타자를 돌려세우는 적대의 문턱이기도 하다.

개인의 집이든 공동체의 집이든 중요한 것은 그 집의 주인이 환대의 주체라는 사실이다. 누군가를 맞아들이거나 돌려세우는 것은 주인의 권리다. 주인이 손님을 아무리 극진하게 대한다 해도 주인은 주인이고 손님은 손님이다. 이것이 환대의 상식이요 원칙이다. 인간이 어디든 갈 수 있어야 하고 환대받을 권리를 갖고 있다는 칸트의 세계주의도 따지고 보면 그 상식과 원칙을 전제로 한다. 그런데 인류 역사를 돌아보면 환대의 상식과 원칙은 늘 훼손당하고 침해당했다. 손님이어야 할 사람(들)이 주인(들)의 자리를 차지한 예는 수도 없이 있었다. 어쩌면 인류의 역사는 훼손과 침해의 역사 그 자체였는지 모른다. 주인의 의도와 다르게 자기 마음대로 문을 열고 문턱을 넘어 주인을 죽이거나 노예로 만들면서 그 집을 독차지한 식민주의 역사는 그러한 역사를 생생하게 증언한다.

환대의 상식과 원칙이 훼손되고 침해된 곳에는 노예

의 자리로 밀려나거나 추방을 당한 타자의 눈물이 있다. 팔레스타인 작가 싸하르 칼리파Sahar Khalifeh의 장편소설 『가시선인장』(송경숙 옮김, 한국외국어대학교출판부, 2005)•은 손님에게 주인의 자리를 빼앗긴 타자의 눈물에 관한 이야기다. 소설의 시간적 배경은 '6일 전쟁'(1967년 6월 5-10일에 있었던 전쟁으로 제3차 중동전쟁 혹은 아랍-이스라엘전쟁이라 불리기도 한다)이 끝나고 5년이 지난 1972년이고, 공간적 배경은 요르단강 서쪽에 있다고 해서 서안西岸지구, 즉 웨스트 뱅크라 불리는 지역이다. 소설은 전쟁의 결과로 이스라엘에 점령당한 서안지구의 팔레스타인인들이 다른 나라도 아닌 자기 나라에서 유배당한 삶을 살아가는 모습을 보여준다. 이것이 더 가슴 아프게 다가오는 것은 소설이 출간된 시점(1976년)으로부터 40여 년이 훌쩍 넘었음에도 팔레스타인인들이 아직도 비통한 눈물을 흘리며 살아가고 있기 때문이다. 2020년의 현실은 소설이 형상화하는 1972년의 현실과 다르지 않다. 아니, 다르지 않다고 하는 건 상황을 과소평가하는 것이고, 팔레스타인인들에 대한 폭력은 1970년대보다 훨씬 더 심각하고 야만

• 필요한 경우에는 부분적으로 어조를 조정하여 인용했고, 오역은 영역본(『Wild Thorns』, Trevor LeGassick·Elizabeth Fernea 옮김, Olive Branch출판사, 1989)을 참조하여 바로잡았다.

스러워졌다. 이스라엘이 팔레스타인 지역에 유대인들을 정착시키고 정착민들보다 네다섯 배 많은 군인들을 주둔시켜 그들을 보호하면서 팔레스타인인들의 땅을 불법적으로 점유하는 현실은 이제 더 이상 뉴스가 아니라 일상사가 되었다. 팔레스타인인들이 죽임을 당하지 않는 날이 없을 정도이다. 그럼에도 세계는 그들의 죽음과 고통을 외면하고 있고, 그들의 눈물은 마를 날이 없다. 세상에 정의라는 게 존재하는 것인지조차 의심스러울 정도다. 이것이 타자의 눈물을 형상화한 40여 년 전의 소설이 아직도 유효한 이유가 된다.

우리는 자기 땅에서 쫓겨나거나 유배의 삶을 살아가는 다양한 사람들을 지나친 이분법적 논리로 재단하고 그들을 테러리즘과 연관시켜 생각하는 경향이 있다. 우리 사회가 서구의 이분법적인 논리에 길들여져 있는 탓이다. 물론 팔레스타인인들이 다양한 방법을 통해 유대인의 억압에 저항하고 있는 것은 사실이다. 땅을 불법적으로 점령하고 목을 틀어쥐는 식민주의 폭력에 대한 저항이 없다는 것 자체가 말이 안 되는 일이다. 그러나 우리가 알지 못하는 것은 이분법적 논리로 재단하기에는 그들의 저항이 너무 다면적이라는 사실이다. 누군가는 폭력적 수단을 동원해서라도 식민주의자들을 몰아내려 한다. 식민주의 폭력에 폭력으로 맞서겠다는 것이다. 그래봤자 계란으로 바위 치기에 불과하지만 그럼에도 당하고 있을 수만은 없으니, 이기지 못하면 적들이 마음 편히 살지 못하게라도 해야겠다는 논리다. 물론 누군가는 과격한 저항이 아니라 조용하지만 지속적인 저항의 방식을 택하기도 한다. 그것이 보는 사람에 따라서는 비겁함과 굴종으로 비칠 수도 있겠지만, 그렇게만 보는 것은 식민주의자들의 폭력을 과소평가하는 것이다. 식민주의에 대한 저항도 밥과 빵이 있어야 할 수 있다. 그래서 누군가는 과격하고 급진적인 저항의 방식을 택하고, 누군가는 조금은 비루하고 굴욕적으로 보여도 자신의 삶을 묵묵히 살아내는 온건한 저항의 방식을 택하게 된다. 그리고 누군가는 모든 것을 신에게 맡기고 언젠가 정의의 날이 오기를 기다리는 체념의 길을 택한다. 어떠한 길을 택하든 그들 모두에게는 삶 자체가 저항의 한 방식이다.

우리가 이 소설에서 눈여겨보아야 할 것은 작가가 팔레스타인인 투사들을 영웅시하지 않는다는 사실이다. 식민주의자들의 불법적인 영토 점령과 그것에 수반되는 폭력을 감안하면 충분히 그럴 수 있음에도, 작가는 결코 그들을 일방적으로 편들거나 응원하지 않는다. 오히려 그들이 독선으로 흐르는 것을 경계하고 현실과 만나는 과정에서 그들의 생각과 투쟁 방식이 조정되어야 할 필요성을 제기한다. 이것이 소설의 서두에 나오는 우싸마라는 청년이 중요한 이유이다.

스토리는 우싸마가 서안지구로 돌아오는 장면에서 시작된다. 그는 지난 5년간 팔레스타인을 떠나 있었다. 그러니 이스라엘이 1967년에 서안지구를 점령한 후로 팔레스타인인들이 어떠한 삶을 살아왔는지 알 도리가 없다. 그저 상상을 통해서만 알고 있을 따름이다. 그는 검문소를 거치며 점령의 현실을 뼈저리게 느낀다. 이스라엘 군인은 우싸마를 "더러운 아랍 놈"이라고 부르며 모욕한다. "왜 대답을 하지 않았소? 화장실에 있었소? 화장실은 어땠소? 그야 항상 지저분하겠지. 더러운 아랍 놈들. 우리야 화장실을 자스민 향이 나도록 지어놓지만 아랍 놈들은 화장실에 온통 똥칠을 해놓는다니까." 유대인 군인들은 이처럼 사소한 것에서부터 아랍인들을 모욕한다. 이것만이 아니다. 유대인들은 팔레스타인인 처녀의 따귀를 때리고 수색을 빙자하여 다리를 벌리라고 한다. 은밀한 곳에 뭘 숨겨서 들여오는 것은 아닌지 수색하겠다는 것이다. 팔레스타인 남자들은 자신들의 눈앞에서 동족이 그런 모욕을 당하는 데도 항의를 하지 못한다. 항의하게 되면 입국이 허용되지 않을 것이기 때문이다. 식민지 남성들은 이렇게 식민주의자들에 의해 심리적으로 거세당한다. 그들은 자기 나라에 들어가면서도 남의 나라 군인에게 모욕을 당하고 몸수색을 당하며 인간으로서의 권리를 침해당한다. 이것이 남성성의 상실이 아니면 뭔가.

이스라엘 군인들의 모욕과 침해는 이런 것에 국한되지 않는다. 이스라엘 군인과 우싸마 사이에 오가는 대화는 그 모욕과 침해가 어디로 확장될 수 있는지 적나라하게 보여준다. "왜 당신 어머니는 세켐으로 이사했소?" "나블루쓰가 좋아서요." "세켐이 왜 좋다는 거요?" "나블루쓰에 친척들이 많아서요." 같은 도시를 두고 한 사람은 나블루쓰라 하고 다른 사람은 세켐이라 한다. 한 사람에게 그 도시는 유서 깊은 팔레스타인 도시이지만, 다른 사람에게 그것은 새롭게 명명된 이스라엘 도시다. 이것은 사소한 일화 같지만 그렇지 않다. 이스라엘 군인들이 빰을 때리거나 걷어차는 것도 폭력이지만, 팔레스타인 지명을 히브리어로 바꾸는 것도 그에 못지않은 폭력이다. 전자가 물리적 폭력이라면 후자는 문화와 언어와 인식의 폭력이다. 식민주의자들은 땅을 점령하고 그 땅의 주인을 죽이거나 종으로 만드는 것에 만족하지 않는다. 그들의 최종 목적은 그 땅의 역사와 문화를 지우고 자신들의 역사와 문화를 그 땅에 새기는 데 있다. 그러기 위해서는 언어부터 없애야 한다. 이스라엘 군인이 '나블루쓰'를 '세켐'이라고 부르는 것이 일회성 사건이 아니라 식민화 작업의 일환인 이유가 여기에 있다.

5년 만에 서안지구에 돌아온 우싸마는 팔레스타인인들의 땅에서 식민화 작업이 조직적으로 진행되고 있음을 눈으로 보고 확인한다. 그런데 그가 이 시점에서 알지 못하는 것은 그가 건너고 있는 앨런비 다리(킹후세인 다리)의 이스라엘 검문소가 얼마 후에는 그가 지금 경험하는 것보다 훨씬 더 모욕적이고 폭력적인 곳으로 바뀔 것이라는 사실이다. 그는 자동차로 2분이면 건너는 다리를 팔레스타인인들이 겨울에는 네 시간, 푹푹 찌는 여름에는 여덟 시간을 걸려 다니게 될 것이라는 사실을 알지 못한다. 아직은 서안이 점령당한 지 5년밖에 되지 않은 시점(1972년)이기 때문이다. 그러나 미래에 닥칠 더 큰 억압과 폭력을 예상할 수 없음에도 불구하고, 그가 지금 다리를 통과하면서 겪는 수모와 폭력은 이후에 더 포악해질 점령지의 현실을 말해주기에 부족함이 없다. 그 수모와 폭력 앞에서 그가 지난 5년간 고향을 그리면서 느끼던 사랑과 그리움은 바닥으로 내동댕이쳐지고 만다.

더욱 그를 좌절시키는 것은 자신이 생각했던 것과는 너무 다른 서안의 현실이다. 민족의 존엄이 훼손당했음에도 불구하고, 동족인 팔레스타인인들이 이스라엘에 저항하는 모습은 찾아볼 수 없다. 적어도 그의 눈에는 그렇다. 사람들은 "그다지 생활고에 시달리는 것 같지도 않"고 "최신 유행하는 옷을 입고 있"으며, 가게들 앞에는 이스라엘 물건들이 잔뜩 쌓여 있다. 그들의 입으로 들어가는 빵마저도 히브리어가 새겨진 이스라엘 빵이다. 그의 눈에 이러한 현실은 굴종이고 민족적 자존감의 포기다. 아니, 점령과 식민 통치에 대한 공모 행위다. 실제로 팔레스타인인들은 단체로 이스라엘 버스를 타고 이스라엘에 가서 노동을 한다. 이스라엘 자본주들에게 봉사하고 있는 것이다. 저항은 못 할망정 그들의 배를 불려주는 일은 하지 말아야 되는데, 팔레스타인인들은 그들 밑으로 들어가서 다른 유대인 노동자들보다 낮은 처우를 받으며 일하고 있다. 그가 서안으로 온 것은 그것에 대한 경각심을 일깨우기 위해서다. 더 구체적으로 말하면, 그는 팔레스타인인들을 태우고 이스라엘로 들어가는 버스를 공격하는 밀명을 띠고 서안에 돌아왔다. 이스라엘에 협조하는 팔레스타인인들을 죽이려는 게 아니라, 팔레스타인인들의 노동력을 착취하는 이스라엘과 유대인들에게 경고하고, 동족에게는 이스라엘에 가서 일을 함으로써 유대인들을 배부르게 하는 일을 하지 못하도록 겁을 주려는 것이다.

저항이 있어야 할 곳에 체념과 묵종만이 있는 것처럼 보이는 점령지의 현실이 그에게는 답답하기 그지없다. 그의 생각에 점령지의 팔레스타인인들은 굴욕적인 점령에 맞서 분연히 싸웠어야 한다. 그는 사촌인 아딜을 이렇게 다그친다. "너희들은 너희들이 처한 상황에 맞서서 무슨 일을 했지? 여기 점령지 안에서 무슨 일을 했냐고?" 그는 사촌을 비롯한 팔레스타인인들을 숫제 '너희들'이라고 한다. 자신도 팔레스타인인임에도 불구하고 점령지의 팔레스타인인들로부터 자신을 분리시킨 것이다. 그러면서 그는 자신을 그들보다 우월한 존재로 생각한다. 이것은 현실을 보는 그의 시선이 한쪽으로 치우쳐 있다는 의미다. 점령지 안에는 그를 사랑하는 어머니도 있다. 그의 어머니가 누구인가. 하느님이 결국에는 모든 것을 정의롭게 만들 거라고 믿으며 아들의 결혼 문제에만 관심을 쏟는 사람이다. 그가 없는 사이 그의 어머니를 보살핀 것은 사촌 아딜이었다. 그럼에도 불구하고 '너희들'이 지금껏 뭘 했느냐고 아딜을 힐난한 것이다. 아딜이 "미안하지만 우리라는 일인칭 복수를 써"라고 그에게 말하는 것은 자신도 우리의 일부라는 사실을 인정하지 않고 폭력적인 대응 방식만이 옳다고 생각하는 우싸마의 근시안적인 사고를 지적하기 위해서다. 또한 "점령지 안의 상황에 맞서 너 같은 젊은이가 무슨 일을 하고 있는 거냐?"라는 우싸마의 말에 "점령지 밖의 상황에 맞서 네가 한 일"이라고 응수하는 것도 저항이라는 것이 꼭 하나의 방식을 통해서만 가능하다고 생각하는 편협함을 지적하기 위해서다.

실제로 점령지 밖의 현실과 점령지 안의 현실은 사뭇 다르다. 밖에서는 유대인들을 몰아내기 위한 투쟁 방식을 강구하고 실제로 그것을 행동으로 옮기기도 하며 민족의식을 고취하기 위한 글을 쓸 수도 있겠지만, 그것은 어디까지나 밖에 있기에 가능한 일이다. 그러다 보니 점령지 밖의 사람들은 점령지의 현실을 제대로 인식하지 못하고 추상적이고 계몽적이며 우월한 입장에 서려고 한다. 이러한 속성은 우싸마의 다음 말에서 잘 드러난다. "나의 유일한 해석은 너희들이 혁명의 대열에서 뒤처져 있다는 거야. 우리 바깥세상 사람들은 혁명을 예의 주시하며 이에 대해 글도 쓰고 있어." 그는 이스라엘에 저항하지 못하고 오히려 이스라엘과 유대인들을 위해 일하면서 생계를 유지하는 동족을 혁명의 대열에서 뒤처진 존재로 인식한다. 그러자 아딜은 이렇게 응수한다. "혁명에 관한 글을 쓰고 있다고? 그 사람들한테 우리가 겪는 것을 직접 겪어보라고 해……. 그 사람들한테 요르단강 서안지구와 가자지구의 산업화에 기여 좀 하라고 해. 그러면 이스라엘에 가서 하는 일을 당장에라도 그만둘 테니까 말이야." 탁상공론을 그만두고 현실을 직시하라는 말이다. 팔레스타인인들이 이스라엘에 가서 "더러운 아랍 놈"이라는 욕설을 들어가며 돈을 버는 것은 경제적 행위를 할 수 있는 여건이 서안지구에 조성되어 있지 않기 때문이다. 일자리가 충분히 있다면 팔레스타인인들이 모욕적인 말을 들으며 이스라엘에 가서 돈을 벌려고 아등바등할 이유가 없다. 결국 점령지 밖에서 점령지 안의 삶을 추상적으로 생각하고 "위험과 희생을 전부 점령지 안에 있는 우리들만 부담하기를 바라"는 사람들은 각성해야 된다는 말이다.

아딜은 이렇게 말한다. "굶으면서 어떻게 저항을 해?" 이것이 팔레스타인 문제의 핵심이다. 그러나 우싸마는 그 말을 이렇게 받아친다. "굶주림은 혁명을 촉발하는 법이야." 점령의 현실을 바라보는 눈이 입장에 따라서 이토록 다르다. 스토리의 중심은 이 지점에서 우싸마에서 아딜로 옮겨 간다. 우싸마의 혁명적이고 급진적인 생각이 대다수의 팔레스타인인들이 직면하고 있는 현실을 도외시하고 있어서 불가피한 일이다.

소설은 우싸마가 서안지구로 돌아오는 장면에서 시작하지만, 우싸마의 추상적이고 낭만적인 생각이 현실과 부딪치면서 스토리의 중심을 아딜에게로 서서히 옮겨놓는다. 아딜의 친구인 주흐디가 하는 말은 우싸마를 더욱 스토리의 중심 밖으로 밀어낸다. 그는 우싸마가 엿에 있음에도 불구하고 아딜에게 이렇게 말한다.

> 우리 점령지 안 사람들은 정말이지 하루하루가 죽을 지경인데, 우싸마 저 친구는 와서 한다는 말이 문제가 우리한테 달려 있다네. 아딜, 저 친구에게 안에 있는 사람들이 얼마나 고생하고 있는지 설명해줘. 이스라엘이 2만 채의 가구와 네 곳의 마을을 폭파시켰다는 것도 알려주라고. 수용소에 사람이 넘쳐나고 마치 대중탕에 바퀴벌레 득시글거리듯 젊은이들이 우글우글하다는 걸 말일세. 알바흐쉬의 아들, 알샤크시르의 딸 그리고 알하와리의 딸이 점령에 항거하다가 이스라엘 군인들한테 어떤 고문을 당했는지도 말해주게. 그러나 더 미칠 일은 우리가 먹고살기 위해 어쩔 수 없이 매춘굴 같은 이스라엘 공장에 가서 일을 할 수밖에 없다는 것도.

주흐디가 당사자인 우싸마를 옆에 두고도 자신의 말을 전해달라고 하는 것은 우싸마가 점령지 안의 현실을 알지 못하고 모든 사람들을 이스라엘에 부역하는 존재로 여기는 데에 대한 반감 때문이다.

아딜은 주흐디의 의견에 동의한다. 그도 마치 "정의의 사도"라도 되는 것처럼 혁명과 저항정신을 이야기하면서 정작 현실을 도외시하는 우싸마가 못마땅하기는 마찬가지다. 누군들 저항하고 싶지 않겠는가. 그는 점령당하기 전만 해도 광활한 토지를 갖고 있는 지주 집안의 큰아들이었다. 그런데 점령당한 후에는 농장 운영이 타산에 맞지 않는 일이 되었다. 이스라엘로 들어가 유대인 밑에서 일을 하는 것이 훨씬 더 이득인데, 팔레스타인인 노동자들에게 농장에서 일을 해달라고 할 수도 없었다. 게다가 아딜은 아홉 명에 달하는 가족들을 먹여 살려야 했을 뿐만 아니라 신장염을 앓는 아버지에게 필요한 인공신장투석기 때문에 다른 사람들보다 더 많은 돈을 벌어야 했다. 그래서 "식솔들과 인공신장투석기의 노예"가 된 것이었다.

그래서 아딜은 우는 것마저도 마음대로 하지 못한다. "사람들 때문에 울"고 "나라 때문에 울" 수 있는 우싸마와 달리, 그에게는 나라를 위해 일한다는 명분이 없어 울 수도 없다. 그래서 그는 이런 말을 속으로 되풀이한다.

> 조국이여, 진창에 빠져버려라. 수많은 이끼들이 표면을 덮어버리게. 나라고 땅이고 다 작별하고 말게. (……) 현실을 보면서도 어쩌지 못하는 국민이여, 괴로워해라.

이것은 가족을 부양해야 하는 의무와 책임감 때문에 점령당한 민족의 현실을 지켜보고 있어야만 하는 젊은

이가 느끼는 심정을 토로한 말이다. 유대인 밑에 들어가 일하는 것이 그라고 부끄럽지 않은 것은 아니다. 그런 상황에서 외국에서 돌아온 우싸마가 그의 자의식을 건드린 것이다. "상황에는 오직 하나의 측면" 즉 "패배와 점령이라는 측면"만이 있을 뿐이라는 우싸마의 말에 "상황에는 여러 측면이 있다"고 응수해보지만, 이것이 그가 느끼는 부끄러움을 상쇄시키지는 못한다. 그가 끝없는 자학에 빠지는 이유다.

그런데 역설적이게도 그 부끄러움과 자학이 그를 우싸마보다 더 인간적이고 겸손하게 만든다. 그는 자신에게 명분이 없다는 것을 알고 스스로를 낮추는 자리로 내려가서, 자신처럼 가족을 먹여 살리기 위해 유대인 고용주 밑에서 일하는 사람들이 부당한 취급을 받지 않도록 최선을 다한다. 싸비르 아버지가 공장에서 일을 하다가 손가락이 잘렸을 때에도 그랬다. 유대인 직원은 노동허가증이 없다는 이유로 앰뷸런스를 불러주지 않았다. "노동허가증이 없으면 응급처치를 못합니다. 지시 위반이거든요." 결국 주흐디와 함께 싸비르 아버지를 나블루쓰로 데려간 것은 아딜이다. 또한 싸비르 아버지에게 보상금을 받게 해주려고 백방으로 노력하는 것도 아딜이다. 법원이 결국 유대인 사업주에게 "8만 4천 이스라엘리라를 보상하라는 결정"을 내린 것 역시 그가 노력한

덕이다. 비록 유대인 사업주가 법망을 피하려고 허위로 파산 신청을 하는 바람에 한 푼도 못 받게 되었지만, 그래도 그가 그 상황에서 최선을 다한 것은 사실이다. 아딜이 그렇게 한 것은 싸비르 아버지가 동족이기 때문만이 아니라 고통을 당하는 인간이기 때문이다. 그는 손가락을 절단당한 사람이 유대인이었더라도 그렇게 행동했을 것이다. 실제로 그는 서안지구에서 유대인 장교가 목덜미에 우싸마의 칼을 맞고 쓰러졌을 때도 장교의 기절한 딸을 둘러업고 병원으로 향한다.•

다른 팔레스타인인들이 사건 현장을 피해 달아나는 상황에서 그가 위험을 무릅쓰면서까지, 기절해 쓰러져 있던 아이에게 물을 끼얹은 후 둘러메고 병원으로 향하는 것은 유대인 장교 부부와 아이를 유대인이 아니라 인간으로 보기 때문에 가능한 일이다. 더욱이 장교의 목에 칼을 꽂은 사람이 우싸마라는 사실을 감안하면, 불필요하게 그 사건에 연루되는 것을 피하기 위해서라도 그 자리를 벗어났어야 하지만, 그는 눈앞에서 고통당하는 인간을 외면하지 않는다. 이것이 목적을 위해서 물불을 가리지 않는 우싸마와 그가 결정적으로 다른 지점이다.

• 국내 출간본을 보면 이 부분(173쪽)에서 아딜이 딸을 업었다고 되어 있고, 소설의 결말부(227쪽)에 가서는 딸이 아니라 장교를 둘러업었다고 되어 있는데, 이것은 명백한 오역이다. 아딜이 업은 이는 당연히 장교의 딸이다. (영역본 204쪽 참조)

그렇다고 소설이 아딜을 영웅시하는 것은 아니다. 우싸마를 영웅시하지 않는 것처럼, 아딜 역시 영웅시하지 않는다. 소설의 말미에서 이스라엘 군인들에 의해 그의 집이 폭파될 때, 그럴 시간이 충분했음에도 불구하고 집 안에 있는 아버지의 인공신장투석기를 꺼내 오지 않는 것은 그처럼 인간적이고 따뜻한 사람도 점령이라는 현실 앞에서는 비정해질 수 있다는 사실을 암시한다. 투석기를 가져오지 않는 것은 그것 없이 연명할 수 없는 아버지가 이후에 죽게 되더라도 방치하겠다는 뜻이다. 여기에 그의 딜레마가 있다. 한편으로는 아버지를 살려야 맞다. 그것은 자식의 도리이기도 하고, 자식을 떠나 인간으로서의 도리이기도 하다. 그런데 다른 한편으로는 이스라엘의 점령에 관해 외신 기자들과 한가로운 말장난만 하며 사는 아버지가 그와 가족에게는 너무 큰 짐이다. 인공신장투석기에 들어가는 막대한 비용 때문에 아딜은 엄청난 고통에 시달리고 있다. 아버지가 살면 가족은 죽어야 할지도 모른다. 그는 스스로에게 이렇게 묻는다. "그렇다면 사람을 죽이겠다는 거야? 그것도 아버지를? 그러나 사람들은 늘 죽임을 당하고 있다. 그리고 아버지가 계속 살아 있으면 우리 모두는 죽게 될 것이다." 그는 이러한 감정의 소용돌이 속에서 결국 인공신장투석기를 꺼내 오지 않기로 결심한다. 그것이 끔찍한 범죄임을 알면서도 그렇게 한 것이다. 이스라엘의 점령과 식민주의는 그와 같이 마음이 따뜻한 사람마저 비정하게 만든다. 그가 누구인가. 까무러친 유대인 소녀를 살리기 위해 병원으로 달려갈 정도로 인간적인 사람이었다. 그런 그가 아버지의 죽음을 방치하겠다고 결심한 것이다. 아버지가 죽게 되면 그는 노예처럼 일하는 것으로부터 자유로워져 저항운동에 뛰어들게 될지 모르지만, 그 과정에서 인간성을 잃고 말았다. 식민주의와 점령의 현실이 그를 그렇게 내몬 것이다.

이스라엘 군인들이 집을 폭파하는 것을 보면서 그는 눈물을 흘리며 스스로에게 말한다. "반항과 복수심에 가슴이 떨린다. 나는 잔인한 사람은 아니지만 반드시 원수를 갚겠어. 뼛속까지 원한이 사무친다……. 아딜, 너는 이제 인내와 복수의 신이다." 그는 자신의 집이 폭파됨으로써 지금까지 지키려고 했던 모든 것이 무너졌으며, 아버지의 목숨도 끝난 것이라고 생각한다. 여태껏 한 번도 울지 않던 그가 우는 이유다. 그가 이후로 어떤 선택을 하게 될지는 분명하지 않지만, 확실한 것은 "인내와 복수의 신"이 되어 지금까지와는 다른 저항적인 삶을 살아갈 것이라는 사실이다. 그는 이렇게 다짐한다. "만일 아딜, 네가 좀 더 잔인하고 좀 더 심장이 강하다면, 대서양에서 걸프지역까지 그리고 지구의 가장 먼 곳까지도 네 손이 닿는 것이면 무엇이든지 폭파해버릴 거야. 네 형제 위에 놓인 바윗돌을 그대로 내버려두지 않을 거야. 형제를 짓누르는 바윗돌을 치워버릴 거야." 그는 그렇게 되면 궁극적으로 점령도 끝날 것이고 "이스라엘 군인들 손에서 삐삐거리는 금속탐지기 소리"를 더 이상 듣지 않아도 될 것이라고 상상한다.

그러나 그의 상상과는 다르게, 양 떼가 평화롭게 풀을 뜯고 팔레스타인 땅이 환희와 평화로 넘치는 미래는 그리 쉽게 가능하지 않을 것이다. 그가 이러한 상상을 한 것은 1972년이었다. 스물일곱 청년이던 아딜은 그때로부터 거의 반세기가 지난 2020년 현재, 70대 중반의 노인이 되어 있겠지만 서안지구는 여전히 팔레스타인인들의 눈물이 마르지 않는 곳이다. 서안지구에 침입해 들어간 유대인 정착민들의 숫자는 더 늘어났고, 정치인들은 서안지구의 일부를 아예 이스라엘 땅으로 편입시키겠다고 공언하고 있다. 결국 그가 아버지를 죽음에 내주면서까지 꿈꾸었던 미래는 허상이었던 것이다. 그가 이스라엘에 들어가 일할 때는 버스라도 쉽게 타고 갈 수 있었지만, 지금은 10만 명이 넘는 팔레스타인인들이 이스라엘에서 일하기 위해 새벽 두 시부터 검문소에서 줄을 서 치욕을 당하고 있다. 어쩌면 그도 이미 그것을 느끼고 있었을지 모른다. 소설이 "사람들은 빵과 채소와 과일을 산다"라는 문장으로 끝나는 것은 어쩌면 그래서일지 모른다. 무슨 일이 벌어지든 점령의 현실은 계속되고 사람들은 여전히 먹고사는 것에 급급해 "빵과 채소와 과일"을 사면서 살아갈 것이다. 그들의 눈물은 계속되고 팔레스타인의 또 다른 아딜들은 늘 그렇게 세상과 불화하고 절망하고 고뇌하는 삶을 살아갈 것이다.

칼리파의 『가시선인장』은 이스라엘과 유대인들로부터 고통받는 팔레스타인인들의 눈물을 생생하게 보여준다. 그들의 눈물은 아직 마르지 않았고, 누구도 그들의 서러운 눈물을 닦아주려 하지 않는다. 우리가 일본 식민주의에 고통을 당할 때 아무도 우리의 눈물을 닦아주지 않았던 것처럼, 세계는 그들의 눈물을 외면하고 방치한다. 이스라엘이 팔레스타인인들의 땅을 7미터 높이의 담으로 빙 둘러싸 이동의 자유를 막아도, 유엔을 비롯한 세계는 수사적으로만 이스라엘을 비난할 뿐 아무런 행동도 취하지 않는다. 유대인들이 나치가 자기들에게 한 것과 같은 야만적 행동을 팔레스타인인들에게 해도, 세계는 고개를 돌리거나 침묵한다. 2019년 미국 정부는 유대인들의 불법적인 정착촌을 더 이상 "불법적이 아니다"고 선언함으로써 불법을 합법화했다. 어디 그것뿐인가. 미국은 2018년에 자국 대사관을 지중해 연안의 텔아비브에서 예루살렘으로 옮김으로써 이슬람, 기독교, 유대교의 공동 성지인 예루살렘을 이스라엘만의 것으로 만들었다. 세계가 반대했지만 미국은 그것을 강행했고 유엔을 비롯한 세계는 더 이상 왈가왈부하지 않는다. 그래서 결과적으로만 보면 세계가 이스라엘의 폭력에 공모하고 있는 셈이다. 팔레스타인인들의 눈에서 눈물이 마를 날이 없는 이유다.

칼리파의 소설은 그 눈물의 실존적 의미를 보여준다. 그 눈물은 자신의 것을 찬탈당한 팔레스타인인들이 이스라엘과 유대인들의 폭력 속에서 살아가는 현실을 포괄적으로 지칭하기 위한 은유적인 성격의 눈물이다. 식민주의자들의 폭력 앞에서 눈물은 사치에 지나지 않는다. 팔레스타인인들에게는 점령이라는 폭력적 현실에도 불구하고 어떻게든 견뎌내고 살아내야 하는 삶이 있다. 억울해도 살아야 하고 고통스러워도 살아내야 하는 삶이 있다. 소설의 제목이기도 한 '가시선인장wild Thorns'이 메마른 사막에서 생명을 이어가듯, 팔레스타인인들도 인고의 세월을 견디며 생명을 이어갈 것이다. 그래서 울음은 사치다. 그러나 은유적인 의미에서 보면, 팔레스타인인들의 곤궁한 삶 자체가 이미 거대한 울음이다. 그들의 삶은 울음 없는 울음이 더 고통스러운 울음이라는 사실을 보여준다.

그 울음이 때로는 우싸마처럼 지하 혁명 조직에 가담하여 투쟁하는 것으로 나타나기도 하고, 때로는 아딜처럼 생계를 위한 몸부림이었다가 그것마저도 용납하지 않는 현실에 절망하여 결국에는 아버지의 죽음을 방치하고 저항으로 돌아서는 것으로 나타나기도 한다. 또한 아딜의 친구 주흐디처럼 우싸마와 같은 혁명주의자들을 불신하다가도 마지막 순간에 돌변하여 우싸마를 지켜주려고 이스라엘 군인들에 맞서다가 죽는 것으로 나타나기도 하고, 아딜의 동생 바씰처럼 소극적이고 무기력한 기성세대에 대한 불신 때문에 급진적인 지하 조직에 가담하여 투쟁적인 삶을 사는 것으로 나타나기도 한다. 그리고 수많은 사람들이 그러한 것처럼 먹고살기 위해서 어쩔 수 없이 묵종의 삶을 살아가는 것으로 나타나기도 한다. 여기에서 중요한 것은 누가 맞고 틀리냐가 아니라 그들이 점령의 현실을 살아가는 방식 하나하나가 눈물이라는 사실이다.

그 눈물이 그토록 애원하고 호소하건만 세상은 그에 응답하지 않는다. 세상은 거의 언제나 데리다가 말한 '파 도스피탈리테'의 양면, 즉 '환대의 문턱'과 '환대의 부정' 중에서 후자를 택한다. 그래서 타자의 눈물은 계속된다.

"이렇게 빵을 잘 굽다니 어디서 배운 거니?"

—환대의 최종적인 수혜자

따뜻한 밥을 지어 누군가와 같이 먹는 모습을 상상하면 마음이 따뜻해진다. 삶의 기본이 되는 밥을 매개로 하는 환대. 예를 들어, 김지하의 「손님」은 그 환대의 기억이 얼마나 소중하고 위로가 되는지를 감동적으로 보여준다. 이 시는 '당신'을 만나 그에게서 따뜻한 밥을 대접받고 외로움과 시장기를 해소한 '나'의 기억을 노래한다. 문맥으로 보아 "외롭고 시장했던" 사람도 화자이고, 밥 한 그릇을 대접받은 사람도 화자이다. 그래서 "손님"이라는 제목은 화자를 가리키고, 시의 내용은 손님인 '내'가 '당신'이 준 밥 한 그릇에 외로움과 시장기를 걷어낼 수 있었던 따뜻한 기억에 관한 것이다. 잘 생각해보면 우리에게도 그런 기억이 한 번쯤은 있었을 것만 같다. 이 시가 우리의 마음을 움직이는 것은 그 기억을 뭉클하게 표현하고 있어서다.

당신을 기억한다
당신의 눈을
기억한다

전봇대 위에 까치 울고
문득 앞에 와 서던
키 큰 당신

밤바다 같고
별하늘 같고
푸른빛 나는
어둔 인광 같고

도무지 모를 당신 앞에
나 왜 그리도
풋풋했던지
자랑스러웠던지

기억한다
그때

나 몹시도 외롭고 시장했던 것

밥 한 그릇
당신.

그런데 좋은 시들이 종종 그러하듯 이 시는 다른 해석 내지 오독誤讀을 가능하게 만든다. 시에 나오는 손님이 '내'가 아니라 '당신'일 수 있어서다. 특히 "전봇대 위에 까치 울고"라는 시구가 그렇게 우리를 유인 내지 오도한다. 일반적으로 까치가 우는 소리를 듣는다고 할 때 그 주체는 우리말의 통념상 손님이 아니라 주인이다. 그래서 '까치가 울면 반가운 손님이 온다'는 속담에 기댄 시구는 '내'가 아니라 '당신'이 손님일 가능성을 암시한다. 필리스 로즈Phyllis Rose의 말대로 "모든 독서는 오독"일지 모른다. 더욱이 시가 가진 모호함으로 말미암아 발생하는 오독이니 손님을 '내'가 아니라 '당신'이라고 가정하는 것도 불가능한 일만은 아니다. 이렇게 되면 이 시는 앞에서 설명한 것과는 사뭇 다른 광경을 펼쳐 보인다.

그렇다면 오독을 한번 시도해보자. 시를 읽으면 이런 풍경이 눈앞에 펼쳐진다.

'나'는 외롭다. 거기에 배도 고프다. 허기까지 얹히니 더 외롭다. 그럼에도 밥 먹을 생각을 하지 못하고 있다. 혼자서 밥을 먹으면 자기 눈에도 너무 청승맞아 보이고 외로움이 깊어질 것 같다. 그런데 전봇대 위에 앉아 있던 까치가 운다. 까치가 울면 손님이 온다더니 정말로 손님이 찾아온다. 화자는 가슴이 설렌다. 그는 따뜻한 밥을 지어 손님과 같이 먹는다. 그러면서 마음이 편안해진다. 손님은 밥을 먹으며 시장기를 해소하고 화자는 허기만이 아니라 외로움까지 해소한다. "기억한다/그때/나 몹시도 외롭고 시장했던 것". 그렇다면 누가 누구를 환대한 것일까. '나'일까, 손님일까.

이런 식으로 읽으면 이 시에서 환대란 누군가에게 일방적으로 뭔가를 주는 게 아니라, 뭔가를 주는 동시에 받는 것이라는 의미가 된다. 화자가 타자와의 만남에서 외로움과 시장기를 해소하듯, 우리는 누군가를 환대하면서 주기만 하는 게 아니라 뭔가를 해소한다. 우리는 늘 그렇게 외롭고 뭔가에 고픈 존재다. 모리스 블랑쇼의 말대로 우리의 마음 한복판에는 일종의 윤리적 결핍 상태가 있어서 언제나 타자를 필요로 하는 것인지 모른다. 그리고 그 결핍 상태를 해소하는 과정에 환대가 자리하는 것인지도 모른다. 그렇게 되면 어떤 철학자가 무슨 말을 하든, 타자에 대한 환대는 결국 자기에 대한 환대이다.

"영어로 글을 쓰는 현존하는 작가 중 가장 위대하다"는 평가를 받는 J. M. 쿳시Coetzee의 『야만인을 기다리며Waiting for the Barbarians』(왕은철 옮김, 문학동네, 2019)•도 환대의 궁극적인 수혜자가 손님이 아니라 주인일 수 있다는 것을 보여준다. 스토리의 마지막에 가서야 아주 우회적인 방식으로 드러나긴 하지만, 은유적인 차원의 외로움과 시장기를 해소하게 된다는 점에서는 김지하의 「손님」과 기본적으로 같은 맥락이다. 우연히도 쿳시의 소설 역시 밥, 아니 빵을 매개로 환대의 문제를 사유한다. 현실의 밥을 중심에 놓고 오가는 환대의 감정을 노래한 「손님」과 달리, 쿳시의 소설에 제시되는 빵은 주변적인 성격이 강한 꿈속의 빵이지만 그렇다고 그것의 중요성이 덜해지지는 않는다.

레비나스가 '타자의 철학자'라 불리는 것과 흡사하게 쿳시는 '타자의 작가'라 불릴 자격이 있는 작가다. 그가 지금까지 발표한 소설들 중 타자의 문제를 형상화하지 않은 소설은 단연코 단 한 편도 없다. 첫 소설 『어둠의 땅』에서 시작하여 『야만인을 기다리며』 『마이클 K』 『포』 『철의 시대』 『추락』 등을 거쳐 최근작 『예수의 죽

• 이 글에서의 인용은 이 번역서에 의한 것이다. 이 글은 방향이 조금 다르긴 하지만, 필자의 다음 논문을 부분적으로 활용한 것이다. 「『야만인을 기다리며』의 상호텍스트성에 관하여」(『영어영문학』 50권 1호(2004): 292-317쪽).

음』에 이르기까지 쿳시의 소설들은 거의 예외 없이 타자의 문제를 중심에 놓고 스토리를 전개한다. 세계 문학사에서 그처럼 집요하게 '나'와 타자의 관계를 형상화한 예를 찾기 힘들 정도로 타자의 문제는 쿳시 문학의 핵심을 이룬다. 이는 남아프리카공화국의 아파르트헤이트 정책이 타자, 즉 흑인들의 인권을 유린하는 모습을 보면서 쿳시가 갖게 된 윤리적 강박에서 기인한 것이었다. 쿳시는 그러한 현실 속에서 태어나 성장하고 성년이 되었다. 그것은 식민주의 역사가 백인식민주의자의 후손인 그의 어깨에 지운 짐이었으나 역설적으로 바로 그 짐이 그를 위대한 '타자의 작가'로 만들었다.

그를 무명에서 세계적인 작가로 발돋움하게 만든 『야만인을 기다리며』는 그의 소설들 중에서도 특별히 타자의 문제를 깊고 심오하게 사유한 작품으로 꼽힌다. 이 소설은 남아프리카공화국이 아닌 미지의 공간을 배경으로 한다. 타자에 대한 폭력과 억압이 남아프리카공화국에 제한된 것이 아니라 세계 곳곳에서 보편적으로 일어나고 있는 것임을 강조하기 위해서다. 그래서 주인공은 일본에 유린당한 조선일 수도, 영국에 유린당한 아일랜드나 인도, 아프리카 국가들일 수도 있다. 그리고 지금 이 순간에도 이스라엘에 유린당하고 있는 팔레스타인일 수도 있다.

스토리는 제국의 변경에 있는 정착지의 행정과 사법을 총괄하는 치안판사의 서술로 진행된다. 치안판사는 부드럽고 온화한 성격의 소유자로 변경에서 한가로운 삶을 살고 있는 제국 관리다. 그런데 어느 날 제국 보안청의 제3국 소속 비밀경찰 졸 대령이 찾아오면서 그의 평온한 일상이 무너진다. 제3국은 나치 독일(=제3제국)을 연상케 하는 비밀경찰인데 거기에 소속된 졸 대령이 변경을 찾아온 것은 야만인들 때문이다. 변경이 실제로 그들의 공격에 시달리고 있거나 그들로 인한 위험이 일정한 수위에 도달했는지는 중요하지 않다. 그가 변경을 찾은 것은 통치술의 일환이다. 쿳시가 제목을 따온 콘스탄틴 카바피Constantine Cavafy의 시 「야만인을 기다리며」가 말해주듯, 제국은 스스로를 존속시키기 위해서 끊임없이 야만인, 즉 타자를 만들어내야 한다. "야만인들이 없다면 우리는 어떻게 될까? / 그들이 일종의 해결책이었는데." 그래서 "변경에 사는 여자치고, 침대 밑에서 야만인의 시커먼 손이 불쑥 나와서 발목을 잡는 꿈을 꾸지 않은 사람이 없다. 또한 남자치고 야만인들이 자기 집에 쳐들어와 술에 취해 흥청거리며 법석을 떨고, 접시를 깨뜨리고 커튼에 불을 지르며 자기 딸들을 강간하는 상상을 하며 두려움에 떨지 않은 사람이 없다". 제국은 스스로를 존속시키기 위해 이러한 히스테리를 조장하고, 야만인들이 몰려온다는 공포를 심어 내부를 결속하고 권력을 다진다. (미국의 트럼프 정권이 세우겠다는 멕시코 장벽도 결국 '야만인'의 문제다. 그렇게 야만인은 '만들어진다'.) 치안판사의 말처럼 "한 세대에 한 번씩은 꼭 야만인들에 대한 히스테리가 일어난다". 그리고 지금, 그 히스테리를 조장하기 위해 졸 대령이 파견된 것이며 그는 그 상황을 조작이 아니라 사실이라고 믿는다. 그의 맹목성이 무서운 이유다.

졸 대령이 치안판사가 관할하는 변경에 와서 첫 번째로 한 일은 감옥에 있는 두 '야만인들'을 고문한 것이다. 그런데 그가 고문하는 사람들은 야만인들이 아니라 제국에 아무런 위협도 되지 않는 평범한 사람들이다. 그는 손자의 상처를 치료해주려고 의사에게 가다가 오해를 받아 잡혀 온 노인을 야만인이라 단정하고 고문해 죽게 만든다. 노인의 손자 역시 잔혹한 방식으로 고문한다. 야만인들이 어디에 있는지 찾아내기 위해서다. 존재하지도 않는 야만인들의 거처를 대라고 하니 기가 막힐 노릇이나, 그는 모른다는 그들의 말을 믿지 않고 고문의 강도를 점차 높이면 결국 '진실'을 실토하게 될 것이라고 생각한다. 이것은 "힘이 먹히지 않으면 더 많은 힘을 사용하라"는 잔혹한 이스라엘 격언처럼 폭력이 모든 것을 가능하게 만들 수 있다는 발상에서 비롯된 것이다.

권력자들과 그들의 하수인들은 늘 그렇게 힘에 의존한다. 그들에게는 "힘이 진실"이다. 졸 대령은 그 힘을 믿고 노인을 고문해 죽게 만들고 소년의 몸에 "백 군데도 넘는 칼자국"을 낸다.

치안판사는 사람을 잔혹하게 고문하고 살인까지 저지르는 대령이 못마땅하다. 아니, 본능적으로 싫다. 그는 졸 대령에게 고문을 당하고 있는 사람들이 야만인들이 아니라고 애써 변호해보지만, 그것이 통하지 않자 비밀경찰에게 냉소적인 태도를 취한다. 그가 보기에 야만인은 '그들'이 아니라 졸 대령이다. 당연한 말이지만 치안판사의 그러한 태도는 그의 이익에 부합되지 않으며, 치안판사직마저 위태롭게 할 수도 있다. 안보를 빌미로 권력을 휘두르는 비밀경찰의 초법적이고 탈법적인 위세가 얼마나 대단한지는 인류의 역사가 증언한다. 이 상황에서 그가 비밀경찰이 '야만인'과 관련한 문제를 처리하는 방식을 그냥 묵인하고 넘어갔다면 별문제가 없었을 것이다. 그러나 그는 그렇게 하지 않음으로써 스스로를 비밀경찰과 제국의 적으로 만든다.

왜 그랬을까. 자신에게 아무런 득이 되지 않음에도 비밀경찰에 저항한 이유는 무엇이었을까. 그는 제국의 존재나 존립 자체에 의문을 품고 있는 사람이 아니다. 특별히 선한 것도 아니다. 어차피 제국주의자라는 점에서는 그나 대령이나 마찬가지다. "한쪽은 거칠고 다른 쪽은 사근사근하다"는 것 정도가 두 사람 사이의 차이일 텐데, 그 차이는 제국의 입장에서 보면 미미한 것이다. 어차피 두 사람은 제국에 봉사하는 관리다. 졸 대령이 아버지라면, 치안판사는 "아버지한테 매를 맞은 아이를 위로하는 어머니"에 지나지 않는다. 치안판사는 "편안한 시절에 제국이 스스로에게 얘기하는 거짓말이고 대령은 거친 바람이 불며 세상이 험악해질 때 제국이 얘기하는 진실이다". 그것은 "제국의 통치술의 양면이며, 그 이상도 그 이하도 아니다". 그런데 이러한 자의식에도 불구하고 치안판사는 비밀경찰에 맞선다. 어쩌면 그것은 작가의 말대로 우리 모두가 그러한 것처럼 그가 "정의에 대한 개념을 갖고 태어난" 인간이기 때문일지 모른다. 무사안일주의로 일관하며 살아온 그와 같은 사람에게도 정의에 대한 개념은 생득적인 것이다. 정의와 윤리는 거창한 게 아니다. 치안판사가 그렇듯이, 누군가를 고문하고 죽이는 것에 대한 본능적인 혐오감이 정의와 윤리의 시작점이다.

그의 저항이 소극적인 저항에 그쳤다면, 비록 불순하고 불온하다는 평가를 비밀경찰로부터 받긴 했어도 치안판사직을 박탈당하는 일까지 벌어지지는 않았을지 모른다. 문제는 졸 대령이 야만인들에 대한 취조와 고문에서 별다른 소득을 얻지 못하자 좀 더 과격하고 급진적인 해결책을 모색하려고 수도로 돌아갔을 때 그의 저항이 더 공세적으로 바뀐다는 데 있다. 치안판사가 구걸을 하는 야만인 소녀를 데려다가 보살피고 급기야 그녀를 그녀의 부족에게 데려다주면서 위험천만한 상황이 전개된다. 그녀는 졸 대령에게 고문을 받아 다리를 절름거리고 눈이 거의 멀게 된 야만인 소녀다. 졸 대령은 그녀의 아버지가 보는 앞에서 그녀의 다리를 부러뜨리고 불에 달군 포크로 그녀의 눈을 망가뜨렸다. 그녀의 아버지 역시 고문을 당했고 결국에는 졸 대령에게 달려들다가 맞아 죽었다. 혼자가 된 소녀는 먹고살기 위해서 몸을 파는 것도 마다하지 않았다. 그런 상황에서 치안판사가 그녀를 보살피게 된 것이다. 야만인 소녀에 대한 환대는 그렇게 시작된다.

치안판사의 행동은 처음에는 더없이 순수하고 고결해 보인다. 오갈 데 없는 소녀를 데려다가 식당 설거지와 자신의 방 청소를 시킨 것은 그녀를 도우려는 순수한 의도에서였다. "나는 옳은 일을 하고 싶었다. 보상을 해주고 싶었다." 그런데 그 순수성은 어느 순간부터 시작된 해괴망측한 행위로 인해 훼손되고 만다. 그는 처음에는 그녀의 발만 씻겨주다가 나중에는 다리, 허벅지, 엉덩이, 배, 가슴, 목까지 씻겨준다. 여기에서부터 그의 환대는 권력자가 타자에게 가하는 일종의 폭력이 된다. 그의 행동은 환대라는 것이 상대의 입장을 배려하지 않으면, 아무리 좋은 의도에서 행해진 것이라 하더라도 폭력으로 변질될 수 있다는 사실을 보여준다. 환대와 폭력의 거리는 그만큼 가깝다. 하나는 선의 영역에, 다른 하나는 악의 영역에 속할 것 같지만, 겉으로는 환대로 보이는 것이 속내를 자세히 들여다보면 폭력인 경우가 많다. 그렇다고 치안판사가 그녀의 몸을 탐하고 성적으로 착취한다는 말은 아니다. 그는 그녀에게 아무런 성적 욕구를 느끼지 않는다. (그는 성적 욕망을 해소하고 싶을 때는 여관에 있는 다른 여자를 찾아간다.) 그럼에도 불구하고 늙은 치안판사가 그녀에게 그러한 행위를 한다는 것은 권력을 갖고 있기에 가능한 일이다. 소녀는 자신의 몸을 만지는 그의 손길에 속수무책이다. 그녀는 차라리 그가 자신의 몸을 요구하기를 바란다. 다른 사람들이 그랬듯이 그와 잠자리를 같이하게 되면 차라리 마음이 편할 것 같다. 뭔가를 주고받는 관계가 될 것이기 때문이다. 그런데 그는 그녀의 유혹에도 그렇게 하지 않는다. 그는 졸 대령이 그녀의 몸에 가한 폭력에 강박적으로 매달릴 따름이다. 그가 그녀에게 어떤 식으로 고문당했는지를 묻고 또 묻는 것은 그래서다.

그의 강박적인 행동에 일말의 윤리성이 없는 것은 아

니지만, 그럼에도 불구하고 그것이 폭력이라는 사실은 변하지 않는다. 졸 대령이 가한 폭력의 흔적을 그녀의 몸에서 씻어내기 위한 의식이라 해도, 당사자가 편치 않아 하는 행동은 폭력이다. 그녀의 몸에서 폭력을 씻어내기 위해 폭력과 다름없는 행동을 하는 것은 폭력에 폭력을 얹는 격이다.

만약 그 대상이 여성이 아니라 남성이었더라도, 치안판사가 그 사람을 자신의 방에 묵게 하고 몸을 씻기는 의식을 행했을까. 그랬을 리 없다. 야만인이 여성이기 때문에 그렇게 한 것이다. 치안판사는 제국의 관리이고 야만인 소녀는 식민지인이다. 그래서 치안판사가 자기 마음대로 하는 야만인 소녀의 몸은 제국에 정복당한 나라나 민족에 대한 은유가 된다. 제국주의는 늘 그렇게 자신이 식민화한 나라나 민족을 여성의 몸, 즉 정복의 대상으로 인식해온 일종의 가부장제 이데올로기이다. 그러니 졸 대령만이 그 몸에 고통을 가하는 게 아니다. 인간적인 품성의 치안판사도 그 몸에 고통을 가하기는 마찬가지다.

물론 다른 점은 있다. 그녀에게 베푸는 자신의 환대에 순수하지 못한 면이 있을 수 있다는 자의식이 그것이다. 그 자의식이 결국 그로 하여금 소녀를 그녀의 부족에게 데려다주기로 결심하게 만든다. 더 이상 그녀를 붙들고 어떤 의식을 치르든 그녀에게서 폭력을 씻어낼 수도 없고 그녀가 행복할 리도 없다는 판단을 내린 것이다. 그는 힘겨운 여정 끝에 그녀를 야만인들에게로 돌려보낸다. 그녀와 작별하기 전에 돌아가서 같이 살자고 제안하지만, 그녀는 그 제안을 받아들이지 않는다. 치안판사의 말("내가 그처럼 먼 곳에서 온 누군가를 사랑할 수 있었다는 게 놀랍다")처럼 그녀를 향한 그의 마음이 사랑이었다고 해도, 그것은 태생적으로 권력 관계 내에서의 사랑이다. 어느 여자가 그것을 사랑이라 생각하고 그런 관계 속으로 들어가려 하겠는가. 물론 치안판사의 예상대로 그녀는 자신의 부족에게 돌아가서도 순탄치 못한 삶을 살게 될지 모른다. "사람들이 그녀에게 아무리 친절하게 대해준다고 해도 그녀는 정상적인 방식으로 구애를 받지 못하고 결혼도 하지 못할 것이다. 평생 이방인의 소유물이었다는 낙인이 찍힐 것이다." 그럼에도 불구하고 그녀는 그와 함께 돌아가는 것을 거부한다.

야만인 소녀를 부족에게 돌려보낸 치안판사는 적과 내통했다는 이유로 결국 치안판사직을 박탈당하고 감방에 갇힌다. 야만인 소녀가 "아버지의 눈앞에서 고문을 당해 상처를 입었고, 눈앞에서 발가벗겨진 아버지가 모욕을 당하는 모습을 지켜보았던" 곳에서 그녀가 받았을 모멸감과 고통을 직접 경험하게 된 것이다. 들뢰즈와 가

타리의 용어를 빌려 말하면, 권력과 권리를 가진 '다수자'에 속했던 그가 '소수자'가 된 것이다.

여기에서 우리는 다시 한 번 같은 질문을 하지 않을 수 없다. 그러한 '소수자-되기'가 편안한 삶과 안정된 지위를 잃는 것을 감수할 정도로 가치 있는 일이었을까. 그가 그것을 통해 얻은 것은 무엇일까. 야만인 소녀를 돌려보낸다고 오랫동안 자리를 비운 그를 제국이 영웅으로 대할 가능성은 전혀 없다. 만약 졸 대령이 야만인들의 존재와 위험을 입증하고 어떠한 형식으로든 그들을 토벌하는 데 성공했더라면, 그는 치안판사직에 복귀하지도 못하고 반역죄로 처벌받게 되었을지 모른다. 그렇다면 그 모든 시련에 대한 대가로 그가 얻은 것이 무엇일까. 한 덩어리의 빵이다. 그것도 현실이 아니라 꿈속에서 받는 빵이다. 그럼에도 그는 그 '선물'을 받고 감격해 눈물을 흘린다. 그 경위는 이렇다.

어느 날, 치안판사는 감옥을 몰래 빠져나와 졸 대령과 군인들 그리고 운집한 군중이 야만인들을 채찍으로 때리는 가학적인 모습을 목격하게 된다. 열두 명의 야만인들은 졸 대령이 잡아온 야만인 아닌 야만인들인데 철사로 손바닥과 뺨이 꿰어져 서로에게 엮여 있는 상태다. 군인들은 나이 어린 소녀에게까지 채찍을 들려주고 야만인들을 때리게 한다. 사람들은 너도나도 채찍을 잡고 때리려고 아우성이다. 치안판사는 그 모습을 지켜보고 있다가 졸 대령이 "4파운드짜리 망치"를 머리 위로 들어 올려 야만인을 내리치려 하자 더 이상 참지 못하고 소리친다. "그건 안 돼! 짐승에게도 망치를 사용해서는 안 되는 거다! 짐승에게도!" 그러자 그에게 무자비한 폭력이 가해진다. 코뼈가 부러지고 입술이 찢어지고 광대뼈가 깨지고 그야말로 성한 곳이 없게 된다. 감방으로 돌아간 그는 너무 고통스러워 "개처럼 낑낑거리며 얼굴을 부여잡고 방 안을 뛰어다닌다". 그러다가 녹초가 되어 자기도 모르게 잠이 든다. 야만인 소녀가 꿈에 나타나는 것은 바로 이때다.

소녀는 그에게 등을 돌리고 "자신이 눈 혹은 모래로 만든 성 앞에 무릎을 꿇고"서 "성의 안쪽을 파내고" 있다. 그런데 자세히 보니 성이 아니라 화덕이다. 굴뚝에서 연기가 피어오르고 있다. 빵을 만들고 있는 것이다. 인기척을 느낀 그녀가 그를 향해 돌아서더니 한 덩어리의 빵을 내민다. "갈라진 껍질 사이로 거친 김이 모락모락" 나는 따뜻한 빵이다. 그는 이렇게 말하고 싶다. "너 같은 아이가 사막에서 이렇게 빵을 잘 굽다니 어디서 배운 거니?" 그는 그렇지 않아도 배가 고픈 상태였다. 코가 부러지고 입술이 찢어져서 먹을 수도 없던 그는 감격해서 눈물을 흘린다. 그리고 그 눈물이 상처에 닿는 바람에 쓰러져 꿈에서 깨어난다.

치안판사는 이전에도 그녀에 관한 꿈을 자주 꿨었다. 그러나 꿈속의 소녀는 매번 그에게 등을 돌리고 얼굴을 보여주지 않았다. 늘 일정한 거리를 두고서 그가 다가가면 사라지곤 했다. 그런데 졸 대령과 군인들에게 폭행을 당해 입이 터지고 뼈가 부러진 상황에서 그녀가 이전까지와는 다른 모습으로 나타나 빵을 건넨 것이다. 그가 밑바닥으로 내려와 고통과 치욕을 당하며 그녀와 같은 타자가 되었기에 가능해진 일이다. 인간이라는 존재의 근본에 어떤 결핍 상태가 있다면, 치안판사의 행동은 타자의 자리로 내려가 타자와 연대함으로써 그 결핍을 메우려는 시도였는지 모른다. 그리고 그 행동의 결과로 받은 것이 소녀가 화덕에서 꺼내 건넨 따뜻한 한 덩어리의 빵이다. 그것은 일차적으로는 자신의 허기를 채워주는 빵이고, 더 크게는 양심의 허기를 채워주는 빵이다. 그렇다면 누가 누구를 환대한 것일까. 환대의 수혜자는 누구일까.

김지하의 「손님」이 형상화하는 따뜻한 환대와 비교하면, 쿳시의 『야만인을 기다리며』가 형상화하는 환대는 미진해 보인다. 어쩌면 이것은 타자의 성격이 다르기에 어쩔 수 없는 결과일지 모른다. 「손님」에 나오는 타자는 엄밀한 의미에서 보면 타자가 아니다. 일반적으로 타자라 하면 짓밟히고 눌리고 뒤집힌 존재를 가리키는데, 「손님」에 나오는 타자는 화자인 '나'와 크게 다르지 않은 사람이다. 인종적으로도, 문화적으로도, 언어적으로도 다르지 않다. 그 타자는 이방인이 아니다. 그러니 그를 적대시할 필요도 없고 억누르거나 제압할 필요도 없다. 이것은 두 사람 사이의 권력 지형을 따질 필요가 없다는 말이기도 하다. 그에 반해 『야만인을 기다리며』에 나오는 타자는 말 그대로 짓밟히고 눌리고 뒤집힌 존재다. 배고프고 목마르고 고통을 당하는 이방인이자 외국인이고, 떠돌이이자 유목민이다. 그 타자는 인종도, 문화도, 언어도 다르다. 한쪽에는 치안판사가 대변하는 식민주의자가 있고, 다른 쪽에는 야만인 소녀가 대변하는 식민지인이 있다. 프란츠 파농의 말을 빌리면 두 사람이 있는 세계는 "칸막이로 나뉜 세계"다. 그 세계에서는 개인이 아무리 노력해도 타자와의 거리가 좁혀지지 않는다. 거리가 좁혀진다면, 그것은 야만인 소녀가 빵을 구워 건네는 것처럼 꿈속에서나 가능한 일이다. 그것도 치안판사가 야만인처럼 낮은 자리로 내려서야 가능해지는 일이다. 그러나 이후 그가 치안판사직에 복귀하는 것에서 알 수 있듯, 그가 소수자 즉 야만인의 상태에 머무르기란 가능하지 않다. 칸막이 사이의 이동이라는 것이 생각하기는 쉽지만 현실로 실현되기는 어렵다는 말이다. 쿳시의 『야만인을 기다리며』가 상정하는 환대가 김지하의 「손님」이 상정하는 환대에 비해 미진해 보이는 것은 이러한 이유에서다.

그러나 역설적이게도, 그러한 환대가 오히려 환대의 본질에 대해 더 많은 것을 말해준다. 끝도 없고 만족도 없고 완성도 없어야 하는 것이 환대의 본질이어서 그렇다. 환대에 끝이 있고 만족이 있고 완성이 있다면, 그보다 더 높고 더 좋은 상태를 향해 나아가려는 노력을 더 이상 할 필요가 없을 것이다. 그런데 인간이 행하는 환대 중 스스로를 돌아보며 반성하지 않아도 되고 그 이상의 것을 생각할 수 없을 정도로 완벽한 환대가 있을까. 인간은 그렇게 이타적이고 완전무결한 존재일까. 아닐 것이다. 어쩌면 우리 인간은 프로이트의 이론이 전제하는 것처럼 어떤 경우에든 조금씩 이기적이고 자기중심적인 존재일지 모른다. 데리다가 "무조건적인 환대"가 현실에서 구현될 가능성을 상정하지 않은 이유가 여기에 있다.

환대는 인간이 완전해서가 아니라 불완전한 존재이기에 행하는 것이다. 치안판사가 꿈속에서 한 덩어리의 빵을 받고 감격의 눈물을 흘리듯이 불완전한 존재가 환대를 행하는 과정에서 인간 존재의 핵심에 자리 잡고 있는 윤리적 갈증과 내적 결핍 상태를 조금이라도 해소하게 된다면 그보다 더 감격스러운 일이 어디 있을까. "너 같은 아이가 사막에서 이렇게 빵을 잘 굽다니 어디서 배운 거니?" 그것이 꿈인들 어떠랴. 아니, 꿈속이라야 더 합당할지 모른다. 그래야 자신의 환대가 그 빵의 환대를 바라고서 한 행위가 아니라는 확실한 증거일 테니까. 그것이 환대의 정신, 환대의 윤리다.

"우리 위에, '그' 위에
다른 존재가 있는 것 같아요"

—밤비의 환대

우리는 환대를 전적으로 인간과 인간 사이의 문제라고 생각하는 경향이 있다. 환대의 주체도, 환대의 대상도 인간이라는 인간중심적인 사고에 익숙해 있는 탓이다. 그런데 세상에는 인간 외에도 무수한 생명들이 존재한다. 그들은 환대의 대상이 아닐까? 그들은 욕망의 원리, 즉 다윈이 말한 "적자생존"의 원칙과 레비나스가 말한 "악의 법"에 의해서만 움직이는 존재들일까? 그들의 삶은 누가 더 힘이 강해 상대를 제압하고 살아남느냐의 문제여서 환대의 윤리와는 아무 관련이 없는 것일까? 그래서 인간이 그들의 삶을 침해하고 그들의 몸을 소비하는 것은 당연한 것일까?

레비나스에 따르면, 인간에게만 은유적인 의미에서의 얼굴이 있다. 그 얼굴은 인간이, 상대를 제압하고 죽이려 하는 동물적인 욕망과 결별하고 너그러움, 자비, 호의, 사랑이 가능한 윤리의 영역으로 이동하게 만드는 환대의 시발점이다. 그런데 동물에게는 '얼굴'이 없다. 그들에게도 얼굴이 있긴 하지만, 그것은 인간의 것처럼 호소하고 명령하는 얼굴이 아니라는 점에서 없는 것과 마찬가지다. 적어도 레비나스의 타자이론에 따르면 그렇다. 예를 들어, 노루의 얼굴은 인간의 얼굴과 달리, 자신을 죽이지 말라고 명령하는 윤리의 발원지가 아니다. 인간의 눈과 달리, 노루의 눈은 인간의 눈에 호소하지도 않고 명령하지도 않는다. 그러니 환대의 대상일 수 없다. 환대의 대상이 아니라는 말은 역으로, 노루의 몸이 훼손하고 침해하고 이용하고 소비해도 좋은 '그것'이라는 말이 된다. 그래서 '그것'을 죽여 고기를 먹고 뿔과 가죽을 이용하는 것은 폭력이 아니다. 죄의식을 느낄 필요도 없다. 인간중심적인 사고에서는 그렇다.

그런데 인간의 얼굴을 다른 동물들의 얼굴과 차별화하고 우선시하기 시작하면, 아름답고 고귀해 보이던 환대는 오히려 배타적이고 이기적인 것이 된다. 인간중심적인 환대가 가진 문제는 여기에 있다. 타자에 대한 환대에서 느껴지는 아름다움과 고귀함이 인간에게만 그러할 뿐, 인간 외의 존재들에게는 해당되지 않을 뿐만 아니라 그들에 대한 폭력을 정당화하기 위한 것이라면,

그것은 엄밀한 의미에서 환대가 아니다. 환대는 누구를 향해서든, 어떤 것을 향해서든 열려 있어야 진정한 환대이다. 레비나스에게서 영향을 받았지만 그의 인간중심적인 이론에는 결코 동의하지 않았던 데리다의 말처럼, 환대는 "이름이 무엇이든, 언어가 무엇이든, 성별이 무엇이든, 종種이 무엇이든, 인간이든 동물이든 혹은 신적인" 존재이든 어느 것도 배제하지 않아야 진정한 것이다. 한쪽은 포함시키고 다른 쪽은 배제하면서 폭력을 정당화하는 것은 환대가 가진 본연의 특성과 거리가 멀다. 환대의 사전에는 배제도 없고 폭력도 없고 닫힘도 없고 편협함도 없어야 한다. 레비나스의 인간중심적인 환대이론보다 데리다의 확장적인 환대이론이 더 아름답고 윤리적이며, 환대의 본질에 더 가까운 이유다.

우리가 유년기에 읽고 경우에 따라서는 성인이 되어서도 읽는 동화는 환대이론이 기반으로 하는 인간중심적인 사고에 도전하면서, 환대의 윤리가 인간 외의 존재에게 적용되지 않는다는 생각에 의문을 제기한다. 동화의 세계에서는 동물들도 대화를 하고 서로를 배려한다. 동물들만이 아니라 식물들도 그렇게 한다. 그들은 때로 인간의 친구가 되어 인간을 위로하기도 한다. 그래서 동화는 동물들과 식물들에게 인간의 언어를 빌려줌으로써, 인간을 중심에 놓는 사고를 해체하고 환대의 윤리가 인간 외의 존재들 향해서도 확장되어야 할 필요성을 제기한다. 이런 점에서 보면, 동화는 어린이보다 성인이 더 읽어야 하는 것인지 모른다. 동화의 세계는 성인이 되고 나면 훌훌 떨쳐버리고 이따금씩 아스라하게 떠올리는 순진하고 천진난만한 동심의 세계가 아니라, 인간만이 아니라 다른 존재들을 아우르는 삶의 윤리성을 성찰하기 위해 성인이 되어서도 거듭하여 찾아야 하는 지혜와 비밀의 세계이다.

오스트리아의 작가 펠릭스 잘텐(Felix Salten, 1869-1945)이 1923년에 독일어로 발표한 『밤비Bambi』(김영진 옮김, 윤봉선 그림, 파랑새출판사, 2008)•는 인간중심적인 환대의 역설을 아주 효과적으로 보여주는 고전동화이다. 일반 독자들에게는 할리우드에서 만든 동명의 애니메이션 영화로 더 많이 알려져 있지만, 잘텐의 소설 속 밤비는 영화에 나오는 순진하고 천진난만한 노루가 아니라 유년 시절을 거쳐 깊고 심오하고 고독한 수노루

• 이 글에서의 인용은 이 번역서를 참조하였다. 그러나 문맥상 번역을 조정할 필요가 있거나 오역이 있는 부분은 1929년에 나온 영역본(Grosset & Dunlap출판사, 휘트테이커 체임버스Whittaker Chambers 옮김, 쿠르트 비제Kurt Wiese 그림)을 참조하여 필자가 직접 번역하였다. 파랑새출판사의 우리말 번역본은 이 영역본을 중역한 것이 확실해 보이는데, 그렇다면 서지 사항을 밝혔어야 했다.

로 성장해가는 존재다. 영화는 주로 어린이들을 위해 만들어진 단순한 판타지이지만, 소설은 적어도 초등학교 고학년 이상은 되어야 읽을 수 있을 정도로 때로는 폭력적이다. 그래서 밤비라는 캐릭터를 제대로 이해하기 위해서는 많은 것들을 단순화시킨 영화보다 그것이 기초로 하고 있는 잘텐의 원작 소설을 세밀하게 들여다볼 필요가 있다.

일반적인 동화와 달리, 잘텐의 소설은 숲을 이상화하거나 미화하지 않는다. 그렇다고 숲을 생존을 위한 몸부림과 약육강식만이 있는 곳으로 묘사하지도 않는다. 숲은 동물들이 새끼를 낳아 기르고 교육하는 역동적인 공간이기도 하고, 육식동물에게는 생존을 위해서 다른 동물들을 먹이로 삼는 살벌하고 폭력적인 공간이기도 하다. 또, 동물들이 부모가 죽어가는 모습을 목격해야 하는 실존적 공간이기도 하고, 짝짓기를 비롯한 일상적인 행위를 하는 원초적 공간이기도 하다. 소설은 이처럼 다양한 모습을 지닌 숲을 배경으로, 밤비라는 이름의 수노루가 축복 속에 태어나, 엄마의 보살핌을 받으며 유년기를 지나고, 성년기에 접어들어 자신의 짝을 찾아 새끼를 낳고, 나중에는 무리의 우두머리가 되기까지의 과정을 담은 성장소설의 형태를 취하고 있다. 그래서 이 작품은 인간이 태어나서부터 성년이 되기까지의 모습을 그린 일종의 우화로도 읽힌다. 일정한 거리를 지키면서도 애정 어린 눈으로 새끼 노루를 바라보는 고독한 수노루에게서 과묵하고 엄해 보이지만 자식에게 애정의 눈길을 결코 거두지 않는 우리의 아버지들을 떠올리고, 어떤 풀을 먹어야 하고 어떻게 행동해야 좋을지 알려주며 아주 사소한 것들까지 하나하나 챙기는 암노루에게서 우리를 낳아 먹여주고 재워주고 이 세상을 살아가는 데 필요한 지혜를 알려주는 어머니들을 떠올리는 것도 충분히 가능한 일이다.

그러나 잘텐의 소설은 부분적으로는 그러할 수 있어도 전체적으로 보면 결코 그러한 우화가 아니다. 이것이 우화이기 위해서는 스토리가 전적으로 동물들을 중심으로 전개되어야 하는데, 소설은 밤비를 비롯한 동물들의 삶을 위협하는 존재로 '인간'을 설정하여, 결과적으로 인간의 삶에 대한 우화나 알레고리가 되는 것을 차단하고 있다. 중요한 것은 동물들의 삶에 개입하는 인간의 폭력이고, 그 폭력을 응시하는 동물의 눈이다. 따라서 이 소설을 우화나 알레고리로 봐야 한다면 동물과 인간, 자연과 인간의 관계에 대한 알레고리로 봐야 한다. 그러나 이 책을 읽는 보다 바람직한 방식은 알레고리가 아니라 실제로 숲속에서 일어나는 일을 묘사한 스토리라고 생각하고 읽는 것이다. 즉, 이차적인 의미를 생각하지 말고 읽는 것이다. 그래야 스토리가 전하고자 하는 감정의 힘을 느낄 수 있게 된다.

이 소설에서 "그He"로만 지칭되는 인간은 숲속의 동물들을 때로는 총으로, 때로는 덫으로 죽이는 폭력적인 존재이다. 소설은 밤비를 비롯한 동물들이 "그" 즉 인간을 어떻게 바라보는지 묘사한다. 인간중심적인 세계에서 철저하게 타자인, 아니 때로는 타자의 개념 자체에 포함되지도 않는 타자 중의 타자인 동물들이, 동화의 전복적인 성격을 통해서 중심이 되고 인간은 주변적인 타자로 밀려난다. 숲의 주인은 인간이 아니라 동물이다. 문제는 인간이라는 타자가 동물들의 실존을 위협하며 숲속으로 침투해 들어오고 동물들은 그것에 속수무책이라는 것이다. 인간은 자신의 것도 아닌 숲을, 동물과 식물을 포함하여 숲에 있는 모든 것을, 자신의 것으로 삼으려고 한다. 초대받지 않은 손님인 인간이 동물들의 자리를 빼앗는다. 그래서 동물의 입장에서 보면, 인간은 남의 땅을 폭력으로 유린하고 찬탈하는 제국주의자이고 식민주의자이다. 레비나스가 말한 "악의 법"에 의해 움직이는 것은 아이러니하게도 동물이 아니라 인간이다.

그렇다고 숲속의 동물들 사이에 평화만 있고 폭력이 없다는 말은 아니다. 스컹크와 올빼미가 생쥐를, 까마귀가 토끼 새끼를, 부엉이와 족제비가 다람쥐를, 여우가 꿩과 오리를 죽이는 일은 숲속에서 흔히 일어난다. 그것은 동물들 사이에 존재하는 먹이사슬에 의한 폭력으로, 그들이 목숨을 부지하기 위해서 어쩔 수 없이 행해야 하는 불가피한 폭력이다. 그러나 이 소설에 등장하는 인간들이 총으로 동물들을 죽이는 것은 동물들의 먹이사슬과는 성격이 다르다. 더욱이 소설의 시간적 배경이 되는 20세기 전반부의 근대적 삶은 수렵과 사냥에 의존해야 했던 원시적 삶과 근본적으로 달라서, 인간의 사냥은 더 이상 필요가 아니라 재미를 위해서 하는 가학적인 놀이가 되어 있다. 자기들이 훈련시킨 개까지 동원하여 다른 동물들을 죽이는 놀이인 것이다.

동물들에게 인간은 그처럼 폭력적인 타자이다. 일반적으로 타자는 강자가 아니라 자신의 목소리를 낼 수 없는 억눌리고 짓밟히고 뒤집힌 약자를 일컫는다. 그래서 서양이 아니라 동양이, 남성이 아니라 여성이, 식민주의자가 아니라 피식민주의자가, 부자가 아니라 가난한 사람이, 귀족이 아니라 천민이 타자에 해당한다. 그런데 잘텐의 소설에서 타자는 억눌리고 짓밟힌 약자가 아니라 동물들을 총으로 죽이고 숲을 유린하는 "그" 즉 인간이다. 스토리가 동물에 초점이 맞춰져 있기에 가능한 일이다.

동물들에게 인간이라는 타자는 "아주 자극적이고 뭐라고 꼭 집어 말할 수 없는 불가사의하고 섬뜩한 냄새"로, "감각을 마비시키고 심장마저 멈추게 할 것만 같은 냄새"로 다가온다. 예민한 후각을 지닌 동물들은 그 냄새를 통해 인간이 근처에 있다는 것을 알고 불안해한다. 인간의 불길하고 불온한 타자성은 냄새에서만 감지되는 것이 아니다. 생김새도 마찬가지다. 인간은 두 다리로만 걷고 손은 세 개나 된다. 그중에서 세 번째 손이 가장 무섭다. 밤비를 비롯한 숲속의 동물들이 세 번째 손이라고 생각하는 것은 사실, 손이 아니라 총이다. 그래서 세 번째 손은 "몸에 붙어 있는 게 아니라 어깨에 메고" 다니는 손이다. 이처럼 인간은 종잡을 수 없고 낯설기만 한 존재이다. 냄새도 그렇고, 생김새도 그렇고, 세 번째 손도 그렇고, 모든 것이 이질적인 존재이다. 인간이라는 타자는 그러한 이질감과 위협으로 동물들에게 다가온다.

동물들은 인간의 냄새를 맡는 것만으로도 겁을 먹는다. 아무 생각도 할 수 없다. 부모 형제가 서로를 생각할 틈도 없다. 자기부터 살고 봐야 한다. 그렇게 도망치는 과정에서 밤비는 엄마를 잃는다. 처음에는 냄새로 다가왔고, 다음에는 천둥 치는 소리 즉 총소리로 다가왔던 인간이 그렇게 밤비에게서 엄마를 빼앗는다.

소설은 독자에게 밤비가 엄마의 죽음과 관련하여 느낄 법한 상실감에 대해 구구절절 얘기하지 않는다. 그가 엄마의 죽음을 슬퍼하며 눈물을 흘렸다고도 하지 않는다. 인간을 원망하며 분노했다고도 하지 않는다. "그 뒤로 밤비는 다시는 엄마를 보지 못했다." 이 말이 전부다. 감정이 없어서가 아니다. 감정이라면 차고 넘치는 게 밤비다. 그의 감정에 대한 설명이 없는 이유는 그의 아버지 수노루의 말처럼, 인간이 끝없이 위협을 가해오는 상황에서 "살아남는 법 그리고 조심하는 법을 배우는" 게 무엇보다도 우선이기 때문이다. 그렇지 않으면 그도 엄마처럼 인간이 쏜 총에 맞거나 토끼처럼 올가미에 목이 걸려 발버둥 치다가 죽게 될 것이다. 그래서 감정은 사치가 된다. 사치가 아니라면, 마음 한편에 넣어뒀다가 한가할 때 음미하는 잉여물이 된다. 이처럼 감정에 대한 묘사를 절제하면서 생기는 부수적인 효과 중 하나는 동물의 입장에서 인간과의 관계를 아주 냉정하게 보는 데 기여한다는 것이다. 감정에 쏠리지 않다 보니, 인간과 동물의 관계가 감상적으로 흐르지 않는다. 이것은 밤비의 사촌 노루인 고보를 묘사할 때 더욱 효과적으로 드러난다.

고보는 어느 날, 인간이 쏜 총에 맞아 쓰러진다. 죽지 않고 목숨이 붙어 있는 그를 인간이 데려다가 치료해주고 오랜 시간이 지난 후에 숲으로 돌려보낸다. 인간의 집에서 지낸 탓에 고보는 인간에 익숙해진다. 그래서 그는 다른 동물들과 다르게, 인간을 "사악한" 존재로 생각하지 않는다. 그에게 인간은 친절하고 착하고 "전지전능한" 존재이다. 그는 다른 노루들에게 이렇게 말한다. "너희들은 모두 그가 사악하다고 생각하지만 그렇지 않아. 그는 자신이 누군가를 좋아하거나 누군가가 자기를 섬기면, 잘해줘. 정말로 잘해줘! 이 세상 누구도 그처럼 친절할 순 없을 거야." 여기에서 중요한 것은 고보가 자신이 처한 상황의 아이러니를 깨닫지 못한다는 것이다. 인간이 애초에 총을 쏘지 않았으면 그가 다쳤을 리도 없고, 그를 치료해줄 필요도 없었을 것이다. 그는 인간의 집에서 육체적으로는 편했을지 모르지만, 결과적으로는 인간의 노예가 되었다는 사실을 깨닫지 못한다. 이것은 그렇게도 칭찬하는 "그"가 채운 고삐가 고보의 목에 걸려 있다는 사실에 의해 증명된다. 고보는 자신이 인간에게 길들여지면서 야생성을 잃어버린 줄 모르고 "그의 고삐를 차는 것이 엄청난 영광"이라고 말하기까지 한다. 결국 그는 잃어버린 야생성으로 인해 조심성 없이 돌아다니다가 총에 맞아 죽는다. 인간을 좋아하다가 인간한테 죽은 것이다.

잘텐의 소설이 할리우드의 애니메이션 영화나 동물

과 인간이 나오는 다른 동화들과 다른 점 중 하나가 바로 이것이다. 인간을 따르다가 인간의 총에 맞아 죽는 고보의 삶이 증명하듯, 소설은 결코 감상으로 흐르지 않는다. 감상적인 소설이었다면, 총에 맞았다가 인간의 손에 살아난 고보를 다시 인간의 손에 의해 죽도록 처리하지는 않았을 것이다. 스토리는 인간에 대한 고보의 맹신이 잘못된 것이라는 걸 명백히 한다. 여기에는 노루는 노루의 삶을 살아야 하고, 인간은 인간의 삶을 살아야 한다는 생각이 전제되어 있다.

그런데 인간은 고보가 생각하는 것처럼 결코 "전지전능한" 존재가 아니다. 이것은 밤비의 아버지 수노루의 말에서 확인된다. 수노루는 무슨 이유에선가 죽은 사냥꾼의 시신을 보고 밤비에게 이렇게 말한다. "그는 그들이 말하는 것처럼 전지전능하지 않다. 살아서 자라는 모든 것이 그에게서 나오지도 않는다. 그는 우리 위에 있지 않다. 그는 우리와 같다." 수노루는 인간이 전지전능하지 않을 뿐만 아니라, 노루를 비롯한 다른 동물들처럼 두려움과 고통에 시달리고 죽기도 하는 존재라는 것을 밤비에게 알려준다. 밤비는 인간의 시신을 보고 수노루의 말을 들으며 인간이 동물처럼 유한한 존재라는 것을 깨닫고, 인간과 동물을 포함한 모든 것들 위에 어떤 신적인 존재가 있는 것이 아닐까 하는 생각을 하게 된다.

"우리 모두 위에, 우리 위에, '그' 위에 다른 존재가 있는 것 같아요." 밤비가 그러한 깨달음에 이른 것을 보고, 수노루는 자신이 해야 할 일을 다 했다는 듯 떠나려 한다. 죽을 시간이 된 것이다. 그는 자신을 따라오려고 하는 밤비를 제지하며 말한다. "더 이상 따라오지 마라, 밤비. 내 시간은 끝났다……. 내가 다가가는 시간 속에서는 우리 모두가 혼자란다. 잘 있어라, 아들아." 수노루는 아들인 밤비에게 그렇게 작별 인사를 하고 떠난다. 밤비가 무리의 우두머리가 되는 것은 이 지점이다. 아버지의 자리를 아들이 물려받은 것이다.

물론 노루들이 이런 형이상학적인 사고를 한다는 것은 말이 안 된다. 그들은 인간의 말을 하지도 않고 이해할 수도 없고 초월자에 대한 생각을 이렇게 관념적으로 풀어낼 수도 없다. 잘텐이 이런 식으로 스토리를 처리한 것은 동물들을 존경할 만한 수준으로 끌어올려 그들이 결코 인간의 마음대로 해도 되는 존재가 아니라는 것을 독자가 느끼게 만들기 위해서다. 밤비의 아버지 수노루가 올가미에 걸린 토끼를 구출하는 것도 마찬가지다. 일반적으로 올가미에 걸려 발버둥 치는 토끼를 보면, 노루는 얼른 그 자리를 피할 것이다. 그러나 소설은 수노루가 자신의 뿔을 이용하여 토끼를 올가미에서 풀어내 자유롭게 해주고, 그런 모습을 그의 아들 밤비가 지켜보는 것으로 처리하고 있는데, 이것은 인간이 동물에게 가하는 폭력이 어떤 것인지 보여줌과 동시에 동물을 인간이 생각하는 것 이상의 존재로 부각시키기 위한 서사 전략이다. 그래서 독자는 이 대목을 읽으면서 올가미에 걸려 발버둥 치는 토끼가 되고, 그러한 토끼의 모습을 바라보는 밤비가 되고, 토끼를 구출하는 밤비의 아버지 수노루가 된다. 이것이 동물의 시각으로 전개되는 스토리가 갖고 있는 감정의 힘이다.

작가는 동물들이 생각하고 서로와 의사소통을 할 수 있다고 믿는다. 그가 동물에게 인간의 언어를 빌려주고 유례를 찾기 힘들 만큼 사실적으로 스토리를 끌고 간 것은 비록 인간이 그들의 세계에 접근할 수도 없고 그들의 마음을 이해할 수도 없지만, 인간처럼 그들도 자기들만의 방식으로 소통을 하고 있다는 믿음에 근거한다. 1928년에 출간된 『밤비』의 영역본에 서문을 쓴 영국 소설가 존 갤스워시John Galsworthy의 말처럼, "말을 모르는 존재들의 입에 인간의 말을 물려주는 방식을 원칙적으로 좋아하지 않는" 그조차도 "동물들이 진짜로 말을 하는 것 같은 느낌을 받은" 것은 이 소설이 이룩한 "대단한 성취"임에 분명하다. 이것은 잘텐이 자연과 동물을 사랑하는 작가가 아니었다면 불가능한 일이었을 것이다. 오스트리아 빈의 숲을 배경으로 하는 소설에 등장하는 동물들의 대화가 이질적으로 느껴지지 않는 것은 작가가 빈의 숲을 자주 찾아 동물들의 삶을 애정 어린 눈으로 세밀하게 관찰했기 때문에 가능했다.

그렇다고 작가가 동물들의 삶만 소중하게 생각한 것은 결코 아니었다. 그에게는 동물들의 삶과 마찬가지로, 식물들의 삶도 소중하게 여겼다. 스토리는 전반적으로, 동물들에 관한 묘사나 그들 사이의 대화로 채워져 있지만, 이따금씩 식물들이 대화를 하는 장면을 삽입함으로써 동물들만이 아니라 식물들까지 포함하는 모든 자연이 관심의 대상이라는 점을 명확히 한다. 예를 들어, 8장에서는 떡갈나무에 붙은 이파리들이 아래로 떨어지기 전에 대화를 나누는 모습을 시적인 문장과 이미지로 포착하고 있다. 늦가을이 되고 날씨가 쌀쌀해지자, 다른 이파리들은 다 떨어지고 마지막 두 개만 아슬아슬하게 가지에 달려 있다. 두 이파리들은 아래로 떨어지기 전에 이런 대화를 나눈다. "우리가 떨어지면 우리가 있던 자리에서 새잎들이 나온다던데, 그 말이 정말일까?" "여기서 떨어지면 우린 어떻게 될까?" "저 아래로 떨어지면 어떤 느낌일까? 내가 나라는 걸 기억이나 할까?" 그들이 대화를 나누는 모습을 보면, 나이가 들어 세상을 하직할 때가 된 동년배 노인들이 지금까지의 삶을 돌아보고 곧 다가올 죽음에 대해 얘기하는 모습을 연상시킨다. 이렇듯 이 소설에서는 식물도, 하물며 나무에 붙은 이파리 하나하나도, 살아 있는 생명체이다. 인간이 아무렇게나 해도 좋은 물질이나 물건이 아닌 것이다. 다람쥐의 말을 들어보라. 그는 자신의 가족이 살던 늙은 떡갈나무가 인간의 손에 잘릴 때의 광경을 이렇게 전한다. "눈 깜짝할 새였죠. 나무에 살던 저희 식구들은 걸음아 날 살려라 하고 도망쳤어요. 그러고는 '그'가 어마어마하게 크고 번쩍번쩍 빛나는 이빨로 늙은 떡갈나무를 자르는 것을 지켜봤지요. 나무가 계속해서 비명을 지르는데 정말로 듣고 있기 끔찍했어요. 그리고 그 불쌍한 나무는 초원 위로 쓰러지고 말았답니다. 우리 모두 얼마나 울었는지 몰라요." 그렇다. 다람쥐의 말처럼, 식물은 동물과 마찬가지로 살아 있는 생명이다. 인간이 자기 마음대로 베어버려도 되는 '그것'이 아니라, 아프면 아프다고 비명을 지르는 생명체이다.

작가는 인간 외의 존재들이 느끼고 생각하는 것들을 인간의 언어로 생생하게 표현해 이질감을 없앰으로써 독자로 하여금 그들을 '그것'의 차원에서 '존재'의 차원으로 격상시킨다. 그래서 밤비가 "우리 모두 위에, 우리 위에, '그' 위에 다른 존재가 있는 것 같아요"라고 말할 때, 독자는 자기도 모르게 그의 말에 설득을 당하며 그를 인간과 마찬가지로 환대해야 하는 '존재'로 받아들인다. 결국 이 소설은 인간중심적인 세계관이 동물을 비롯한 생명체에 가하는 폭력을 폭로하는 소설인 셈이다.

잘텐은 유대인이었다. 그가 『밤비』를 발표한 1923년은 반유대주의가 점점 기승을 부리기 시작하던 때였다. 따라서 일부 평자들이 이 소설을 반유대주의에 대한 유대인 작가의 성찰이 담긴 알레고리로, 유대인의 서글픈 삶에 대한 알레고리로 보는 것은 크게 잘못된 시각이 아니다.• 역사를 돌아보면, 유대인들에 대한 유럽인들의 시각은 이 소설 속에서 인간이 동물들을 대하는 방식과 흡사했다. 그러나 이 소설을 작가의 인종적 정체성과 결부시켜 유대인의 실존적 위기를 환기시키는 알레고리로 읽는 방식도 꼭 바람직한 것만은 아니다. 소설을 유대인들과 그들을 억압하는 나치에 관한 알레고리로 읽는 것은, 동물들을 중심에 놓고 그들의 타자로 인간을 설정함으로써 인간중심적인 시각을 성공적으로 탈피한 스토리를 다시, 인간중심적으로 돌려놓는 모순을 범하

• 잘텐의 가족은 헝가리에 살다가, 1867년 오스트리아-헝가리제국에서 유대인들에게 완전한 시민권을 주기 시작하자 빈으로 이주한 유대인들이었다. 빈의 유대인 인구가 급격히 늘어난 것은 제국의 정책 때문이었다. 1860년에 6천 명에 불과했던 유대인은 1870년에는 4만 명으로 늘었고 1900년에는 10만 명으로 늘었다. 이 무렵에 반유대주의가 기승을 부리기 시작한 것은 그들의 인구가 갑작스럽게 불어나면서 생긴 여러 가지 부작용이 한몫을 한 것으로 보인다.

는 것이 된다.

그래서 이 소설을 읽는 더 적절한 방식은 문자 그대로 노루를 노루로, 인간을 인간으로 받아들이고 그들 사이의 역학을 살피는 것이다. 노루와 노루의 대화를 인간과 다른 인간의 대화로 해석하지 말고, 있는 그대로 보자는 말이다. 어차피 동화는 그렇게 읽어야 하고, 어린이들은 실제로 그렇게 읽는다. 알레고리에 강박이 되어 모든 스토리에서 또 다른 의미를 찾으려 하는 어른들의 독서 습관은, 알레고리가 무엇인지도 모르고 그것에 대해 알려고도 하지 않으며, 스토리가 제시하는 세계를 있는 그대로 받아들이는 아이들의 독서 습관보다 결코 우위에 있지 않다. 어쩌면 우위에 있는 것은 스토리를 액면 그대로 받아들이는 아이들의 방식일지 모른다. 그래야만 밤비를 인간의 폭력에 실존을 위협당하는 노루로 생각할 수 있게 되고, 나뭇잎들의 대화를 진짜라고 생각할 수 있게 된다. 그래야만 인간 외의 존재들을 인간이 아무렇게나 해도 좋은 '그것'이 아니라, 그들의 타자성을 존중하고 지켜줘야 하는 환대의 대상으로 느낄 수 있게 된다. 어쩌면 밤비의 말("우리 모두 위에, 우리 위에 '그' 위에 다른 존재가 있는 것 같아요")이 암시하고 환기하는 것처럼, 인간은 위에서 보면 여러 피조물 중의 하나에 지나지 않을지 모른다.

잘텐은 동물들의 시점에서 동물과 인간의 관계를 세밀하게 묘사함으로써 동물이 인간에게 정복의 대상이 아니라 공존의 대상이라는 점을 환기시킨다. 스토리를 읽고 느껴지는 동물들의 이미지는 환대이론에서 거론되는 타자들, 즉 고아, 과부, 이방인의 모습과 크게 다르지 않다. 도와주지 않으면 소멸의 위기에 처할 약자들의 모습과 크게 다르지 않다. 그들이 아니면 누가 환대의 대상이겠는가. 그래서 데리다의 말을 다시 인용하면, 환대는 타자의 "이름이 무엇이든, 언어가 무엇이든, 성별이 무엇이든, 종種이 무엇이든, 인간이든 동물이든 혹은 신적인" 존재이든, 행해져야 하는 것이다. 환대할 수 있는 대상을 환대하는 것은 쉬운 일이다. 그러나 환대할 수 없는 대상을 환대할 수 있다면, 그것이야말로 이상적인 환대일 것이다. 바로 이것이 데리다가 말하는 "무조건적 환대"의 개념이다. 어쩌면 그러한 환대는 이 세상에 존재하지 않을지 모른다. 그럼에도 불구하고 그것은 우리가 추구해야 하는 윤리적 삶의 나침반이어야 한다.

"나도 네 이름이 마음에 들어"

—철조망 안으로 들어간 소년

환대는 교육과 학습을 통해 습득될 수 있는 것일까. 윤리적 행동의 주체를 강조하며 이성을 중시하는 칸트 같으면 이 질문에 그렇다고 대답할 것이다. 도덕과 윤리 그리고 환대도 결국 이성이 있기에 가능하다고 생각하기 때문이다. 그런데 환대를 머리보다 가슴의 문제라고 생각하는 레비나스나 데리다 같으면 그렇지 않다고 대답할 것이다. 다른 윤리적, 도덕적 행위들과 마찬가지로 환대가 이성에 근거한 행위라는 칸트의 생각을 전적으로 틀렸다고 간주할 수는 없겠지만 이성에 앞서 가슴, 즉 감성이 작동해서 발생하는 행위가 환대라는 레비나스와 데리다의 생각에 더 끌리는 것은 어쩔 수 없다. 우리 안에 있는 어떤 것이 우리도 모르게 타자를 환대하게 만든다고 믿고 싶어서다. 굶어 죽어가는 사람에게

'내'가 먹던 빵을 '나도 모르게' 내주는 것은 머리가 아니라 가슴이 시켜서 하는 몸짓이라고 믿고 싶어서다. 환대는 우리 인간이 살아가면서 배우고 익히는 것이라기보다, 우리 안에 있는 윤리적 존재가 스스로 알아서 타자를 향해 자신의 전부를, 적어도 일부를 내놓는 것이라고 믿고 싶어서다. 서로에 대한 불신과 증오가 팽배한 현대사회에서 이런 생각을 하는 것이 너무 순진하게 비칠지 모르지만, 어쩌면 진짜 환대는 그 순진함에서 나오는 것일지 모른다. 인간은 이성만으로는 살 수 없는 존재니까.

이런 식으로 보면 우리가 생각하는 이상적인 환대는 가르칠 수 있는 것이 아니다. 이성적 사고가 아니라 감성이 환대의 바탕이라면, 교육의 대상이라고만 여겨지는 아이들이 어른보다 더 나을 수도 있다. 환대와 관련해서는 아이들도 가르침의 대상일 수 없게 되는 것이다. 윌리엄 워즈워스의 시구대로, 많은 부분에서 그러한 것처럼 환대의 경우에도 "아이가 어른의 아버지"일 수 있다.

아일랜드 작가 존 보인John Boyne의 『줄무늬 파자마를 입은 소년The Boy in the Striped Pajamas』(정회성 옮김, 비룡소, 2007)은 환대가 어른이나 교육기관이 아이에게 가르칠 수 있는 규범이나 규칙이 아니라, 오히려 아이가 어른에게 모범을 보여줄 수 있는 윤리적 몸짓이라는 것을 알려준다.

소설의 주인공인 브루노와 소년 슈무엘은 생년월일이 같다. 1934년 4월 15일. 브루노의 말대로 그와 슈무엘은 "쌍둥이나 다름없다". 그런데 브루노는 철조망 밖에 살고, 슈무엘은 수많은 사람들과 함께 철조망 안에 산다. 그들의 부모도 마찬가지다. 승진을 해서 사령관이 된 브루노의 아버지는 철조망 안에 있는 사람들을 관리·감독하는 독일인이고, 폴란드 어딘가에서 시계방을 운영했던 슈무엘의 아버지는 가족과 함께 이곳으로 끌려와 철조망 안에서 죽음을 '기다리며' 살아가는 유대인이다. 그들이 그렇게 다른 삶을 살아가고 있는 것은 전쟁 때문이다. 더 구체적으로 얘기하면, 2차 세계대전 중에 독일인들이 소나 돼지를 우리에 가두듯 유대인들을 수용소라는 우리에 가두고 있는 현실 때문이다. 그래서 한 아이는 독일인으로 철조망 밖에, 다른 하나는 유대인으로 철조망 안에 살고 있다.

두 소년은 1943년, 그들이 아홉 살 때 철조망을 사이에 두고 서로를 만난다. 나라도 인종도 환경도 다른 두 소년의 만남이 소설의 한복판에 있다. 스토리의 얼개는 아주 간단하다. 베를린에서 행복한 유년 시절을 보내던 브루노가 1943년 독일군 사령관인 아버지를 따라 어머니, 누나와 함께 폴란드로 이주해 살게 되면서 '줄무늬 파자마를 입은' 슈무엘을 만나 우정을 쌓게 되고, 결국에는 철조망 안으로 들어가 비극적 결말을 맞는 내용이다.

브루노의 가족이 살게 된 곳은 폴란드의 "아웃위스 Out-With"라 불린다. 독자는 "아웃위스"가 폴란드에 있고 줄무늬 파자마를 입은 유대인들이 안에 있다는 사실로 미뤄, 이곳이 2차 세계대전 중 나치가 100만 명 이상의 유대인들을 죽인 아우슈비츠 수용소와 관련 있음을 어렵지 않게 짐작할 수 있다. "아웃위스"의 발음도 "아우슈비츠"를 환기시킨다. 소설은 아우슈비츠 수용소를 환기시키면서 동시에 그것으로부터 거리가 있는 허구적인 이름을 택함으로써, 나치가 운영했던 수용소들뿐만 아니라 곳곳에 있었던 다양한 수용소들을 알레고리적으로 지칭하고자 한 것으로 보인다. 소설은 단 한 번도 '아우슈비츠'라는 말을 언급하지 않는다. 그 말이 환기하는 야만성이 언어의 한계를 뛰어넘는 것이어서 그럴지 모른다.

브루노는 그 수용소가 뭘 하는 곳인지, 어째서 모든 사람들이 줄무늬 파자마를 입고 있는지 알지 못한다. 그것만 모르는 게 아니라, 나치가 무엇인지도 알지 못한다. 아버지의 방에서 나올 때 교육받은 대로 "하이 히틀러"라는 구호를 복창하긴 하지만, 그 구호가 무슨 의미인지도 알지 못한다. 그 말이 "안녕히 계십시오, 기분 좋은 오후 보내시기를"이라는 인사말의 "또 다른 표현"일 것이라고만 생각한다. 아직 아홉 살에 불과하고, 아버지와 어머니를 비롯한 어른들이 말해준 바 없으니 알 리가 없다. 게다가 그는 자신의 아버지가 "세계에서 가장 위대한 나라"인 독일을 위해 봉사하는 "훌륭한 군인"이라고 믿는다.

그는 현실에 무지한 소년이다. 그런데 무지하다는 것은 때로는 단점이 아니라 장점일 수 있다. 가슴과 본능이 시키는 대로 선입관 없이 열린 마음으로 다른 사람을 대할 수 있기 때문이다. 예를 들어, 베를린에서 폴란드로 갈 때 쾌적하고 편안한 기차를 타고 있는 자신과 달리, 같은 방향으로 가는데 앉지도 서지도 못하는 유대인들을 향해 그가 안쓰러움을 느끼는 것은 인종의 구분 없이 그들을 자신과 같은 인간으로 보기에 가능한 일이다. 또한 아버지의 부관인 코틀러 중위가 자신의 바지에 포도주를 엎질렀다는 이유로 "한때 의사였고 지금은 심부름꾼인 폴란드인"을 무자비하게 때릴 때, 그 폭력과 잔인함에 진저리를 치는 것도 같은 이유에서다. 그리고 퓨어리가 숙녀에게 함부로 대할 뿐만 아니라 자신의 아버지가 앉아야 하는 상석에 앉는 무례를 범할 때, 본능적으로 그에게 거부감을 느끼는 것도 현실에 무지하지만, 인간의 품격에 반하는 말과 행동이 무엇인지를 직감적으로 알기 때문이다. (아웃위스의 발음이 아우슈비츠를 연상시키는 것과 유사하게, 퓨어리Fury의 발음도 히틀러를 연상시킨다. 히틀러가 한때 퓌레르[Führer, 지도자]라는 호칭으로 통했기 때문이다.)

그렇다고 그가 끝까지 무지에 머물 수는 없다. 아웃위스에서의 삶 자체가 그에게 더 이상 무지를 허락하지 않기 때문이다. 특히 창문 밖으로 보이는 수용소의 살풍경이 그의 마음을 산란하게 만든다. 수용소는 "건물을 에워싸듯 거대한 철조망이 둘러쳐져" 있고 "철조망 윗부분을 따라서는 둥글게 말린 가시철사가 둘러쳐져" 있는, 그야말로 "황량하기 그지없는" 곳이다. 브루노는 그곳이 유대인들을 가두기 위한 수용소이며 그 안에 있는 굴뚝들이 그들을 죽여서 '소각'하는 연기를 배출하기 위한 것이라는 걸 알지 못하지만, 그곳을 보며 불길한 느낌을 떨치지 못한다. 철조망 너머로 보이는 사람들의 모습도 불길하기는 마찬가지다. 수백 명의 사람들이 "약속이라도 한 듯 회색 줄무늬 파자마에 회색 줄무늬가 박힌 헝겊 모자를 쓰고" 있다.

브루노가 의문을 품기 시작하는 것은 당연하다. 그의 집을 드나드는 사람들은 "근사한 제복에 번쩍번쩍 빛나는 장식품을 달고 모자나 헬멧"을 쓰고 "팔뚝에 새빨간색과 검은색이 어우러진 완장을 두르고 허리춤에 권총까지 차고" 있는데, "파자마를 입은 사람들은 아무 장식품도, 무기도 갖고 있지 않"다. 브루노는 자문한다. "똑같은 사람인데 왜 한쪽은 제복을 입고, 다른 한쪽은 줄무늬 파자마를 입고 있을까?" "누가 줄무늬 파자마를 입을 사람과 제복을 입을 사람을 정하는 걸까?" 근원적인 것들에 의문을 품기 시작한 것이다.

그 질문에 대한 답은 아주 간단하다. 누가 철조망 안에 있고 누가 밖에 있을 것인지, 누가 줄무늬 파자마를 입고 누가 제복을 입을 것인지 결정하는 것은 철조망 밖에 살고 있는, 사령관인 아버지를 비롯한 독일 군인들이다. 그것은 그만 모르지 아버지와 어머니는 물론이고 그보다 서너 살 위인 그레텔 누나도 다 아는 사실이다. 그레텔은 이렇게 말한다. "철조망은 우리를 그쪽으로 못 건너가게 하기 위해서 있는 게 아니야. 그쪽 사람들이 이리로 못 넘어오게 하기 위해 있는 거야." 그렇다고 그러한 답에 만족할 브루노가 아니다. 그러나 "왜 못 오게 하는데?"라는 그의 질문에 그의 누나는 이렇게 대답한다. "왜긴 왜야? 그 사람들은 그 사람들끼리 모여 있어야 하니까 그렇지." 그녀의 말인즉, '우리'와 섞일 수 없는 유대인이라서 모여 있다는 것이다. 그의 질문은 다시 이어진다. "우리는 뭔데?" 그러자 그의 누나가 대답한다. "우리는 유대인의 반대편이야."

결국 철조망 안에 갇혀 있는 사람은 '우리'와 전적으로 다른 '타자'라는 말이다. 그 타자들이 '우리' 쪽으로 넘어와 우리를 '오염'시키지 못하도록 안에 가두고 있다는 말이다. 브루노는 그 사실을 이해할 수도, 받아들일 수도 없다. 그렇다고 그 이상의 것을 알 수 있는 위치에 있지도 않다. 그럼에도 불구하고 그는 '우리'와 '그들'을 가르는 임의적인 선을 곧이곧대로 받아들이기에는 너무 순수한 소년이다. 바로 이것이 부모가 철조망 근처에 가지 말라는 엄명을 내렸음에도, 그가 어느 날 철조망을 따라 걸어가는 이유다. 어른들과 달리, 그의 마음에는 철조망이 존재하지 않는다. 철조망을 기준으로 자신의 정체성을 정의하지도 않는다. 그가 어른들의 세계를 고분고분 받아들이는 아이였다면, 철조망은 접근할 게 아니라 멀리해야 하는, 이쪽과 저쪽을 구분해주는 편리한 경계선이어야 한다.

그는 그 철조망을 따라 걷다가 안쪽에 있는 슈무엘이라는 소년을 우연히 만난다. 그 소년은 그가 자신의 방 창문에서 보았던 다른 사람들과 마찬가지로 줄무늬 파자마에 헝겊 모자 차림이다. 가까이서 보니, 그 소년은 신발이나 양말도 신지 않은 맨발이며, 팔에는 유대인이라는 의미의 "육각 별 모양이 그려진 완장"을 차고 있다.

브루노는 슈무엘을 만나자마자 그의 두 눈에서 슬픔을 읽는다. 그가 만난 타자의 첫 얼굴은 그렇게 슬픔으로 다가온다. 왜 그렇게 슬픈 눈, 슬픈 얼굴을 하고 있느냐고 물어보고 싶지만 그렇게 하지 않는다. "슬퍼하는 사람에게 왜 그러냐고 묻는 것은 실례"라고 생각하기 때문이다. 상대의 상처를 행여 건드릴지 몰라 아무것도 묻지 않는 브루노는 환대의 정신이 무엇인지, 환대의 실천이 어떠한 것이어야 하는지 실감 나게 보여준다. 그렇다. 환대는 상대가 자신의 감정에 대해 얘기하지 않을 권리마저도 존중하는 몸짓이다. 당사자가 스스로를 드러내고 싶어 한다면 몰라도, 그러지 않을 가능성이 조금이라도 있다면, 그것을 건드리지 않고 존중해주는 몸짓이야말로 환대의 윤리이다. 상대방에게 왜 그런 눈을 하고 있는지 말하게 하고 그것을 단초로 섣부른 위로를 시도하는 것이 때로는 환대의 윤리를 저버리는 행위일 수 있음을 브루노는 본능적으로 감지한다.

브루노의 몸짓이 말해주듯, 환대는 본능적으로 타자를 향해 취하는 이타적인 몸짓이다. 그렇다고 타자를 방치한다는 말은 아니다. 다만 타자가 어떻게 생각하는지가 '나'의 호기심에 우선한다는 말이다. 같은 사안이라 하더라도 사람에 따라 반응하는 것은 얼마든지 다를 수 있다. 타자는 하나의 사안에 똑같이 반응하는 획일화된 집단이 아니라 세상에 단 하나밖에 없는 개인이기 때문이다. 인종주의, 제국주의, 식민주의의 문제는 사람을 개인으로 보지 않고 하나의 전형이나 유형으로 보기 때문에 발생한다. 바로 이것이 에드워드 사이드가 『오리엔탈리즘』에서 누누이 강조한 인식론적 폭력이다. 폭력은 개인에게서 개인을 보지 않고 집단을 보는 데서 생겨난다. 브루노는 슈무엘에게서 유대인을 보는 것이 아니라 아주 특별한, 이 세상에 하나밖에 없는 개인을 본다. 그는 이렇게 생각한다. "슬퍼하는 이유를 묻는 것 자체를 싫어하는 사람이 있는가 하면, 묻지도 않았는데 자기가 왜 슬퍼하는지 스스로 말하는 사람도 있다. 심지어 그 이유에 대해 몇 달씩 끊임없이 이야기하는 사람도 있다." 그러니 왜 슬픈지 묻지 않겠다는 것이다. 이 얼마나 아름다운 배려인가. 바로 이것이 하이데거가 말한 타자에 대한 배려, 즉 "퓌어조르게Fürsorge"이다. 이러한 몸짓을 하는 데는 많은 것이 필요하지 않다. 많은 지식이나 배움이 필요한 것도 아니다. 굳이 철학자들에게 배울 것까지도 없다. 다른 사람을 나보다 타자를 앞세우는 마음만으로 충분하다.

브루노가 보여주는 환대의 몸짓은 이뿐만이 아니다. 그는 한 번도 들어본 적이 없는 소년의 이름을 듣고는 이렇게 반응한다. "발음을 했을 때 느낌이 좋아. 슈무엘.

마치 바람 소리 같은걸." 비록 상대가 맨발에 꾀죄죄한 옷차림을 하고 있지만, 그것은 그에게 아무런 영향을 미치지 못한다. 낯선 이름을 이질적인 것으로 받아들이지 않고, 바람 소리 같아서 좋다고 생각하는 것은 편견이 없기에 가능한 일이다. 슈무엘도 그런 브루노에게 똑같이 응수한다. "나도 네 이름이 마음에 들어. 왠지 따뜻한 느낌이야." 슈무엘이 브루노의 이름과 몸짓에서 감지하는 "따뜻한 느낌", 바로 이것이 환대다. 결국 환대는 타자를 차가움이 아닌 따뜻함으로 대하는 몸짓이다. 그가 부모 몰래 슈무엘에게 음식을 가져다주는 것도 따뜻한 마음이 있기에 가능하다.

브루노의 행동이 말해주듯, 환대는 마음이면서 물질이다. 따뜻한 말로 어루만질 때는 마음이고, 필요한 음식을 가져다줄 때는 물질이다. 이처럼 환대는 빈손으로 하는 것이 아니라 마음이든 물질이든 상대에게 필요한 것을 '주는' 행위다. 누가 시켜서도 아니고, 돌려받을 것을 기대해서도 아니고, 이성적인 판단을 해서도 아니라 가슴이 시켜서 자발적으로 '주는' 실천적 행위다. 브루노는 자신이 줄 수 있는 최대한의 것을 내준다. 아무것도 바라지 않고, 그저 내준다. 어쩌면 그는 주는지도 모르게 주고 있는 건지도 모른다. 이런 의미에서 그가 주는 것은 데리다가 말하는, 주고받는 경제의 원칙을 초월한

'진짜' 선물이다. 그는 '그냥' 주고 상대는 '그냥' 받는다.

그러나 아무리 순수할망정, 그는 아직 세상에 무지한 아홉 살짜리 소년이다. 이것은 그가 같은 또래의 아이들이 철조망 안에 많이 있다는 이유로 슈무엘을 부러워하는 모습에서 단적으로 확인할 수 있다. 그는 자기는 친구 하나 없이 "답답한 감옥에 갇힌 거나 다름없는 생활"을 하고 있는데 슈무엘에게는 친구들이 수십 명이나 있다는 것이 "불공평하다"고 말한다. "너는 그 애들과 날마다 몇 시간씩 함께 어울려 놀 수 있어서 좋겠다." 세상을 몰라도 너무 몰라서 하는 소리다. 그러나 세상에 대한 무지나 몰이해도, 두려움에서 친구를 모른다고 잡아뗐던 일도, 그가 친구에게 다가가고 친구를 있는 그대로 받아들이는 데 걸림돌이 되지는 못한다. 그와 친구 사이에는 철조망이라는 현실이 존재하지만, 그것이 그의 마음까지 가로막지는 못한다. 그는 그 철조망을 걷어내고 싶다. 걷어낼 수 없다면 들추고라도 안으로 들어가고 싶다. 그리고 이것은 예기치 않게 현실이 된다.

그가 철조망 안으로 들어가는 과정은 아주 극적이다. 아버지를 제외한 가족들이 베를린으로 돌아가는 것으로 결정이 나자, 그는 그 안타까운 소식을 전하러 슈무엘에게 간다. 어쩔 수 없는 일이지만, 하나밖에 없는 친구와 헤어질 생각을 하니 마음이 무겁다. 그런데 친구의 표정이 오늘따라 유난히 어둡다. 왜 그러느냐고 물으니, 아버지가 며칠째 보이지 않는다고 한다. 다른 어른들과 함께 작업을 나갔다가 돌아오지 않았다는 것이다. 그러자 그는 울음을 터뜨리기라도 할 것 같은 친구를 위로하며 특별한 제안을 한다. 줄무늬 파자마를 한 벌 구해다 주면 갈아입고 안으로 들어가 아버지를 찾는 걸 도와주겠다고 한 것이다. 실제로 다음 날, 브루노는 슈무엘이 건네준 파자마를 입고 철조망 밑을 통과해 안으로 들어간다. 드디어 철조망 안으로 들어가 친구와 같은 편에 있게 된 것이다. 철조망 밖에서 '줄무늬 파자마를 입은 소년'을 늘 바라보기만 하던 그가 이제는 '줄무늬 파자마를 입은 소년'이 된 것이다. 이 소설의 제목에 나오는 "줄무늬 파자마를 입은 소년"은 바로 이 지점에서부터 슈무엘만이 아니라 브루노까지 지칭하는 것이 된다. 묘한 반전이다. 브루노는 파자마를 입고 익명의 상태가 되어 유대인들 사이에 섞인다. 그는 더 이상 독일인이 아니라 유대인이다. 완전한 유대인이 아니라면 적어도 독일인임과 동시에 유대인이다. 독일인-유대인이 '된' 것이다.

그런데 브루노는 슈무엘과 함께 슈무엘의 아버지를 찾으러 돌아다니지만 아무것도 알아내지 못한다. 왜, 어떻게 실종되었는지 도저히 알아낼 도리가 없다. 사실, 어디에 가서, 어떻게 알아봐야 할지조차 모른다. 게다가 그의 눈으로 확인한 수용소는 살벌하기 그지없다. 심리적 '철조망'은 밖에만 있는 게 아니라 그 안에도 있다. 한쪽에는 "행복한 표정으로 아무 데나 총을 함부로 겨누는 제복 차림의 군인들"이 있고, 다른 한쪽에는 "불행한 표정으로 힘없이 앉아 있는 줄무늬 차림의 사람들"이 있다. 그는 불안해진다. 게다가 날이 저물기 시작한다. 이제는 집으로 돌아가지 않으면 안 될 것 같다. 그는 슈무엘에게 아버지를 찾아주지 못해 미안하다고 말하고 철조망까지 데려다달라고 말한다. 그런데 그때, "고막을 찢을 듯한 호루라기 소리와 함께 군인 열 명이 순식간에 주변을 둘러"싸고 어딘가로 사람들을 몰고 가기 시작한다. 브루노와 슈무엘은 100여 명의 사람들 사이에 끼어서 밀폐된 공간으로 들어간다. 밖에서 문이 잠기고 안이 "칠흑같이 어두워지면서 사람들이 비명을 질러대기 시작"한다. 브루노는 슈무엘의 손을 꼭 잡고 "무슨 일이 있어도 친구의 손을 절대로 놓지 않겠다"고 다짐한다. 두 사람은 그렇게 죽음을 맞는다.

어른 같았으면 브루노처럼 철조망 안으로 들어가 위험을 감수하는 일은 애초에 하지 않았을 것이다. 그렇다고 브루노가 위험을 감수하고 수용소 안으로 들어간 것은 결코 아니다. 그는 수용소 안에서 무슨 일이 일어나는지 전혀 알지 못했다. 수많은 유대인들이 정기적으로 떼죽음을 당하는 것도 몰랐다. 슈무엘의 아버지가 가스실에 들어가 죽음을 맞았다는 건 상상조차 할 수 없었다. 만약 그 실상을 알았더라면 안으로 들어가겠다고 하지 않았을 것이다. 그럼에도 불구하고, 그가 자신이 입고 있는 깨끗한 옷을 벗고 고약한 냄새가 나는 줄무늬 파자마를 입은 채 철조망 안으로 들어간 것이 친구를 생각하는 진실한 마음에서였다는 사실은 변하지 않는다. 어딘가로 사라진 아버지를 찾아 애를 태우고 있는 친구를 도와주겠다는 마음으로 철조망 안에 들어간 사실 역시 마찬가지다. 어른이 아니라 아이여서 가능한 모험이고 무모함이다.

환대와 무모함 사이에는 어떠한 역학이 존재하는 것일까. 『환대에 관하여Of Hospitality』를 데리다와 공동 집필한 프랑스 철학자 안 뒤푸르망텔Anne Dufourmantelle은 2017년 물에 빠진 두 아이를 살리고 목숨을 잃었다. 환대의 철학자가 환대를 실천하며 죽은 것이다. 그렇다, 환대는 타자를 위해 자신의 목숨까지도 내주는 모험이고 무모함이다. 뒤푸르망텔의 경우처럼, 타자를 환대하는 과정에서 자신이 가진 것 모두를, 심지어 목숨까지 잃을 수도 있다. 친구의 아버지를 찾아주려고 철조망 안으로 들어갔다가 결국에는 가스실에서 친구와 함께 죽은 브루노의 행위만큼 모험적이고 무모한 짓이 또 있을까. 비록 의도하지는 않았지만, 어찌 됐든 결과적으로 보면 수용소에 갇혀 비통한 삶을 살다가 죽어가는 유대인들 속에서 유대인 소년과 운명을 같이한 독일군 사령관의 아들 브루노의 행동이 환대의 몸짓이 아니라면 무엇일까.

브루노는 슈무엘의 "인질"이다. 슈무엘의 슬픈 눈을 처음 본 순간부터, 그 슬픈 눈으로부터 풀려날 길이 없는 인질이 된다. 그가 철조망을 사이에 두고 슈무엘을 만나다가 급기야 안으로 들어간 것도 인질이기 때문이다. 그렇다면 그를 인질로 잡고 있는 슈무엘은 누구인가. 개인적으로는, 아무것도 모르고 수용소로 끌려와 어머니와 헤어지고 다시 할아버지와 헤어지고, 결국에는 아버지와도 헤어진 아홉 살짜리 유대인 소년이다. 동시에 그는 영양실조에 걸린 몸에 넝마를 걸치고 비통한 삶을 살아가는 이 세상의 모든 어린이들이고, 누군가에 의해 짓밟히고 눌리고 뒤집히고 비틀린 삶을 살아가는 이 세상의 비통한 타자들이다. 환대는 그러한 타자들의 윤리적 인질이 되는 것이다. 브루노가 자신이 죽어가는지도 모르면서 "무슨 일이 있어도 친구의 손을 절대로 놓지 않겠다"고 다짐한 것처럼, 환대는 그러한 타자들의 손을 잡고 또 그들의 손에 잡히는 모험이다.

"안 하고 싶습니다"

—박해의 트라우마와 바틀비

레비나스는 타자와의 관계를 '박해의 트라우마'라는 개념으로 설명한다. 그런데 타자를 환대하는 것이 어떻게 박해이며 트라우마일 수 있을까. 상식의 눈으로 보면 참으로 낯선 개념이다. 오히려 타자의 환대는 능동적인 실천이고 즐거움과 만족의 원천이어야 하지 않을까. 어려운 상황에 처한 사람을 환대하는 것이 조금은 불편하고 때로는 스스로에게 불리할 수 있음에도 그렇게 하는 것은 그러한 이타적인 행동과 몸짓이 궁극적으로 우리에게 만족감을 주기 때문일지 모른다. 그렇다면 왜 타자에 대한 환대가 박해의 형태를 취해야 하는가. 레비나스는 왜 우리에게서 만족감을 박탈하려 하는 것일까.

레비나스가 '박해의 트라우마'라는 다소 과장된 개념을 들고 나온 것은 타자와의 대면에서 생기는 환대의 절박함을 강조하기 위해서다. 세상에서 의지할 사람이 단 한 사람도 없는 고아가 '나'의 눈앞에 있다고 가정하자. '나'는 고아의 얼굴을 대하는 순간, 그의 포로요 인질이 된다. 이성적으로 생각할 겨를도, 앞뒤를 잴 여유도 없이, '나'는 그의 눈과 얼굴에 사로잡힌다. 도망치고 싶어도 도망칠 수가 없다. 인질이 된 새로운 삶이 시작된 것이다. 이것이 레비나스가 말하는 타자로부터의 박해, '박해의 트라우마'이다. 레비나스가 '박해의 트라우마'라는 낯선 용어를 사용한 것은 타자에 대한 책임을 타자에게서 받는 상처의 개념으로 생각한다는 의미인데, 이것은 우리가 상식적으로 생각하는 상처의 개념을 뒤집어버린다.

그러나 아무리 설명해도, 레비나스의 말은 여전히 추상적이고 사변적으로 다가온다. 구체적인 실례를 제시하지도 않고, 환대의 다양한 스펙트럼을 보여주면서 논의를 전개하지도 않기 때문이다. 그래서 그의 철학을 이해하는 방법 중 하나는 스토리의 도움을 받는 것이다. 이와 관련해서 우리가 택할 수 있는 적절한 스토리는 허먼 멜빌(1819-1891)의 『필경사 바틀비Bartleby, The Scrivener』(공진호 옮김, 문학동네, 2011)•다. 문학 연구자들뿐만 아니라 들뢰즈, 아감벤, 하트/네그리, 데리다, 지젝을 비롯한 많은 철학자들까지 가세함으로써 "바틀비 산업"이라고 일컬어질 만큼 수많은 논의들이 있는 소설이기에 더 이상의 논의가 필요할까 싶지만, 그래도 이것만큼 레비나스의 환대이론을 논의하기에 좋은 작품은 없어 보인다.

스토리는 아주 간단하다. 그것의 핵심은 뉴욕 월가에 위치한 변호사 사무실에 필기사로 고용된 바틀비가 고용주인 변호사의 요구를 거부하면서 반복하는 "안 하고 싶습니다"라는 말에 있다. 바틀비는 그 말을 거의 강박적일 만큼 많이 반복하다가 결국에는 쫓겨나고 나중에는 "무덤Tomb"이라는 이름의 감옥에 수감되었다가 죽는다. "안 하고 싶습니다"라는 말만으로 모든 것을 설명할 수 있을 것 같지만, 정작 해결되는 것이 아무것도 없는 참으로 아리송한 스토리다. 여기에서 궁금해지는 것은 변호사가 직무와 관련해서 바틀비에게 부당한 요구를 하느냐는 것이다. 즉, 바틀비가 고용주의 부당한 요구에 대응하는 과정에서 "안 하고 싶습니다"라는 말을 하느냐가 쟁점이다. 만약 그렇다면 바틀비의 저항은 이유가 있는 저항일 것이다. 실제로 그렇다고 생각하는 많

• 많은 번역본이 있지만 이 글에서의 인용은 하비에르 사발라Javier Zabala의 삽화가 곁들여진 번역본을 참고했으며, 문맥상 필요한 경우에는 어조를 조정하거나 필자가 번역한 것을 따랐다.

은 학자들이 있다. 예를 들어, 마이클 하트와 안토니오 네그리가 대표적이다. 그들은 변호사를 부르주아를 상징하는 인물로 보고, 바틀비의 저항을 부르주아에 대한 저항으로 해석한다. 변호사 사무실이 뉴욕 월가에 위치해 있어서 더욱 그렇게 해석하는 것처럼 보인다. 그들은 텍스트를 충실히 읽어내기보다는 바틀비의 몸짓에 빗대 그들의 생각을 전하는 것에 더 관심이 있다. 좀 더 구체적으로 얘기하면, 그들은 바틀비의 행동을 "일과 권위에 대한 거부"라고 생각하며 J. M. 쿳시의 대표작 중 하나인 『마이클 K』의 주인공 마이클 K의 저항과 같은 맥락으로 해석하지만, 저항의 대상이 아파르트헤이트나 남아프리카 백인들로 명시되어 있는 쿳시의 소설과 달리, 멜빌의 소설에는 저항의 대상이 구체적으로 나와 있지 않다는 사실을 간과한다. 멜빌의 소설이 뉴욕 월가를 배경으로 하고 있는 것은 사실이지만, 변호사가 자본주의를 대변하고 바틀비가 그 자본주의에 대한 저항을 대변한다는 발상은 다소 지나치고 순진한 면이 없지 않다. 이것이 우리가 변호사나 바틀비에 대해 판단을 내리기 전에 스토리를 면밀히 검토해야 하는 이유이다.

바틀비는 법률 문서를 필사하는 일을 하는 필경사다. 누가 시켜서 일을 하는 것도 아니고, 자신의 의지에 반해서 하고 있는 것도 아니다. 그는 구인 광고를 보고 스스로 찾아와 그 일을 하고 있다. 필경사의 임무는 법률 문서를 필사하는 일이다. 일을 하는 과정에서 "자신이 쓴 필사본의 정확도를 한 자 한 자 검증하는 것은 빼놓을 수 없는 일"이다. "매우 따분하고, 넌더리나고, 권태로운 일"이지만 반드시 필요한 일이다. 한 글자라도 틀려서는 안 되는 게 법률 문서이기 때문이다. 지금이라면 복사기로 간단히 해결될 일이지만, 바틀비가 살았던 19세기는 필경사가 모든 것을 필사하고 검증해야 하는 시대였다.

바틀비가 사무실에서 일한 지 사흘째 되던 날, 변호사가 그를 불러 간단한 문서를 검증하자고 제안한다. 그러자 바틀비는 이렇게 대답한다. "안 하고 싶습니다." 부당한 요구를 한 것도 아닌데 안 하고 싶다고 하니, 변호사는 자신이 잘못 들었거나 상대가 자신의 말을 제대로 이해하지 못했나 싶어 다시 한 번 그 제안을 반복한다. 그런데 "안 하고 싶습니다"라는 똑같은 답변이 돌아오는 게 아닌가. 변호사는 충격을 받는다. 상대의 반응이 너무 어이가 없어서 현기증이 날 정도다. 그래도 그는 상대의 진지한 얼굴 표정을 보고 나름대로 이유가 있으려니 생각하고 그냥 넘어간다. 그런데 며칠 뒤 바틀비가 문서를 네 부 필사했을 때도 똑같은 일이 벌어진다. 변호사는 네 명의 직원들, 즉 바틀비, 터키, 니퍼스, 진저 너트에게 필사본을 하나씩 주고 자신이 원본을 읽으며 검증 작업을 하려고 한다. 그때 바틀비가 또 그 일을 거부한다. "안 하고 싶습니다." 이 말이 전부다. 가타부타 설명도 없다.

"안 하고 싶습니다"라는 바틀비의 말은 "I prefer not to"를 우리말로 옮긴 것으로, 대답하기 곤란한 질문에 응수를 해야 할 때 사용하는 정중한 표현이다. '안 했으면 좋겠습니다' 정도로 옮겨도 무방한 말이다. 여하튼, 누군가가 곤란한 질문을 할 경우, "I prefer not to"라고 하면 정중하게 답변을 거절하는 것이 된다. 바틀비가 이 말을 하는 상황에 대입해보자면, "I prefer not to"라는 말은 변호사가 그에게 문서 감정을 제안했을 때 한 말이니, 거부 의사를 정중하게 표시한 것이라고 보면 크게 무리가 없다. 변호사가 바틀비의 태도에서 "최소한의 불안, 분노, 성급함, 무례함"을 찾을 수 없다고 한 것은 그래서 놀라운 일이 아니다. 이처럼 바틀비의 태도는 무례함이나 성급함과는 거리가 멀다.

왜 바틀비는 고용주의 말을 거부하는 것일까. 알 수 없는 일이다. 거부 이유를 설명해달라는 것조차 거부하는 바틀비는 변호사의 요구를 정말 부당하게 생각하는 것일까. 그렇다면 차라리 다행이다. 서로의 차이를 해소할 여지라도 있기 때문이다. 바틀비가 그 요구를 부당하다고 생각한다면, 대화를 통해 서로의 입장을 이해하고 조정하면 될 일이다. 대화는 그럴 때 하라고 있는 것이다. 그런데 바틀비는 "안 하고 싶습니다"라는 말 외에는 입을 다물고 버틴다. 그리고 나중에는 검증 작업만이 아니라 변호사가 시키는 것은 무엇이든 다 거부한다. 예를 들어, 변호사가 "테이프로 서류 뭉치를 묶으려던 참에 그에게 한쪽을 손으로 눌러달라고" 하는 것도 거부한다.

이것만이 아니다. 어느 일요일 아침, 변호사는 교회 가는 길에 사무실에 들렀다가 바틀비가 제 마음대로 사무실에서 숙식을 해결하고 있다는 사실을 알고 황당해 한다. 규정 위반이다. 그런데 그다음에 벌어지는 일은 더 황당하다. 변호사가 사무실 안으로 들어가려 하자 바틀비는 지금 당장은 들어오지 않는 게 좋겠다며 "건물 주변을 좀 걸어 다니다 오는 게 좋을 것 같"다고 말한다. 숫제 자기가 주인이라도 되듯, 고용주에게 들어오지 말라고 한 것이다. 그것만이 아니다. 얼마 후에는 더 이상 필사를 하지 않겠다고 선언하기에 이른다.

상식적인 눈으로 보면, 바틀비의 행동은 이해하기 힘들다. 변호사만이 아니라 다른 직원들도 그를 이해할 수 없기는 마찬가지다. 터키는 용납할 수 없다고 말하고, 진저 너트는 "살짝 돌았다"고 생각하고, 니퍼스는 "사무실에서 내쫓아야 한다고 생각"한다. 직원들마저도 "상례와 상식에 의거한" 요구를 거부하는 사람을 정상적이 아니라고 생각하는데, 고용주의 입장에서는 어떠하겠는가. 변호사가 화를 내고 그를 해고하겠다고 생각하는 것도 당연하다.

문제는 바틀비를 향한 변호사의 감정이 단순하지가 않다는 데 있다. 그는 바틀비를 해고하겠다고 결심하지만 막바지에 이를 때까지 그대로 둘 뿐만 아니라, 바틀비의 말과 행동을 합리화하기까지 한다. 그는 바틀비에게 아무 "악의도 없고" "무례하게 굴려는 의도도 없다"고 생각하며, 자신이 그를 해고하면 "덜 관대한 고용주"를 만날 것이고, 그렇게 되면 "무례한 취급을 받을 것이고, 어쩌면 굶어 죽도록 비참하게 내몰릴지도" 모른다고 걱정한다. 해고해야 할 대상을 해고하지 않을 구실을 찾는 것이다. 물론 이따금 "발작적인 분노가 이는 것을 피할 수 없"지만 그것도 잠시, 그는 어떻게든 바틀비를 이해하려고 노력한다. 왜 그러는 것일까. 직무와 관련된 일뿐 아니라 급기야 필사 자체를 거부하는 바틀비에게 짜증을 내면서도, 왜 변호사는 그를 감싸고도는 것일까. 그는 자기도 모르게 타자인 바틀비에게 끌려들어가 그에 대한 책임을 떠맡게 된 것처럼 보인다. 이것이 레비나스가 말하는 '박해'의 개념이 아닐까. "자신이 고용한 사원이 자신에게 지시하고, 자신의 사무실에서 나가 있으라는 명령을 하도록 묵묵히 내버려두는" 황당한 일은 '박해'라는 말이 아니면 설명할 길이 없다. 일반적인 통념상 고용주와 고용인의 관계에서 박해를 받는 대상은 고용인이겠지만, 두 사람의 관계에서는 바틀비가 아니라 고용주인 변호사가 박해의 대상이다. 이처럼 레비나스의 타자이론 내지 환대이론은 우리가 상식적으로 알고 있는 관계의 역학을 전복한다. 그의 윤리학 전체를 관통하는 것이 바로 이 전복이라고 해도 과언은 아니다.

그렇다고 변호사가 모든 면에서 끌려 다닐 수는 없는 노릇이다. 여기에서 레비나스의 환대이론은 조정의 대상이 된다. 레비나스는 두 사람 사이에서 벌어지는 양자적 관계에 초점을 맞춘 나머지, 두 사람의 관계에 균열을 내는 제삼자의 문제를 소홀히 하는 것처럼 보인다. 이 세상에 변호사와 바틀비만 있다면 문제는 간단할지 모른다. 변호사가 바틀비에게 "무한 책임"을 지고 "박해"라는 말이 암시하고 함의하는 윤리적 삶을 살아가는 것은 얼마든지 가능한 일이다. 변호사는 바틀비가 "안 하고 싶습니다"라는 말을 수없이 반복하며 그의 요구를 거부해도, 그것을 이해하고 인정하고 내버려둘 수 있다. 이 세상에 두 사람만 있으면 안 될 것도 없다. 문제는 또 다른 사람이 언제나 옆에 있다는 것이다. 이것이 삶이다. 삶은 언제나 두 사람이 아니라 적어도 세 사람을 전제로 한다. 변호사에게는 필사마저도 거부하는 바틀비와 다르게 묵묵히 일을 하는 다른 직원들이 있다. 그 직원들과의 형평성 때문에라도, 더 이상 바틀비를 그냥 둘 순 없다. 그를 내보내는 것은 불가피한 일이다. 변호사는 바틀비를 환대해야 하는 윤리적 당위성과 환대의 실천을 어렵게 만드는 현실 사이에 갇혀 있는 셈이다.

변호사는 바틀비에게 필사료와 함께 여분의 돈을 주고 일주일의 말미를 주며 나가달라고 한다. 그런데 바틀비는 "안 하고 싶습니다"라고 말할 뿐, 나갈 생각을 하지 않는다. 기가 막힐 노릇이다. 필사도 거부하고, 나가는 것도 거부하다니. "도대체 무슨 권리로 여기에 있는 건가? 방세라도 내는가? 내 세금이라도 대신 내나? 아니면 이 사무실이 자네 건가?" 바틀비는 변호사의 말에 여전히 아무 대꾸도 하지 않는다. 변호사로서는 정말이지 미칠 일이다. 변호사가 과거에 맨해튼에서 있었던 살인사건을 떠올리는 것도 무리는 아니다. 그는 분노를 이기지 못해 도끼로 누군가를 죽인 사람의 심정이 어떤 것인가를 비로소 이해하게 된다. 물론 그것은 순간적인 감정일 뿐이다. 변호사는 "필경사의 행동을 호의적으로 해석함으로써 그를 향한 격앙된 감정을 몰아내려고" 애쓴다. 이런 상황에서 바틀비를 내보내기 위해 그가 할 수 있는 가장 즉각적이고 효율적인 행동은 물리력을 동원하는 것이다. 경찰을 부르든지, 아니면 바틀비에게 적개심을 품고 있는 다른 직원들의 힘을 빌리든지 해서, 몰아내면 될 일이다. 그러나 변호사는 바틀비가 그에게 "행사하는, 절대 벗어날 수 없는 그 놀라운 우위" 때문에 감히 그렇게 할 엄두를 내지 못한다.

그래서 변호사가 생각해낸 방도는 사무실 이전이다. 그렇게 되면 모든 것이 해결될 것만 같다. 변호사는 바틀비에게 드디어 작별 인사를 한다. "잘 있게, 바틀비. 나는 이제 가네…… 잘 있게. 모쪼록 신의 가호가 있기를 빌겠네." 그런데 이상하게도 변호사는 발걸음이 떨어지지 않는다. 더 이상 바틀비에 대해 고민하지 않아도 되는 기막힌 결정을 내렸는데, 마음이 홀가분하지 않다. 이것은 그가 새 사무실에 자리를 잡은 후에도 마찬가지다. 그는 여전히 바틀비에게 매어 있다. 바틀비가 사무실에서 강제로 쫓겨나고 건물 주변을 맴돌며 "낮에는 계단 난간에 앉아 있고 밤에는 건물 입구에서 잠을" 잔다는 소리를 듣고, 그가 바틀비를 찾아간 것은 아직도 그에게 심리적으로 매어 있다는 증거다. 그렇다고 바틀비가 그의 마음을 알아주는 것도 아니다. 그가 다른 일자리를 제안해도 바틀비는 밑도 끝도 없이 자신이 "특별하지 않다"라고 말하며 거부한다. 결국 변호사는 바틀비가 부랑자로 몰려 감옥에 가는 것을 막고자 자신의 집까지 내주겠다고 제안한다. "바틀비, 자네 지금 나와 함께 내 집에 가겠나? 내 사무실 말고, 내가 사는 집에 말이야. 우리가 한가한 때에 자네 편의대로 계획을 확정할 때까지 거기서 머무는 거야. 자, 지금 가세, 지금 당장." 그런데 바틀비는 이 제안마저도 거절한다. 그러자 더 이상 할 일이 없어진 변호사는 "바틀비에게 도움이 되고 그를 폭력적인 박해로부터 보호해주고자 한 자신의 욕구와 의무감에 대해서" 최선을 다했다고 생각하며 도망치듯 그 자리를 떠난다.

그가 바틀비에게 최선을 다한 것은 맞다. 누구도 바틀비를 배려하지 않는 상황에서 나름 최선을 다했다. 자신의 집에 가서 안정이 될 때까지 당분간 살자고 제의하기까지 했다. 그는 바틀비를 자신의 집으로 청하면서 그가 아예 눌러앉는 것마저도 감수했다. "안 하고 싶습니다"라는 말을 입에 달고 살며 고용주의 정당한 요구를 무조건적으로 거부하는 고용인에게 그렇게까지 선의를 베풀 수 있는 사람은 정말로 찾기 힘들다. 이 세상에 그런 사람이 실제로 있을까 싶을 정도다. 부랑자로 분류된 바틀비가 감옥에 수감되어 아무것도 먹지 않고 있을 때, 취사 담당에게 돈을 쥐여주며 그의 식사를 챙겨달라고 부탁한 것도 변호사였다.

그는 최선을 다해 바틀비를 환대하려고 노력했다. 보

통 같으면 그 정도만으로도 충분하다. 아니, 충분한 것 이상이다. 누가 변호사처럼 할 수 있을까. 고용인이 나가기를 거부한다고 자신의 사무실을 옮기는 사람은 없다. 자신의 집을 내주겠다고 하는 사람도 없다. 이렇게 보면, 변호사의 이야기는 아름다운 이야기다. 좀처럼 유사한 예를 찾기 힘든 아름다운 환대의 이야기다. 그럼에도 우리는 그 환대가 환대의 이상에 부합되는지 물을 수 있어야 한다. 이상적인 상태를 향해 끝없이 나아가는 게 환대의 본질이기 때문이다.

데리다의 말처럼, 순수하고 완전하고 무조건적인 환대는 이 세상에 존재하지 않을지 모른다. "무조건적인 환대가 가능하기 위해서는 타자가 우리가 사는 곳을 파괴하고 모든 것을 뒤집어놓고 모든 것을 훔치고, 혹은 모든 사람을 죽이는 위험을 감수해야" 한다. 타자가 말하고 행동하고 요구하는 모든 것을 받아들이는 무조건적인 환대는 현실적으로 불가능하다는 말이다. 그래서 우리가 행하는 모든 환대는 정도의 차이는 조금씩 있겠지만, 늘 조건적인 환대일 수밖에 없다. 그러나 역설적이게도, 우리는 순수하고 완전하고 무조건적인 환대를 필요로 한다. 그 이상을 향해 나아갈 때, 우리의 삶이 더 윤리적인 것이 되기 때문이다. 우리의 삶이 칸트가 말하는 '조건적 환대' 이상의 것을 필요로 하는 이유다. 적어도 이것이 데리다가 말하는 절대적이고 무조건적인 환대의 개념이다.

그렇다면 변호사의 행동은 그러한 환대의 이상에 얼마나 부합되는 것이었을까. 어쩌면 변호사의 선의는 타자를 이해의 대상으로 삼아 자신의 인식의 테두리 속에 강제로 가두려는 몸짓이었을지 모른다. 그래서 결국에는 그 인식의 테두리를 넘지 못하고 바틀비를 이해하는 데 실패한 것인지 모른다. 그는 자신의 집을 내주겠다고 했지만, 자기중심적인 자선과 동정에 눈이 멀어 바틀비가 진짜 필요로 하는 것은 보지 못했는지 모른다. 바틀비가 필요로 하는 것은 집이 아니라 뭔가 다른 것이 아니었을까. 그래서 변호사의 집으로 가자는 것을 거부하고 건물주로부터 내쫓겨 부랑자로 감옥에 갇히는 삶을 스스로 택한 건 아닐까.

이런 생각들은 바틀비가 죽고 나서 변호사의 마음속을 스쳐 간 생각들이기도 하다. 그래서 변호사가 바틀비라는 타자를 있는 그대로, 더 온전하게 받아들이기 시작한 것은 그의 죽음을 마주했을 때에야 가능했을지 모른다. 다음의 묘사를 보면 그럴 가능성은 다분하다.

> 그는 멍하니 눈을 뜨고 있었다. 그것 말고는 깊이 잠들어 있었다. 무언가가 그를 건드리도록 부추겼다. 나는

그의 손을 만졌다. 그 순간, 짜릿한 전율이 내 팔을 타고 척추까지 올라왔다 발로 내려갔다.

여기에서 중요한 것은 변호사가 "그의 손을 만졌다"라고 말하는 대목이다. 지금까지 변호사는 진정한 의미에서 바틀비의 손을 만진 적이 없었다. 그와 바틀비 사이에는 언제나 칸막이가 있었다. 물리적인 칸막이뿐 아니라 심리적인 칸막이도 있었다. 그가 사무실에서 자신의 공간과 바틀비의 공간을 분리하기 위해 설치해놓았던 "초록색 칸막이"는 그 스스로가 세운 심리적 장벽에 대한 은유이기도 했다. 지금까지 그는 바틀비가 대화를 거부하고 있다고 생각했지만, 정작 대화를 할 수 없게 심리적 칸막이를 친 것은 그 자신이었는지 모른다. 그 칸막이가 있는데, 바틀비와의 사이에 접점이 있을 리가 없었다. 그가 진정한 의미에서 바틀비의 손을 잡은 것은 바틀비가 죽은 후였다. 그래서 역설적이게도, 그의 환대는 바틀비가 죽은 후에 그의 손을 만지고 그의 눈을 감겨주면서 비로소 시작되었다.

바틀비의 죽음은 관계의 소멸이나 끝이 아니라 오히려 환대가 시작되는 지점이다. 바로 이것이 이 소설의 핵심이다. 죽음이 관계의 끝이라고 생각했다면, 변호사는 바틀비의 이야기를 굳이 글로 써서 고백할 필요가 없었다. 그에게 바틀비와 관련한 과거는 소멸하는 것이 아니라 지속되면서 현재에 관여하는 영원의 시간이다. 베르그송에게 시간이 그러했던 것처럼, 변호사에게도 시간은 일회적이고 소멸적인 성격을 덜어낸 현실이고 지속이다. 중요한 것은 타자에 대한 환대가 그 현실과 지속 속에서 시작된다는 사실이다.

그래서 우리는 이 소설이 필경사에 대한 기억을 되짚으면서 자신이 이성적으로만 접근하려 했던 것이 타자에 대한 침해일 수 있음을 깨닫고 자신의 실패를 고백하는 기록의 형태를 취하고 있다는 사실에 주목할 필요가 있다. 스토리의 처음부터 끝까지 지속되는 우울한 분위기는 변호사의 자의식과 죄의식에서 연유한다. 변호사는 바틀비의 죽음을 통해, 타자를 이성과 논리로만 접근해 파악하려고 하면 오히려 타자와의 거리가 좁혀지기는커녕 점점 더 벌어진다는 역설을 늦게야 깨달은 것처럼 보인다.

변호사의 말과 행동이 보여주듯, 타자에 대한 환대는 결코 쉬운 일이 아니다. 변호사처럼 마음이 따뜻한 사람도 자신이 갖고 있는 생각의 틀 안에서만 타자를 인식하려고 하는, 레비나스의 말로 하면 "전체주의적이고 제국주의적인" 특성을 자기도 모르게 드러낸다. 이것은 레비나스의 "박해의 트라우마"가 환기하는 환대의 이상에

도달하기가 그만큼 어렵다는 말이다. 그리고 역으로, 우리가 타자에게 행하는 환대 행위를 돌아보고 성찰하면서 그 이상을 향해 조금씩 더 나아가야 한다는 말이기도 하다.

“나는 내 꽃에 책임이 있어!”

—어린 왕자와 ‘길들임’의 윤리

우리가 관심을 갖는 대상이 '그것'에서 '너'로 이동해 안착하는 현상이 환대다. 그 대상이 '그것'의 상태에 있다는 것은 낯설고 먼 상태로 있다는 말이고, '그것'이 '너'가 된다는 것은 친숙하고 가까운 상태로 바뀐다는 말이다. 우리에게 잘 알려진 김춘수의 시 「꽃」은 환대를 이렇게 정의한다. "내가 그의 이름을 불러주었을 때,/그는 나에게로 와서/꽃이 되었다.//(……)/그에게로 가서 나도/그의 꽃이 되고 싶다.//(……)/너는 나에게 나는 너에게/잊혀지지 않는 하나의 눈짓이 되고 싶다." 이 시는 꽃과 관련된 은유로 환대의 개념을 부드럽게 풀어냄으로써, 사랑을 노래한 시가 아니면서도 누구나 한 번쯤 품었음 직한 사랑의 감정을 토로한 것으로 읽히는 마력을 발휘한다. 사랑이라는 감정도 어차피 타자에 대한 환대의 한 형태다.

그렇다고 모든 타자가 처음부터 우리에게 빛깔과 향기를 가진 꽃으로 다가오는 것은 아니다. 더러는 오해가 발생하기도 하고, 때로는 갈등이나 긴장감이 조성되기도 한다. 서로 다른 성격을 가진 존재들의 만남이니 그것은 불가피한 일이다. 그런데 김춘수의 시는 이러한 오해와 갈등에 대해서는 침묵하고 "너는 나에게 나는 너에게" 꽃이 되고 싶은 마음만을 노래한다. 그러다 보니 시는 그저 아름답게만 느껴진다.

앙투안 드 생텍쥐페리의 『어린 왕자Le Petit Prince』(송덕호 옮김, 달섬, 2018)에 대한 논의를 김춘수의 시로 시작하는 이유는 김춘수의 시가 전제로 하지 않는 것, 즉 타자와의 만남에서 발생하는 오해와 갈등을 스토리의 동력으로 삼고 있어서다. 이 동화에서도 타자는 꽃이다. 물론 엄밀하게 말하면, 김춘수의 '꽃'은 향기와 빛깔을 가진 인간을 가리키는 은유적 표현이고, 생텍쥐페리의 '꽃'은 은유가 아닌 진짜 꽃이다. 생텍쥐페리의 꽃이 타자를 가리키는 은유가 되는 것은 이 우화를 다 읽고 난 뒤 더 높고 더 넓은 시각에서 스토리를 바라볼 때라야 가능하다. 그러니 일단은 『어린 왕자』의 장미꽃을 진짜 꽃이라 생각하고 스토리에 접근할 필요가 있다. 이것이 동화의 세계가 갖는 강점이다. 동화에서는 인간만이 아니라 꽃과 같은 식물이나 동물도 인간의 상대가 되어 대화 관계에 있을 수 있다. 그 상상적 공간은 인간만을 환대의 대상으로 삼는 인간중심주의가 얼마나 협소하고 폐쇄적인 것인지를 유감없이 보여준다. 어쩌면 우리가 어른이 되면서 잃어버리는 것은 그 상상적 공간인지 모른다.

『어린 왕자』를 읽는 것은 그 상상적 공간 속으로 들어가는 일이다. 어느 날, 한 톨의 씨앗이 어린 왕자가 사는 별에 날아와 뿌리를 내리고 움을 틔운다. 거기에서 아름답고 화려한 장미꽃이 피어난다. 그런데 어린 왕자와 꽃의 관계는 김춘수의 시가 상정하는 이상적인 관계가 아니라 처음부터 갈등과 몰이해, 긴장을 예고하는 관계다. 어린 왕자는 장미꽃의 향기와 빛깔, 자태에 감탄하면서도 장미꽃의 입에서 나오는 말을 못마땅하게 생각한다. "나는 해님과 동시에 태어났어요." 그는 이 말을 듣고 장미꽃이 겸손하지 않다고 단정한다. 감히 어떻게 해와 동시에 태어났다고 말할 수 있을까. 장미꽃이 가시에 대해 말하는 것도 못마땅하기는 마찬가지다. "호랑이들이 발톱을 세우고 올 수도 있어요!" "커다란 짐승들은 하나도 무섭지 않아. 내겐 발톱이 있으니까." 어떻게 네 개의 가시만으로 호랑이 같은 맹수들에 맞설 수 있단 말인가. 가당치 않은 소리다. 어린 왕자는 장미꽃이 허세를 부린다 생각하고, 장미꽃의 말 한 마디 한 마디를 논리적으로 따지며 모순과 허점을 찾아낸다. 그러다 보니 둘의 관계가 온전할 리 없다. 결국 불화로 인해 어린 왕자는 자신의 별을 떠나 다른 별들을 전전하다가 지구에까지 오게 된다. 그래서 스토리는 지구에 온 어린 왕자와의 만남과 대화에 대해 전하는 화자의 후일담 형식으로 되어 있다.

일반적으로 『어린 왕자』는 아름답고 순수한 세계를 그린 동화로만 인식되지만, 사실은 환대에 관한 훌륭한 교과서다. 이 우화가 환대와 관련하여 논의된 적이 거의 없다는 것은 그래서 조금은 놀라운 일이다. 특히 장미꽃을 대하는 어린 왕자의 묘사에는 환대에 관한 심오한 성찰이 담겨 있다. 김춘수의 시가 그러하듯 우리는 일반적으로 타자와의 관계를 이상화하는 경향이 있는데, 어린 왕자와 장미꽃의 이야기는 그것이 현실과는 동떨어진 것일 수 있음을 암시한다. 어린 왕자와 장미꽃 사이의 갈등과 긴장은 어린 왕자가 장미꽃을 받아들이는 과정에서 상대가 좋은 점만 갖고 있기를 바라기 때문에 발생한다. 어린 왕자는 그가 사는 작은 별을 향기롭고 화사하게 만들어주는 장미꽃이 고맙고 좋으면서도, 장미꽃의 허세와 변덕까지 받아들이진 못한다. 그가 장미꽃을 만나기 전부터 장미꽃다운 말과 행동이 어떠해야 하는지, 선입관을 갖고 있었기 때문이다. 꽃은 모름지기 겸손해야 하고 과장하거나 모순적이지 않아야 한다는 선입관이다. 그는 장미꽃이 자신의 마음속에 있는 이미지에 부합되기만을 바란다. 그래서 어린 왕자는 타자를 대할 때 좋은 면만 있기를 바라고, 그렇지 않으면 밀어내버리는 우리 인간의 모습을 닮았다. 인간은 그렇게 이기적이고 자기중심적인 존재다. 프로이트가 인간을 자기애를 기본으로 하는 존재, 즉 나르시스로서의 인간, 나르시스적인 인간으로 본 것은 백 번 옳았다.

그래서 인간은 어린 왕자에게 뭘 깨우쳐주는 존재가 아니라 어린 왕자와 마찬가지로 세상 경험을 통해 자기중심성을 떨쳐내면서 타자를 사랑하고 환대하는 법을 깨쳐야 하는 존재인지 모른다. 그런 연유에서인지 어린 왕자를 깨우침에 이르게 하는 이는 인간이 아니라 여우다. 그 깨우침은 어느 날, 어린 왕자가 장미꽃들이 피어 있는 정원을 보고 울면서부터 시작된다. 장미꽃은 그에게 "이 세상에 자기와 같은 꽃은 없다"고 말했는데, 지구에 와 보니 하나의 정원에만 5천 송이나 되는 장미꽃이 피어 있는 게 아닌가. 그렇다면 수만, 아니 수백만 송이의 장미꽃들이 있다는 말이 아닌가. 그들의 겉모습도 그가 알고 있는 장미꽃과 조금도 다를 바가 없다. 지금까지 그는 그렇게 무수히 많은 꽃들 중 하나를 사랑하고 있었던 것이다. "나는 내가 단 하나뿐인 꽃을 가진 부자라고 생각했는데 평범한 장미꽃 한 송이를 가지고 있을 뿐이야." 그런 생각이 들자 그는 너무 절망스러운 나머지 풀밭에 쓰러져 슬프게 운다. 이때 여우가 나타난다. 어린 왕자는 예쁘게 생긴 여우를 보자 같이 놀자고 한다. "이리 와서 나하고 놀자. 난 몹시 슬퍼……." 그러자 여우가 이렇게 대답한다. "난 너하고 놀 수 없어. 난 길들여지지 않았거든." 길들여지지 않아서 놀 수가 없다니 무슨 뜻일까.

'길들이다'는 말은 우리말 사전에 따르면 사람이 짐승이나 새를 '부리기 좋게 가르치다' 혹은 물건을 '매만져서 쓰기 좋게 만들다'라는 의미다. 생텍쥐페리가 사용한 프랑스어 'apprivoiser'나 영어 'tame'도 엇비슷한 뜻으로 쓰인다. 여기에서 길들이는 주체와 길들여지는 객체는 대체적으로 상하 관계다. '내'가 누군가 혹은 무엇인가를 '길들이면' 그 대상은 나에게 '길들여지는' 종속적인 존재가 된다. 그런데 여우는 존재 대 존재가 수평적인 "관계를 맺는다"는 의미로 '길들이다'라는 단어를 사용하고 있다. 여우는 우리가 흔히 사용하는 '길들이다'라는 말을 자기 식으로 전유하여 쓰고 있는 것이다. 여우의 다음 말은 이 점을 명확히 한다.

넌 내게는 아직 수많은 아이들과 아주 흡사한 한 아이일 뿐이야. 그래서 난 네가 필요하지 않아. 너도 역시 내가 필요하지 않지. 난 너에게 수많은 여우들과 흡사한 한 마리 여우일 뿐이야. 하지만 네가 나를 길들인다면 우리는 서로를 필요로 하게 될 거야. 너는 나에게 세상에서 유일한 존재가 될 거야. 나는 너에게 세상에서 유일한 존재가 될 거고…….

여우는 그들이 서로 어울려 놀기 위해서는 길들임, 즉 관계를 맺는 것이 선행되어야 한다고 강조한다. 여우의 말처럼 타자와의 친밀한 관계는 놀라운 힘을 발휘한다. 삶의 지루함과 단조로움을 극복할 수도 있고, 지금까지 자신에게 위협적이었던 상대의 발소리가 가슴 뛰는 음악으로 들릴 수도 있다. 타자는 그런 존재다. 아무 의미도 없던 존재가 어느 날 갑자기 마음의 웅덩이로 풍덩 뛰어들어 자신의 실존에 깊숙이 관여하게 되고, 그를 빛깔과 향기를 지닌 꽃으로 생각하게 되는 감정의 과잉, 바로 이것이 타자와의 관계에서 발생하는 현상이다. 이것은 논리가 아니라 감정의 문제다. 그래서 여우와 닭, 여우와 어린 왕자의 관계도 가능해진다. 일반적으로 그들은 쫓고 쫓기는 관계다. 여우는 닭을 쫓고 사람은 여우를 쫓는다. 그들은 자연의 먹이사슬로 얽힌 종種의 일부여서 자신의 이익이 번서지 상대에게 무슨 일이 일어나는지는 중요하지 않다. 그래서 힘이 센 자가 약한 자를 쫓는다. 신체적으로만 쫓는 게 아니라 마음으로도 쫓는다. 에드워드 사이드가 말하는 '오리엔탈리즘'이라는 게 별스러운 게 아니다. 우리와 다른 타자를 개인이 아니라 하나의 무리로 보고 그 무리에 부정적인 색깔을 씌우려는 심리, 바로 이것이 '오리엔탈리즘'이다. 그래서 비유적으로 해석하자면, 인간은 자신과 다른 존재를 무리 내지 집단으로 보려고 하는 잠재적인 '오리엔탈리스트'이다. 그런 심리가 우리 안에 있다는 것을 부정하기는 어렵다.

여우의 말은 그런 심리에서 벗어나 우리와 다른 존재를 무리가 아니라 개인으로 보라는 뜻이다. 그러면 다른 존재의 상처와 고통, 눈물이 보이게 된다는 것이다. 이 말은 서로 다른 존재가 개별적인 관계를 갖게 되면 세상을 보는 눈이 달라질 수 있다는 말이다. 예를 들어, 여우는 밀밭을 가리키며 이전까지 자신과 아무 관련이 없던 저곳이 이제부터는 그렇지 않을 거라고 말한다. "밀은 금빛이니까 너를 생각나게 할 거야. 그리고 나는 밀밭을 스치는 바람 소리를 사랑하게 될 거야……." 여우의 말처럼, 누군가를 알게 되고 그와 가까워지면 의미가 없던 것마저도 그 존재로 인해 의미를 갖게 된다. 관계를 맺는다는 것은 의미의 생성이요, 의미의 부재가 의미의 현존으로 이동하는 현상을 가리킨다. 그래서 환대를 정의하는 또 다른 방식은 그것을 의미의 생성과 현존으로 보는 것이다.

그렇다면 의미의 생성과 현존을 가능하게 하는 것은 무엇일까. 여우가 말하는 '길들임'이 기적이라고 생각될 만큼 아름다운 감정을 불러일으킨다면, 두 존재는 어떻게 해야 서로를 '길들일' 수 있을까. 어린 왕자의 질문에 여우는 이렇게 답한다. "참을성이 아주 많아야 해. 먼저 내게서 조금 떨어져서 그렇게 풀밭에 앉아. 나는 곁눈질로 너를 바라볼 텐데 넌 아무 말도 하지 마. 말은 오해의 근원이니까." 이것은 동화의 세계에서나 가능한 순진하면서도 비현실적인 답변 같지만, 여우의 말처럼 타자와의 관계에서 우선적으로 필요한 것은 참을성일지 모른다. 다른 존재인 타자에게 나와 똑같은 취향과 안목과 판단력을 기대하는 것은 그를 나의 기준에 맞추려 하는 자기중심주의에 지나지 않는다. 어린 왕자가 자신의 별에 있는 장미꽃을 좋아하면서도 불편한 관계가 된 것은 '참을성'이 없었기 때문이다. 그래서 장미꽃의 말을 오해하고 그것만을 기준으로 장미꽃을 평가했던 것이다.

여우는 참을성을 환대의 덕목으로 제시하면서 구체적인 실천 방안으로 말을 앞세우지 말 것을 주문한다.

"말은 오해의 근원"이니 시시콜콜 따지지 말고 잠자코 곁을 내주기만 하라는 것이다. 침묵이 때로 진정한 환대라는 말이다. 아무 말도 하지 말고 곁을 내주면서 타자를 환대하라는 여우의 발언은 놀랍게도 데리다가 말하는 "무조건적 환대"의 개념과 아주 흡사하다. 데리다는 절대적이고 무조건적인 환대는 "언어를 억제"하는 데 있다고 생각하며 "타자에게 그가 누구이고, 이름이 무엇이고, 어디에서 왔는지 등을 묻고 싶은 유혹을 억제"하라고 제안한다. 상대의 신원과 고향을 따지고 드는 것이 그를 위축시키고 압박할지 모르니 때로는 아무것도 묻지 말고 있는 그대로 받아들일 필요가 있다는 말이다. 데리다의 말은 타자를 대할 때 언어에 신중을 기하지 않으면 그 언어가 타자에게 상처와 폭력이 될 수 있다는 사실을 암시한다. 실제로 그럴지 모른다. 언어가 상대를 내 인식의 테두리에 가두기 위한 수단이 된다면, 이미 그것은 폭력이다. 이처럼 언어는 기본적으로 환대의 도구이지만 상황에 따라서는 환대의 적일 수도 있다. 그래서 "언어의 본질은 우정과 환대"라는 레비나스의 말도 맞지만, 언어가 환대를 침해하는 것일 수 있다는 데리다의 말도 맞다. 언어가 본질적으로 타자에 대한 응수이니 그것 자체가 이미 "우정과 환대"를 암시하고 있다는 점에서는 레비나스의 말이 맞고, '나'의 기준에서

'나'의 언어로 타자에게 말을 건네고 정체성을 확인하는 것이 그에게 압박과 불안으로 느껴질 수 있다는 점에서는 데리다가 맞다. 언어의 양가적인 속성이 여기에 있다. 언어는 누군가를 위로하고 환대하는 수단이기도 하지만, 누군가를 억압하는 수단이기도 하다. 여우의 생각은 데리다의 생각에 가까워 보인다.

여우는 말이 아니라 행동을 통해 타자를 향한 환대가 어떠한 것이어야 하는지, 그 모범을 어린 왕자에게 보여준다. 어린 왕자와 여우는 시간이 흐르면서 서로에게 오직 하나뿐인 존재가 되어간다. 그들은 헤어져야 한다는 걸 알면서도 사랑에 빠지는 연인들처럼, 어린 왕자가 지구에 머무는 시간이 정해져 있음에도 주저하지 않고 서로에게 곁을 내준다. 어린 왕자와 헤어질 때가 되자 여우는 울려고 한다. 그러자 어린 왕자가 말한다. "그건 네 잘못이야. 난 널 아프게 하고 싶지 않았는데 네가 길들여지길 원했잖아……." 어린 왕자는 여우와의 관계에서 많은 것을 배우고 깨우쳤지만, 그 깨달음이 아직은 온전하지 못한 것처럼 보인다. 두 존재 사이에 생겨난 감정을 아직도 논리의 문제로만 받아들이고 있다는 것이 그 증거다. 그는 헤어짐의 아픔을 가슴으로 느껴야 할 때 머리로 반응하고, 이타적이어야 할 때 자기를 앞세운다. 여우가 먼저 길들여지기를 바라서 울게 된 것이니 자기에게는 책임이 없다는 말은 잘못돼도 크게 잘못됐다. 이것은 사랑이나 우정, 환대의 끝이 이별이고 아픔이라면 깊은 관계를 맺을 필요가 없다는 말에 다름 아니다. 그가 여우에게 "그럼 넌 얻은 게 아무것도 없잖아"라고 말하는 것은 이러한 이유에서다.

서로에 대한 '길들임' 즉 사랑이나 우정이 눈에 보이는 뭔가를 얻기 위한 게 아니라는 사실을 아직 깨닫지 못한 어린 왕자의 말에 대한 여우의 응수는 의미심장하다. "있지, 밀의 색깔 때문에." 예전에는 아무 의미가 없던 밀과 밀밭의 황금색이 이제는 어린 왕자의 머리칼을 생각나게 하는 빛깔이 되었으니 그것이면 되었다는 말이다. 어린 왕자가 뒤에 남기고 가는 그리움만으로 충분하다는 말이다. 여우는 금빛 밀밭을 보며 어린 왕자를 그리워하게 될 것이다. 밀밭을 스치는 바람마저도 여우에게 그리움의 감정을 불러일으키게 될 테니 "넌 얻은 게 아무것도 없잖아"라는 어린 왕자의 말은 틀렸다. 여우의 말을 듣고서야 어린 왕자는 '길들임'의 본질이 무엇인지를 비로소 깨닫게 된다. 길들임의 본질은 머리가 아니라 가슴의 문제임을, 그래서 보이는 것이 전부가 아님을 깨닫게 된 것이다. 이러한 깨달음이 있고 나서야 그는 정원의 수많은 장미꽃들에게 "하나뿐인 내 장미는 너희들 모두보다 더 소중해"라고 말할 수 있게 된다. 여우와의 관계에서 길들임의 본질을 깨치지 못했다면 결코 할 수 없는 발언이다. 어린 왕자는 여우를 만나면서, 중요한 것은 외면이 아니라 내면이며 자신의 장미꽃과 정원의 장미꽃들 사이에는 하늘과 땅만큼의 차이가 있다는 것을 알게 된다. 지구에서의 삶이 그에게 일종의 교육이었다면, 그 과정은 여우가 전한 깨우침과 더불어 완성된다. 그러니 이제 자신의 별로 돌아가는 일만 남았다.

여우는 지구를 떠나는 어린 왕자에게 마지막 선물로 비밀 하나를 알려준다. "가장 중요한 것은 눈에 보이지 않는 거야." "네 장미를 그렇게 소중하게 만든 것은 네가 네 장미를 위해 소비한 시간이야. (……) 넌 그걸 잊어선 안 돼. 넌 네가 길들인 것에 대해서 영원히 책임이 있어." 결국 마지막 깨달음은 자신이 길들인 존재, 즉 관계를 맺은 존재에 대해 책임을 져야 한다는 것이다. 레비나스의 말을 빌리자면, 어린 왕자는 타자에게 "무한 책임"을 져야 한다는 걸 깨닫고 지구를 떠난다. 책임을 다하기 위해 떠나는 것이다.

27장으로 구성된 『어린 왕자』에서 어린 왕자와 여우의 이야기는 후반부인 21장에 가서야 나온다. 1943년에 출간된 프랑스 원본으로 따지면 106쪽 중 7쪽(77-83쪽)

에 지나지 않는, 부시해도 될 정도의 분량이다. 그러나 쪽수가 적다고 중요성이 덜한 건 아니다. 오히려 반대다. 『어린 왕자』의 스토리를 통틀어, 어린 왕자와 여우의 이야기는 가장 핵심적인 부분에 해당한다. 어린 왕자가 자신의 장미꽃이 이 세상 하나밖에 없는 존재라는 것을 깨닫고 자신의 별로 돌아갈 동력을 확보하는 것은 여우를 만나면서부터다. 마치 스토리가 처음부터 여우가 등장하는 21장을 향해 달려가고 그 후에는 어린 왕자가 21장에서 얻은 깨우침을 실천하는 듯한 모양새다.

실제로 어린 왕자는 사막에 불시착한 비행기를 수리하고 있던 화자에게 여우의 지혜, 아니 이제는 자신의 것이 된 지혜를 전수한다. "아저씨네 별에 사는 사람들은 한 정원에 장미를 5천 송이나 가꾸지만 (……) 거기에서 자기들이 찾는 것을 발견하지는 못해." "그렇지만 자기들이 찾는 것을 장미 한 송이나 물 한 모금에서 발견할 수도 있어." "하지만 눈으로는 보지 못해. 마음으로 찾아야 해." 이것은 정확히 여우가 어린 왕자에게 했던 말들이다. 마음으로 찾아야 할 것을 눈으로만 찾으려 했던 것도, 자신의 장미를 다른 장미들과 비교하며 실망한 것도 어린 왕자 자신이었다. 그는 화자에게 자신이 범했던 오류를 되풀이하지 말라고 당부한 것이다.

어린 왕자의 이야기가 화자에게 호소력을 지니는 것

은 화자 역시 그런 마음이기 때문이다. 그것은 그와 어린 왕자가 맺은 관계 때문에 가능했다. 그들도 서로를 길들이고 서로에게 길들여졌다. 그 길들임 때문에 어린 왕자는 화자에게 세상에 하나밖에 없는 존재가 되었다. 물론 처음부터 그랬던 것은 아니다. 화자는 처음에는 비행기를 고치느라 정신이 없었다. 그렇지 않아도 바쁜데 어린 왕자가 옆에서 자꾸 말을 시키자 짜증을 내기도 했다. 그러나 어린 왕자의 이야기를 들으며 조금씩 그에게 관심을 쏟기 시작했고, 그러면서 장미꽃을 향한 어린 왕자의 사랑과 복잡한 감정에 매료되었다.

> 잠든 어린 왕자가 이토록 크게 나를 감동시키는 것은 꽃 한 송이에 대한 그의 한결같은 마음 때문이다.

그는 잠이 든 어린 왕자를 내려다보며 이렇게 생각했다. 그러면서 화자는 장미꽃을 사랑하는 어린 왕자의 마음을 닮아갔다. 머나먼 별에서 온, 낯설기만 했던 어린 왕자가 화자의 마음 한 자락을 차지하게 된 것이다. 어린 왕자도 마찬가지이다. 그 또한 함께 시간을 보내며 화자를 사랑하게 된다. 여우가 어린 왕자와 헤어질 때 그랬듯, 어린 왕자도 화자와 헤어지는 것이 슬퍼서 눈물을 흘린다.

그래서 『어린 왕자』는 그리움의 노래다. 전체적으로는 조종사인 화자가 사막에서 만난 어린 왕자를 그리워하는 노래다. 그 그리움에 아련한 슬픔이 묻어 있음은 물론이다. 그들이 다시 만나는 일은 꿈에서나 가능하다. 그런데 스토리 속으로 들어가면 화자의 그리움에 다른 그리움들이 겹쳐진다. 장미꽃을 향한 어린 왕자의 그리움, 서로를 향한 어린 왕자와 여우의 그리움, 화자를 향한 어린 왕자의 그리움. 이러한 그리움들이 『어린 왕자』를 따뜻하고 풍요롭게 만든다. 그들은 서로에게 낯선 존재들이었지만 서로를 환대하고 그리워하는 존재가 되었다. 이렇게 해서 생텍쥐페리의 『어린 왕자』는 김춘수의 「꽃」이 도달한 지점, 즉 "너는 나에게 나는 너에게" 꽃이 되는 지점에 가닿는다. 이것은 두 작품이 서로로부터 그리 멀리 있지 않다는 뜻이기도 하다. 다른 점이 있다면 앞에서 언급한 것처럼 김춘수의 「꽃」이 환대에 대한 희망과 염원에 초점을 맞춘 것과 달리, 생텍쥐페리의 『어린 왕자』는 환대의 과정에서 발생하는 갈등을 중심으로 윤리의 문제를 사유하고 있다는 사실이다. 그래서 "넌 네가 길들인 것에 대해서 영원히 책임이 있어"라는 여우의 말은 『어린 왕자』의 핵심적인 주제가 된다. 타자의 윤리를 이보다 더 쉽고 감동적이고 효과적으로 전하는 우화가 또 있을까.

"죽지 말아요. 살아가요"

—환대로서의 애도

환대는 어디까지 가능한 걸까. 그 대상을 무한대로 확장할 수 있을까. 이 질문과 관련하여 데리다는 대단히 파격적인 제안을 함으로써 세상의 모든 것에 대한 환대의 가능성을 열어놓는다. "누가 혹은 무엇이 나타나든 '예'라고 말합시다." 그가 말하는 '예'는 적대와 부정의 말인 '아니요'와 달리, 환대와 긍정의 말이다. '예'는 누가 혹은 무엇이 나타나면 문을 열고 환영하며 안으로 들이는 것이고, '아니요'는 문을 열어보지도 않은 채 거부하거나 열어보더라도 다시 문을 닫고 빗장을 거는 것이다. 그래서 환대를 가장 쉽게 정의하자면 타자를 향해 '예'라고 하는 몸짓이라고 할 수 있겠다.

데리다는 "누가 혹은 무엇이 나타나든 '예'라고 말합시다"라는 말 한마디로 인간을 포함한 모든 존재, 아니 존재라고 할 수 없는 것들까지로 환대의 범위를 확장한다. 누구에게든 무엇에게든 '예'라고 말하자고 하다니 이보다 더 너그러울 수는 없다. 환대가 본질적으로 너그러움과 동의어라는 걸 감안하면 이보다 더 이상적인 환대의 개념은 상상하기 힘들다. 이 너그러움의 이면에는 인간 존재에 대한 깊은 신뢰가 있다. 그는 그렇지 않은 증거들이 차고 넘침에도 불구하고 인간을 고귀한 윤리적 존재로 생각하는 것처럼 보인다. 그렇지 않고서야 이렇게 파격적인 제안을 할 수는 없다. 인간이 자기중심적이고 편협하며 심지어 공격적인 존재라는 것을 인류의 역사가 끊임없이 증명하고 증언하는데 인간을 그토록 윤리적이고 이타적인 존재로 여기다니, 그것은 인간에 대한 어지간한 낙관이 없으면 불가능한 생각이다. 그는 "외국인, 이민자, 초대받은 손님, 혹은 예상치 않은 방문객이냐에 상관없이, 그리고 새로 온 이가 다른 나라의 시민, 인간, 동물, 혹은 천상의 피조물, 살아 있거나 죽은 것, 남성이나 여성이냐에 상관없이" 그들에게 무조건 '예'라고 말하자고 제안한다. 인간은 물론이고 동물과 새, 심지어 넋이나 죽어서 생명이 없는 것까지 환대하자는 것이다. 낙원이 따로 없다. 생각만으로도 가슴이 벅찬 환대의 낙원이랄까.

데리다는 늘 그렇듯 환대에 관한 이론에서도 기존의

이론을 해체하여 더 멀리, 더 높이, 어쩌면 거의 불가능한 곳으로까지 끌고 간다. 그는 동물과 "천상의 피조물", 심지어 "살아 있거나 죽은 것"까지 환대의 대상으로 삼는다. 그것이 현실적으로 가능할까. 동물을 환대하는 것까지는 이해할 수 있다. 동물을 환대해야 한다는 생각은 새로울 게 없다. 그런데 "천상의 피조물"이나 "죽은 것"까지도 환대의 대상이라는 것은 일반적인 통념을 벗어난다. 그러니까 데리다는 환대가 절대적인 것이 되려면 이 세상에 존재하는 것들뿐 아니라 상상의 영역에 속하는 것이나 심지어 죽은 것까지도 환대해야 된다는 논리를 펴고 있는 셈이다. 어디 그것만인가. 보이는 것도 보이지 않는 것도 환대의 대상이 된다. 환대를 이토록 모순적이면서도 너그럽게 정의한 서양 철학자가 또 있을까. 그는 정말이지 모순의 철학자다. 그런데 역설적으로, 바로 그 모순이 그를 더 인간적이고 윤리적으로 만든다.

데리다가 말한 환대의 확장성과 관련하여 좋은 예가 한강의 소설 『흰』(난다, 2016)이다. 그 중심에는 화자가 태어나기 전에 태어나 한 번도 본 적이 없는, 게다가 세상에 나와 두 시간 만에 죽은 여자아이가 있다. 서열로 따지자면 화자의 언니다. 여기에서 화자는 작가 자신이다. 스토리에 제시된 주된 내용은 작가가 자신의 가족과 관련하여 실제로 경험한 것들이다. 화자는 죽은 언니를 향해 때로는 말을 걸고 때로는 자신의 자리에 세워놓고 세상을 바라보게 한다.

가족에게 무슨 일이 있었기에 이러는 걸까. 자초지종은 이렇다.

화자의 어머니는 초등학교 교사로 재직하는 남편과 시골에 살았다. 그런데 산달이 되기 두 달 전 양수가 터졌다. 외딴 사택에 사는 데다 전화기도 없어서 누구에게 연락할 길이 없었다. 전화기를 사용하려면 20분을 걸어 나가야 하는데 양수가 터진 몸으로는 그럴 수가 없었다. 게다가 남편이 퇴근하려면 여섯 시간도 더 남아 있는 상황이었다. 그래서 당시 스물세 살이었던 화자의 어머니 혼자서 모든 걸 감당해야 했다.

> 스물세 살의 엄마는 엉금엉금 부엌으로 기어가 어디선가 들은 대로 물을 끓이고 가위를 소독했다. 반짇고리 상자를 뒤져보니 작은 배내옷 하나를 만들 만한 흰 천이 있었다. 산통을 참으며, 무서워서 눈물이 떨어지는 대로 바느질을 했다. 배내옷을 다 만들고, 강보로 쓸 홑이불을 꺼내놓고, 점점 격렬하고 빠르게 되돌아오는 통증을 견뎠다. 마침내 혼자 아기를 낳았다. 혼자 탯줄을 잘랐다. 피 묻은 조그만 몸에다 방금 만든 배내옷을 입혔다.

죽지 마라 제발. 가느다란 소리로 우는 손바닥만 한 아이를 안으며 되풀이해 중얼거렸다. 처음엔 꼭 감겨 있던 아기의 눈꺼풀이, 한 시간이 흐르자 거짓말처럼 방긋 열렸다. 그 까만 눈에 눈을 맞추며 다시 중얼거렸다. 제발 죽지 마. 한 시간쯤 더 흘러 아기는 죽었다. 죽은 아기를 가슴에 품고 모로 누워 그 몸이 점점 싸늘해지는 걸 견뎠다. 더 이상 눈물이 흐르지 않았다.

화자가 어머니에게서 되풀이해 들은 이야기를 재현한 장면인데 젊은 여성 혼자서 아이를 낳을 수밖에 없는 절박한 상황이 효과적으로 묘사되어 있다. 이 묘사에서 주목할 것은 주어("스물세 살의 엄마")가 첫 문장에만 나오고 이어지는 문장들에는 생략되어 있다는 사실이다. 이것은 주어가 한 번 나오면 이후로는 없어도 무방한 우리말 어법의 특성과 관련이 있지만, 그것보다 중요한 사실은 화자가 어머니의 경험을 묘사하고 재현하는 과정에서 어머니의 시각을 차용하고 있다는 점이다. 즉, 화자가 그 상황을 묘사하면서 자기도 모르게 어머니의 입장이 된다는 말이다. 이것이 첫 문장에만 주어가 나오고 이후에는 생략된 문장들이 빚어내는 효과다. 그러면서 어머니의 경험은 화자의 경험이 되고, "죽지 마라 제발"이라는 중얼거림은 화자의 말이 된다.

화자는 두 시간 만에 죽은 언니를 자신의 현존과 연결시키며 부르고 또 부른다. 어머니로부터 거듭해 들은 그 얘기를 자기도 모르게 내재화한 탓이다. 이것이 『흰』이라는 작품이 쓰이게 된 배경이다. 그래서 이 작품은 죽은 사람의 영혼을 이승으로 불러내는 일종의 초혼곡招魂曲이다. 과거가 아니라 현재로 되어 있는 시제는 그 초혼이 현재 진행형이라는 것을 말해준다.

> 만일 당신이 아직 살아 있다면, 지금 나는 이 삶을 살고 있지 않아야 한다.
> 지금 내가 살아 있다면 당신이 존재하지 않아야 한다.
> 어둠과 빛 사이에서만, 그 파르스름한 틈에서만 우리는 가까스로 얼굴을 마주 본다.

화자는 죽은 언니를 '당신'이라고 부르며 말을 건다. 그러다가 자신과 언니를 일컬어 '우리'라고 말하기까지 한다. 언니와 자신이 불가분으로 얽혀 있다는 화자의 생각은 '우리'라는 말에 고스란히 배어 있다. 그런데 언니의 부재와 자신의 현존이 상호 의존적이라는 화자의 생각은 상상이나 과장이 아니다. 실제로 화자의 부모는 자식을 둘만 낳을 생각이었던 것으로 보인다. 이것을 화자의 말로 옮기면 이렇다. 만약 화자의 어머니가 "달떡처럼 흰 여자아이"였다는 언니를 두 시간 만에 잃지 않았다면, 이듬해 다시 사내 아기를 조산하여 잃지 않았다면, 그로부터 3년 후에 화자가, "다시 4년이 흘러 남동생이 태어나는 일은 생기지 않았을 것"이다. 두 아이가 죽음으로써 화자와 남동생이 태어날 수 있게 되었다는 말이다. "만일 당신이 아직 살아 있다면, 지금 나는 이 삶을 살고 있지 않아야 한다"는 말의 의미가 바로 이것이다. 그런데 화자는 그 말에 그치지 않고 자신과 언니가 마주할 "파르스름한 틈"에 관한 얘기로 넘어간다. 그것은 삶과 죽음, 이승과 저승의 경계에 해당하는 회색 지대로 산 자와 죽은 자가 서로를 볼 수 있는 틈이다.

그러나 산 자와 죽은 자가 삶과 죽음의 경계에서 서로를 볼 수 있다는 생각은 얼마나 비현실적인가. 설령 볼 수 있다고 해도 한 번도 만난 적 없는 언니를 화자가 무슨 수로 알아본단 말인가. 모순으로 가득한 생각이다. 그런데 윤리는 그 모순에서 나온다. 그러한 모순을 뛰어넘고 극복하는 게 윤리다. 데리다가 "살아 있거나 죽은 것" 모두에게 '예'라고 말하자고 한 것의 의미가 여기에 있다. 보이지 않는 존재를 향해서도 보이는 존재에게 하듯이 '예'라고 말하고 맞아들이는 것, 바로 이것이 데리다가 말하는 환대의 의미다. 얼굴이 "달떡처럼 흰 여자아이"였다는 어머니의 말로 미뤄 화자가 그 틈에서 언니를 알아보고 불러 맞아들이는 것은 이런 차원에서 가능해진다. 보지 않았으면 어떤가. 마음이 지극하면 마음의 눈으로 볼 수 있는 게 아닌가. 화자는 이런 질문들 끝에 죽은 언니를 삶의 세계로 불러오려고 한다. 이처럼 환대의 본질은 애매하고 불확정적이고 보이지 않는 미지의 대상까지도 우리 안으로 맞아들이는 데 있다.

그렇다고 화자가 '언니'라고 불러본 적도 없는 언니를 쉽게 만날 수 있는 건 아니다. 부른다고 오는 것도 아니다. "어둠과 빛 사이에서만, 그 파르스름한 틈에서만 우리는 가까스로 얼굴을 마주본다"는 말은 만남의 어려움을 증언한다. 그렇다면 서로를 '가까스로' 볼 수 있는 '사이'와 '틈'은 어디에서 찾을 수 있을까. 화자는 이런 생각을 하다가 얼마 전에 읽었던 이야기를 떠올린다. 어쩐지 그 이야기가 실마리를 제공할 것만 같다. 그 이야기 속의 주인공이 겪은 일이 자신이 겪고 있는 일과 본질적으로 같은 것이기에 더욱 그렇게 느낀다.

화자는 바르샤바의 "유태인 게토에서 여섯 살에 죽은 친형의 혼과 함께 평생을 살고 있다고 주장하는 남자의 실화"를 읽게 되었다. 그 내용은 이랬다. 남자는 부모를 잃고 벨기에인 부모에 입양되어 살았다. 그런데 "형상도 감촉도 없이 한 아이의 목소리가 시시로 그에게 찾아왔다." 가만히 있어도 그의 귀에 목소리가 들리는 거였다.

아이의 목소리였다. 그런데 무슨 말인지 도무지 알 수 없었다. 별스러운 일도 다 있지 싶었다. 그는 "모든 것이 운 나쁘게 반복되는 자각몽이거나 착란 증상이라고만 생각했다". 자신에게 심리적, 정신적 문제가 있어서 생기는 환청이라고 생각했던 것이다. 그런데 열여덟 살이 되면서 그는 자신의 가족사를 알게 되었다. 자기에게 여섯 살에 게토에서 죽은 형이 있었다고 했다. 그러자 그는 폴란드어를 배웠고, 지금까지 그의 귀에 줄곧 들렸던 목소리가 바르샤바의 유대인 게토에서 나치에게 체포되기 직전에 형이 공포에 질려 내뱉었던 말이라는 걸 알게 되었다. 형은 죽었지만 목소리로 살아남아 동생을 찾아와서 겁에 질린 그 소리를 반복하고 있었던 것이다.

믿기 어려운 얘기다. 벨기에 남자 스스로도 그렇게 생각한 적이 있을 만큼 말이 안 되는 이야기다. 그럼에도 불구하고 그 남자는 폴란드어를 배워 자신을 찾아온 형의 목소리를 맞아들였다. 보통의 경우라면 알아보지도 못하고 문을 열어주지도 않았을 대상을 기꺼이 맞아들인 것이다.

화자는 이 이야기를 읽고 "태어나 두 시간 동안 살아 있었다는 어머니의 첫 아기"를 생각했다. 그러면서 그 아기, 그 언니가 자신을 찾아왔을지 모른다고 생각했다. 그런데 찾아왔다고 해도 인간의 언어를 배울 시간이 없었으니 목소리의 형태로 찾아왔을 것 같지는 않았다. "죽지 마. 죽지 마라 제발." 이것이 아기가 들은 유일한 말이었다. 아기는 그 말을 들으면서 그게 무슨 의미인지 알지 못했을 것이다. 그 말에 얼마나 큰 모성이 담겨 있는지, 그 말 외에는 전달할 길이 없어서 그렇지 그 말보다 몇 배, 몇십 배 더 간절한 마음이 거기에 담겨 있다는 것도 몰랐을 것이다. 그래서 화자는 그 아기가 자신을 찾아왔다면 벨기에인의 형처럼 목소리로 찾아오진 못하고 뭔가 다른 형태, 다른 모습으로 왔으리라고 상상한다.

> 그러니 확언할 수도, 부인할 수도 없다. 그이가 나에게 때로 찾아왔었는지, 잠시 내 이마와 눈언저리에 머물렀었는지. 어린 시절 내가 느낀 어떤 감각과 막연한 감정 가운데, 모르는 사이 그이로부터 건너온 것들이 있었는지.

화자는 언니가 세상에 너무 짧게 머물었던 것이 한스러워 자신을 찾아왔을지 모른다고 생각한다. 찾아와서 자신의 이마나 눈언저리에 머물렀을지 모르고, 자신이 어렸을 때 느꼈던 감각과 감정 가운데 언니로부터 "건너온 것들"이 행여 있을지도 모른다고 생각한다. 여기에서 눈여겨볼 것은 세상에 잠깐 나왔다가 뒷산에 묻힌 언니의 혼을 환대하려는 화자의 심리이다. 데리다가 말한 확장적인 환대가 여기에서 실천되고 있는 셈이다. 어머니의 트라우마를 화자가 반복적으로 재현하는 건 그러한 환대의 욕구 때문이다. 거기에서부터 실마리를 찾아 삶과 죽음, 빛과 어둠 사이에 존재하는 "파르스름한 틈"을 찾으려는 것이다.

> 스물세 살 난 여자가 혼자 방에 누워 있다. 첫서리가 녹지 않은 토요일 아침, 스물여섯 살 난 남편은 어제 태어났던 아기를 묻으러 삽을 들고 뒷산으로 갔다. 부기 때문에 여자의 눈이 잘 떠지지 않는다. 몸 구석구석의 관절이, 부어오른 손가락 마디들이 아리다. 한순간 처음으로 여자의 가슴이 하얘진다. 여자가 몸을 일으켜 앉아 서툴게 젖을 짜본다. 처음에는 묽고 노르스름한 젖이, 그다음부터 하얀 젖이 흘러나온다.

산모인 어머니의 몸에서 '하얀 젖'이 흘러나오는데, 그 젖을 먹어야 할 아기는 뒷산에 묻히고 있다. 이 얼마나 고통스럽고 비극적인 상황인가. 산모에게서 나오는 젖은 그냥 버려질 것이다. 이 실존적 상황을 벗어날 묘책이 없을까 고심하다가 상상적인 해결책을 찾아낸다. 화자는 "그 아이가 살아남아 그 젖을 먹었다고 생각한다. 악착같이 숨을 쉬며, 입술을 움직거려 젖을 빨았다고 생각한다." "죽음이 매번 그녀를 비껴갔다고, 또는 그녀가 매번 죽음을 등지고 앞으로 나아갔다고 생각한다." "죽지 마. 죽지 마라 제발"이라는 엄마의 말이 "몸속에 부적으로 새겨져" 아기가 삶 쪽으로 고개를 돌렸다고 생각한다.

화자의 생각은 여기에서 그치지 않고 앞으로 더 나아간다. 언니가 살았으면 화자는 이 세상에 태어나지 않았을 것이다. 그렇다면 화자는 부재가 되고 그녀는 실재가 된다. 3부로 구성된 『흰』의 서사에서 가장 많은 분량에 해당하는 2부의 주인공이 화자가 아니라 "그녀" 즉 언니인 것은 이러한 이유에서다. 화자는 언니에게 자신의 삶을 통째로 넘겨준다. 언니가 빛 속으로 나오고 화자가 어둠 속으로 들어간다.

그래서 바르샤바 중심가를 걷는 이도 화자가 아니라 언니다. 도시의 외곽에서 하얀 나비를 보는 이도, "종아리에 알이 배길 때까지 이 도시의 거리들을 걸으며" 뭔가를 기다리는 이도, 낯선 도시에 함박눈이 내리는 걸 보는 이도, 겨울 바다의 파도가 몰려왔다가 하얗게 부서지며 물러나는 것을 보는 이도 화자가 아니라 언니다. 또한 어머니가 돌아가셨을 때 남쪽 바닷가로 내려가서 "어머니의 뼛가루가 담긴 유골함은 납골당에, 혼은 멀리 바다가 보이는 작은 절"에 모신 이도, "잠과 생시 사이에서 바스락거리는 순면의 침대보에 맨살이 닿을 때" 위로를 받는 이도, 대학 동기 둘이 사고로 죽었을 때 다른 졸업생들과 함께 "문학 수업을 듣던 강의실이 내려다보이는 언덕에 어린 백목련 두 그루를 심"어 그들을 애도했던 이도 화자가 아니라 언니다.

언니가 자기 대신 살고 있다고 상상하자 놀라운 일이 벌어진다. 모든 게 달라지기 시작한 것이다. "당신의 눈으로 바라볼 때 나는 다르게 보았다. 당신의 몸으로 걸을 때 나는 다르게 걸었다." 내가 타자가 되고, 타자가 내가 되는 순간이다. 이보다 더 아름다운 환대가 있을까. 그 타자가 누구인가. 화자의 어머니가 "외딴 사택이 아니라 도시에 살았더라면," "구급차에 실려 병원으로" 가서 "당시 막 도입되었던 인큐베이터"에 넣었더라면 살았을 언니다. 화자는 그 언니가 자기 대신 살아남았더라면 얼마나 좋았을까 생각한다. 그 언니를 위해서 자신의 삶을 내주고 싶다.

그렇게 당신이 숨을 멈추지 않았다면. 그리하여 결국 태어나지 않게 된 나 대신 지금까지 끝끝내 살아주었다면. 당신의 눈과 당신의 몸으로, 어두운 거울을 등지고 힘껏 나아가주었다면.

물론 현실적으로 가능한 일이 아니다. 죽은 사람이 살아서 돌아올 수도, 계속 살았을 수도 없다. 그것이 가능해지려면 아기가 세상에 머물렀던 시간 속으로 돌아가 그 시간을 멈춰야 한다. 그 시간을 영원한 것으로 만들어 거기에 아기가 머물 수 있도록 해야 한다. 아기가 "죽지 마. 죽지 마라 제발"이라는 어머니의 말을 듣고 있는 시간을 영원히 지속시켜야 한다. 그 시간에 머무는 한, 아기는 죽음이 아니라 삶 속에 있을 것이다. 바로 이것이 화자의 마음이다. "죽지 마. 죽지 마라 제발. 말을 모르던 당신이 검은 눈을 뜨고 들은 말을 내가 입술을 열어 중얼거린다. 백지에 힘껏 눌러쓴다. 그것만이 최선의 작별의 말이라고 믿는다. 죽지 말아요. *살아가요.*" 화자는 아기에게 죽지 말라고 했던 어머니의 애절한 마음을 이어받아 자신의 언니에게 죽지 말라고 애원한다. 그럼으로써 아기의 목숨을 연장하려는 것이다. "죽지 마라 제발"이라는 어머니의 말을 듣는 순간 아기는 살아 있었다. 그렇다면 화자가 돌아가신 어머니의 마음을 이어받아 그 말을 되풀이하면 아기는 언제까지나 죽지 않고 살아 있을 것이다. 이보다 더한 환대가 어디 있고 이보다 더한 애도가 어디 있으랴. 그래서 『흰』은 환대의 노래이면서 애도의 노래다. 아기의 영혼, 즉 타자를 불러 살아 있게 하려는 몸짓은 결국 환대의 몸짓이자 애도의 몸짓이다. 애도가 무엇인가. 죽은 사람을 삶 속으로 불러내 "죽지 말아요. *살아가요*"라고 말하는 것이다. 환대가 무엇인가. 산 사람만이 아니라 죽은 사람을 향해서까지 "예"라고 말하는 것이다. 이 지점에서 환대와 애도는 동의어가 된다. 그래서 작품의 제목 '흰'은 애도의 색깔이면서 환대의 색깔이다.

화자가 스물세 살 어머니의 출산 장면을 끊임없이 떠올리는 것은 애도를 끝내기 위해서가 아니라 "가능한 한 오래 애도를 연장하"기 위해서다. 어머니에게서 자신에게로 물림이 된 기억을 어떻게든 붙잡고 애도를 연장하기 위해서다. 비록 보지는 못했지만 자신의 삶을 빚지고 있는 존재인데 자신이 환대하고 애도하지 않으면 누가 하겠는가. 그래서 환대와 애도는 언니만이 아니라 자신을 위한 것이기도 하다. "나는 애도한다 따라서 존재한다"라는 데리다의 말처럼, 언니를 애도함으로써 화자는 존재한다. 어쩌면 데리다의 말은 '나는 환대한다 따라서 존재한다'로 바꿔놓아도 무방할지 모른다. 결국 애도는 환대의 한 방식일 테니까.

『흰』은 한강이라는 작가의 사적인 애도, 사적인 환대의 기록이다. 그가 아니라면 누구도 쓸 수 없는 환대와 애도의 기록. 그것은 누구도 침범할 수 없는 사적인 영역이다. 언니의 영혼을 불러 자기 대신 세상을 바라보게 하거나 언니의 영혼에게 말을 거는 것은 *그*가 아니면 누구도 할 수 없는 일이다. 그런데 주목할 것은 그 애도와 환대가 사적인 차원에만 머물지 않는다는 사실이다. 세상에는 유사한 고통과 슬픔을 경험한 사람들이 얼마든지 있다. 그래서 자신의 슬픔을 돌아보면서 타자의 슬픔을 돌아보는 것은 불가피한 일이 된다. 화자가 바르샤바 시민들이 희생자들의 넋을 애도하는 방식에 주목하는 것은 이러한 이유에서다. 바르샤바가 어떤 곳인가. 2차 세계대전 중 폭격으로 도시의 95퍼센트가 파괴된 곳이다. 그곳은 "유럽에서 유일하게 나치에 저항하여 봉기를 일으켰"고 "1944년 9월 한 달 동안 극적으로 독일군을 몰아"내는 데 성공했던 도시다. 그러나 그 대가는 무자비하고 혹독했다. "1944년 10월부터 6개월여 동안" 바르샤바 전역이 완전히 파괴당했다. "가능한 모든 수단을 동원해 깨끗이, 본보기로서 쓸어버리라"는 히틀러의 명령에 따른 것이었다. 많은 사람들이 벽에 세워져 총살을 당했다. 화자는 희생자들의 영혼이 도시의 곳곳을 떠돌 것이라고 생각한다. 그들을 기억하고 애도하는 것은 살아남은 자들의 몫이다. 그래서 폴란드인들은 "폭격으로 부서진 옛 건물을 복원하는 과정에서, 독일군이 시민들을 총살했던 벽을 떼어다가 1미터쯤 앞으로 옮겨"놓았다. 그 벽 앞에 꽃을 바치고 애도의 흰 양초를 켜놓고 희생자들의 넋을 위로할 공적인 공간을 마련하기 위해서였다. 드러내놓고 슬퍼하고 애도하기 위해서였다.

화자는 바르샤바 시민들이 애도하는 모습을 응시한다. 더 정확히 말하면, 그 모습을 응시하는 이는 화자가 아니라 언니다. 언니는 죽은 게 아니라 어머니의 젖을 먹고 무럭무럭 자라 바르샤바에 와서 잠시 머물고 있다. 언니는 바르샤바 시내를 떠도는 영혼들을 생각한다. 나치가 벽에 세워놓고 처형한 시민들의 원혼, 나치의 공격으로 도시가 폐허가 될 때 죽음의 벼랑으로 떨어진 시민들의 넋을 생각한다. 그러면서 넋이라는 게 존재한다면, 보이지는 않지만 움직이는 모습이 나비를 닮았을 거라고, 이 도시를 떠도는 넋들이 "자신들이 총살된 벽 앞에 이따금 날아들어" 날개를 파닥일지 모른다고 생각한다. 그런데 "이 도시의 사람들이 그 벽 앞에 초를 밝히고 꽃을 바치는 것"이 "넋들을 위한 일만은 아니라는 것을 그녀는 안다." 그들이 꽃을 가져다놓고 촛불을 켜는 것은 가능하면 오래오래 영혼을 자기들 안에 환대하여 그들을 살아 있게 하려는 것이다. 그래서 넋을 기리는 일은 희생자들만이 아니라 애도의 의식을 행하는 사람들을 위한 것이기도 하다. 이 논리대로라면 고작 두 시간 세상에 머물다 간 언니를 향한 화자의 환대와 애도는 언니만이 아니라 화자 자신을 위한 것이기도 하다. 이보다 더 아름답게 환대와 애도를 정의할 수 있을까.

그렇다면 화자의 고국, 아니 언니의 고국 한국에서는 상황이 어떠할까. 예를 들어 서울에서도 바르샤바에서처럼 시민들이 초를 밝히고 꽃을 바치면서 희생자들을 환대하고 애도할까. 화자의 눈, 아니 화자 언니의 눈에는 그렇게 보이지 않는다.

> 그녀는 자신이 두고 온 고국에서 일어났던 일들을 생각했고, 죽은 자들이 온전히 받지 못한 애도에 대해 생각했다. 그 넋들이 이곳에서처럼 거리 한복판에서 기려질 가능성에 대해 생각했고, 자신의 고국이 단 한 번도 그 일을 제대로 해내지 못했다는 사실을 깨달았다.

이것은 화자의 언니가 하는 말이지만 작가 한강의 육성이라고 해도 될 정도로 작가의 생각을 닮았다. 한국의 근대사에서 있었던 비극적 사건들의 희생자들을 온전히 애도한 적이 없다는 것은 작가의 생각일 테니까.

작가가 사적인 아픔을 얘기하다가 역사적 아픔을 겹쳐놓는 것은 모든 애도는 사회적인 것이든 개인적인 것이든 본질적으로 같다고 인식하기 때문이다. 작가가 『흰』에서 가족의 상처를 얘기하다가 문득 밖으로 시선을 돌려 바르샤바 시민들이 거리 한복판에서 행하는 애도 행위에 주목하고, 다시 그 시선을 애도에 번번이 실패하는 부끄러운 한국의 현실로 돌리는 것도 그러한 인식에서다. 그래서 『흰』이 상상적으로 실천하는 사적인 환대와 애도는 우리 사회가 죽은 자와 희생자, 기억을 다루는 방식에 대한 알레고리, 프레더릭 제임슨이 말한 "국가적 알레고리"가 된다. 우리가 개인의 상처를 다룬 이 작품에 주목해야 하는 이유다.•

• 이런 의미에서 한강의 또 다른 작품 『소년이 온다』와 『흰』의 연관성에 주목할 필요가 있다. 겉으로 보면 『소년이 온다』(2014)와 『흰』(2016)은 아무 관련이 없는 것처럼 보인다. 소재적인 면에서도 장르적인 면에서도 그렇다. 하나는 1980년 5월 18일에서 27일까지 열흘 동안 광주에서 있었던 일을 형상화한 소설이고, 다른 하나는 세상에 잠깐 머물다 떠난 아기를 둘러싼 가족의 심리적 외상과 관련된 자전적 산문이다. 하나는 한국 근대사의 상처를, 다른 하나는 가족의 상처를 다루고 있다. 전혀 다른 장르로 전혀 다른 이야기를 하고 있는 셈이다. 그러나 좀 더 들여다보면 두 작품이 떼려야 뗄 수 없는 상호적 관계로 얽혀 있다는 사실이 드러난다. 더 정확히 말해서, 『흰』은 『소년이 온다』가 없었으면 쓰이지 못했을 작품이라고 해도 과언이 아니다. 예를 들어 『소년이 온다』의 5장 마지막을 보면 이런 말이 나온다. "*죽지 마/죽지 말아요.*" 이는 1980년 5월, 계엄군이 들어왔다는 사실을 알리며 시민들에게 도청 앞으로 모여달라는 방송을 하다가 잡혀서 고문을 받아 아이를 가질 수 없게 된 선주라는 여성이, 노동운동을 같이했지만 이제는 암에 걸려 죽어가는 성희라는 언니를 향해 하는 말이다. 이탤릭체를 사용한 것으로 보아 마음속으로 하는 말이다. 언니를 향해 죽지 말고 살아달라고, 지금까지도 고단한 세월을 견뎌왔으니 죽지만은 말아달라고 애원하는 말이다. 『흰』은 바로 이 애원의 말을 서사의 중심에 놓고 있다. 화자의 어머니가 죽어가는 아기에게 건네는 말 "죽지 마. 죽지 마라 제발"은 『소년이 온다』의 그 말을 변주한 것이다. 그리고 화자가 죽어가는 언니에게 건네는 "죽지 말아요. *살아가요*"라는 말 역시 그 말의 반복이자 변주다. 1980년 5월의 아픔을 다룬 『소년이 온다』와 가족의 아픔을 다룬 『흰』은 이렇게 얽혀 슬프면서도 따뜻한 애도와 환대의 이야기를 풀어낸다.

환대예찬

타자 윤리의 서사

지은이 왕은철
펴낸이 김영정

초판 1쇄 펴낸날 2020년 1월 30일

펴낸곳 (주)현대문학
등록번호 제1-452호
주소 06532 서울시 서초구 신반포로 321(잠원동, 미래엔)
전화 02-2017-0280
팩스 02-516-5433
홈페이지 www.hdmh.co.kr

ISBN 978-89-7275-152-6 03810

* 이 저서는 2019년 전북대학교 연구교수 지원에 의하여 연구되었음.
* 책값은 뒤표지에 있습니다.
* 이 도서의 국립중앙도서관 출판예정도서목록(CIP)은 서지정보유통지원시스템 홈페이지(http://seoji.nl.go.kr)와 국가자료종합목록 구축시스템(http://kolis-net.nl.go.kr)에서 이용하실 수 있습니다. (CIP제어번호: CIP2020001850)